Märchensommer

GENRE: FANTASY/ROMANCE

Die Originalausgabe erschien 2013
unter dem Titel
SUMMER OF MY SECRET ANGEL

Umschlagdesign: Anna Katmore
Cover Artist: Joy Tontillo Stroube
© 2014 Shutterstock Images
Coverart Copyright © 2014
Lektorat: Melanie Scheitza

www.annakatmore.com

Weitere Bücher von
ANNA KATMORE

Teamwechsel
Ryan Hunter
Katastrophe mit Kirschgeschmack
Jungs, die nach Kirschen schmecken
Verknallt hoch zwei
Die Sache mit Susan Miller

*

Herzklopfen in Nimmerland
Die Rache des Pan

Für meine wundervollen Eltern.
Danke für die vielen Paar Flügel,
die ihr mir auf dem Weg geschenkt habt.

Und für meine Großmutter, Katharina.
Mögen dich die Engel in den Himmel tragen.

In die falsche Richtung

Ich stand vor einem moralischen Dilemma.

Sollte ich ihn mir krallen ... oder lieber nicht?

Das Material des violetten Sweaters, den ich gerade in der Hand hielt, war verführerisch weich. Er roch wunderbar frisch und war nicht mit Löchern übersät. So etwas Schönes hatte ich zuletzt getragen ... whoa, da musste ich etwa fünf Jahre alt gewesen sein. Der Reißverschluss ließ sich spielend auf- und wieder zuziehen. Ich rieb den Stoff an meiner Wange. Gar nicht kratzig—im Gegensatz zu dem scheußlich-grauen Secondhandpulli, den ich schon seit zwei Wochen anhatte.

Es gab nur ein klitzekleines Problem mit dem Sweater. Das Preisschild.

Ich ließ meinen Blick über die vielen Leute am Camden Market schweifen. An diesem Freitagnachmittag platzte der Markt aus allen Nähten. Jeder war damit beschäftig, Kleider anzuprobieren, Schmuck zu begutachten oder Spielsachen für ihre Kleinen auszusuchen. Die Besitzerin dieses Standes unterhielt sich gerade mit einer alten Dame und hatte mir den Rücken zugedreht. Wenn ich den Sweater in meiner Tasche verschwinden lassen wollte, war dies der perfekte Zeitpunkt.

Jetzt oder nie.

„Worauf wartest du, Montiniere?“, murmelte mir Debbie ins Ohr. „Wenn du die Jacke willst, dann nimm sie endlich. Aber mach schnell, denn ich hab die Kasse der Lady gerade um fünfzig Pfund erleichtert.“ Sie wackelte mit ihren blonden Augenbrauen.

Debbie Westwood war nicht meine Freundin. Zumindest nicht im herkömmlichen Sinn, wo man wilde Pyjamapartys schmeißt und sich gegenseitig die verrücktesten Geheimnisse anvertraut. Ich hing nur manchmal mit ihr ab. Debbies Auffassung von der Welt, die sie, wie sie oft meinte, mit Leidenschaft am Arsch lecken konnte, machte Eindruck auf mich. Seit dem Moment, als sie vor ein paar Monaten am Earls Court in mich hinein gekracht war, hatte ich sie zu meinem Idol ernannt. Sie war damals auf der Flucht vor einem Kaufhaus-Cop gewesen, der sie dabei erwischt hatte, wie sie ein Paar Krokodillederstiefel mitgehen ließ. Du meine Güte, ich hätte wissen müssen, dass es mir nur Ärger einbringen würde, wenn ich mich mit einer Kriminellen anfreundete.

Anders als ich, lebte Debbie nicht in Londons einzigem öffentlichen Jugendheim, sondern auf der Straße. Was mich anging, so gestattete uns Miss Mulligan, die Heimleiterin, Freigänge nur dienstags und freitags. Und da hatte ich sogar noch Glück, denn Heimkinder unter siebzehn Jahren durften nicht einmal dann alleine raus.

Ein Hoch auf meinen siebzehnten Geburtstag! Ich war total ekstatisch gewesen, als ich endlich nicht mehr an Gruppenexkursionen teilnehmen musste. London machte viel mehr Spaß allein. Keine Lehrer, keine Regeln, kein Garnichts.

Nur ich. Und dieser hübsche lila Sweater.

Ich krallte meine Finger tiefer in den Stoff. Mein Herz tanzte einen Tango, als ich kurz davor war, mir zu nehmen, was ich wollte. Natürlich war es falsch. Doch das änderte nichts. Ich wollte auch endlich wieder einmal etwas Neues tragen, anstatt immer nur diese alten Lumpen.

Das Geräusch, als jemand den Reißverschluss meines Rucksacks öffnete, löste eine Gänsehaut in meinem Nacken aus. „Was machst du denn da?“, fauchte ich und drehte mich zu Debbie um.

Sie grinste mir ruchlos ins Gesicht. „Was denkst du wohl? Ich helfe dir.“ Mit ihrem Körper schirmte sie mich von der Verkäuferin ab und stopfte kurzerhand den Sweater in meinen Rucksack. „Sieh dich an. Mit deinen ekelhaften Fetzen scheuchst du ja sogar die Hunde davon. Du hast Glück, dass ich mich überhaupt mit dir abgebe.“

Ich blickte nach unten zu meinen zerschlissenen Jeans und den abgetretenen Doc Martens. Feuer schoss mir vor Scham in die Wangen. Debbie hatte nicht einmal ein Dach über dem Kopf, und doch war sie immer gekleidet wie die Queen der Oxford Street. Wenn ihre Klamotten schmutzig waren, warf sie diese einfach weg und besorgte sich in einem eleganten Raubzug neue Sachen. So einfach war das.

Als ich Debbie kennengelernt hatte, dauerte es nicht lange, bis sie mich davon überzeugt hatte, dass es in dieser Stadt mehr als genug für alle gab. Sie lebte nach einer einfachen Philosophie: Der übertrieben hohe Preis, den manche Leute für Lederjacken oder hochhackige Schuhe bezahlten, machte unsere kleinen Ladendiebstähle allemal wieder wett.

Und ich wollte diesen Sweater!

Ich behielt die Verkäuferin in gestreiften Leggins und

dem verrückten Strohhut im Auge und wartete einen kurzen Moment ab, bevor ich den Rest des Sweaters in meinen Rucksack schob. Irgendwie hatte sie wohl mein Herz pochen gehört, denn genau in diesem Moment drehte sich das Luder um.

Eine unerträglich lange Sekunde starrte sie mich missbilligend an, dann senkte sich ihr Blick und blieb an meinem Rucksack hängen. „Was zum Teufel—!“

Ich blickte ebenfalls nach unten. *Ach du Scheiße!* Ein Ärmel hing noch raus.

Die Lady zog eine Trillerpfeife, die sie an einer Kette um ihren Hals trug, unter dem Shirt hervor und gleich darauf plusterten sich ihre Wangen auf wie zwei überreife Tomaten an einer Rispe, als sie das ganze Viertel in Alarmbereitschaft versetzte.

„Los! Los! Los!“ Ich stieß Debbie hart in den Rücken, als ich vom Kleiderstand flüchtete.

„Diebe! Haltet sie!“, schallte ihre schrille Stimme hinter uns und ein weiterer ohrenbetäubender Pfiff folgte. Die Leute drehten sich in unsere Richtung. Aus dem Augenwinkel sah ich, wie zwei uniformierte Männer von einem kleinen Wachstand ins Freie traten und die Menge nach uns absuchten. Mein Körper schüttete eine Überdosis Adrenalin aus. Augenblicklich verkrampften sich all meine Muskeln und ich fühlte mich wie ein überspanntes Gummiband.

Debbie zog an meinem Rucksack, woraufhin ich beinahe stolperte. „Hier entlang!“, rief sie und zerrte mich hinter einen Stand mit vergilbten Büchern und altem Silberbesteck. Vor uns lagen weitere Stände. Die Leute warfen uns grimmige Blicke zu, als wir uns einen Weg durch die Menge bahnten.

„Jona!“ Debbie rang nach Atem. „Wir müssen uns aufteilen. Sie werden uns nicht beide verfolgen. Du hältst dich links und ich laufe weiter geradeaus.“

Ich blickte kurz zur Seite. Eine verdammte Sackgasse. „Du willst, dass ich Köder für die Cops spiele? Spinnst du?! Sie werden mich schnappen.“

„Du bist noch nicht achtzehn. Sie können dir nichts tun.“ Sie packte mich grob am Oberarm und schob mich weiter, während sie nach den Polizisten Ausschau hielt. „Außerdem wird dir die Heimleiterin eh wieder den Arsch retten. Macht sie doch jedes Mal!“

„Sie hat gedroht, mich im Gefängnis verrotten zu lassen, falls ich je wieder etwas stehle!“

„Sei nicht so ein Weichei!“ Debbie rammte mich mit der Schulter und drückte mich dabei zur Seite—in die Gasse ohne Ausweg.

Mir stockte der Atem. Als ich mich zu ihr umdrehte, blieb mir der Mund offen stehen. Ihr verschlagenes Grinsen war das Letzte, was ich von ihr sah, bevor sie in die Menge tauchte.

„Die Gören sind in diese Richtung gelaufen!“, tönte plötzlich eine raue Stimme hinter mir und holte mich aus meiner Fassungslosigkeit zurück.

Ich blickte über meine Schulter. Verdammt! Sie waren mir dicht auf den Fersen. Ihre blauen Polizeikappen hoben sich von der Menge ab und bewegten sich unaufhaltsam auf mich zu. Ich saß in der Falle.

Oh nein, ganz sicher nicht heute.

Debbie war geradeaus weitergelaufen, also schlug ich mich nach rechts durch. Hier musste es doch irgendwo einen Ausweg geben. Das Trommeln meines Herzschlags in meinen Ohren übertönte das Gemurmel der vielen Leute. Mein Blick schweifte über die Menge. Alle bewegten sich so unkontrolliert und ziellos. Wie sollte man da den Überblick bewahren?

Ich hielt kurz an, rang nach Atem und drehte mich dabei im Kreis. Verdammt, welcher Weg führte aus dem Markt? Die Menschenmenge war dicht an allen Enden, doch die blauen Polizeikappen bahnten sich einen steten Weg in meine Richtung. Und das auch noch unglaublich schnell. Wie war das nur möglich in einem Gewimmel, das so dick war wie Miss Weatherbys Vanillepudding?

Schweiß perlte von meiner Stirn. Miss Mulligan würde mich eigenhändig erwürgen, wenn ich schon wieder Ärger mit der Polizei bekam. Ein plumper, übergewichtiger Mann mit grüner Mütze rempelte mich an. Ich verlor das Gleichgewicht und stieß beinahe einen kleinen Jungen um, dessen Gesicht nur aus großen, erschrockenen Augen und einem Schnuller bestand. Gerade fing ich mich noch, doch ich konnte nicht verhindern, stattdessen mit einer wirklich alten Dame zu kollidieren. Sie hatte einen krummen Rücken und ein Tuch um den Kopf, worunter ihr graues Haar hervor blitzte. Ihr schrilles Gekreische tat mir nicht nur in den Ohren weh, sondern verriet mich auch noch an die Bullen. Na großartig.

„Entschuldigen Sie bitte", murmelte ich.

Die Brille mit Stahlrahmen saß nun schief auf ihrer Nase und sie hatte eine ihrer beiden Krücken fallen lassen. Ich bückte mich, um sie für sie aufzuheben. „Sind sie verletzt? Es war keine Absicht." Mit geducktem Kopf rückte ich ihre Brille zurecht. Dabei zitterten meine Hände und ich drängte bereits zur Flucht.

„Geh weg von mir, du ekelhaftes Balg!“ Die alte Frau ließ ihre Krücke erneut fallen und schlug meine Hände zur Seite. „Hat denn heutzutage keine von euch Rotzgören mehr Augen im Kopf?“

Das brachte mich in die Gänge. Ich ließ mich auf Hände und Knie fallen und gab mein Bestes, um den entgegenkommenden Menschenmassen auszuweichen. Ein schwerer Fuß trat mir auf die Finger. Ich biss mir auf die Zunge, um nicht laut aufzuschreien. Vielleicht war auf allen vieren zu kriechen doch keine so gute Idee. Ich rappelte mich wieder auf die Beine.

„Aus dem Weg!“ Dieselbe raue Stimme von vorhin teilte plötzlich die Menge vor mir wie das Rote Meer. Als Nächstes blickte mir ein sehr wütender Cop ins Gesicht. „Riley, ich hab sie!“

Er sprang auf mich zu und griff nach meinem Arm. Ich wirbelte wild herum und wollte gerade losrennen, da knallte ich gegen die stählerne Brust seines Partners. Dieser war kleiner und stämmig, doch sein Griff an meinen Schultern war erbarmungslos.

Eiskalte Panik überfiel mich. „Lass mich los!“ Ich trat ihm gegen das Schienbein.

Der Mann sprang auf einem Bein und winselte wie ein geschlagener Hund. Ich wollte gerade wieder loslaufen, doch plötzlich kreisten uns die Leute ein, als würden wir hier eine verdammte Show für sie veranstalten. Nur dass ihre Blicke nicht erheitert, sondern verurteilend waren. Sie hatten mich umzingelt. Mein Herz setzte einen Schlag aus. Es gab kein Entkommen.

Oh Mann, ich steckte tief in der Patsche.

Der größere der beiden Cops riss mir meinen zerlumpten Rucksack von den Schultern, bevor er mich zu Boden warf. Er drückte mir sein Knie ins Rückgrat.

Fantastisch. Genau in der Position wollte ich jetzt sein. Ich hatte das Gefühl, er würde mir meine Schultern auskugeln, als er mir die Hände hinter den Rücken wand. Dann schloss sich das kalte Metall der Handschellen um meine Handgelenke.

Oh bitte, nicht schon wieder!

Aber hysterisch zu werden brachte mich jetzt auch nicht weiter. Ich erinnerte mich an Debbies Regel Nummer eins, wenn wir beim Stehlen erwischt wurden: Alles abstreiten!

Ich schluckte meine Panik hinunter und fasste all meinen Mut zusammen. „Lasst mich gefälligst los!" Der raue Beton der Straße scheuerte schmerzhaft gegen meine Wange. „Ich hab' nichts getan!"

Mein langes Haar verfing sich in den Fingern des Cops, der mich unsanft vom Boden hochzog. Ich stöhnte. Das würde böse für mich enden. Verdammt, ich brauchte einen Plan B. Und zwar schnell.

„Natürlich hast du nichts getan." Der Officer namens Riley lachte harsch, während er in meinem Rucksack rumwühlte wie ein Maulwurf. „Lass mich raten, du bist Kleptomanin und hast ein medizinisches Gutachten für offiziell erlaubtes Stehlen in ganz London?"

Wie bitte? Machte er sich gerade über mich lustig?

Debbie hatte mir auch beigebracht, in Situationen wie diesen bloß keine Angst zu zeigen. Und sie war eine ausgezeichnete Lehrerin gewesen. Ich hob mein Kinn. Diese beiden Vollidioten würden mich nicht einschüchtern.

„Nimm mir die Scheiß-Handschellen ab, und ich verschaffe dir ein verdammtes Gutachten für deine Eier, nachdem ich sie dir bis in den Magen gekickt hab'!"

„Pass auf, was du sagst, Missy. Du bist nicht gerade in der richtigen Position, um einem Polizeibeamten zu drohen." Riley blickte mich scharf an. „Ist das dein Rucksack?"

„Nö. Den hab ich noch nie gesehen."

„Ach, das ist ja spaßig. Denn hier ist ein Ausweis aus dem Westminster Waisenhaus und darauf klebt rein zufällig dein Foto." Er hielt mir den Ausweis vors Gesicht. Noch ein kleines Stückchen näher und er hätte mir die Plastikkarte direkt ins linke Nasenloch schieben können.

Ich versuchte eine gleichgültige Miene zu machen und zuckte mit einer Schulter. „Na und? Ich habe letzte Woche meine Geldbörse verloren. Sieht so aus, als hätte sie jemand gefunden."

„Ja, natürlich", meinte der Officer mit übertriebener Glaubwürdigkeit und rollenden Augen. „Und diese Person hat dir dann den Rucksack aufgedrängt, oder wie? Ach ja, und die Frau von dem Stand da hinten hat dir dann auch wohl den" —er zog den lila Sweater aus dem Rucksack und hielt ihn mir unter die Nase— „in die Tasche gesteckt, als du ganz unschuldig an ihrem Stand vorbeigeschlendert bist, richtig?"

Ich blickte ihm unerschüttert ins Gesicht und zog eine Augenbraue hoch. „Sowas kommt vor."

Der lange Cop hinter mir packte mich schroff an der Schulter. „So, das reicht. Du kommst jetzt mit uns."

Ich lächelte über meine Schulter, als er mich vorwärts stieß. „Wie könnte ich bei dieser netten Aufforderung widerstehen, Officer?“

Obwohl in seinem kantigen Kiefer ein rebellischer Muskel zuckte, verkniff er sich eine Antwort. Seine Finger gruben sich jedoch fester in meine Schulter, während er mich abführte. Gebeutelt schritt ich neben den beiden her und richtete meine Augen dabei starr auf den Boden, um den erniedrigenden Blicken der Menschen um uns herum auszuweichen. Ihre Verachtung verletzte mich viel mehr als die stählernen Handschellen, die sich gerade in meine Handgelenke bissen.

Nach nur wenigen Metern erreichten wir den Polizeiwagen. Auf der gegenüberliegenden Straßenseite schielte Debbie, diese Schlampe, hinter einer schäbigen Hausmauer hervor. Ich konnte ein höhnisches Funkeln in ihren Augen erkennen. Schon klar—besser ich als sie. Brennend vor Wut blieb ich stehen und entriss mich kurzerhand aus den Klauen des Cops, der zu überrascht war, um mich festzuhalten. Ich stapfte ein paar Schritte vorwärts und rief: „Bist du jetzt zufrieden, du blöde Kuh?!“

Aber Debbie war bereits verschwunden, ehe Riley mich am Arm packte und zurück zum Wagen zerrte. „Jetzt ist sie total übergeschnappt“, sagte er zu seinem Partner.

Ich knirschte mit den Zähnen, bis mir der Kiefer weh tat, und blickte die beiden Polizisten dabei finster an. Ohne mir die Handschellen abzunehmen, stieß mich Riley auf die Rückbank des Wagens und schlug die Tür hinter mir zu. Langsam wurde mir der wahre Ernst meiner Lage bewusst. Ich begann am ganzen Körper zu zittern. Wieder einmal hatte ich es total vermasselt. Oh Mann ...

Die beiden Polizisten stiegen vorne ein. Ich verbiss mir jede Schwäche und spürte, wie sich meine Gesichtsmuskeln aufs Neue verhärteten, während Riley in den Freitagnachmittagsverkehr einfädelte.

Der Lange blickte durch das Eisengitter zu mir nach hinten und kräuselte dabei seine Lippen auf eine nervende Art. „Ich frag mich immer wieder, was Kinder wie dich dazu treibt, andere zu bestehlen", meinte er schließlich in einem herablassenden Ton. „Schiebt euch der Staat nicht schon genug Luxus in den Hintern?"

Er war gewiss nicht der Einzige, der uns Heimkinder als minderwertig ansah.

Ich sammelte Spucke in meinem Mund, um ihm zu zeigen, was ich von ihm und dem Staat hielt. Doch das würde mir wahrscheinlich nur noch mehr Ärger einhandeln. Also versuchte ich meine Wut zusammen mit der Spucke hinunterzuschlucken und erklärte ihm dann mit einer zuckersüßen Stimme: „Es geht doch nichts über eine Fahrt in einem Polizeiwagen."

Er knurrte nur und drehte sich wieder nach vorne. Gut. Ich hatte sowieso keine Lust auf eine Unterhaltung mit einem der beiden Idioten.

Die Handschellen bohrten sich schmerzhaft in meinen Rücken. Ich zappelte ein wenig herum und landete schließlich in einer Position mit dem Rücken gegen die Tür und den Beinen auf der Rückbank, wo meine schmutzigen Stiefel einen Abdruck auf der hellgrauen Polsterung hinterließen. Es war mir egal. Was mich störte, war die Hitze. Die warme Augustsonne heizte das Innere des Wagens auf wie eine Sauna, und mein Pulli hatte sich mit meinem Schweiß vollgesaugt, noch ehe wir es zwei Blocks die Straße runter geschafft hatten. Ich lehnte meinen Kopf zurück an die Glasscheibe und grübelte darüber nach, was mich gleich erwarten würde. Keine nette Vorstellung.

Als wir an einer roten Ampel stehen blieben, ließ ich meinen Blick durch die Heckscheibe über den Verkehr schweifen. In einem roten Doppeldeckerbus stand eine schwarze Frau mit einem Baumwolltuch um den Kopf gewickelt und einem Kleinkind im Arm. Sie pustete dem Jungen zart auf die Stirn, vermutlich um ihn zu kühlen. Ich seufzte schwer. Diese Frau würde ihr Kind bestimmt niemals in einem Heim zurücklassen, wo es auf sich selbst gestellt war. Der kleine Junge würde in einem gemütlichen Zuhause aufwachsen. Mit einer fürsorglichen Mutter, die ihn liebte. Weit weg von all dem Ärger, in dem ich gerade steckte.

Die Fahrt ging weiter, und kurze Zeit später parkte Riley den Wagen vor einem schmalen Backsteingebäude, das mir gut bekannt war. Er stieg aus und öffnete mir die hintere Tür. In diesem Moment beschloss ich, dass mein Hintern auf der Rückbank angewachsen war, und ich bewegte mich keinen Millimeter, sondern blickte ihm nur unschuldig in das aufgedunsene rote Gesicht. So wie es aussah, machte ihm die Hitze wohl noch mehr zu schaffen als mir.

„Was ist los, *Artful Dogge*? Du brauchst wohl eine Extraeinladung?“

Artful Dogge? Hatte Mr. Donut gerade versucht Dickens zu zitieren? Ich verdrehte die Augen, als ich zur Tür rüber rutschte und mit gefesselten Händen mühsam ins Freie kletterte. „Das Buch liest du wohl besser noch einmal, Schwachkopf“, murmelte ich dabei und stieß mir im selben Moment den Kopf heftig am Türrahmen. Der Schmerz schoss mir vom Scheitel bis in die Zähne und für einen kurzen Moment tanzten Sterne vor meinen Augen. „Verdammter Mist!“ Das kam nur von den blöden Handschellen.

Riley grunzte vor Lachen. „Das geschieht dir ganz recht.“

Herr, bitte lass ihn an seinem Gekicher ersticken, flehte ich mit einem hoffnungsvollen Blick nach oben. Doch da tat sich nichts. Überraschte mich nicht. Meine Gebete blieben erfahrungsgemäß unerhört. Mit gekreuzten Handgelenken im Rücken zog ich mir also die alten Jeans höher, die immer viel zu locker an meinen Hüften hingen, und folgte dem Langen hinüber zur Eingangstür, die er wie ein Gentleman für mich aufhielt. Wenn ich doch nur meine Hände aus den Handschellen winden könnte, dann würde ich dieser Flasche die Tür in sein dämliches Gesicht knallen.

Riley betrat das Gebäude nach mir. Ich ging etwas schneller und hatte ihn bis zur Treppe abgehängt. „Macht euch keine Umstände, Jungs!“, rief ich über meine Schulter. „Ich finde den Weg auch allein.“ Ich joggte die niedrigen Steinstufen hinauf in den ersten Stock. Leider musste ich aber dann doch vor der Tür des Polizeireviers warten, bis mir einer der beiden öffnete. Als sie auch endlich oben ankamen, keuchte Riley wie eine alte Dampflok. „Tz, tz“, machte ich und schüttelte den Kopf.

Der große Bulle ließ seine schwere Hand auf meine Schulter fallen. „Nur keine Eile, Mädchen. Du wirst deine Strafe schon noch früh genug bekommen.“

Daraufhin zog ich meine Schulter weg und knurrte angewidert: „Ich hab Neuigkeiten für euch, *Riley* und Rileys *Partner*. Ich bin erst siebzehn, also noch minderjährig. Ihr könnt mir *gar* nichts tun. Besonders nicht wegen eines so bedeutungslosen Vorfalls wie ... mir einen Sweater auszuleihen." Ich setzte noch ein lässiges Grinsen oben drauf, was leider gar nicht so leicht über meine Lippen kam, wo mir doch ständig Miss Mulligans Drohung im Ohr lag.

„Ausleihen?", prustete Riley, doch sein angepisster Gesichtsausdruck versicherte mir, dass ich recht hatte. Ich drehte mich zur Tür und atmete erleichtert auf.

Riley schloss die Tür auf und marschierte als Erster hinein. Ich holte tief Luft und folgte ihm dann in das Büro, das den gesamten ersten Stock belegte. Die Decke war hoch und gewölbt, und die Sonne, die durch die vielen schmalen Fenster schien, blendete mich für einen kurzen Moment. Der Gestank von Männerschweiß und Polizeihund kroch mir in die Nase.

Eine Handvoll Cops saß in gemütlichen Bürosesseln, wo sie genüsslich ihren Kaffee schlürften und sich über die breiten Schreibtische hinweg miteinander unterhielten. Keiner beachtete mich, also machte ich einen weiten Bogen um den deutschen Schäferhund, der sich quer über den Gang ausgebreitet hatte, und stolzierte schnurstracks an Riley vorbei und weiter zu der Rezeption mit Schreibtisch dahinter am Ende des Raumes.

Die Hüfte lässig an das Pult gelehnt, stützte ich mich so gut es ging auf einen Ellbogen und blickte runter zu dem schwarzhaarigen jungen Mann mit Dreitagebart, der gerade einen Stapel Formulare bearbeitete. Seine hellblauen Augen hoben sich nett von der dunklen Uniform ab.

„Hey, Quinn. Was geht ab?", fragte ich. „Entschuldige, ich würde dir ja gerne die Hand schütteln, aber im Moment bin ich leider etwas ... wie soll ich sagen—?" Ich drehte mich zur Seite und hob die Schultern, um meine

Handschellen zu präsentieren. „Kurz angebunden."

Quinn fuhr sich mit den Händen über sein sonnengebräuntes Gesicht, was sein verzweifeltes Stöhnen erstickte. „Shit, Jona! Sag mir bitte, dass das Trick-Handschellen sind und du nur den verdammten Schlüssel verloren hast." Er schielte zwischen seinen Fingern hindurch zu mir rüber.

Ich versuchte es mit einem entwaffnenden Lächeln. „Möchtest du noch mal raten?"

Er nahm die Hände runter und verschränkte die Finger resignierend auf dem Tisch. „Warum landest du nur immer wieder in solchen Schwierigkeiten? Mädchen in deinem Alter sollten in Parks rumhängen und nicht auf einem Polizeirevier."

Quinn war ein netter Kerl. Große Augen, chaotisch perfekt gestyltes Haar, gut gebaut. Vermutlich keine zehn Jahre älter als ich. Einmal hatte ich ihn gefragt, wie alt er wirklich sei, doch als Antwort bekam ich nur: *Alt genug, um es besser zu wissen, Kleine.*

Im Gegensatz zu Debbie Westwood war Quinn ein wirklicher Freund. Mein einziger. Und das, obwohl er als Cop ja eigentlich für die Gegenseite spielte. Aber er hatte mich schon ein paar Mal auf einen Cheeseburger zu McDonald's eingeladen, als er mich nach seiner Schicht zurück ins Waisenhaus gefahren hatte—meistens nachdem ich wieder einmal bei irgendeinem Blödsinn erwischt worden war. Das Tolle an Quinn war, dass er in mir mehr sah. Etwas Besonderes. Jona, den Teenager und nicht nur, wie alle anderen, die Kriminelle.

Während des knappen Jahres, das wir uns nun kannten, hatte er niemals eine Gelegenheit ausgelassen, um zu versuchen, mir in mein rebellisches Gewissen zu reden. Und heute würde er bestimmt keine Ausnahme machen. Seine Nasenflügel flatterten leicht, als er für sein Alter viel zu tief seufzte. „Was hast du denn dieses Mal wieder angestellt?“

Da kam plötzlich Riley nach vorn, den ich seit dem Betreten des Büros ignoriert hatte. Er schlug mit der Faust auf den Tresen, wobei er den lila Sweater zwischen seinen groben Wurstfingern hielt. „Der kleine *Jim Dawkins* hier hat wohl einen Streifzug durch Camden Market gemacht. Wir haben die Beute sichergestellt.“

Genervt blickte ich zur Decke. „Jack ... es heißt *Jack* Dawkins. Jemand sollte dir *Oliver Twist* über die Rübe hauen, damit du es dir endlich merkst.“ Ich hätte mich sogar freiwillig gemeldet, wenn jemand ein Buch in der Nähe gehabt hätte, das dick genug war, um eine Delle in seinem Dickschädel zu hinterlassen. Und wenn ich nicht gerade in Handschellen stecken würde, versteht sich. Ich warf Quinn einen besorgten Blick zu. „Warum gibst du dich mit solchen Schwachköpfen ab?“

Das war offenbar der Tropfen, der Riley, *das Fass*, zum Überlaufen brachte. Er stürzte auf mich zu und ich konnte das zornige Feuer in seinen Augen erkennen. Doch Quinn packte ihn am Arm und zog ihn zur Seite, bevor Riley mich auch nur anfassen konnte. „Danke, dass ihr sie hergebracht habt“, sagte er mit ruhiger, doch unmissverständlich dominanter Stimme. „Von hier an übernehme ich.“

Riley grunzte, doch er gab schließlich nach und stapfte davon, wobei er so heftig schnaubte, dass sogar Thomas, die kleine Lokomotive, neidisch werden würde. Nachdem er und sein Partner in einem Nebenraum verschwunden waren, wandte sich Quinn wieder mir zu.

Oh, oh! Sein Blick gefiel mir gar nicht. Das würde Ärger geben.

„Dir ist hoffentlich klar, dass Abe dafür deinen Kopf rollen sehen will", sagte Quinn schließlich, doch er machte eine kurze Pause, als mir ganz offensichtlich die Farbe aus dem Gesicht entwich.

Zum ersten Mal hatte ich das Vergnügen gehabt, einen Gerichtssaal von innen zu sehen und Bekanntschaft mit Richter Abraham C. Smith zu machen, nachdem ich vor elf Monaten einen Gameboy von Stanton Electronics gestohlen hatte. Ich bezeichnete den kahlköpfigen Richter gerne als meinen speziellen Freund, obwohl er für meine Wenigkeit wohl eher den Ausdruck „permanente Plage" bevorzugte.

Kleine Ladendiebstähle im vergangenen Jahr gaben uns die Gelegenheit, unsere *Freundschaft Extraordinaire* zu pflegen und weiter auszubauen. Miss Mulligan hatte zwar bisher immer meinen Arsch gerettet, doch bei meinem letzten Zusammentreffen mit Abe Smith hatte dieser geschworen, er würde mich für die nächsten fünfhundert Jahre wegsperren, falls ich auch nur noch ein einziges Mal in seinem Büro aufkreuzen würde. Er hatte dabei ausgesehen, als würde er gleich anfangen Feuer aus den Ohren zu speien. Mit einem Blick so scharf wie Supermans Laserstrahlen warf er mich dann aus seinem Amtszimmer, das gleich hinter dem Gerichtssaal lag und wo bedeutungslose Fälle wie meine abgehandelt wurden. Ich war echt nicht scharf darauf, ihm so schnell wieder unter die Augen zu treten.

Quinn stand auf und legte mir eine Hand auf die Schulter. Ihn schüttelte ich nicht ab, so wie ich es bei dem anderen Bullen vorhin getan hatte. „Komm schon, Kleine. Wir füllen die Formulare aus und dann rufe ich Miss Mulligan an. Ich kann im Moment leider nicht weg, also wird sie wohl herkommen und dich abholen müssen."

Also kein Cheeseburger heute. Dafür die Gewitterziege. Das Herz rutschte mir in die Hose. Ich konnte mir schon bildlich ausmalen, wie die sommersprossige Bohnenstange ausflippen würde, wenn sie gleich hörte, dass ich auf dem Polizeirevier festsaß. Wieder einmal. Mein achtzehnter Geburtstag war nur noch sieben Wochen entfernt. Sechs Wochen und fünf Tage, um genau zu sein. Sie würde doch ihre Drohung nicht tatsächlich noch wahr machen und mich so kurz vor meiner Freilassung vom Jugendheim aus an die Behörden übergeben. Oder?

Zwei Stunden später folgte ich Miss Mulligan durch die schwere Eingangstür des Instituts. Mein Blick war starr auf den grauen Linoleumboden gerichtet, doch das Flüstern hinter vorgehaltenen Händen und die abfälligen Blicke meiner Heimgenossen entgingen mir keineswegs.

„Geh auf dein Zimmer!", befahl Miss Mulligan. An ihrem Gesichtsausduck war zu erkennen, wie sehr sie sich anstrengte, ihren momentanen Ärger im Zaum zu halten. „Ich werde jetzt erst mal Richter Smith anrufen. Wir beide unterhalten uns später."

Richter Smith anrufen? Dem Himmel sei Dank, sie war immer noch auf meiner Seite! Ich kannte ihr Vorgehen von meinen früheren Eskapaden. Erst machte sie einen Anruf bei Gericht und versuchte die Behörden davon zu überzeugen, keine Anklage zu erheben. Das Heim würde für den verursachten Schaden—oder, in diesem konkreten Fall, für den gestohlenen Sweater—aufkommen. Dann würde sie mich zu einer inoffiziellen Anhörung schleifen, bei der ich meine guten Absichten zur Besserung beteuern sollte. Am Ende würde ich vielleicht mit zwei Wochen Zimmerarrest und Fernsehverbot davonkommen.

Akzeptabel.

An diesem Abend kam die Gewitterziege persönlich in mein Zimmer und teilte mir mit, dass das gefürchtete Treffen mit Abe für kommenden Dienstag festgelegt worden sei. Außerdem sagte sie mir, dass sie an dem Tag, an dem ich achtzehn werden und das Institut für immer verlassen würde, vor Freude auf ihrem Schreibtisch Stepp tanzen werde.

Ich hatte keinen Grund, an ihren Worten zu zweifeln.

Die wenigen Tage bis zu meiner Anhörung verbrachte ich in meinem spärlich eingerichteten Zimmer mit schmutzigen Wänden und kaltem Linoleumboden. Auf dem klapprigen, alten Metallbett zusammengekauert, steckte ich meine Nase die meiste Zeit in ein Buch und meine Füße unter die kratzige Wolldecke. Das schale Licht der Lampe, die auf einem Stuhl neben meinem Bett stand, spendete kaum genug Licht, um nachts die Worte zu entziffern. Doch das hinderte mich nicht.

Ich las gerade die Geschichte von Peter Pan, der seiner Freundin Wendy das Fliegen beibrachte und mit ihr über ein schlafendes London schwebte. Vielleicht sollte ich mein Fenster offen lassen und auf jemanden wie ihn hoffen, der mich heute Nacht noch nach Nimmerland entführte. Tja, schön wär's ...

Am Dienstagmorgen schlüpfte ich in meine besten

schwarzen Jeans, reparierte das Loch über dem rechten Knie mit einer Sicherheitsnadel und schrubbte meine schäbigen Stiefel. Ein schwarzer Kapuzensweater, dessen Ärmel fünf Zentimeter zu kurz für meine Arme waren, rundete mein *Outfit für besondere Anlässe* ab.

Als ich die Stufen in die Eingangshalle runterkam, wartete Miss Mulligan bereits auf mich. Das schmale Kleid, das sie trug, sah aus, als hätte sie sich eine knallpinke Signalflagge um den Körper gewickelt. Sie hetzte mich nach draußen und in ein Taxi, das uns zum Gerichtsgebäude fuhr. Wie üblich sollten wir Abe in dem Raum hinter dem großen Saal treffen. Als wir den langen Gang im ersten Stock des Gebäudes nach hinten eilten, stieg mir plötzlich ein altbekannter Duft in die Nase. Kirschblüten. Der Geruch rief eine schmerzhafte Erinnerung aus längst vergessenen Zeiten wach. Ich kannte auf der ganzen Welt nur eine Person, die dieses besondere Parfüm getragen hatte. Aber das konnte doch nicht sein.

Ich hielt an und drehte mich um. Miss Mulligan sah mich verwundert an, aber ich kümmerte mich nicht weiter um sie. Stattdessen atmete ich den süßen Duft tief ein und blickte dabei nach allen Seiten. Aber die eine Person, nach der ich Ausschau hielt, war nirgendwo zu sehen.

War wohl doch nur ein Irrtum. Ich atmete erleichtert aus.

Vor Richter Smiths Amtszimmer war ein Wachmann postiert. Erst nachdem wir ihm meine nette, offizielle Einladung gezeigt hatten, ließ er uns passieren. Er blickte auf meine Hände, die ich tief in meine Hosentaschen gesteckt hatte, und machte dabei ein finsteres Gesicht. Das kratzte mich nicht. Ich ignorierte ihn und folgte der

Gewitterziege in Pink.

Abes Zimmer war dreimal so groß wie Miss Mulligans Büro im Jugendheim und mit einem hellbraunen Teppich ausgelegt. Durch breite Fenster an zwei Wänden strömte Licht und ließ den Raum fast freundlich wirken. Seitlich neben der Tür stand eine kleine Gruppe von Leuten an der Wand, doch ich sah sie nur aus dem Augenwinkel und schenkte ihnen keinerlei Beachtung. Neben dem monströsen Schreibtisch des Richters saßen ebenfalls Leute; unter ihnen mein guter Freund Quinn. Er warf mir einen ermutigenden Blick zu, und ich fühlte, wie sich eine angenehme Wolke der Ruhe über mich legte. So lange Quinn da war, würde mir nichts passieren. Er würde es nicht zulassen. Ich zog die Mundwinkel in einem Versuch zu lächeln nach oben und er nickte mir zu. Dann holte ich tief Luft und richtete meinen Blick auf Abe.

Sein argwöhnischer Ausdruck verursachte bei mir eine Gänsehaut, doch selbst als Miss Mulligan langsamer wurde, schritt ich entschlossen auf ihn zu. *Zeig niemals Angst oder Schwäche*, hörte ich dabei Debbies Warnung in meinen Gedanken.

„Na, wenn das nicht Jona Montiniere ist." Abe schob seine kleine, rahmenlose Brille etwas weiter die Nase hoch und musterte mich von oben bis unten.

Kopf hoch, Schultern zurück, sagte ich mir selbst und setzte dabei mein bestes Businesslächeln auf. „Hallo Abe. Was machen die Geschäfte?"

Der Richter knirschte mit den Zähnen. „Durch Sie habe ich immer etwas zu tun, Miss Montiniere", grummelte er durch seinen stoppeligen Bart. Ich hatte mich immer gefragt, wie es kam, dass Männer ihre gesamte Haarpracht verlieren konnten, aber der Bart immer noch sprießte wie Unkraut im verzauberten Garten. Doch das schien mir nicht gerade der geeignete Zeitpunkt zu sein, um dieses heikle Thema mit Abe zu besprechen. Nicht, wenn er gerade so richtig in Fahrt kam.

Er warf einen kurzen Blick auf die Unterlagen vor ihm. „Das ist heute das dreiundzwanzigste Mal innerhalb einen Jahres, dass Sie vor mir stehen."

Bei dem Wort dreiundzwanzig ertönte ein leises Pfeifen aus der Stuhlreihe. Ich peilte Quinn an, der eine beeindruckte Augenbraue hochzog.

„Möchten Sie etwas zu Ihrer Verteidigung sagen, Miss Montiniere?", fuhr Abe fort.

Ich zog einen Schmollmund. Quinn zuckte nur mit den Schultern. Neben ihm saß Riley, der gerade den letzten Bissen von einem Donut mit rosa Zuckerguss in sein breites Maul stopfte. Er brachte mich auf eine Idee.

Mit einem optimistischen Grinsen drehte ich mich zurück zu Abe. „Ich bin Kleptomanin und habe ein medizinisches Gutachten für offiziell erlaubtes Stehlen in ganz London." *Na, was sagst du dazu?*

Für einen Moment sagte Abe gar nichts. Sein Mund bewegte sich zwar, aber es kam kein Ton heraus. Riley bellte indessen wie ein erstickender Hund und schlug sich mit der Faust wild gegen die Brust. Allerdings war es das tiefe, leise Lachen aus dem hinteren Teil des Zimmers, das meine volle Aufmerksamkeit auf sich zog. Erst sah ich nur kurz über meine Schulter nach hinten, doch das strahlende Sonnenlicht blendete mich und so drehte ich mich auf den Hacken um.

Für einen unermesslich langen Moment schien ein

greller weißer Nebel alles in seinem Umkreis zu verschlingen. Fassungslos konnte ich nicht einmal blinzeln. Dann trat plötzlich eine große, schlanke Figur aus dem leuchtenden Nebel. Ein langes, weißes Gewand, beinahe so wie eine Kutte, wehte um ihre Beine. Die weiten, flatternden Ärmel verdeckten die Hände fast vollständig. Als Nächstes nahmen abgrundtief blaue Augen ihre Form an, gefolgt von einem warmen Lächeln, das mühelos jeden Gletscher der Arktis hätte schmelzen lassen können.

Es musste sich hier um eine optische Täuschung durch das hereinströmende Sonnenlicht handeln. Eine stressbedingte Halluzination. Ich war wohl doch angespannter, als ich zuerst vermutet hatte. Ich machte die Augen zu, dann blinzelte ich ein paar Mal. Doch die Illusion verschwand nicht.

Ich spürte, wie jedes Paar Augen im Raum auf mich gerichtet war. Meine Haut prickelte unter dem mir zugeteilten Argwohn. Nur die erleuchtete Person vor mir senkte ihren Blick. Die Person trat wenige Schritte zurück in den Schatten der Mauer und sofort verschwand auch der gleißende Nebel. Nun erst erkannte ich die feinen Gesichtszüge eines jungen Mannes. Ein abgetragenes Paar Jeans und eine schwarze Lederjacke waren nun da, wo ich zuvor geglaubt hatte, eine fließende Robe zu sehen.

Ganz offensichtlich mussten sie nun auch noch „wahnhafte Störungen“ zu meinem medizinischen Gutachten hinzufügen.

Seine Wangen waren glatt rasiert—ehrlich gesagt sah er so aus, als wäre ihm noch nie auch nur ein einziges Barthaar gewachsen—und sein Gesicht wies leicht kantige Züge auf. Im Gegensatz dazu standen seine sinnlichen

Lippen. Als seine Mundwinkel langsam nach oben zu einem Lächeln wanderten, flatterte mein Herz wild in meinem Brustkorb umher, wie ein Spatz im Käfig. Goldblondes Haar mit noch helleren Strähnen fiel ihm über die Stirn in seine Augen und erinnerte mich an warme Milch mit Honig. Selbst ohne den mystischen Nebel von gerade eben ähnelte dieser junge Mann einer Mischung aus Mensch und Gott.

Heiliger Strohsack, was brachte denn einen Halbgott zu meiner Anhörung? Es war doch nur ein dämlicher Sweater gewesen!

Als er andeutungsweise eine Augenbraue hochzog, wusste ich, ich hatte alle Etikette vergessen und starrte ihn gerade unverschämt an. Mir wurde am ganzen Körper heiß und mein Gesicht spiegelte vermutlich gerade ein Erdbeerfeld wider.

„Was soll dieses Benehmen, Miss Montiniere? Ich erwarte Ihre Aufmerksamkeit!" Abes Worte drangen von weit, weit her. Doch ich nahm ihn nicht wahr.

Diese saphirblauen Augen hielten mich in ihrem Bann. Niemals wieder wollte ich aus meinem persönlichen, kleinen Gefängnis entfliehen. Der Rest der Welt versank um mich.

Und dann schlängelte sich plötzlich eine knochige Hand um den Arm dieses jungen Gottes.

Kirschblüten? Warum roch es in diesem Raum plötzlich nach Kirschblüten? Der unverwechselbare Duft brachte mich zurück in die Realität. Wie lange war es wohl her, dass ich dieses Parfüm zuletzt gerochen hatte? Vielleicht drei Jahre? Vier? Nein, es mussten wohl schon fünf gewesen sein. Langsam ließ ich meinen Blick über die knochige Hand und den dünnen Arm hinauf gleiten. Panik breitete sich in mir aus. Doch es war zu spät, um wegzulaufen.

Ein kleines Problem

Richter Abes Zimmer begann plötzlich sich mit all den Menschen darin um mich zu drehen. Mir war, als hätte mich jemand in eine viel zu kleine Pappschachtel gesteckt und den Deckel über mir zugeknallt.

Meine Stimme bebte. „Wer hat dieses Miststück reingelassen?“ Ich zitterte am ganzen Körper, als ich Charlene Montiniere geradewegs in die Augen blickte.

„Sie sind hier bei Gericht, Miss Montiniere! Vergessen Sie das nicht!“, warnte mich der Richter scharf. „Ich erwarte, dass Sie sich angemessen benehmen!“

„Den Teufel werd ich tun!“, fauchte ich zurück, ohne meinen Blick von Charlene zu nehmen. „Diese Frau hat mich in ein Waisenheim gesteckt, als ich gerade mal fünf war. Sie hat sich nicht einmal nach mir umgedreht!“ Furcht schnürte mir den Hals zu. Wie wollte die Hexe diesmal mein Leben ruinieren?

Charlene gaffte mich stillschweigend an. Dunkle Ringe lagen tief unter ihren Augen. Sie hatte einen viel zu roten Lippenstift aufgetragen, der sich stark von ihrem leichenblassen Gesicht abhob. Ihr dunkles rotbraunes Haar war einst das perfekte Ebenbild von meinem gewesen, doch heute umrahmte es ihr Gesicht in kraftlosen matt-orangen Strähnen. Kurz gesagt, sie sah aus, als wäre sie durch die

Hölle gegangen.

Gut. Ich hoffte, die Schlampe hatte genauso gelitten wie ich. Meinetwegen konnte sie in das Rattenloch zurückkriechen, aus dem sie gestiegen war. Und sie kam am besten gar nicht erst auf den Gedanken, etwas zu mir zu sagen. Dieses Recht hatte sie verloren, als ich fünf Jahre alt war.

Langsam hob sie eine zitternde Hand, so als ob sie mich über die fünf Meter hinweg, die zwischen uns lagen, anfassen wollte.

„Verreck' in der Hölle, Charlene!" Mit einem hasserfüllten Blick untermauerte ich meine Worte.

„Jona Montiniere! Ich verbitte mir dieses Benehmen in meinem Amtszimmer!", brüllte Abe Smith. „Ich verstehe Ihre Vorurteile gegen Ihre Mutter, doch wenn Sie die Gründe für ihr Handeln hören, werden Sie Ihre Meinung vielleicht ändern."

Niemals.

Eine einzige Minute länger im gleichen Raum mit meiner Mutter wäre eine Ewigkeit zu lang. Ich drehte mich zu dem alten Richter hinter seinem riesigen Tisch und salutierte provokant zum Abschied. „Mach's gut, Abe. Ich verzieh mich."

Das Geschrei hinter mir, um mich zur Ordnung zu rufen, war umsonst. Konsequenzen? Die juckten mich nicht. Ich marschierte schnurstracks zur Tür, mit dem einzigen Ziel, so viel Abstand wie möglich zwischen mich und diese Schlampe zu bringen.

Leute riefen meinen Namen; manche nannten mich Miss Montiniere, andere riefen mich beim Vornamen, so als ob wir Freunde wären.

„Sei vernünftig, Kleine! Bleib wo du bist!", hörte ich Quinn.

Kam nicht in Frage. Sein verzweifeltes Flehen würde mich nicht daran hindern, von hier zu verschwinden. Aber ein Paar stämmige Arme, die sich gerade um meine Taille wanden, konnten es sehr wohl.

Riley hatte mich gepackt und hielt mich fest. Seine Augen blitzten siegessicher, als er mich mit dem Rücken gegen die Wand drückte. „Du gehst nirgendwo hin, Fräulein, außer in den Knast."

Bleib ruhig! Panik war noch nie eine große Hilfe gewesen und im Moment musste ich mich auf das Wesentliche konzentrieren. Nämlich, wie ich hier rauskommen würde.

Meine Fingernägel gruben sich tief in meine geballten Hände. „Nimm deine verdammten Dreckspfoten von mir!" Ich biss Riley in die Hand an meiner Schulter. Der kreischte so laut auf, dass mir beinahe das Trommelfell zerplatzte. Von dem Donut-Geschmack, der sich in meinem Mund breit machte, wurde mir übel.

Riley riss seine Hand zurück. „Verdammtes Gör! Dafür wirst du bezahlen!"

Über seine Schulter hinweg sah ich Quinn und Rileys Partner auf mich zustürmen, doch Riley torkelte gegen Quinn, woraufhin dieser zur Seite taumelte. Er griff nach Miss Mulligans Arm, um das Gleichgewicht wiederzuerlangen. Die Gewitterziege schrie wie am Spieß und schlug hysterisch auf meinen einzigen Freund ein.

Mit der ganzen Unruhe, die gerade im Gange war, sah ich meine Chance gekommen. Ich machte mich aus dem Staub. Doch weit kam ich nicht. Ja, noch nicht einmal bis zur Tür, denn schon nach wenigen Schritten ergriff mich Rileys Partner am Handgelenk und wirbelte mich herum. Durch den Schwung, den er mir versetzte, wurde ich gegen einen schmalen, dunklen Schreibtisch in der Ecke des Raumes geschleudert.

Der verrückte Bulle steuerte verbissen auf mich zu. Aus Schreck und Notwehr lehnte ich mich auf der Schreibtischplatte zurück und zog die Knie an. Mit einem harten Tritt gegen seine Brust setzte ich ihn für einen kurzen Moment außer Gefecht. Ein Pfeifen entwich seinen Lungen, als er rückwärts stolperte. Schließlich beugte er sich vornüber und keuchte. Als er wenige Sekunden später wieder bei Kräften war, tobte er auf eine Art und Weise, bei der Debbie Westwood, die ungekrönte Königin des Fluchens, grün vor Neid geworden wäre.

Ich wich ihm aus, doch meine Fluchtmöglichkeit war verstrichen. Die Tür wurde von außen aufgestoßen und zwei Wachen stürmten herein. Ob es nun Rileys Schmerzgeschrei war, Miss Mulligans zickiges Gekreische oder ein geheimer Knopf unter Abes Schreibtisch, der die Wachen alarmiert hatte, konnte ich nicht sagen. Doch sie hatten mich mit den Schultern auf den Boden gedrückt, noch bevor ich den nächsten Atemzug machen konnte.

Die ganze Luft wurde aus meinen Lungen gepresst. Ein schriller Schmerz zuckte durch meinen Körper.

„Nicht!“, riefen zwei Männer gleichzeitig. Einer der beiden war Quinn; seine Stimme war mit Horror erfüllt. In diesem Moment war ich dankbar, dass wenigstens er mich nicht fallen ließ, wie all die anderen es taten.

Zu wem die andere besorgte Stimme gehörte, konnte ich jedoch nicht erkennen.

Einer der beiden Wachen zog ein Paar Handschellen von seinem Gürtel. Er fesselte meine Hände damit vor meinem Körper. Weder mein Kreischen noch mein Strampeln konnten das widerliche Klicken der Handschellen stoppen, als sie ins Schloss ratterten.

„Lasst sie los, ihr Schwachköpfe! Sie ist doch noch ein Kind!" Quinn bahnte sich mit seinen Ellbogen einen Weg zu mir durch. „Bist du okay, Kleine?"

Der Schmerz in meinem Rücken und meiner Brust hatte nachgelassen. Ich konnte wieder atmen. „Wow, was für ein Kampf!" Ich hatte nicht das Gefühl, dass etwas gebrochen war, also presste ich die Lippen aufeinander und nickte Quinn halbherzig zu. „Mir geht's gut."

Es musste mir gut gehen. *Keine Schwäche. Niemals.*

Quinn fasste mich an den Oberarmen und zog mich auf die Beine. Ich wackelte noch ein wenig, doch ich fing mich schnell.

„Um Himmels willen, Jona", zischte er. „Ich flehe dich an, benimm dich!"

Ein tiefes Grollen ging meiner Antwort voraus. „Zu Befehl, *Sir.*" Was hatte ich auch für eine andere Wahl ... mit den Handschellen an.

Im Augenwinkel bemerkte ich den Begleiter meiner Mutter ganz in meiner Nähe. Der blondhaarige Adonis musterte mich mit finsterem Blick. Versuchte er mich zu durchschauen? Dabei hatte ich ein sehr mulmiges Gefühl.

Quinn zog mich sachte nach vorn zu Abes Schreibtisch. Über meine Schulter hinweg versuchte ich, den Blick des seltsamen Fremden noch für einen Moment länger zu halten. Sein Arm lag in einer schützenden Haltung um die Schultern meiner Mutter. *Ein Halbgott*

Anfang zwanzig und Charlene? Wie um alles in der Welt passte das denn zusammen?

„Jona Montiniere!"

Das Gemurmel im Raum verstummte augenblicklich durch Abes Brüllen. Ich riss den Kopf herum und stählte meine Nerven für das, was mich nun erwartete.

Abe stand hinter seinem Schreibtisch und stützte sich mit beiden Händen auf die Tischplatte, wobei er sich nach vorne beugte und mich über den Rand seiner Brillen hinweg missbilligend ansah. „Diesmal sind Sie zu weit gegangen. Missachtung des Gerichts. Angriff auf eine Polizeiperson—"

„Was?! Die haben mich zuerst angegriffen!" Meine Stimme donnerte ebenso zornig wie seine durch den Raum. „Jemand sollte Riley wegen Kindesmisshandlung hinter Gitter stecken!"

„*GENUG!*", röhrte Abe. „Halt deinen Mund und setz dich hin!"

Das formelle *Miss Montiniere* hatte er sich offenbar geschenkt.

„Mich setzen?" Mein dramatischer Blick hinter mich machte deutlich, dass da nur der harte Fußboden war und sonst nichts.

Abe rieb sich frustriert die Schläfen. „In Gottes Namen, bringt dem Mädchen einen Stuhl."

Einer der Wachen schob mir eilig einen Sessel in die Kniekehlen. Ich knickte ein und landete auf dem harten Sitz aus Holz. Quinn stand mit verschränkten Armen neben mir. Er wirkte fast wie ein Türsteher vor einem von Londons Nachtclubs. Ooh, mein ganz persönlicher Pit Bull. Das nahm mir zumindest einen Teil meiner Angst.

Der Richter beruhigte sich mit ein paar tiefen Atemzügen und setzte sich schließlich ebenfalls hin. Seine aufgeplusterte Robe mit den Puffärmeln verlieh ihm eher das Aussehen einer gespenstischen Eule, als das einer Autoritätsperson. Als er seinen Blick kurz auf die Unterlagen vor ihm senkte, nutzte ich die Gelegenheit und stieß Quinn mit meinem Ellbogen in den Oberschenkel.

„Was ist?", grummelte er.

Ich hob meine Hände mit den einschneidenden Handschellen und grinste niedlich. „Könntest du die abnehmen?"

Quinn warf einen kurzen Blick hinter sich zur Tür, dann sah er mich mit schmalen Augen für einen Moment eindringlich an. „Ganz sicher nicht."

Wie bitte? Und ich hatte gedacht, er wäre mein Freund. Ich versuchte ihn mit meinem Todesblick zu vernichten, doch er lächelte nur und zerraufte mir das Haar.

Als Richter Abe sich lauthals räusperte, richteten sich alle Blicke im Raum wieder auf ihn. „Miss Montiniere, ich verfolge Ihre Strafakte nun schon seit fast einem Jahr. Wie man mir gesagt hat, werden Sie in wenigen Wochen aus dem Westminster Waisenhaus entlassen." Er zog sich die Brille von der Nase und legte sie behutsam auf den Papierstapel vor sich. „Das gibt Anlass für ernsthafte Bedenken. Mit einer kriminellen Vergangenheit wie der Ihren, zweifle ich nicht daran, dass wir Sie über kurz oder lang bei einem ernsthaften Raubzug durch London erwischen werden."

Kriminelle Vergangenheit? *Hallo?* „Ich klaue nur von den Reichen, um es den Armen zu geben." Und in diesem speziellen Fall war ich eben die Arme. „Sollte eine Person in

Ihrer Position ihr Amt nicht ohne jegliche Vorurteile praktizieren?“

Ich hatte den Satz kaum zu Ende gesprochen, als Quinns Finger sich bereits schmerzhaft in meine Schulter gruben.

Der Richter jedoch schenkte meinem Vorwurf keinerlei Beachtung. Er holte nur langsam und tief Luft. „Um das Schlimmste zu vermeiden, sollte ich Sie unter Hausarrest stellen und eine offizielle Anhörung für einen späteren Termin festsetzen; wenn Sie achtzehn und voll strafmündig sind. Nichts würde mich dann noch davon abhalten, Sie in Haft zu bringen.“

Ach du heilige Scheiße.

Er machte eine kurze Pause und zog die Mundwinkel zu einem überlegenen Lächeln hoch. Ich wünschte, der Wachhund an meiner Seite würde mir die Handschellen abnehmen, damit ich dem alten Richter die glasigen Augen auskratzen konnte.

„Doch zu Ihrem Glück“, sagte er, „befindet sich heute Ihre Mutter unter uns. Wir hatten heute Morgen ein inoffizielles Treffen, und ich bin froh—“

Ich sprang von meinem Stuhl auf und schnitt ihm das Wort ab. „*Sie* waren also der Verräter, der sie zu dieser Anhörung eingeladen hat?“ Eine schrille Sirene ging in meinem Kopf an, die meine Vernunft völlig außer Kraft setzte.

„Setz dich wieder hin, Jona“, knurrte Quinn verbissen. Seine Hand auf meiner Schulter drückte mich nach unten. Ich quengelte, doch schließlich musste ich seiner Kraft nachgeben.

„Und ich bin froh“, fuhr Abe fort, als hätte ich ihn gar

nicht erst unterbrochen, „dass sie mir von Ihren Verwandten in Frankreich erzählt hat, die bereit sind, Sie aufzunehmen und Ihnen ein Zuhause zu bieten. Ihr Onkel und Ihre Tante besitzen dort Weinberge, in denen Sie jeden Tag bis zu Ihrer Volljährigkeit freiwillige Arbeit leisten werden."

Jetzt war er wohl völlig durchgeknallt. „Sie wollen mich aufs Festland verschiffen? Wie einen Sklaven? Das dürfen Sie nicht! Das ist *illegal*!"

Oh mein Gott. Und was, wenn nicht?

Abe wies meinen Einspruch mit einem einfachen Hochziehen der Augenbrauen ab. „Da Ihre Mutter durch schwerwiegende gesundheitliche Probleme auf die Hilfe anderer angewiesen ist, lebt auch sie derzeit im Haus ihrer Schwester in Frankreich. Wir sehen dies als einmalige Gelegenheit für Sie an, Ihre Familie besser kennenzulernen und die Bande zu stärken."

„Wie soll man etwas stärken, das noch niemals existiert hat?", maulte ich. Auf dieser Welt gab es absolut gar nichts, das irgendetwas zwischen mir und meiner Mutter formen oder verstärken konnte. Ganz zu schweigen von einem Familienband. *Bloß keinen Kontakt mit der Schlampe und ihrem kleinen Schoßhündchen, vielen Dank.* Und wo zum Teufel kam überhaupt diese Tante her, von der Abe die ganze Zeit redete? Ich hatte noch nie von irgendwelchen Verwandten gehört, ob in England, Frankreich oder sonst wo.

Wenn ich noch einmal protesthalber aufsprang, würde Quinn mich nur wieder zurück auf den Stuhl drücken. Also hob ich stattdessen meinen rechten Arm wie ein braves Schulmädchen, um die Aufmerksamkeit des Richters zu erlangen. Blöderweise kam durch die Handschellen auch meine linke Hand mit hoch. „Bitte, ich möchte lieber ins Gefängnis."

Quinn warf mir einen entsetzten Blick von oben herab zu. Ich nahm nur kurz Notiz von ihm, konzentrierte mich dann aber wieder auf Abes trübe Augen und wartete auf seine Entscheidung.

„Ich gehe davon aus, dass Sie Ihr letztes Schuljahr im vergangenen Frühling positiv abgeschlossen haben?"

Meine Noten in Algebra waren zwar hundsmiserabel, und ich hatte auch keine Ahnung, was diese Frage mit meiner Bestrafung zu tun haben sollte, doch ich nickte.

„Und Sie besuchen derzeit auch keine Sommerkurse in Miss Mulligans Jugendheim?"

„Nein."

„Dann werden Sie die nächsten sechs Wochen mit Ihrer Familie in Frankreich leben." Er schlug den kleinen Holzhammer auf die runde Scheibe auf seinem Tisch und besiegelte damit mein grausames Schicksal. „Und jetzt verlassen Sie mein Amtszimmer und kommen Sie nie mehr wieder."

Ich war so was von am Arsch.

Als schließlich alle anfingen, Pläne über meinen Kopf hinweg zu schmieden und sich die Stimmen im Raum zu einem schmerzhaften Gemurmel in meinem Kopf entwickelten, hatte Quinn Mitleid und ließ mich draußen warten. Erst musste ich ihm jedoch versprechen, nicht abzuhauen oder Streit mit einem Wachbeamten anzufangen. Dafür hatte er den Stinkefinger verdient, doch ich hielt mich zurück und schenkte ihm nur ein kühles Lächeln.

Am Gang rutschte ich mit dem Rücken die Mauer entlang hinunter, bis ich mit angezogenen Beinen auf dem kalten Fußboden saß, und stützte meine Ellbogen auf die Knie. Die Kette der Handschellen rasselte leise, als wollte sie sich über mich lustig machen. Auf diese Weise gefesselt, würde ich nicht weit kommen, sollte ich mich nach draußen schleichen. Ich konnte mich also ebenso gut meinem Schicksal fügen.

Völlig niedergeschlagen und nicht weniger verwirrt, lehnte ich meinen Kopf zurück und betrachtete die fade Decke. Dieser Ausblick war immer noch interessanter als die nervtötenden Blicke der vorbeistolzierenden Leute. Aus einer alten Angewohnheit—wenn ich für mich selbst war und knietief im Schlamassel steckte—begann ich leise ein Lied zu summen. Ich wusste nicht einmal dessen Namen, doch schon immer hatte mich die Melodie auf eine seltsame Art und Weise beruhigt. Die Chancen standen nicht schlecht, dass ich mir das Lied vor Jahren selbst ausgedacht hatte. Doch in der Zwischenzeit hatte ich es so viele Male gesummt, gepfiffen oder den Rhythmus mit meinen Fingern geklopft, dass ich es wohl nie wieder aus meinem Kopf kriegen würde.

Es kratzte mich nicht, als die Tür zu Abes Zimmer aufging, und ich summte ungeniert weiter. Doch als der blonde Freund meiner Mutter heraustrat und sich mit einer Schulter gegen die Säule in der Mitte des Korridors lehnte, versagte mir die Stimme.

„Hi", sagte er mit einem mitfühlenden Gesichtsausdruck.

In diesem Moment wünschte ich mir nichts mehr, als dass Quinn, der Verräter, mir vorhin die Handschellen abgenommen hätte. So sah ich doch aus wie der letzte Vollidiot.

Ich presste die Lippen aufeinander und winkte kurz. Alleine der Anblick dieses jungen Mannes verursachte bei mir ein aufgeregtes Bauchkribbeln. Komisch.

„Das war eine ziemlich beeindruckende Vorstellung, die du da gerade abgeliefert hast."

Mit einem finsteren Blick versuchte ich eine ganz bestimmte Botschaft zu vermitteln: *Kümmere dich um deinen eigenen Dreck, Freundchen.* Laut sagte ich jedoch lieblich: „Freut mich, dass es dir gefallen hat."

„Hat es nicht wirklich." Er rümpfte die Nase. *Wie niedlich.* „Dass du dich mit Laurel und Hardy da drinnen angelegt hast, war nicht unbedingt dein bester Einfall. Selbst ein kluges Mädchen wie du kann in so einer Situation leicht draufzahlen."

Ja, genau. Ich machte kleine Schlitzaugen.

Er nickte in Richtung meiner Handschellen. „Die sehen etwas unbequem aus."

Und das waren sie verdammt noch mal auch, doch ich tat es mit einem Achselzucken ab. „Die sind der letzte Schrei. Du hast doch den Richter gehört. Ich trag die ziemlich oft."

Das anzügliche Grinsen auf seinen Lippen hob meinen Blutdruck ein wenig an. „Was hältst du davon, wenn wir sie dir abnehmen?", fragte er.

Er machte wohl Witze. „Wenn du nicht gerade Zähne wie eine Kettensäge hast, weiß ich nicht, wie du das anstellen willst."

Er kam auf mich zu und zog dabei einen Schlüsselbund aus der Hosentasche. Als er in die Hocke ging und auf

Augenhöhe mit mir sank, schüttelte er die Schlüssel vor meinem Gesicht. Das nette Geklirr von Metall hallte über den Gang.

Mir sackte das Kinn auf die Brust. „Wo hast du die denn her?“

„Von Chief Madison.“

„Du hast sie von Quinn gestohlen?“ Blitzartig zog ich meine Hände aus seiner Reichweite.

„Natürlich nicht!“ Der blonde Halbgott sah mich vorwurfsvoll an. „Ich habe ihn danach gefragt.“

Warum sollte dieser Bursche meinen Officer-Freund bitten, mich freizulassen? Ich konzentrierte mich auf die Sicherheitsnadel in meinem Knie. „Quinn wollte mir die Handschellen nicht abnehmen, als ich ihn darum gebeten hatte.“ Als ich aufblickte, war ich kurz davor, mich in seinen tiefblauen Augen zu verlieren.

„Ich musste hoch und heilig schwören, auf dich aufzupassen. Und jetzt halt still.“ Seine kühlen Finger legten sich um mein Handgelenk, als er die erste Handschelle aufschloss.

Die empfindliche Stelle auf der Innenseite meines Handgelenks kribbelte und ich begann leicht zu zittern.

Er hatte einem Polizisten sein Wort gegeben. Warum machte er sich solche Umstände, nur um mich von diesen Scheißdingern zu befreien? Was kümmerte es ihn? Er wäre wohl besser hinter dieser Tür geblieben und hätte die Hand meiner fürchterlichen Mutter gehalten, anstatt die Fesseln von meinen abzumachen.

Mit einem leisen Klick sprang auch die zweite Handschelle auf. Ich rieb mir die brennenden Stellen auf meiner Haut. Feurig rote Striemen waren zurückgeblieben.

Der junge Mann neigte seinen Kopf und zog eine Augenbraue hoch. „Besser?"

Ich fand gerade meine Stimme nicht, also nickte ich nur.

„Na dann …" Er stützte sich auf meine Knie, als er sich wieder aufrichtete. Vermutlich erwartete er jetzt ein Dankeschön.

Ich senkte meinen Blick auf den ausgefransten Saum seiner Jeans. Meine Lippen waren versiegelt.

Doch als er umdrehte und den Gang hinunter marschierte, blickte ich hoch. „Und jetzt gehst du bitte *wohin*?" Der Satz war draußen, bevor ich wusste, was ich sagte.

„Auf die Toilette." Sein provokanter Blick forderte ganz offensichtlich meinen Einspruch heraus.

Sag jetzt ja nichts. Ich kaute auf meiner Unterlippe herum. „Aber du solltest doch auf mich aufpassen."

Nach ein paar Sekunden, in denen er mich eindringlich ansah, wurde sein Blick noch sanfter. „Du wirst mich nicht in Schwierigkeiten bringen."

Mir wurde plötzlich ganz warm. Ich ließ ihn einen weiteren Schritt den Gang runterlaufen. Zwei. Drei. Vier. „Warum bist du dir da so sicher?" *Halt endlich deinen verdammten Mund, Jona!* „Nach allem, was du über mich weißt, werde ich abhauen, sobald du um diese Ecke dort biegst."

Sein lässiges Schulterzucken und ein niedliches Lächeln ließen mich schließlich verstummen.

„Ich vertraue dir." Einen Moment später war er um die Ecke verschwunden.

Mir stand der Mund weit offen.

Mir vertrauen? So ein Blödmann. Der musste ganz schön einen an der Waffel haben, wenn er dachte, ich sei vertrauenswürdig. Ich raffte mich auf und stakste in Richtung Ausgang. Doch schon nach wenigen Schritten krachte ich gegen eine solide Mauer aus schlechtem Gewissen.

„Verdammt noch mal!“ Ich trat fest gegen die Wand neben mir, wobei meine Schuhsohle einen schwarzen Strich auf der weißen Farbe hinterließ. Ich sollte noch nicht einmal darüber nachdenken hierzubleiben. Also warum um alles in der Welt zögerte ich? Noch dazu wegen einem Fremden.

Noch nie zuvor hatte ein Ausgangsschild so einladend ausgesehen. Und doch hinderten mich unsichtbare Fesseln daran, auch nur einen Schritt weiterzugehen. Das Atmen fiel mir plötzlich schwer und Wut brannte wie eine grelle Flamme in mir. Ich konnte nicht verstehen, wie ein Fremder so viel Macht über mich haben konnte. Was passierte hier?

Er sollte mir verdammt noch mal den Buckel runterrutschen. Schließlich hatte ich ihn nicht darum gebeten, mich zu befreien.

Aber er hatte es trotzdem getan. Und er vertraute mir.

Ein tiefes Knurren stieg mir aus der Kehle. Ich blickte frustriert an die Decke und fuhr mit gekrallten Fingern durch mein Haar. Dann seufzte ich schwer und kehrte zurück an den Platz, wo er mich zuvor aufgefunden hatte. Allerdings versteckte ich mich hinter der Säule in der Mitte, verschränkte die Arme vor der Brust und wartete auf seine Rückkehr.

Nur wenige Sekunden später hörte ich Schritte näher

kommen. Sie stoppten und ein leises Seufzen drang zu mir durch. Ich grinste und genoss diesen kurzen Moment des Triumpfes, bevor ich mit einer Schulter gegen die Säule gepresst um diese herumrutschte und ihm unter die Augen trat.

Seine Mundwinkel wanderten nach oben. „Wie schön. Du bist noch hier." Erleichterung stand ihm ins Gesicht geschrieben.

Ich imitierte sein Grinsen. „Fahr zur Hölle." Daraufhin drehte ich mich um und marschierte geradewegs zurück in Abes Büro, fest entschlossen, Quinn als meinen Bodyguard anzuheuern, damit er mir diesen gottverdammten Samariter vom Leib halten würde.

Ich zog den Reißverschluss meines Rucksacks zu, in den ich gerade meine drei T-Shirts, das einzige andere Paar Jeans, das ich besaß, und meine wenigen Bücher gestopft hatte. Die Sonne verkroch sich gerade hinter Londons Dächern. Dies war meine letzte Nacht im Jugendheim—meinem Zuhause seit über zwölf Jahren.

Der alte Abe hätte mich lieber ins Kittchen schicken sollen. Konnte auch nicht viel schlimmer sein als diese Jugendanstalt. Aber mich aus dem Land zu verbannen und dazu zu verurteilen, mit meiner Mutter im selben Haus zu leben, war unsagbar grausam. Diese Ruchlosigkeit hätte ich nicht einmal ihm zugetraut.

„Es ist ja nicht mal für zwei Monate", hatte Quinn nach der Anhörung gemeint. „Du bist ein taffes Mädchen. Du wirst es überstehen."

Tatsächlich war Quinn der Einzige, den ich wirklich

vermissen würde.

Es klopfte an der Tür. Das musste er sein. Der Richter und Miss Mulligan hielten es für eine gute Idee, dass ich den Abend mit meiner Mutter und ihrem Schoßhündchen verbrachte, bevor ich mich morgen mit ihnen auf die weite Reise machen würde. Charlene hatte bei dem Gedanken übers ganze eingefallene Gesicht gestrahlt, während ihr seltsamer Freund versucht hatte, sein blödes Grinsen mit einem Husten zu vertuschen. Dass Quinn mich zu dem Treffen begleiten würde, war meine Bedingung, unter welcher ich einwilligte.

Ich öffnete die Tür ... und riss die Augen fassungslos auf. Quinn in Zivilkleidung. Das war ja mal was ganz Neues.

Ohne seine Uniform wirkte er sogar noch jünger als sonst. Das engsitzende graue T-Shirt und die ausgewaschenen Jeans standen ihm echt gut.

Mein schwarzer Sweater und die zerrissenen Jeans schienen mir plötzlich keine so gute Idee mehr zu sein. Vielleicht hätte ich die Sicherheitsnadel doch lieber stecken lassen sollten.

Quinn bot mir seinen gebeugten Arm an. „Na Kleine, bist du bereit?“

„Bereit, um dem Drachen unter die Augen zu treten und über kleiner Flamme geröstet zu werden? *Niemals.*“ Ich schlang meinen Arm durch seinen und zog die Tür hinter mir ins Schloss. „Lass uns gehen.“

„Komm schon, so schlimm kann es doch gar nicht sein.“

„Du hast ja keine Ahnung.“

Unten in der Eingangshalle hielt mir Quinn die Tür

auf und führte mich dann zu seinem schwarzen BWM, den er auf der anderen Straßenseite geparkt hatte. Wir stiegen ein, und er steuerte den Wagen in den Abendverkehr. Eine ganze Weile sah ich nur aus dem Seitenfenster und blies Trübsal, bis Quinns übertrieben lautes Räuspern mich aus meinen Gedanken holte.

Ich drehte mich zu ihm. „Was ist?"

Er blickte nur kurz zu mir und konzentrierte sich dann wieder auf die Straße. „Um ehrlich zu sein, war ich heute ziemlich überrascht, als deine Mutter plötzlich vor mir stand. Hattest du nicht gesagt, sie sei bei einem Autounfall ums Leben gekommen?"

„Schön wär's." Ich verschränkte die Arme über der Brust und blickte finster nach vorn, wobei ich mir insgeheim wünschte, Quinn würde dem Wagen vor uns auf die hintere Stoßstange krachen. Das wäre die perfekte Entschuldigung, um den Abend nicht mit meiner Mutter verbringen zu müssen.

Wir passierten die Kreuzung ohne Zwischenfall. Großartig.

Ich brauchte schnell einen Plan, bevor wir bei dem Restaurant ankamen und es für mich keinen Ausweg mehr gab. Ein flaues Gefühl in meinem Magen wurde mit jedem Kilometer, den wir fuhren, schlimmer. Ich räusperte mich, so wie Quinn vorher, und als er zu mir rüber blickte, schenkte ich ihm ein zuckersüßes Lächeln.

Sein Blick schoss zwischen mir und der Straße hin und her. „Woran denkst du gerade, Jona?"

Ich setzte meinen niedlichsten Hundeblick auf. „Wie stehen denn die Chancen, dass du dich verirrst und wir, statt bei dem Restaurant, in der Innenstadt landen und uns einen Film reinziehen?"

Quinn lachte. „Oh nein! Abe würde mir dafür den Kopf abreißen."

Okay, das war wohl nichts. Plan B. „Sag mal, magst du mich eigentlich?"

Den Kopf leicht zu mir geneigt, steuerte er den Wagen für einen Moment mit nur einer Hand, während er mir die andere auf den Unterarm legte und leicht zudrückte. „Natürlich mag ich dich."

„Willst du mich heiraten?"

„*Wie* bitte?" Er riss seine Hand so schnell zurück, dass er damit ordentlich gegen das Lenkrad stieß und der Wagen kurz aus der Spur ausbrach. Oha.

Mit einem entschuldigenden Blick erklärte ich schnell: „Wenn du mich heiraten würdest, könnte mich niemand mehr zu dieser moralisch völlig korrupten Frau schicken, die alle meine Mutter nennen." Ich hob mein Kinn hoch. „Ich wäre dann ein selbständiger Erwachsener."

„Ach so ist das?" Ein erleichtertes Schmunzeln schlich sich auf seine Lippen. Er lenkte den Wagen um Kings Cross. „Ich fürchte nur, dass Bethany darüber nicht ganz so erfreut wäre."

Ich runzelte die Stirn, während ich mit meinen Fingerspitzen den glatten Gurt auf- und abstrich. „Wer ist Bethany?"

„Meine Freundin."

„Ich wusste ja gar nicht, dass du eine hast."

Quinn strahlte. „Es ist noch ganz frisch."

Irgendwie war es nett, meinen Freund so glücklich zu sehen. Ich freute mich auch wirklich darüber, dass er eine Frau für sich gefunden hatte. Blöd war nur, dass sie meinen genialen Plan B zunichtemachte.

Ich zog einen Schmollmund und wartete darauf, dass er mir wieder seine Aufmerksamkeit schenkte.

Er zog langsam eine Augenbraue hoch. „Was kommt *jetzt*?“ Diese an sich harmlose Frage klang verdammt nach einer Warnung. Unglaubliche Sache, seine Intuition, was mich betraf.

„Du und Beth, ihr könntet mich doch adoptieren.“ Süße Unschuld lag in meiner Stimme.

Quinn zögerte einen Moment und legte dann seine Hand auf meine. „Du bist doch schon zu alt, um adoptiert zu werden, Kleine.“

„Ja … und Beth wäre sicher auch nicht glücklich über eine Plage wie mich.“

Seine Finger schlossen sich sanft um meine. „Ich habe in dir nie eine Plage gesehen und das weißt du.“

Ich seufzte schwer. „Ja, ich weiß. Das ist wahrscheinlich auch der Grund, warum ich dich so gut leiden kann. Du bist der Einzige, der sich je etwas aus mir gemacht hat.“

Eine so offene und ehrliche Unterhaltung hatte ich schon seit Jahren mit niemandem mehr geführt. Offenheit war etwas, das ich normalerweise irgendwo in den tiefsten Kerkern meines Herzens verschlossen hielt. Aber bei Quinn, der für mich so etwas wie ein großer Bruder war, passierte es schon mal, dass diese Tür einen Spaltbreit aufging. Wenn auch nur einen sehr kleinen.

„Sieh die Sache doch mal von der positiven Seite. Bald hast du wieder eine ganze Familie, für die du wichtig bist. Und dieser Junge wirkte heute auf mich, als würde er sich auch wirklich um dich sorgen.“

„Ich weiß echt nicht, was daran gut sein soll, mit dem Drachen und ihrem kindlichen Liebhaber zusammenzuwohnen."

Weil er einen Gang rauf- oder runterschalten musste, ließ Quinn meine Hand los. „Quatsch. Er ist doch nicht ihr Liebhaber."

„Woher willst du das wissen?"

„Ich hab mich heute Morgen kurz mit ihm unterhalten. Anscheinend ist er so etwas wie ein Pfleger. Ein sehr netter Bursche."

Wenn Quinn das sagte, gab es für mich keinen Grund, daran zu zweifeln. Doch woher das seltsame Kribbeln in meinem Bauch kam, als er von ihm sprach, war mir ein Rätsel.

„Mach dir keine Sorgen", fügte Quinn hinzu. „Ich hab ihm nur Gutes über dich erzählt."

Ja genau, als ob es über mich je etwas Gutes zu sagen gegeben hätte. Da wäre mein Name und ... tja, das war's auch schon wieder. Aber wo wir gerade beim Thema Namen waren ...

„Hat er dir auch gesagt, wie er heißt?"

„Ja."

Ich wartete. Doch es kam nichts. „Und?"

Quinn begann zu grinsen. „Interessiert dich der Junge?"

Ich stieß ihm meinen Ellbogen in die Rippen, woraufhin er laut lachte. „Lass das, Kleine. Ich muss mich auf die Straße konzentrieren."

„Ich bin nicht an *ihm* interessiert", gab ich bissig zurück. „Es interessiert mich nur, mit welchen Leuten ich in den nächsten sechs Wochen zwangsläufig zu tun haben werde. Das ist alles."

„Ach, stimmt ja. Es muss für dich sicher aufregend sein, nach all den Jahren diese Tante in Frankreich kennenzulernen. Wie war noch gleich ihr Name?"

„Keine Ahnung. Wen juckt das schon?"

„Ha! Erwischt! Ich dachte, du möchtest über *alle* Leute Bescheid wissen, mit denen du *zu tun* haben wirst?" Er schmunzelte und es ging mir tierisch auf die Nerven. Dann sagte er: „Wusstest du, dass der Bursche nur ein paar Jahre älter ist als du? Wer weiß, wenn du nett zu ihm bist, will *er* dich am Ende vielleicht noch heiraten."

Für diese Bemerkung hatte er eigentlich eine Ohrfeige verdient. Ich blickte ihn vorwurfsvoll an und knirschte dabei mit den Zähnen. „Hat er dir auch erzählt, dass er mich heute im Gang alleine sitzen ließ, nachdem er mir die Handschellen abgenommen hat?"

Quinn blickte nachdenklich auf die rote Ampel, vor der wir angehalten hatten. „So? Hat er das?"

„Jap. Er ging auf die Toilette. Also, was sagt uns das über deinen neuen Freund?"

„Dass er dir vertraut?"

„Nein ...?" Aber es war schon komisch, dass Quinn die gleichen Worte benutzte wie der blonde Bursche heute Nachmittag. „Es zeigt uns, wie unverantwortlich er handelt. Was denkt er sich dabei, eine Kriminelle unbeaufsichtigt zu lassen?"

„Ja, und was für eine gemeingefährliche Kriminelle du doch bist." Quinn rollte dabei verspielt mit den Augen.

Ach, sollte er doch zum Teufel gehen.

Zwei Minuten später rutschte mir das Herz in die Hose, als Quinn den Wagen vor *Antonios* parkte, dem

Restaurant, in dem wir meine Mutter treffen sollten. Ich atmete ein paar Mal tief ein und aus, doch nicht einmal das konnte meine Nerven beruhigen. Quinn sah mich einen Moment lang eindringlich an und machte schließlich den Mund auf, um irgendeinen Schwachsinn von sich zu geben.

Ich streckte ihm meinen Finger ins Gesicht und schnitt ihm damit das Wort ab. „Hör zu, Klugscheißer. Wenn du mir jetzt mit *Augen zu und durch!* kommst, dann gibt's was auf die Nase."

Sein Lachen schallte im Wageninneren. Er strich mir durchs Haar und anschließend über die Wange. „Kopf hoch, Tiger. Du schaffst das schon." Dann stieg er aus.

Ich brachte meinen Finger unauffällig in Position, um den Wagen von innen zu verriegeln, sobald er die Tür zuschlagen würde. Verdammt, hätte ich doch nur besser aufgepasst, als Debbie mir vor einiger Zeit erklärt hatte, wie man einen Wagen kurzschließt.

Die Tür immer noch in der Hand, drehte sich Quinn zu mir um. „Was ist? Kommst du?"

„Mach dir nicht ins Hemd, Officer. Ich komm ja."

Er wartete, bis auch ich ausgestiegen war, bevor er die Tür zuschlug. Der Mann kannte mich viel zu gut. Er drückte einen Knopf auf seinem Schlüssel. Die Blinker leuchteten zweimal auf und der Wagen verriegelte sich automatisch. Ich wartete, bis er um das Auto herumkam und hakte mich anschließend bei ihm ein.

„Hast du deine Pistole dabei?", flüsterte ich ihm mit geneigtem Kopf zu, sodass mich die vorbeispazierenden Fußgänger nicht hören konnten.

„Wozu brauchst du denn eine Pistole?"

„Man kann nie wissen. Diese Dinger sind manchmal

ganz praktisch. Hast du damit schon mal einen Drachen erlegt?“

„*Jona.*“ Sein Knurren wurde von einem spielerischen Schubs seiner Hüfte gegen meine begleitet.

Ich stolperte über die offenen Schnürsenkel meiner Martens und taumelte seitwärts. Quinn packte mich schnell am Arm und ich kicherte.

„Übrigens“, sagte er leise in mein Ohr. „Sein Name ist Julian.“

„Julian?“ Der Name rollte sanft von meiner Zunge.

Ich sah von meinen Schuhspitzen hoch zum Eingang des Restaurants und blickte plötzlich in zwei faszinierend blaue Augen.

Tritte unterm Tisch

Na großartig. Ich musste ja unbedingt Julians Namen laut sagen. Meine Finger verkrampften sich in einem Todesgriff um die Bündchen meiner Kapuzenjacke, während ich mir kräftig auf die Zunge biss. Selbst in der wenig beleuchteten Straße musste mein Gesicht glühen wie eine überreife Erdbeere. Quinn bekam erst mal meinen Todesblick zu spüren, dafür, dass er mich überhaupt erst in diese scheiß-peinliche Situation gebracht hatte.

Julian, der neben meiner Mutter im Licht der Laterne vor der Restauranttür stand, hatte zweifellos gemerkt, dass wir über ihn gesprochen hatten. Und die Tatsache hob sein Ego sicher höher als Londons Dächer. Einen Finger durch die Schlaufe am Kragen gehakt, schwang er seine schwarze Lederjacke über eine Schulter. Das weiße Hemd, das er anhatte, ließ seine dunkelblauen Augen im Kontrast dazu besonders strahlen. Er lächelte mich an. Es war ein verschmitztes Lächeln, bei dem nur ein Mundwinkel nach oben wanderte. Viel zu süß ...

Herrgott noch mal, was war denn heute bloß mit mir los? Ich wollte mir am liebsten selber eine runterhauen. Ein Lächeln hatte mich doch noch nie aus der Fassung gebracht. Eigentlich war ich sogar immer ziemlich immun gegen die diversen Formen des männlichen Charmes gewesen.

Offenbar war ich heute einfach nicht ich selbst.

Nach ein paar Sekunden, in denen ich mich keinen Millimeter bewegt hatte, stupste mich Quinn sanft in den Rücken und holte mich damit zurück aus den Wolken. Anschließend streckte er Julian die Hand entgegen. „Jules, was geht?“

Jules? Hatte ich da etwas nicht mitbekommen?

Julian schüttelte Quinns Hand. Dabei kam in mir die Erinnerung an seine kühlen, sanften Finger wieder hoch, wie sie sich um mein Handgelenk geschlungen hatten. Plötzlich wollte ein Teil von mir auch unbedingt die Hand ausstrecken, um die von Julian zu schütteln. Ich trat diesem Teil von mir aber fest in den Arsch und schob meine Hände lieber zickig in die Hosentaschen, selbst als Julian sich mir zuwandte und mir seine Hand hinstreckte.

„Hi, Jona. Alles klar?“, fragte er.

„Spar dir die Mühe. Nur weil du mich heute Morgen von den Handschellen befreit hast, sind wir noch lange keine Freunde.“

Da lehnte sich der Idiot plötzlich näher und flüsterte mir mit einem selbstgefälligen Grinsen ins Ohr: „Bist du etwa immer noch sauer, weil du es nicht übers Herz gebracht hast, abzuhauen und mich damit in Schwierigkeiten zu bringen?“

Wie bitte? Ich zog meine Hände aus den Taschen und ballte sie zu Fäusten, hielt sie aber fest an meine Seiten gepresst, um keinen Blödsinn zu machen, und trat stattdessen einen Schritt zurück. „Nur damit du’s weißt, ich bin einzig und allein wegen Quinn nicht abgehauen. Du solltest auf mich aufpassen und er hat dir vertraut. Aber du hast’s vergeigt. Ich würde meinen *Freund* niemals in

Schwierigkeiten bringen, nur weil *du* so unvorsichtig bist."

Seine warmen blauen Augen richteten sich auf meine. Whoa, wo war ich gerade stehen geblieben?

„Na, zumindest gibt es *einen* Menschen, an dem dir etwas liegt", sagte er mit leiser Stimme.

Hinter mir klatschte jemand in die Hände und ich hörte Quinns Stimme, doch was er sagte, kam nicht bei mir an. Julians eindringlicher Blick hielt mich gerade voll und ganz in seinem Bann. Auf seltsame Art und Weise kannten seine Augen keine Grenze. Ich fühlte mich gerade bis aufs Letzte offenbart, mit all den dunklen Teilen meiner Seele schön vor ihm ausgebreitet.

Das war so was von fies.

Keiner von uns wollte zuerst wegschauen. Dann kam auf einmal ganz langsam ein süßes Grübchen auf seiner linken Wange zum Vorschein. Ein schiefes Lächeln folgte auch noch. „Was denkst du? Sollen wir reingehen?"

Ich beobachtete, wie sich seine Lippen bewegten, und lauschte auch dem Klang seiner Stimme. Allerdings dauerte es einen Moment, bis auch die Message angekommen war. Wir beide standen allein vor dem Pub. Quinn und der Drache waren bereits vorausgegangen. Ich presste meine Lippen aufeinander und zog meinen Blick von Julian ab, dann schritt ich schnell durch die Eingangstür. Ein leises Lachen ertönte hinter mir, als er mir folgte. Verdammt, er wusste genau, dass er mich abgelenkt hatte.

Der Geruch von würzigem Essen und Bier hing schwer in dem Gewölbe. Einen Fuß auf die Eisenstange unter der Theke gestellt, unterhielt sich Quinn gerade mit dem Kellner. Meine Mutter stand zu seiner Linken und lehnte sich mit einem Arm auf die Theke. In diesem Moment sah ich sie zum ersten Mal wirklich an diesem Abend.

Eine Spange hielt ihr kraftloses Haar am Hinterkopf zusammen; das schale Kupferrot verlor sich dabei im Kontrast zu ihrer schwarzen Bluse. Ein matschbrauner Rock, der nicht ganz bis zu ihren Knien reichte, ließ erkennen, wie schmal ihre Hüften geworden waren. In den hochhackigen Schuhen war sie fast so groß wie Quinn. Ihr rechter Fuß schlüpfte gerade mit der Ferse aus dem Pump, was klarmachte, dass sie sich in den Schuhen alles andere als wohlfühlte. Wen zum Teufel versuchte sie also zu beeindrucken?

Mit einem Kopfschütteln stellte ich mich auf Quinns andere Seite, stützte meine Ellbogen auf die Theke und mein Kinn in meine Hände. Aus dem Augenwinkel sah ich, wie er sich weiter zu mir herüber lehnte. „Wie schön, dass du es auch noch rein geschafft hast", flüsterte er. „Für einen kurzen Moment hab ich schon befürchtet, du würdest gar nicht mehr kommen."

„Ach, und den ganzen Spaß hier verpassen? Wie könnte ich?" Ich verdrehte die Augen, doch der Kellner war der Einzige, der es mitbekam, und seine Mundwinkel zuckten leicht nach oben. Ich drehte mich zu Quinn. „Warum stehen wir überhaupt hier?"

„Wir warten auf einen Tisch."

Ich blickte mich im Raum um. „Warum nehmen wir nicht den Tisch da drüben. Sieht doch gut aus."

Quinn folgte meinem ausgestreckten Finger mit seinem Blick. Im nächsten Moment sah er mich an, als hätte ich nicht mehr alle Tassen im Schrank. „Das ist ein Tisch für zwölf. Ich bin sicher, wir bekommen auch etwas Gemütlicheres."

„Du willst es gemütlich?“ Mein extra lauter Tonfall lenkte Julians Aufmerksamkeit und die meiner Mutter auf uns. „Dann schlag ich vor, wir werden erst mal unseren lästigen Anhang los.“

Der Officer außer Dienst fuhr mir mit der Hand unters Haar und legte mir seine warmen Finger in den Nacken. Dann drückte er zu. „Du bist ja heute herzallerliebst, kleine Hexe.“ Als er das sagte, grinste er mit gefletschten Zähnen.

„Ich geb mein Bestes“, röchelte ich.

„Daran zweifle ich keine Sekunde.“

Kurze Zeit später führte uns der Kellner an einen kleinen quadratischen Tisch in einer Nische im hinteren Teil des Pubs. Quinn und meine Mutter setzten sich einander gegenüber hin. Julian ging um den Tisch und warf mir noch einen verschlagenen Blick über die brennende Kerze hinweg zu, bevor er ebenfalls auf den freien Stuhl mit hoher Rückenlehne sank. Ich musste wohl oder übel ihm gegenüber zwischen Quinn und meiner Mutter Platz nehmen.

Wie nett.

Ich hüstelte unschuldig, rutschte dann mit meinem Stuhl so weit es ging zu Quinn hinüber und ließ mich schwerfällig nieder. Quinn wartete, bis ich es mir einigermaßen bequem gemacht hatte, und lehnte sich dann mit einem merkwürdigen Stirnrunzeln zu mir herüber. „Möchtest du vielleicht auf meinem Schoß sitzen?“

Ha. Ha. Er war ja *so* witzig.

Das anhaltende Schweigen meiner Mutter kratzte mich nicht, doch die Art, wie sie mich die ganze Zeit anstarrte, ging mir mittlerweile gewaltig auf die Nerven. Die ganze Zeit über hatte ich ihr dämliches Profil in meinem

Augenwinkel. Kurz entschlossen stützte ich mein Kinn in meine Hand und drehte mich dezent—na ja, mehr oder weniger—zu Quinn, mit einem rotzfrechen Grinsen im Gesicht. Problem gelöst.

„Also, ihr beide seid richtig gute Freunde, ja?“ Das war wohl Julians Versuch das Eis zu brechen.

Ich hätte viel lieber nach links gegriffen und das dünne Genick meiner Mutter *gebrochen*.

Quinn nickte, doch ich war schneller mit meiner Antwort. „Er ist mein Liebhaber. Bist du der ihre?“ Dabei nickte ich verächtlich in Charlenes Richtung.

Meine Mutter schnappte nach Luft und schlug sich dabei schockiert die Hand vor den Mund. Sehr erheiternd. Nicht ganz so lustig fand ich allerdings den Tritt, den mir Quinn daraufhin unterm Tisch gegen mein Schienbein verpasste.

Julian war der Einzige, der von meiner Unterstellung völlig unberührt schien. Er verschränkte die Hände auf dem Tisch und lehnte sich dabei langsam nach vorn auf seine Unterarme. Sein argwöhnischer Blick nagelte mich fest. „Du hast gar keine Ahnung, *wie* nahe wir uns stehen.“

Heiliger Bimbam. Warum nur musste alles, was er sagte, wie das anzügliche Schnurren einer Raubkatze klingen. Ich wollte gerade mit einer schnippischen Antwort kontern, doch aus meinem Mund kam irgendwie grad so gar kein Ton heraus. Zum ersten Mal seit Jahren war ich sprachlos.

Gott sei Dank kam in diesem Augenblick der Kellner und erlöste mich aus meiner Verlegenheit, als er nach unseren Wünschen fragte. Der Drache bestellte Leitungswasser. Passte zu ihr. Damit konnte sie dann das

Feuer in ihrer Kehle löschen. Julian nahm ein Glas Orangensaft und Quinn bestellte ein alkoholfreies Bier.

„Und was darf's für Sie sein, mein Fräulein?"

Ich hob meinen Blick zu dem Mann in schwarzen Hosen und weißem Hemd. „Hmm. Ich denke für den Anfang nehm ich erst mal einen Tequila. Oder vielleicht bringen Sie mir lieber gleich einen doppelten. Der Abend hat gerade erst angefangen. Da heißt es noch lange durchhalten."

Das Besteck schepperte auf dem Tisch, als Quinn mir noch mal einen Tritt unterm Tisch verpasste. Ich quietschte auf. Unterdessen bestellte der Verräter eine Cola für mich. Der Kellner zog ab und schüttelte dabei den Kopf.

„Ist alles in Ordnung?", fragte mich Julian besorgt.

„Ja, alles bestens." Ich knirschte mit den Zähnen, wobei ich Quinn seitlich einen finsteren Blick zuwarf. Ich hatte doch tatsächlich gedacht, er sei mein Freund. Wahrscheinlich konnte er es kaum abwarten, bis ich endlich das Land verlassen würde.

Als wir alle etwas zu trinken vor uns stehen hatten, lehnte sich Quinn interessiert weiter vor auf dem Tisch und fragte meine Mutter: „Frankreich also? Wohin genau werden Sie die kleine Prinzessin denn entführen?" Seine Stimme klang plötzlich sehr sanft, so als schwänge da doch ein wenig Bedauern mit. Er blickte dabei auch kurz zu mir.

Mein Herz taute gerade wieder etwas auf. Er würde mich wohl doch genauso sehr vermissen wie ich ihn.

„Meine Schwester lebt in der Provence. In einer kleinen Ortschaft namens Fontvieille."

Zwar hatte ich das Wort *Provence* schon mal irgendwo aufgeschnappt, doch der Rest hörte sich für mich an, als würde ein Betrunkener nach dem Weg fragen. Egal. Charlenes Geschwafel interessierte mich sowieso nicht die Bohne. Zur Ablenkung faltete ich lieber die weiße Stoffserviette vor mir zu einem hübschen kleinen Fächer. Wenn man den in der Mitte zusammendrückte, sah er sogar aus, wie eine niedliche Kragenschleife. Ich knickte den Fächer und hatte plötzlich so etwas Ähnliches wie einen weißen Umhang, der das Licht von oben reflektierte. Einen Umhang ... oder eine Kutte, so wie ich sie heute Morgen in Abes Amtszimmer gesehen hatte.

Die plötzliche Erinnerung daran, ließ mich kurz nach Luft schnappen, die ich dann lauthals runterschluckte. Mein Blick wanderte quer über den Tisch rüber zu Julian, der sich in seinem Sessel zurückgelehnt hatte und die Hände lässig über seinem Bauch verschränkte. Er blickte mir geradewegs in die Augen.

Ich zuckte überrascht zurück, doch er blieb entspannt sitzen und bewegte keinen Muskel. Was machte er da? Versuchte er etwa, mich zu durchschauen? Eine lästige Anspannung schlich über mich, von der er anscheinend überhaupt nicht berührt war.

„... mit dem Vertrieb von Wein aus ihren eigenen Weinbergen haben sich die beiden ein nettes Zuhause geschaffen", hörte ich meine Mutter erzählen. „Meine Schwester kann leider keine Kinder bekommen, obwohl sie sich immer eines gewünscht haben. Drum sind sie auch begeistert, dass ihre Nichte nun für ein paar Wochen bei ihnen leben wird."

Quinn faltete seine Hände auf dem Tisch. „Miss Montiniere, ich hab mich gefragt—"

„Oh bitte, nennen Sie mich doch Charlene." Meine

Mutter schenkte ihm ein kleines Lächeln.

„Ja, Quinn, bitte. Du musst sie einfach Charlene nennen. Unbedingt." Meine Stimme war süß wie ein Sahnebonbon. „Ist doch ein passender Name für einen gefühllosen Drachen, findest du nicht?"

Ein pochender Schmerz zuckte durch mein rechtes Bein. „Verdammt!" Wenn Quinn mich weiterhin trat, würde mein Bein morgen früh in sämtlichen Blau- und Grüntönen schimmern. Dieses Mal trat ich zurück. Leider streifte ich aber nur seine Jeans. „Ich kann nicht glauben, was es hier drinnen für lästige Ratten gibt", brummte ich.

„Und ich kann nicht glauben, dass du tatsächlich all deine Manieren zu Hause gelassen hast", antwortete Quinn genau wie ich durch ein verbissenes Lächeln.

„Bitte, Quinn, seien Sie meiner Tochter nicht böse. Ich verdiene mit Sicherheit ihren Zorn und ihr Misstrauen." Der traurige Blick meiner Mutter schwenkte zu mir. „Ist es nicht so, Jona?"

Mir wurde kotzübel. „Ehrlich gesagt wäre es mir lieber, du würdest mich einfach in Ruhe lassen und nicht mit mir reden, *Charlene*."

Ihre mit Lipgloss beschmierten Lippen verschwanden zu einem dünnen Strich, wobei ihre Mundwinkel leicht nach unten sackten. Sie hatte doch nicht allen Ernstes gedacht, ich würde sie tatsächlich *Mom* nennen, nachdem sie mir die Kindheit so königlich verpfuscht hatte.

Durch das gedämpfte Licht in dem Pub wirkte ihr knochiges Gesicht plötzlich seltsam jung. Für einen kurzen Moment war es so, als säße mir ein Geist aus meiner Vergangenheit gegenüber, der mich mit großen dunkelbraunen Augen ansah. Das war die einzige Farbe, die heute noch genau so intensiv strahlte, wie damals vor dreizehn Jahren. Durch ihren eindringlichen Blick abgelenkt, bemerkte ich beinahe nicht, wie sie mir ihre Hand langsam über den Tisch entgegenstreckte. Erst im allerletzten Moment zog ich meinen Arm weg und legte beide Hände in den Schoß. Unter dem Tischtuch waren sie vor ihren hinterhältigen Angriffen sicher.

Um nicht ganz so blöd auszusehen, griff Charlene statt nach meiner Hand nun nach ihrem Glas Wasser und zog mit dem Finger den Glasrand nach. Dann nahm sie einen kleinen Schluck und stellte das Glas vorsichtig wieder ab. Ihre Hände zitterten dabei.

„Ich will offen zu dir sein, Jona", sagte sie leise. „Wir werden nicht mehr allzu lange Zeit haben, um zu reden. Ich bin schwer krank. Es ist Krebs. Ohne eine Chance auf Heilung. Julian sa—" Sie unterbrach sich selbst mit einem Räuspern und zog wieder Kreise auf dem Glasrand. „Die Ärzte geben mir nicht einmal mehr bis Ende des Jahres."

„Nein, was du nicht sagst. Das sind die ersten guten Neuigkeiten, die ich heute höre!", rief ich begeistert.

Unter dem Tisch schlangen sich plötzlich zwei Beine um meine Knöchel und hoben meine Füße nach oben. Durch die rasche Bewegung rutschte ich tiefer in meinen Sitz und ich schnappte überrascht nach der Tischkante. Dieses Mal trat Quinn ins Leere.

„Das war vorhersehbar", sagte Julian, wobei seine Augen so dunkel funkelten wie Saphirsplitter. Sachte setzte er meine Füße wieder auf den Boden und zog seine Beine zurück. Ich fragte mich dabei, worauf er tatsächlich anspielte: auf Quinns Tritt oder auf meine eiskalte Bemerkung.

An unserem Tisch war es unangenehm still geworden. An Quinns Gesichtsausdruck erkannte ich, dass die Krankheit meiner Mutter keine Überraschung für ihn war. Sie mussten sich wohl heute früh bei Gericht miteinander unterhalten haben, nachdem mein Fluchtversuch so spektakulär gescheitert war. Vermutlich hatte sie sein Mitleid ausgenutzt und ihn um den kleinen Finger gewickelt. Und er war voll drauf reingefallen. *Dummer Officer.*

Ihre Tage waren also gezählt, was soll's? *Umso besser, wenn ihr mich fragt.*

„Jona?“ Als sie meinen Namen nannte, lenkte meine Mutter damit meine Aufmerksamkeit von Quinn zurück auf sich. „Ich möchte nicht ... *gehen*, ohne die Möglichkeit genutzt zu haben, die Dinge zwischen dir und mir wieder in Ordnung zu bringen. Lass mich gutmachen, was ich zerstört habe.“

Ein fassungsloses Lachen entfuhr mir. „Du willst, dass ich dir vergebe? Das kannst du vergessen!“

„Alles, worum ich dich bitte, ist, dass du das Angebot annimmst und zu deiner Tante nach Frankreich ziehst. Sie kann dir all das bieten, was ich dir niemals geben konnte. Mit ihrer Hilfe bekommst du einen guten Start in deine Zukunft.“ Ihre Unterlippe bebte. „Und was mich angeht, ich wünschte nur, du könntest mir die Fehler, die ich gemacht habe, verzeihen.“

„Dann tut es mir leid, aber du wirst wohl abtreten, ohne deinen Wunsch erfüllt zu bekommen.“ Ein verächtliches Grollen stieg in meiner Kehle auf. „Ich werde das tun, was mir der Richter auferlegt hat und die restlichen sechs Wochen bis zu meinem Geburtstag auf dem Feld einer Tante, die ich nicht einmal kenne, Zwangsarbeit leisten. Das ist nicht unbedingt lang genug, um eine tolle Zukunft zu planen. Sobald die Strafe erfüllt ist, komme ich zurück nach London und fang mein richtiges Leben hier an. Ohne dich. So wie ich es in den letzten dreizehn Jahren getan habe."

„Mit der Polizei dicht auf deinen Fersen und Abe Smith, der immer eine Zelle für dich freihalten wird?"

Es war nicht einmal so sehr Quinns Versuch, die Stimmung mit einem Scherz zu heben, der mich in diesem Moment wurmte, sondern vielmehr Julians Schmunzeln, als sich unsere Blicke über der Kerzenflamme trafen.

Ich richtete mich auf und ballte meine Fäuste um das Tischtuch in meinem Schoß. „Ich bin nicht der Schwachkopf, für den ihr mich offenbar alle haltet. Und wenn es bedeutet, dass ich zehn Stunden am Tag in einem Pub wie diesem Teller waschen muss, um mir mein Geld zu verdienen, dann ist das mit Sicherheit nur halb so schlimm wie die Hölle, in die ich morgen früh geschickt werde."

Brennende Tränen sammelten sich in meinen Augen. Nachdem es ein halbes Leben gebraucht hatte, bis sie sich nach oben gekämpft hatten, konnte ich sie auch nicht so einfach wieder wegblinzeln. Ich sprang von meinem Stuhl auf, wodurch dieser nach hinten kippte und mit lautem Geklapper auf die Steinfliesen knallte. Wenn der Drache und ihr kleiner Freund vorhatten, heute Nacht noch einen auf ihren Sieg über mich zu trinken, dann musste ich bei Gott wirklich nicht dabei sein.

Ich rannte in Richtung Ausgang. Neugierige Blicke folgten mir von überall im Raum und stachen mir in die Brust.

Draußen bekam ich erst mal eine Ohrfeige von der frischen Luft verpasst. Die Tür fiel langsam hinter mir zu.

Lauf!, schrie eine Stimme in meinem Kopf. Aber wohin? Die tapfere Ansprache gerade eben war doch nichts weiter als ein kläglicher Versuch, mich selbst zu belügen. Kaum in der Lage, die Mathehausaufgaben eines Abschlussklässlers zu bewältigen, konnte ich mir nicht vorstellen, dass mir London viel bieten würde. Niemand würde mich für einen ansehnlichen Job einstellen, nur weil ich Jane Austen auswendig zitieren konnte.

Mit dem Bund meines Ärmels wischte ich mir die Tränen von den Augen, bevor sie meine Wangen runterrollen konnten. Die harte Wand hinter mir spendete leider nur wenig Trost. Ich neigte meinen Kopf nach hinten und betrachtete den Sternenhimmel. Es konnte doch unmöglich meine Bestimmung sein, eines Tage in einer von Abes stinkenden Gefängniszellen zu sitzen.

Neben mir ging die Tür auf und eine großgewachsene Person kam heraus. Durch den Tränenschleier in meinen Augen dauerte es einen Moment, bis ich Quinn erkannte.

„Da steckst du also", sagte er mit ruhiger Stimme und lehnte sich ebenfalls mit dem Rücken neben mich an die Wand. „Ich hatte schon befürchtet, ich würde den Rest der Nacht damit zubringen, die Straßen nach dir abzusuchen."

Ich blinzelte ein paar Mal, sah ihn dabei kurz an, blickte dann aber wieder hoch in den Nachthimmel. „Es gibt keinen Ort, wo ich hingehen könnte. Keiner will mich haben."

Quinn nahm meine Hand. „Ich hab da drin gerade eine Frau kennengelernt, die dich unbedingt wiederhaben möchte. Und außerdem hab ich von einer Handvoll weiterer Menschen gehört, die dich nur allzu gern in ihrem Haus aufnehmen würden. Lass doch einmal deinen Stolz beiseite, Kleine, und erkenn die tolle Chance, die sie dir gerade bieten."

„Warum willst du mich unbedingt in den Rachen des Löwen schubsen? Du hast doch selbst ihr falsches Getue gesehen", fauchte ich. „Das Einzige, was diese Frau will, ist ein reines Gewissen, bevor sie den Löffel abgibt."

„Kannst du ihr das wirklich verübeln?"

Angewidert zog ich meine Hand aus seiner. „Herrgott nochmal, Quinn, auf welcher Seite stehst du eigentlich?"

„Auf deiner, Jona. Siehst du das nicht?" Ohne Vorwarnung zog mich Quinn in eine Umarmung, die mir die Luft abdrückte. „Seit dem Tag, an dem du zum ersten Mal an meinen Schreibtisch stolziert bist und deinen Hintern auf einen Stapel mit Fällen gepflanzt hast, habe ich auf so eine Wendung für dich gehofft. Du warst die frechste Rotzgöre, die mir je untergekommen ist. Aber ich wusste immer, da steckt mehr dahinter."

Er streifte mir eine Haarsträhne hinters Ohr. „Warum gibst du deiner Mutter nicht einfach eine Chance? Zeig ihr und deiner Familie das nette Mädchen, das irgendwo ganz tief da drinnen sitzt." Ein kleines Grinsen schlich sich auf seine Lippen, als er mit dem Zeigefinger sanft auf die Stelle zwischen meinen Schlüsselbeinen tippte.

Egal, wie groß oder klein dieser *nette* Teil von mir war, ich würde mich doppelt anstrengen, damit meine Mutter niemals wieder damit in Kontakt kam. Ich schniefte. „Willst du wissen, warum ich damals allen erzählt hab, dass meine Mutter bei einem Autounfall gestorben ist?"

Quinns Blick wich keinen Millimeter von meinem. Er

nickte.

„Weil ich mich für die Wahrheit geschämt habe. Dafür, dass meine eigene Mutter einen verfluchten Kinderschänder mir vorzog. Einen Scheißkerl, der mich jede Nacht windelweich geprügelt hat.“ Meine Kehle schnürte sich schmerzlich zu, als ich die Worte aus mir herauspresste. „Irgendwann hab ich die verachtenden Blicke der anderen einfach nicht mehr ertragen. Ihr Geflüster hinter vorgehaltenen Händen darüber, was für ein schreckliches Kind ich nur sein musste, dass mich meine eigene Mutter nicht behalten wollte.“ Mit dem Handrücken wischte ich mir über die Nase und wand mich aus Quinns Umarmung. In der Nähe flatterte eine Motte im Licht der Straßenlaterne. Ich sah ihr einen Moment lang zu, wie sie sich auf das Glas der Lampe setzte und dann wieder wild weiterschwirrte. „Also hab ich einfach ihren Tod erfunden.“

Quinn legte mir sanft die Hände auf die Schultern und drehte mich zurück zu sich. Dann drückte er mich gegen seine Brust. „Ich hatte ja keine Ahnung.“

„Natürlich nicht.“ Meine Stimme ging im Stoff seinen Shirts unter. „*Dein* verachtender Blick wäre von allen am schlimmsten gewesen.“

Aufs Festland verfrachtet

Meine letzte Nacht im Heim kam mir vor wie die längste in meinem Leben. Nachdem Quinn noch mal ins Pub gelaufen war, um sich von den anderen zu verabschieden, fuhr er mich zurück in das Institut, das ich immer noch „Zuhause" nannte. Nicht ehe er mir versprochen hatte, dass er am nächsten Morgen zum Flughafen kommen und mir Auf Wiedersehen sagen würde, ließ ich seinen Arm los.

Die Angst vor dem Ungewissen, das in den kommenden sechs Wochen auf mich wartete, lagerte wie eine geballte Faust in meinem Magen und hielt mich davon ab einzuschlafen.

In dem kleinen Fernseher im Gemeinschaftsraum hatte ich schon alle möglichen Arten von emotionalen Abschieden gesehen. Doch nichts davon traf am folgenden Morgen auf mich zu. Mal abgesehen von Quinn wäre Debbie die Einzige gewesen, die ein Lebewohl wert gewesen wäre. Tja, vielleicht ... wenn sie mich nicht vor ein paar Tagen an den Teufel verraten und verkauft hätte, womit meine Misere ja erst begonnen hatte.

Nach einer kurzen Dusche im gemeinschaftlichen Bad kehrte ich um 7:45 Uhr zurück in mein kleines Zimmer im dritten Stockwerk. Ich kämmte mein noch feuchtes Haar mit den Fingern zurück und band es zu einem hohen Pferdeschwanz, wofür ich ein altes Gummiband benutzte, das ich in der Hosentasche gefunden hatte, als mir dieses Paar Jeans weitergereicht worden war. *Secondhand, Baby.* Tja, so lief das im Heim.

Als ich hochblickte, traf mich fast der Schlag, und ich schrie entsetzt auf. Was machte der denn hier? Ich fing mich schnell wieder, richtete mich zu meinen vollen Einsfünfundsechzig auf und blickte Julian, der auf meinem Bett saß und so richtig dämlich schmunzelte, feurig an. Feurig, nicht wie in feurig heiß, sondern mehr wie in: Sieh zu, dass du verschwindest, sonst vernichte ich dich mit meinem Laserstrahlblick.

Er lehnte sich nur nach vorn und stützte sich dabei mit seinen Ellbogen auf die Knie. „Das ist nicht gerade die Begrüßung, die ich mir erhofft hatte", sagte er enttäuscht.

Erst jetzt fiel mir ein, dass er ja womöglich nicht allein gekommen war, und blickte mich blitzschnell um. Doch der Drache war nirgendwo in Sicht. „Was zum Teufel machst du hier?"

„Dich abholen. Deine Mutter regelt unten gerade deine Entlassung mit der Heimleitung." Die Bettfedern gaben ein ominöses Quietschen von sich, als Julian aufstand und sich im Raum umsah.

Plötzlich war es mir peinlich, dass er all die Spinnweben in den oberen Ecken und die verdreckten Stellen an den Wänden bemerkte.

„Na, wenn das kein gemütlicher Ort ist", murmelte er.

Ich zuckte unbehelligt mit den Schultern, um nicht zu zeigen, wie sehr mich diese Bemerkung doch traf. „Spinnweben, Staub, es ist trotzdem mein Zuhause."

„Nach deinem dramatischen Abgang gestern Abend, war ich gar nicht mehr so sicher, ob ich dich überhaupt heute hier finden würde."

„Oh, wie schlimm muss es dann für dich gewesen sein, dass das Zimmer vorhin leer war, als du einfach eingebrochen bist. Besonders nachdem du doch gestern bei Gericht so viel Vertrauen in mich gesteckt hast." Ich griff nach dem Buch auf dem Stuhl neben meinem Bett, nahm den Bleistift heraus, der mir gestern Nacht als Lesezeichen gedient hatte, und ließ ihn in meinen Rucksack fallen. Das war der einzige Stift, den ich besaß, und ich würde ihn bestimmt nicht zurücklassen. „Ich bin sicher, du und der Drache, ihr hättet keine Minute gezögert, um die ganze Stadt nach mir abzusuchen."

Ganz lässig machte Julian einen Schritt auf mich zu und durchbrach, ohne zu zögern, meinen persönlichen Bereich. Ich kaute auf der Innenseite meiner Wange herum, doch ich bewegte mich keinen Zentimeter, als er seinen Kopf auch noch zu mir runter neigte. „Mit deiner vorlauten Klappe hätten wir dich binnen Minuten gefunden", hauchte er. Sein warmer Atem kitzelte mich hinterm Ohr.

Ungewollt seufzte ich und atmete dabei seinen Duft ein. Irgendwie roch er total verführerisch nach ... stürmischem Wind und Ozean. Mein harter Panzer drohte darunter zu schmelzen, als eine alte Erinnerung wieder hochkam. Miss Mulligan hatte uns alle einmal mit ans Meer genommen. Den ganzen Tag war ich barfuß durch die Wellen gelaufen, die sachte an den Strand rollten. Ich schloss kurz meine Augen und konnte beinahe wieder den Sand von damals zwischen meinen Zehen spüren.

„Bist du fertig?" Julians Stimme kam diesmal von

hinten.

Ich blinzelte gegen die Sonne, die durch das verstaubte Fenster hereinbrach, und drehte mich dann um. „Hab ich eine Wahl?“

„Ah ... nein.“ Sein verschlagenes Grinsen verspottete mich aus drei Metern Entfernung. Er hob meinen Rucksack auf und marschierte anschließend zur Tür hinaus. Wie nett, dass er mir diese Last abnahm. Doch im Vergleich zu der unvermeidbaren Präsenz meiner Mutter, war das nur eine kleine Last.

Ein letztes Mal noch ließ ich meinen Blick durch den kleinen Raum im dritten Stock schweifen. Es war, als würde ich einen Teil von mir zurücklassen. Schließlich war dies über Jahre mein Zuhause gewesen. Trübselig schloss ich letztendlich die Tür.

„Sieht aus als wäre der Aufzug heute außer Betrieb“, meinte Julian, als ich ihn einholte. „Wir müssen die Treppe nehmen.“

„Der Aufzug ist außer Betrieb, seit ich hier eingezogen bin.“

Er machte kurz ein irritiertes Gesicht.

„Was hast du erwartet?“, spottete ich. „Das Grand Plaza?“

Mit einem Kopfschütteln ging Julian etwas schneller. Auch wenn ich sein Gesicht gerade nicht sehen konnte, war ich mir ziemlich sicher, dass er gerade die Augen verdrehte.

Drei Stockwerke gaben mir die ausgedehnte Möglichkeit, Julian ganz genau von hinten zu betrachten. Unter seiner locker sitzenden Jeans zeichneten sich die Muskeln seiner Pobacken bei jedem Schritt auf dramatische Weise ab. Mmm ... faszinierend. Eigentlich lag mir ja nichts ferner, als Julian auf den Arsch zu gaffen. Aber irgendwie konnte ich meine Augen auch nicht davon losreißen. Oh Mann.

Zwischen dem ersten und zweiten Stock warf er kurz mal einen Blick über seine Schulter.

„Hast wohl gedacht, du hättest mich verloren", stichelte ich.

„Bei dir weiß man nie." Er drehte sich beruhigt wieder nach vorne.

Unten angekommen, ließ er meinen Rucksack zu Boden fallen. Anschließend pflanzte er seinen süßen Hintern auf die zweite Stufe und lehnte sich mit den Ellbogen auf die Oberschenkel. Eine kleine Spinne husche unter seinen Beinen hindurch und verschwand blitzschnell in einem Mauerspalt. Julian neigte seinen Kopf und blickte zu mir hoch. „Erzähl mir bitte nicht, dass du diesen Ort hier vermissen wirst."

Ich zuckte erst mit den Schultern und verschränkte dann die Arme vor der Brust. „Du solltest mal im Winter herkommen, wenn die Mäuse einziehen, um sich ein warmes Mahl in der Küche zu stibitzen."

Julian zog die Brauen hoch, so als ob er mich anflehen würde, zuzugeben, dass das gerade nur ein Scherz war. Ich verlagerte mein Gewicht auf ein Bein, spiegelte sein Brauen-Hochziehen und forderte ihn stillschweigend heraus, mich einen Lügner zu nennen. Leider schluckte er den Köder nicht.

„Tja, in deinem neuen Zuhause wirst du wohl ohne diese flinken Gefährten auskommen müssen. Der einzige Bewohner mit Fell ist der riesige Hund deiner Tante."

Ein Hund? Riesig? „Niemand hat gesagt, dass in dem

Haus noch ein anderes Monster außer meiner Mutter lebt.“ Ein Bild von Rusty, dem Rottweiler, schoss mir durch den Kopf. Als ich damals noch zu Hause gelebt hatte, fletschte der Köter jedes Mal seine Zähne hinterm Zaun und keifte mich an, wenn ich am Nachbargarten vorbeigelaufen war. Ein leiser Hauch von Unmut kroch in meine Stimme. „Und wie groß genau ist dieser Hund?“

Eine Sekunde verstrich, bevor Julian antwortete. „Ich kenne Leute, die haben ihn schon mit einem Pferd verwechselt.“ Sein ernster Tonfall löste bei mir eine Gänsehaut aus. „Aber keine Angst. Sie füttern ihn gut, sodass er nicht auf die Idee kommt, kleine Rotzgören wie dich zu fressen.“

Hinter mir quietschte eine Tür und erschreckte mich beinahe zu Tode. *Julian und seine Schauergeschichten. Pah.* Hatte ich wirklich gedacht, ein Monsterköter stünde hinter mir? Als ich mich umdrehte und in das freudestrahlende Gesicht meiner Mutter blickte, war das jedenfalls genauso schlimm.

„Oh, da bist du ja!“ Sie streckte eine Hand nach mir aus, doch bevor sie meine Wange berührte, kam sie dann doch noch zur Besinnung und zog ihre Hand zurück. „Ich habe alle Papiere für deine Entlassung unterzeichnet. Draußen wartet das Taxi. Wir können uns also auf den Weg machen.“

Miss Mulligan drückte meine Hand zum Abschied und begleitete uns noch bis zur Tür. Sie murmelte auch irgendwelches Zeug, doch ich hörte ihr schon gar nicht mehr zu. Die Gewitterziege war wahrscheinlich genauso froh darüber wie ich, dass wir uns nie wieder sehen würden.

Julian verstaute meinen Rucksack neben zwei anderen

Taschen im Kofferraum des Taxis. Dann kletterte er zu mir auf den Rücksitz. Gott sei Dank war meine Mutter vorne auf der Beifahrerseite eingestiegen.

„Jetzt lächle und genieß die Reise“, flüsterte mir Julian zu. „Der Flug wird dir gefallen. Ich nehme an, du warst noch nie in einem Flugzeug?“

„Flugzeug?“ Ach du Scheiße. Daran hatte ich ja noch gar nicht gedacht! Meine Knie begannen zu schlottern. „Gibt's denn keine andere Möglichkeit, nach Frankreich zu kommen? Mit dem Auto vielleicht, oder mit dem Zug? Gegen ein Schiff sag ich auch nichts.“

Julian runzelte die Stirn. „Was ist los? Hast du etwa Angst vorm Fliegen?“

„So würde ich das nicht unbedingt ausdrücken.“ Denn ich war noch nie so weit oben gewesen. Um ehrlich zu sein, bekam ich schon eine Heidenangst, wenn ich nur die ersten paar Sprossen einer Leiter hochklettern musste. Ganz zu schweigen davon, dass ich mir beinahe in die Hose gemacht hätte, als ich es einmal gewagt hatte, mich aus meinem Fenster im dritten Stock zu lehnen. Die Wette hatte mir zwar einen brandneuen Pullover eingebracht, den Debbie zuvor bei H&M geklaut hatte, doch der Preis war schwer verdient gewesen. „Ich hab da nur so ein kleines Problem mit Höhen“, gab ich zu.

Während er diese Information verarbeitete, kräuselte Julian die Lippen. „Dann lassen wir dich wohl am besten nicht am Fenster sitzen.“

Nach weiteren vierzig Minuten Schweigen im Taxi erreichten wir endlich den Flughafen in Heathrow. Ich folgte dem Drachen auf Schritt und Tritt, um nicht versehentlich in den Menschenmassen, die hier in alle

Richtungen hetzten, verloren zu gehen. Obwohl … worüber machte ich mir eigentlich Sorgen? Das war meine letzte Gelegenheit zur Flucht. Vielleicht sollte ich doch lieber ein kleines bisschen Abstand zu den beiden halten und dann, wer weiß, vielleicht eine falsche Abzweigung nehmen?

Meine Schritte wurden kürzer und somit der Abstand zwischen mir und dem Unglück, das sich meine Mutter nannte, immer größer. Leute mit Koffern füllten den Weg zwischen uns. Ich verspürte auf einmal eine völlig neue Aufregung. Nach weiteren fünf Schritten blieb ich stehen und sah mich nach einem guten Versteck um.

Da schob plötzlich jemand seine Finger unter die Träger meines Rucksacks und zog ihn mir von den Schultern. „Lass mich das für dich tragen. Wir wollen doch nicht riskieren, dass du noch deinen Flug verpasst, nur weil das Gepäck so schwer ist."

„Quinn!" Ich wirbelte herum und schlang meine Arme um meinen Freund, wobei ich meine Nase in dem frischen Duft seiner dunklen Uniform vergrub.

Quinn lachte und ließ meinen Rucksack fallen, als er durch meine enthusiastische Umarmung ein paar Schritte rückwärts taumelte. „Alles klar, Kleine. Ich hab verstanden. Du freust dich also mich zu sehen."

„Ich hab schon gedacht, du kommst gar nicht mehr."

Er hielt mich an den Oberarmen fest und lehnte sich ein Stück zurück, sodass er mir in die Augen sehen konnte. „Wann hab ich jemals ein Versprechen an dich gebrochen?"

Noch nie. Meine einzige Chance auf Flucht ging zwar gerade flöten, doch sein Aufkreuzen erfüllte mich mit einer ganz anderen Freude. Ich grinste. Quinn würde mir gegenüber niemals sein Wort brechen.

Leider kam dann auch Julian zu uns rüber und begrüßte meinen Freund mit einem lässigen: „Morgen."

„Hey, Jules." Quinn legte ihm eine Hand auf die Schulter. „Hoffentlich hattest du keine Probleme damit, unsere Prinzessin in die Kutsche zu verfrachten."

Julians linker Mundwinkel schob sich langsam nach oben. „Nein, gar nicht. Bis jetzt folgt sie brav wie ein Hündchen."

Ich senkte das Kinn und warf den beiden einen fiesen Blick zu. „Könntet ihr gefälligst damit aufhören, euch über mich lustig zu machen?"

Die Hände in einer unschuldigen Geste erhoben, trat Julian einen Schritt zurück. „Deine Mutter checkt gerade ein. Sie fragt nach deinem Rucksack. Außer du möchtest ihn als Handgepäck mit an Bord nehmen."

„Nein." Ich hob meinen Rucksack vom Boden auf und stieß ihn hart gegen seine Brust. „Da. Nimm."

Julian wackelte nicht einmal ein kleines Bisschen. Er schwang den Rucksack über eine Schulter und marschierte zurück zu meiner Mutter, die bereits ziemlich weit vorne in einer Schlange am Ticketschalter anstand. Das gab mir noch einen Moment allein mit meinem Freund und ich konnte in Ruhe Lebewohl sagen.

Quinn zog mich ein Stückchen zur Seite. „Hör zu, Kleine. Ich bin sicher, dein Onkel und deine Tante werden dich mit allem Nötigen verwöhnen. Essen, Kleidung, ein Zimmer. Komm also ja nicht auf dumme Gedanken in Frankreich und fang wieder an zu klauen. Verstanden?" Er streckte mir einen warnenden Finger ins Gesicht.

Ich widerstand dem Impuls mit meinen Zähnen danach zu schnappen und sagte stattdessen zuckersüß: „Ich werde ganz brav sein."

„Jona, ich mein das ernst."

„Okay, hab verstanden. Kein Stehlen." Ich pustete eine Strähne aus meinen Augen. „Was ist mit Glücksspielen und Prostitution?"

Seine Augen wurden weiter als Kaffeeuntertassen und seine Kinnlade schnallte nach unten.

Nun kam mir doch ein Grinsen aus. „Entspann dich, Officer. Das war nur ein Scherz."

Quinn zog die Augenbrauen tiefer.

„Nur. Ein. Scherz!" Ich hob die Hände, so wie Julian vorhin. „Ehrlich!"

„Sehr witzig", brummte er. Dann fuhr er mit seiner Hand zwischen mein Haar und mein Genick und zog mich seufzend an sich. „Pass einfach gut auf dich auf, hörst du. Mach keinen Blödsinn. Und in Gottes Namen, denk gar nicht erst daran abzuhauen, wenn ihr erst einmal gelandet seid."

Ich blickte unschuldig zu ihm hoch.

„Ich warne dich, Kleine. Ich hab gesehen, wie du vorhin versucht hast, dich von den anderen abzuseilen."

„Du hast doch selbst gesagt, das war nur wegen dem schweren Gepäck." Ich zuckte mit den Schultern und ließ ein kleines Lächeln durchblitzen. „Sonst noch was?"

Er kratzte sich am Kinn und kräuselte die Lippen. Dann zerraufte er mir noch einmal liebevoll mein Haar. „Sei vorsichtig. Autos schlagen auf dem Festland von der linken Seite zu." Sein Schmunzeln machte mir erst so richtig bewusst, wie sehr ich ihn doch vermissen würde. Er war mehr Familie für mich, als meine Mutter es jemals sein würde.

Im nächsten Moment stieß auch Julian wieder zu uns. Dieses Mal hatte er den Drachen im Schlepptau. „Das Boarding beginnt in zwanzig Minuten“, sagte sie. „Wir sollten jetzt besser durch die Passkontrolle gehen.“

In meinem Hals bildete sich ein schwerer Klumpen bei dem Gedanken, dass wir schon so bald losmussten. Quinn bemerkte als einziger, wie meine Lippen zu zittern begannen. Er neigte seinen Kopf, sodass seine Stirn auf meiner lag, und streichelte mit seinem Daumen sanft über meine Wange. „Du machst das schon, Prinzessin“, sagte er leise. Dann drehte er sich zu Julian. „Und du wirst gut auf sie aufpassen, versprochen?“

„Na klar.“ Julian blickte dabei nur mich an.

Als sich meine Mutter von Quinn verabschiedete, schüttelte sie noch einmal förmlich seine Hand. „Danke, dass sie sich so gut um mein Baby gekümmert haben. Ich hoffe, wir haben noch einmal die Chance, uns wiederzusehen.“

Ihr Baby? Spinnt die? Meinte sie etwa das Baby, das sie am liebsten lachend im Fluss ertränkt hätte? Ich musste mich schnell wegdrehen und auf etwas anderes konzentrieren, denn sonst hätte ich ihr wohl in diesem Moment das Gebiss in den Hals gerammt.

Als sie und ihr Schoßhündchen von Begleiter sich in Richtung Passkontrollschalter aufmachten, schlurfte ich schwermütig hinterher.

„Julian!“

Wir alle drehten uns noch einmal auf Quinns Ruf hin um. Er zückte ein Paar Silberhandschellen aus seiner Hosentasche und warf sie Julian zu, der sie mit einer Hand auffing. „Du wirst sie vielleicht noch brauchen. Behalt immer den Ausgang im Auge."

Julians amüsiertes Lachen kratzte mich in dem Moment gar nicht. Selbst Quinns Scherz störte mich nicht. Ehe ich mich versah, rannte ich los in seine Richtung und fiel ihm noch ein letztes Mal um den Hals. Er drückte mich an sich, wie es nur ein bester Freund konnte, und ich wünschte mir, es gäbe eine Möglichkeit, um für immer in dieser sicheren Umarmung zu bleiben.

„Kopf hoch, Kleine. Es ist doch nur für sechs Wochen", sagte er in mein Ohr. „Und wenn du es dir bis dahin nicht anders überlegt hast, dann komm ich höchstpersönlich nach Frankreich und hol dich zurück nach London." Er drückte mir einen sanften Kuss auf die Stirn. Den ersten und letzten. Dann legte er seinen Fingerknöchel unter mein Kinn und hob meinen Kopf hoch. „Jetzt lauf! Sie warten schon auf dich."

Nun gab es keine Möglichkeit mehr, den Gang in die Löwengrube noch länger aufzuschieben. Ich löste mich aus Quinns Umarmung und schleppte mich mit schweren Schritten zur gläsernen Schiebetür, hinter der meine Mutter und Julian auf mich warteten. Doch alle paar Meter blickte ich noch einmal über meine Schulter zurück, um mich zu vergewissern, dass Quinn auch immer noch dastand. Er winkte mir zum Abschied, dann schob er seine Hände in die Hosentaschen und blieb einfach nur stehen, bis ich um die Ecke bog und er aus meinem Blickfeld verschwand.

Nachdem ich die Passkontrolle hinter mich gebracht hatte, sackte ich auf eine der vielen roten Plastiksitzbänke, die an der Wand entlang befestigt waren. Die Arme vor der Brust verschränkt, biss ich die Zähne zusammen und wartete darauf, dass wir an Bord gehen konnten.

Es dauerte nicht lange, da setzte sich auch Julian neben mich. „Hey“, sagte er.

Ich sagte gar nichts.

„Komm schon. Sechs Wochen sind keine Ewigkeit. Gib dir einen Ruck. Vielleicht gefällt es dir ja sogar in Frankreich.“

„Ja, genau. Ungefähr so wie eine Wurzelbehandlung, oder?“

Julian seufzte schwer und legte dabei seine Hand auf mein Knie. Das überraschte mich derart, dass ich vor lauter Schreck ganz vergaß, mein Bein wegzuziehen. Stattdessen haftete mein Blick starr auf seiner Hand.

Wenige Sekunden später stand er auf und schlenderte zu Charlene rüber, die an der Fensterfront stand und auf die Startbahn hinausblickte. Selbst als Julians Hand schon lange nicht mehr auf meinem Bein lag, blieb ein seltsames Prickeln zurück und breitete sich schnell in meinem ganzen Körper aus. Ich rubbelte über die Stelle an meinem Bein, doch das Gefühl ging nicht weg. Mein Herz klopfte etwas schneller und mir wurde ganz komisch. Irgendwie angenehm. Und warm.

Ob da jetzt Magie im Spiel war oder ich einfach nur den Verstand verlor, konnte ich leider nicht sagen. Wie dem auch sei, Julian hatte es geschafft, mich von meinem Schmerz über den Abschied von meinem einzigen Freund abzulenken, und ich konnte tief Luft holen, ohne dass sich mir der Hals mit unterdrückten Tränen zuschnürte.

Über die Lautsprecher in der Decke forderte eine Stewardess wenig später die Fluggäste zum Boarding auf. Ich erhob mich und folgte Julian und Charlene durch die letzte Ticketkontrolle. Der Lärm der Turbinen wurde mit jedem Schritt die enge Gangway entlang lauter. Als wir über den schmalen Spalt hinweg in das Flugzeug stiegen, blies mir ein kalter Luftzug ins Gesicht. Am Einstieg waren der Kapitän und zwei Stewardessen in roten Uniformen postiert, die uns eine gute Reise wünschten.

„Gute Reise, meine Fresse", murmelte ich und stapfte in dem engen Flugzeug hinter Charlene her, bis wir unsere Plätze erreichten.

Sie drehte sich mit einem Strahlen im Gesicht zu mir um und fragte: „Möchtest du gerne am Fenster sitzen?"

Julian richtete plötzlich ein paar Worte auf Französisch an sie. Ihr Gesicht verlor das Strahlen, dann rutschte sie in der Dreierbank durch bis zum Fenster. Hatte Julien etwa gerade mein kleines Problem mit großen Höhen ausgeplaudert? *Verräter!*

Doch dann wurden meine Knie weich, als mir ganz plötzlich bewusst wurde, dass ich auf dem Weg in ein Land war, in dem keiner meine Sprache beherrschte. Au Backe! Wie sollte ich mich denn dort bloß verständigen?

Julian sank in den mittleren Sitz neben meiner Mutter und überließ mir damit den Platz am Gang. Völlig fertig ließ ich mich in den marineblauen Sessel fallen, mit den Gedanken bereits ganz woanders.

Die Stewardess forderte uns auf, die Gurte anzulegen. Ich schnallte mich an, doch der Gurt um meine Hüften war viel zu weit. Da hätte ich locker dreimal reingepasst. Ich machte die Schnalle noch einmal auf und suchte nach einem anderen, etwas kürzeren Gurt. Aber da war keiner.

„Warte. Ich helf dir." Julians Finger waren bereits an meinem Gurt, noch bevor ich überhaupt protestieren konnte.

Meine Hände zu meinen Schultern erhoben, sah ich zu, wie er mich anschnallte und dann an dem losen Ende des Gurtes zog, bis dieser straff um meine Hüfte saß. Sein verlockender Duft nach Wind und Meer hüllte mich ein. Ich leckte mir über die Lippen.

Sachte legte er seine Hand auf meinen Bauch. „Ist das zu eng?"

Ich schüttelte langsam meinen Kopf. Er blickte mir noch einen kurzen Moment länger in die Augen, dann lehnte er sich wieder zurück in seinen eigenen Sitz. Ich erinnerte mich daran, dass ich vielleicht lieber weiter atmen sollte, wenn ich nicht unbedingt in diesem Flieger ohnmächtig werden wollte, und holte tief Luft. „Danke", murmelte ich dann.

Auf den kleinen Bildschirmen, die alle paar Meter an der Decke des Flugzeuges angebracht waren, hatte eine Stewardess begonnen die Maßnahmen für einen eventuellen Absturz zu erörtern. Ich hörte angestrengt zu und versuchte mir das richtige Vorgehen im unwahrscheinlichen Fall einer Wasserlandung einzuprägen.

„Wenn es so unwahrscheinlich ist, warum zeigen sie dann diesen verdammten Film?" Ich biss die Zähne zusammen und hoffte, dass Julian mein Zittern nicht bemerkte. Pech. Der Bursche merkte alles.

„Entspann dich. Dir wird nichts passieren", versuchte er mich zu beruhigen. Doch ich hörte ihm gar nicht erst zu.

Das Flugzeug rollte bereits auf die Startbahn. Ich verkrampfte mich in meinem Sitz und blickte starr auf die Rückenlehne meines Vordermannes. Über die Lautsprecher erklärte der Kapitän, dass wir unsere Uhren in Frankreich eine Stunde vorstellen müssten und dass das Wetter offenbar sonnig bei dreißig Grad Celsius sei. Die Flugzeit betrage in etwa eine Stunde. Er erwarte keine Turbulenzen, nur ein leichtes Rütteln durch den Wind, sobald wir die Grenze zwischen Land und Wasser passierten.

Na großartig. Ich machte mich schon mal auf den Höllenritt meines Lebens gefasst.

Ein fröhlicher Gedanke

Ich saß kerzengerade in meinem Sitz, umklammerte die Armlehnen und wollte echt nicht aus dem kleinen ovalen Fenster sehen. Doch ich konnte nichts dagegen machen, mein Blick schweifte ganz von allein zur Seite. Teile der Tragfläche bewegten sich gerade rauf und runter, wobei sie ein ächzendes Geräusch von sich gaben. Mir wurde übel.

Julian lehnte sich zu mir. „Keine Angst." Sein warmer Atem auf meiner Wange verlangsamte die Achterbahn in meinem Bauch. „Die Teile sind nicht kaputt. Der Kapitän testet nur, ob auch alles einwandfrei funktioniert."

„Ist *jetzt* nicht schon etwas zu spät, um alles zu testen?"

„Das ist das Standardprozedere, glaub mir."

Hoffentlich war das nicht nur dummes Gerede. Ich lehnte meinen Kopf zurück und blickte wieder starr geradeaus. Wir hatten mittlerweile die Rollbahn erreicht und das Flugzeug verharrte für einige Sekunden auf der Startposition. Plötzlich wurde das Geräusch der Turbinen um ein Vielfaches lauter. Schweiß perlte mir auf der Stirn.

Mit mörderischer Geschwindigkeit schnellte der Flieger plötzlich vorwärts und ich wurde nach hinten in den Sitz gepresst. *Hilfe!* Ich war doch noch viel zu jung zum Sterben! Ich hatte noch nicht mal meinen Führerschein.

Meine Knöchel wurden weiß, so fest verkrampften sich meine Finger um die Armstützen.

Wenn doch nur Peter Pan hier wäre. Der wüsste, was zu tun wäre. *Denk an etwas Schönes ... Denk an etwas Schönes ...* Meine Lippen bewegten sich nur leicht, als ich das Mantra wie ein Gebet vor mich hin murmelte. Doch, oh nein! Mir fiel einfach kein schöner Gedanke ein.

Das Flugzeug flitzte die Startbahn entlang. Die Welt draußen verschwamm vor dem Fenster. Wenn ich auch nur einen Finger hätte bewegen können, hätte ich mich wohl in diesem Moment bekreuzigt. So blieb mir nichts anderes übrig, als den Herrgott um ein schmerzloses Ende anzuflehen.

Eine Feder streifte plötzlich über meinen Handrücken. Nein, keine Feder. Doch Julians Finger waren so sanft wie ein Flüstern auf meiner Haut. Ich wagte einen Blick nach rechts und stolperte in tiefblaue Augen.

Vorsichtig löste er meinen Todesgriff von der Armstütze und schlang seine Finger durch meine. „Es ist alles okay."

Sein sanfter Ton verleitete mich dazu, ihm sogar zu glauben. Seine Berührung erfüllte mich mit Vertrauen und Trost und ließ keinen Zweifel offen, dass ich in Sicherheit war, solange er mich nur festhielt. Er drückte meine Hand. Ein sanftes Lächeln schlich sich in sein Gesicht, bei dem sich ein Mundwinkel etwas höher zog als der andere.

Und da war er plötzlich. Mein fröhlicher Gedanke.

Im nächsten Moment hob das Flugzeug vom Boden ab, und es fühlte sich an, als würde ich kurzzeitig taub werden. Wir schossen mit einer Leichtigkeit in die Höhe, die ich nie für möglich gehalten hätte. Ich atmete tief ein und aus, schluckte ein paar Mal und bekam schließlich auch meine Ohren wieder frei. Julian hielt meine Hand die ganze Zeit fest. Mir würde nichts passieren.

Als ich meine Augen endlich von seinem Lächeln losreißen konnte, wagte ich einen kurzen Blick aus dem Fenster. London von oben zu sehen war schon etwas ganz Besonderes. Und wunderschön. Aber als die Stadt unter uns kleiner und kleiner wurde, kam auch die Gewissheit, dass mein bisheriges Leben, so wie ich es kannte, nun endgültig vorbei war. Ich wurde aus meiner Heimat gerissen und zur Sklaverei aufs Festland exportiert. Für unendlich lange sechs Wochen.

Langsam löste ich meine verkrampften Finger von Julians Hand und zog sie zurück. Das war nun schon das zweite Mal, dass er mich auf diese seltsame Weise berührt hatte. Und genau wie beim ersten Mal, war mir ganz komisch warm dabei geworden. Unwahrscheinlich, dass er mitbekommen hatte, wie ich auf ihn reagierte. Umso besser. Ich würde vor Scham vergehen, wenn er es wüsste.

Um seinem Blick auszuweichen, widmete ich meine übertriebene Aufmerksamkeit meinen schwitzenden Händen, die ich gerade an meiner Jeans abwischte.

„Ich nehme an, du fühlst dich besser", sagte Julian leise und vielleicht sogar ein wenig enttäuscht, lehnte sich vor und zog ein Buch aus seinem Rucksack, den er unter dem Vordersitz verstaut hatte. Er steckte seine Nase in die Seiten. In diesem Moment versuchte ich überall hinzusehen, nur nicht zu ihm, wobei ich mich verlegen räusperte, anstatt zu antworten.

Neben mir stand ein Mann auf und holte ein weißes Kissen aus dem Gepäckfach. Er setzte sich wieder hin, stopfte das kleine Kissen hinter seinen Kopf und machte die Augen zu. Ich versuchte das auch ... die Augen zuzumachen und den Flug zu verschlafen. Doch das war eine saublöde Idee, denn sobald ich sie geschlossen hatte, konnte ich mich plötzlich nur noch auf das wohlig warme Gefühl in mir konzentrieren. Mein Herz fühlte sich an, als hätte es jemand unter eine heiße Trockenhaube gesetzt. Whoa, war das komisch. Da sah ich mich doch lieber wieder im Flugzeug um, nur halt nicht auf meiner rechten Seite.

Ich zog die Beine an, schlang meine Arme drum rum und stellte meine Füße auf den Sitz. Gleich fühlte ich mich ein wenig sicherer ... vor dem seltsamen Effekt, den Julian ohne es zu wissen auf mich hatte.

Wie der Kapitän es vorhergesagt hatte, ging der Wechsel von Fliegen über Land zu Fliegen über Wasser nicht ohne holprige Turbulenzen einher. Wir wurden ordentlich durchgerüttelt und das verdammte Flugzeug drohte jede Sekunde auseinanderzubrechen. Panik packte mich erneut am Genick, doch dieses Mal gab ich Acht darauf, dass meine zitternden Hände in meinem Schoß und außer Julians Reichweite lagen. Julian tat zwar immer noch so, als wäre er in sein Buch vertieft, doch ich bemerkte, wie er alle paar Sekunden besorgt zu mir rüber schielte. Solange das Beuteln und Schütteln andauerte, verdoppelte ich meine Anstrengungen, mich zu beherrschen und zumindest halbwegs ruhig zu wirken; von meinem Hyperventilieren mal abgesehen.

„Mir geht's bestens“, brummte ich. „Kein Grund schon wieder meine Hand zu halten.“

Julian machte kurz die Augen zu, presste die Lippen aufeinander und ein kleines Grübchen erschien auf seiner

Wange. „Wie du meinst."

Ein leises Grollen kam aus meiner Kehle. Der Blödmann sollte gefälligst aufhören, mich auszulachen! Doch warum kümmerte mich das überhaupt? Es konnte mir doch völlig egal sein, was er von mir dachte. *Argh!*

Ich blickte zornig rüber zu dem dösenden Bündel im Sitz neben ihm. „War ja klar, dass der Drache schlafen kann wie ein Stein, während die Welt um uns herum auseinanderfällt. Gleichgültig, wie eh und je", maulte ich.

Doch dann bemerkte ich, wie Julian mit seiner freien Hand Charlenes Unterarm sanft auf und ab streichelte. Was zum Teufel—? Also war er doch ihr Liebhaber. Ein Ballon aus Eifersucht stieg in mir auf und platzte dann direkt unter meinem Hals. Nicht auszudenken, was so ein sanftes Kraulen bei ihr bewirken würde, wenn mich Julians kleinste Berührung schon total aus der Bahn warf.

Das Streicheln hörte abrupt auf.

Wieso? Hatte er etwa mitbekommen, wie sehr mich das gerade störte? Ich runzelte die Stirn. Im nächsten Moment verschwanden Julians Lippen zu einem Strich. Er zog langsam seine Hand von meiner Mutter ab und hielt damit das Buch fest. Seine langen Wimpern versteckten seine blauen Augen vor mir, als er sich viel zu offensichtlich auf die Seiten konzentrierte.

Ein leises Stöhnen kam vom Fensterplatz. Meine Mutter wurde unruhig, doch Julian machte keine Anstalten, sie weiter zu streicheln. Absichtlich, da war ich ganz sicher. Er versuchte vermutlich seine Sorge um sie vor mir zu verstecken; oder was auch immer er da gerade mit ihr veranstaltet hatte. Magie? Um ihren Schmerz zu lindern? Nein, Blödsinn. Das konnte gar nicht sein.

Charlene begann sich in ihrem Sitz zu regen und wachte schließlich auf. Ihr Gesicht war vor Schmerz verzogen. Eine Minute später saß sie aufrecht, eine Gänsehaut überzog ihre Unterarme und sie starrte durch das kleine Fenster auf die Wolkendecke um uns herum. War das gerade wirklich nur geschehen, weil Julian sie nicht mehr berührte?

Langsam ließ ich meinen Blick zurück zu Julian gleiten. Seine Augen waren nun geradewegs auf mich gerichtet. Das Blut gefror mir in den Adern.

Obwohl der Rest des Fluges ohne weitere Turbulenzen vonstattenging, war ich dennoch mehr als erleichtert, als wir endlich aussteigen konnten und ich wieder festen Boden unter den Füßen hatte. Meine Mutter hakte sich bei Julian ein und ich folgte ihnen dicht auf.

Meine Stirn war binnen Kurzem schweißnass. Ich wischte mir mit dem Ärmel meiner Kapuzenjacke drüber. Verglichen mit den milden Temperaturen in Großbritannien wirkte Frankreich wie eine Sauna. Das Innere des Flughafens war Gott sei Dank klimatisiert, somit war das Warten auf unsere Koffer nicht ganz so unerträglich. Als wir das Terminal verließen, wartete bereits ein Pärchen bei einem dunklen Geländewagen auf uns.

Der großgewachsene Mann in hellbraunen Shorts und schwarzem T-Shirt hatte seinen Arm um die Frau mit rötlich blonden Haaren gelegt. Als wir zu ihnen kamen, umarmte meine Mutter die beiden herzlich und begrüßte sie auf Französisch. Julian bekam von der Frau, die mir wie Ende dreißig vorkam, ein Küsschen links und rechts auf die

Wange. Er musste sich dabei leicht zu ihr nach unten lehnen, denn sie war kaum größer als ich.

Als Nächstes drehte sie sich zu mir und strahlte dabei wie eine 100 Watt Glühbirne. Ich lehnte mich instinktiv zurück und hob schützend meine Hände. „Ich denke, wir können das mit dem Küssen überspringen."

„Hallo, *Chérie*", sagte sie freundlich und streckte mir ihre Hand entgegen. „Ich bin Marie Runné, deine Tante." Sie verschluckte das *H* beim *Hallo*, machte aus *ich* ein *iesch* und noch nie hatte ich gehört, wie jemand ein *R* so lustig rollte.

Aus einem Meter Sicherheitsabstand schüttelte ich ihre Hand. Ich wollte kein Risiko eingehen, plötzlich doch auch noch umarmt und geküsst zu werden.

„Das ist mein Ehemann, Albert." Sie zog den letzten Teil seines Namens hinaus, als hieße er Al*bär*. Der Name passte zu ihm. Groß genug für einen Bären war er ja, obwohl mich das erste Grau in seinen Haaren eher an einen Wolfsrücken erinnerte.

„*Bonjour,* Jona. Meine Frau und ich sind sehr glücklich, dass du dich entschieden hast, eine Weile bei uns zu leben."

Anstatt seine Hand zu schütteln, steckte ich meine nun tief in die Hosentaschen. „Ich hatte keine Wahl."

Maries Stimme blieb sanft wie die einer Katze, als sie sagte: „Es war sehr mutig von dir, so weit zu reisen, und dann auch noch an einen Ort, den du gar nicht kennst. Aber hab keine Angst. Wir werden uns gut um dich kümmern."

Hallo? Ich stierte sie vorwurfsvoll an. „Ich hab vor gar nichts Angst."

In dem Moment spürte ich, wie Julian sich von hinten zu meinem linken Ohr beugte, und ein merkwürdig warmer Schauer lief mir den Rücken hinunter. „Wir beide kennen zumindest eine Sache, bei der du ins Zittern gerätst, nicht wahr?“, flüsterte er mir zu. Dann nahm er mir den Rucksack ab und lachte den ganzen Weg bis zum Kofferraum, wo er unsere Sachen verstaute.

Der fing langsam echt an, mir auf die Nerven zu gehen.

Der Rücksitz des Wagens war zum Glück breit genug, sodass Charlene, Julian und ich uns auf der Strecke nicht wie Ölsardinen aneinanderpressen mussten. Ich saß ganz rechts und blickte die ganze Zeit über aus dem Fenster, meinen Rücken Julian zugewandt, der die Barriere zwischen mir und meiner Mutter bildete. Ganze siebzig Minuten dauerte die Fahrt zu den Weinbergen, auf denen ich bis zu meinem Geburtstag Sklavenarbeit verrichten sollte.

Aber mal abgesehen von dem ganzen Jammer, der mir noch bevorstand, war Südfrankreich doch ein wunderschönes Fleckchen Erde. In London war ich von Backsteingebäuden und hektischem Verkehr umzingelt gewesen, sobald ich einen Fuß vor die Tür gesetzt hatte. Hier säumten Baumalleen die einsame Straße. Romantische Seen, Wiesen und Hügel formten eine bezaubernde Landschaft. Es war fast so, als würde das Land versuchen, die gestressten Leute auf den ruhigen Boden herunterzuholen.

Unglücklicherweise warf die Gesellschaft meiner Mutter einen trüben Schatten auf diese unwirkliche Gegend. Meine Tante und mein Onkel versuchten während der Fahrt immer mal wieder ein kurzes Gespräch mit mir aufzubauen. Doch ich hatte so überhaupt keinen Bock auf Smalltalk mit Fremden.

Ein sanfter Stups in die Rippen erschreckte mich plötzlich. Als ich wild herumfuhr, nickte Julian in Richtung Fenster. „Wir sind fast da. Hier wirst du die nächsten paar Wochen" —er hielt im Satz kurz inne und kräuselte die Lippen— „deine Ferien verbringen."

„Du kannst die Dinge ruhig beim Namen nennen", maulte ich zurück. „Das ist der Ort, an dem für mich die Sklaverei beginnt."

„Es ist dein vorübergehendes Zuhause", verbesserte er mich noch einmal.

„Oh wie nett." Ich fletschte meine Zähne mit einem aufgesetzten Lächeln, drehte mich weg und las, was auf dem Ortsschild stand, das wir gerade passierten.

Bienvenue à Fontvieille.

Albert steuerte den Wagen durch schmale Straßen und ein paar Gassen, bis die vielen Schaufensterzeilen schließlich einem kleinen Wald und letztlich einem steinigen Weg wichen. Wenige Minuten später hielten wir in der Auffahrt eines beeindruckenden Anwesens im Landhausstil an.

Ich stieg mit den anderen aus und staunte mir erst mal die Augen aus dem Kopf. *Hübsch* war die Untertreibung des Jahrhunderts. Der Ort glich einem Bilderbuch.

Von einem niedrigen karamellbraunen Gartenzaun umgeben, ragte das Haus wie ein Märchenschloss aus dem Boden. Haustür, Fensterrahmen und der lange Balkon auf einer Seite im ersten Stock waren in derselben Farbe gestrichen wie der Zaun. Der Rest des Hauses war in einem strahlenden Weiß getüncht, das gerade die frühe

Nachmittagssonne reflektierte.

Ich hatte keine Ahnung, was das für rote, gelbe und lila Blumen waren, um die gerade einige Schmetterlinge und Bienen herumschwirrten, doch sie hingen üppig von den rechteckigen Blumenkästen, die an allen Fensterbänken und auch am Balkon angebracht waren. Eine leichte Brise schwenkte die feinen Netzvorhänge in den offenen Fenstern hin und her wie das Kleid einer Ballerina. Ich konnte es kaum abwarten, in dieses bezaubernde Haus hineinzuspazieren.

Immer noch tief in Faszination versunken, zuckte ich nicht einmal zurück, als meine Tante plötzlich sanft meine Oberarme rieb. „Willkommen zu Hause, Jona."

Zu Hause. Der Begriff lag wie ein leeres Versprechen in meinem Ohr.

Marie ließ mich los und zurück blieb eine kalte Stelle auf meiner Haut—ungewöhnlich für die dreißig Grad Außentemperatur, die wir hatten. Sie nahm meine Mutter am Arm und ging mit ihr ins Haus, gefolgt von Albert, der unser Gepäck hineintrug.

Ich wollte gerade auch hinter ihnen her schlurfen, als ein braun-weiß geflecktes Pferd um die Hausmauer trottete. Okay, es war kein Pferd, aber fast so groß wie eins. Das Monster kam auf mich zu und hatte dieses mordlustige Funkeln in den Augen. Es musste auch gerade ein kleines Kind gefressen haben; die Schnürsenkel hingen ihm immer noch aus dem Maul.

Wie angewurzelt blieb ich stehen. Das Riesenvieh stellte sich vor mich und schnitt mir damit den Weg zum Eingang ab. Ich war ihm hilflos ausgeliefert.

Da hob das Monstrum von Hund seine Schnauze und

schnüffelte an meiner zitternden Hand. Aus Angst seinen Appetit nur noch mehr anzuregen, erstickte ich ein Wimmern in meinem Hals.

Er blickte zu mir hoch. Ein tiefes Grummeln in seiner Kehle wuchs zu dem trägsten und desinteressiertesten Einmal-Bellen, das die Welt je zu hören bekam. Dabei lösten sich die Schnürsenkel von seinem Kiefer und tropften in einer Sabberpfütze zu Boden.

Bei Julians Lachen hinter mir fuhr ich erschrocken zusammen. „Und ich hab schon gedacht, der Hund ist stumm", sagte er.

Verdammt, wieso musste der Kerl ständig irgendwo in der Nähe sein? Ihm blieb aber auch gar nichts verborgen, besonders nicht meine peinlichen Momente.

„Lou-Lou, sitz!", befahl er dem Bernhardiner. Gemächlich pflanzte sie ihren Hintern aufs Pflaster. Ihre lange rosa Zunge hing seitlich aus dem Maul und wippte durch ihr Hecheln auf und ab. Ihr Schwanz wischte auf der Terrasse hin und her, während Julian sie hinter den wolligen Ohren kraulte. Dann wagte es Julian auch noch, seinen Arm locker auf meine Schultern zu legen. „Sollen wir Hunde auch auf die Liste der Dinge setzen, die dich zu Tode erschrecken?"

Ha. Ha. „Scherzkeks." Ich forderte ihn mit einem todbringenden Blick heraus, weiter Witze über mich zu machen, als er mich in Richtung Eingangstür zog. Bevor wir diese erreichten, konnte ich mich schließlich aus seiner lässigen Umarmung befreien und stapfte allein hinein.

Julian folgte mir, bog aber gleich in ein Zimmer auf der linken Seite. Hatte der etwa kein Zuhause? Hoffentlich würde er bald abhauen und mich mit seinen spitzen

Bemerkungen in Ruhe lassen. Die saudummen Schmetterlinge, die seine Berührungen jedes Mal in meinem Bauch heraufbeschworen, konnte er bei dieser Gelegenheit auch gleich mitnehmen.

In der Flurhalle hinter der Eingangstür standen meine neu entdeckten Familienmitglieder und unterhielten sich in fließendem Französisch. Schnell wechselten sie in meine Sprache, jedoch mit schwerem Baguette-und-Croissant-Akzent, als sie mich hereinkommen sahen, und hießen mich mit einem freundlichen Lächeln in ihrem Haus willkommen.

Der Drache versuchte auch zu lächeln, doch irgendwie wollten ihre Mundwinkel nicht so recht nach oben wandern. „Die lange Reise hat mich doch etwas angestrengt. Ich werde mich lieber kurz ausruhen. Marie zeigt dir gleich alles, dann kannst du dich wie zu Hause fühlen."

Zu Hause. Pah, dass ich nicht lache. Und wann würde es das Miststück endlich lernen, mich nicht mehr anzusprechen? Ich knirschte mit den Zähnen und wartete bis sie in dem Raum am hinteren Ende des Flurs verschwunden war.

„Ich möchte nur sichergehen, dass es deiner Mutter auch gut geht, dann können wir eine Tour durch das Haus starten, wenn du möchtest", bot mir meine Tante an. Ihre Augen strahlten immer noch mit derselben Begeisterung und Gastfreundschaft wie vor eineinhalb Stunden am Flughafen.

Als sie weg war und ich plötzlich allein dastand, drehte ich mich erst mal im Kreis und bewunderte das lichtdurchflutete Innere des riesigen Hauses. In dem ovalen Flur, der selbst schon wie ein großes Zimmer wirkte, standen ein dunkelgrüner Kasten im Landhausstil und eine Kommode, auf der eine blau-weiß gemusterte Vase und ein Festnetztelefon standen. Helle Holztüren führten in alle Richtungen. Ich lehnte mich etwas zur Seite und spähte durch eine offene Tür in einen Raum, der aussah wie ein kleines Büro. Bücher über Bücher füllten die Regale an der Wand und am hinteren Ende stand ein breiter Schreibtisch mit einem Computer oben auf.

Auf der rechten Seite des Flurs führte eine breite, geschwungene Treppe in den oberen Teil des Hauses. Erst als ich mir beinahe den Nacken verrenkte und nach oben sah, erkannte ich, warum es in dem Flur ohne Fenster trotzdem so hell war. Von hier aus konnte man bis zum Dach hinaufsehen, das in einer Mansarde über der Galerie im ersten Stock aufragte. Ein riesiges Dachfenster war darin eingebettet und gab freie Sicht auf den strahlendblauen Himmel.

„Das Haus ist wohl etwas größer als dein Zimmer in London."

Ich schoss zu Julian herum. Er lehnte mit einer Schulter im Türrahmen und hatte die Daumen durch die Gürtelschlaufen seiner Jeans gehakt. Ich streckte meine Schultern arrogant nach hinten und setzte mein perfektes Mädchengrinsen auf. „Du bist noch hier? Solltest du nicht schon lange unterwegs zu deiner eigenen Familie sein? Oder will dich dort vielleicht auch keiner haben?" Die Spitzen in meiner Stimme schienen ihn nicht einmal zu berühren.

„Aber nein, Julian lebt bei uns", hörte ich plötzlich meine Tante sagen, die gerade zurück aus dem Zimmer meiner Mutter gekommen war. „Komm mit mir. Ich zeige dir als Erstes die Küche und mache deiner Mutter nur noch schnell eine Tasse Tee." Sie nahm mich an der Hand und zog mich in den Raum, in dessen Tür Julian stand.

Als ich mich an ihm vorbeizwängte, verfing ich mich in Julians amüsiertem Lächeln. Mein Entsetzen darüber, dass er ebenfalls in diesem Haus lebte, stand mir mit Sicherheit ins Gesicht geschrieben und schien ihn nur noch mehr zu erheitern.

Cinderella

In der geräumigen Küche mit vanillefarbigen Fronten hing der Duft von frisch gebackenem Brot in der Luft. An dem großen Eichentisch auf der linken Seite neben der Tür konnten acht Personen Platz nehmen, doch mit mir als einziger dort wirkte er ein wenig wie der verlassene Laufsteg nach einer Modenschau.

Die Kochinsel in der Mitte des Raumes spiegelte sich in der Tür des Edelstahlkühlschranks, in dem Marie gerade herumwühlte. Hoffentlich hatte sie eine Landkarte für das riesige Teil, denn ich befürchtete schon, sie würde darin verloren gehen.

„Ah, da ist es ja." Sie kam mit etwas, das in Wachspapier eingepackt war, wieder zum Vorschein und holte einen Teller aus einem der oberen Küchenschränke, auf den sie dann das Gebäck legte. Zwanzig Sekunden ließ Marie den Snack in der Mikrowelle kreisen, ehe sie den Teller vor meinen verschränkten Armen hinstellte.

Mit den Ellbogen auf den Tisch gestützt, setzte sich Marie neben mich. „Iss, *Chérie*. Du bist doch sicher hungrig."

„Nein, überhaupt nicht", murmelte ich, doch im selben Moment gab mein Magen ein verräterisches Knurren von sich.

Maries glockengleiches Lachen tanzte im Raum. „Du gehörst zur Familie, Jona, und bist uns herzlich willkommen. Du brauchst dich also nicht zu genieren. Wenn du irgendetwas möchtest, nimm es dir bitte.“ An dem freudigen Glanz in ihren Augen war zu erkennen, dass sie jedes Wort ernst meinte.

Aber warum gerade jetzt? Was trieb diese Frau dazu, heute die liebe Tante zu spielen, wenn sie sich die letzten siebzehn Jahre nicht den geringsten Dreck um mich geschert hatte? Für mich war sie eine Fremde. Niemals war sie zu Besuch in unsere kleine Wohnung in Cambridge gekommen, als ich noch bei meiner Mutter gelebt hatte. Und Charlene hatte eine Tante auch nie nur erwähnt. Ich wusste rein gar nichts über Marie und fragte mich, wie viel mehr sie denn wirklich über mich wusste.

Mein Magen knurrte erneut. Verlegen stemmte ich meine Faust in meinen Bauch in der Hoffnung, das Grummeln würde dadurch aufhören. Meine Tante lächelte mich auffordernd an. Es kratzte mich nicht. Aber es wäre doch eine Schande gewesen, das köstliche Brötchen wegzuwerfen, jetzt wo sie es schon einmal aufgewärmt hatte. Ich stibitzte das Gebäck vom Teller und knabberte an einer Ecke. Der würzige Geschmack der Kräuter-und-Frischkäsefüllung explodierte in meinem Mund. Mmh, fantastisch. Ich leckte mir die Krümel von den Lippen und biss ein größeres Stück ab.

Marie nickte zufrieden. Als der Wasserkocher, der auf der Marmorplatte der Küche stand, pfiff, legte sie mir ihre weiche Hand auf die Wange. Nur ganz flüchtig. Es war vorüber und meine Tante war aufgestanden, noch ehe ich überhaupt realisierte, dass ich mich gerade von ihr hatte streicheln lassen.

Sie tauchte einen Teebeutel ein paar Mal in eine Tasse voll dampfendem Wasser. „Ich bringe deiner Mutter nur schnell ihren Tee. Dann können wir mit der Tour beginnen."

Irgendwie fand ich ihren Akzent ja ganz niedlich. Ich nickte und biss inzwischen noch einmal von dem leckeren Gebäck ab. Zwei Minuten später war der Snack ratzeputz aufgegessen und ich saß immer noch allein in der Küche. Aus zwei Minuten wurden fünf. Wo steckte sie bloß? Das Zimmer meiner Mutter lag doch nur ein paar Meter weiter.

Um mich abzulenken, zog ich eine Weile die geometrischen Figuren auf dem Tellerrand mit meinem Finger nach und kaute dabei auf meiner Unterlippe. Hatte sie mich etwa vergessen? In so kurzer Zeit? Man konnte nicht einmal Stimmen oder Schritte aus dem Flur hören. Nur das leise *Tapp-Tapp-Tapp* meiner eigenen Füße durchbrach die unangenehme Stille. Schließlich stand ich vom Tisch auf und spülte den Teller ab.

„Ich sehe, du machst dich bereits nützlich", freute sich Marie hinter mir. Ich schnellte herum, und sie nahm mir das Geschirr aus der Hand, um es wieder zurück in den Schrank zu stellen. „Komm. Es ist an der Zeit, dir dein neues Zuhause zu zeigen." Mit ihren Händen auf meinen Schultern schob sie mich sanft zur Tür hinaus.

Eine Wand des Wohnbereichs auf der gegenüberliegenden Seite des Flurs bestand rein aus Glas und eröffnete eine herrliche Aussicht auf die Bäume im Garten. Warmes Sonnenlicht brach durch das Fenster und fiel auf den schwarzen Flügel, der in dem Raum eindeutig die Vorherrschaft übernahm. Den vielen Blättern am

Notenstand nach zu urteilen, war dieses glamouröse Instrument nicht nur zur Zierde hier. Im Vorbeigehen ließ ich meine Finger über die weißen Tasten streifen und spielte dabei drei unstimmige Töne hintereinander.

Neben einem offenen Kamin schwang das Pendel einer altmodischen Standuhr in einem hypnotischen Rhythmus hin und her. Er versetzte mich zurück in eine Zeit, in der nachts das Ticken einer Uhr mein einziger Trost gewesen war. Abwesend griff ich mir an den linken Ellbogen und erinnerte mich an eine längst vergessene Verletzung. Ich schob die Gedanken daran zurück in den tiefsten Kerker meiner Erinnerungen.

Nachdem ich meinen Rundgang in diesem Raum beendet hatte, zeigte mir Marie auch noch ihr Schlafzimmer und Alberts Arbeitszimmer—das kleine Büro, in das ich vorhin schon heimlich gespäht hatte. Als wir zurück in die Halle kamen, stand die Eingangstür verlockend weit offen. Eine warme Brise wehte herein und forderte mich auf, meine Chance zu nutzen und abzuhauen. Vielleicht ... wenn Marie kurz mal nicht hersah ... dann könnte ich zur Tür raus huschen und einen Vorsprung rausschlagen. Ich würde mich im Wald verstecken, bis es dunkel wurde, und dann zurück zum Flughafen trampen. Irgendwie ließ sich bestimmt ein Flugticket zurück nach England auftreiben.

Mit den Händen in meinen leeren Hosentaschen musste ich mir jedoch eingestehen, dass ich ohne Geld nicht sehr weit kommen würde. Ich brummte vor mich hin und versuchte mir angestrengt eine Alternative einfallen zu lassen.

„Hier ist unser Badezimmer. Du kannst es dir auch gerne ansehen, wenn du möchtest“, schlug Marie vor und stellte sich dabei ganz bewusst zwischen mich und die Eingangstür. Sie wusste offenbar genau, was mir gerade durch den Kopf ging.

Für den Moment war es wohl das Klügste, erst mal abzuwarten und gute Miene zum bösen Spiel zu machen. Später, wenn ich ein paar Minuten für mich selbst hatte, würde ich mir einen Plan überlegen, der mich hier rausbrachte.

Das einzige Zimmer, das ich im Erdgeschoss bisher nicht betreten hatte, war das meiner Mutter. Es war mir ganz recht. Sollte der Drache ruhig hinter verschlossener Tür in seiner Höhle bleiben. Leider ging aber gerade diese Tür auf, als Marie und ich zum vorderen Teil des Hauses und der Treppe zurückkehrten. Julian schlich leise heraus.

„Schläft sie?“, fragte ihn Marie mit leiser Stimme.

Julian nickte nur.

„Ah, der Krankenpfleger ist wohl immer im Einsatz“, schnappte ich zynisch. „Hast du sie auch gut zugedeckt und ihr einen süßen Gutenachtkuss auf die Wange gedrückt?“

Er lehnte sich plötzlich näher und flüsterte: „Ich kann das ja heute Abend mit dir machen, wenn du willst.“

Mein erstauntes Schlucken hallte durch den Flur. Ich machte einen Schritt rückwärts und sah ihn entgeistert an.

Im nächsten Moment gab ihm Marie einen Klaps auf den Arm. „Sei nett zu ihr, Julian.“ Über ihre Rüge konnte Julian nur schmunzeln. Dann drehte sich Marie zu mir. „Deine Mutter schläft sehr viel in letzter Zeit. Die lange Reise nach London hat sie zusätzlich erschöpft.“ Sie legte ihren Arm um meine Taille und schob mich sanft vorwärts. „Komm mit, *Chérie*. Ich bin sicher, du möchtest als Nächstes dein Zimmer sehen.“

Im oberen Stockwerk angekommen, teilte sich der Korridor nach beiden Seiten. Ich drehte mich auf der Galerie im Kreis und genoss die herrliche Sonne, die durch das Dachfenster strömte. Als ich mich dann über das Geländer lehnte, fiel mein Blick auf Julian, der gerade in Richtung Küche schlenderte. Die herabfallenden Sonnenstrahlen brachten die warmen Strähnen in seinem Haar zum Leuchten. Mein Herz klopfte ein klitzekleines bisschen schneller. Vielleicht wäre es gar nicht so übel, abends von ihm zugedeckt zu werden.

Plötzlich blieb Julian stehen. Er blickte über seine Schulter zu mir hoch, als wüsste er, dass ich ihn gerade beobachtete. Seine blauen Augen funkelten dabei.

Au Backe. Meine Ohren glühten, als ich vom Geländer zurückschnellte. Ich wirbelte herum zu Marie und ließ mich von ihr zu meinem Zimmer führen. Von unten tönte ein leises Lachen.

„Wir haben hier oben auch eine kleine Bibliothek“, erklärte mir Marie und zeigte dabei auf eine Tür, die rechts um die Ecke lag. „Du kannst dir also jederzeit ein Buch holen, wenn du möchtest. Julian wohnt in dem Zimmer da hinten. Und das hier ist deins.“

Na großartig. Julian lebte nicht nur im selben Haus, nein, er musste natürlich auch in dem Zimmer neben mir schlafen. Fünfzig Zentimeter Mauer waren alles, was uns nachts trennte. Ich konnte ein missbilligendes Stöhnen nicht unterdrücken.

Marie öffnete die Tür neben Julians und ließ mich vorausgehen. Als ich den ersten Fuß über die Schwelle setzte, befand ich mich plötzlich in einem fünf mal fünf Meter großen Fleckchen Himmel. Mir blieb die Luft weg, und ich hatte das Gefühl, dass mir der Mund gerade meilenweit offen stand.

Durch die großen, quadratischen Fenster auf zwei angrenzenden Seiten wurde das Zimmer geradezu von Sonnenlicht überschwemmt. Der Wind spielte verträumt mit den zarten weißen Vorhängen in der offenen Balkontür und gab dabei immer mal wieder kurz die Sicht nach draußen frei.

Die Gummisohlen meiner Stiefel machten ein quietschendes Geräusch auf dem hellgrauen Parkett, als ich zaghaft weiter in den Raum trat. Ich zog die Linien des Teddybären nach, der in das Brett am Fußende des hellen Holzbettes geschnitzt war. Dann ließ ich meine Fingerspitzen über die Bettdecke mit Blumendesign gleiten. Das seidenweiche Material fühlte sich verboten herrlich an—nicht zu vergleichen mit den kratzigen, steifen Bettlaken und Decken im Jugendheim.

„Ich hoffe, dieses Zimmer kommt dir nicht zu kindisch vor.“ Die unsichere Stimme meiner Tante brach durch meine Gedanken. „Albert hat die Möbel aus Holz von unserem eigenen Wald gezimmert. Damals, als wir erst frisch verheiratet waren und noch gehofft hatten, einmal selbst Kinder zu bekommen.“

In dem großen Spiegel an der Schranktür gegenüber vom Bett sah ich, wie Marie mit traurigem Gesicht in einem weißen Schaukelstuhl in der Ecke neben der Tür sanft vor und zurück schwang. Sie drückte dabei einen Teddy fest an ihre Brust. Obwohl ich gestern Nacht nicht wirklich aufgepasst hatte, was Charlene so alles erzählte, war mir doch in Erinnerung geblieben, dass meine Tante keine Kinder bekommen konnte. Wenn es jemand anderes gewesen wäre, hätte ich wohl einfach nach dem Grund gefragt. Doch das war die Frau, die mich vom ersten Moment an mit diesen großen, hoffnungsvollen und vor allem freundlichen Augen angeblickt hatte. Zu ihr wollte ich, wenn auch als Einzige in diesem Haus, nicht grob sein.

Doch mein Blick sprach vermutlich sowieso grad Bände, denn im nächsten Moment seufzte sie und sagte: „Ein genetischer Fehler." Sie erhob sich vom Schaukelstuhl, setzte den Bären zurück an seinen Platz und kam langsam auf mich zu. „Ich kann nicht schwanger werden." Als sie mir zärtlich über die Wange streichelte, fragte ich mich, ob sie sich in all den Jahren genauso sehr nach einem Kind gesehnt hatte, wie ich mich nach einer liebevollen Mutter. Mein Leben wäre so ganz anders verlaufen, wenn ich als ihre Tochter zur Welt gekommen wäre.

Marie hätte mich bestimmt geliebt.

Ich verbiss mir den Zorn über diese Erkenntnis. Schließlich wollte ich diese Frau vor mir gar nicht so gernhaben. Doch als sie ihre Hand von meinem Gesicht nahm, griff ich beinahe danach, um sie wieder zurück an meine Wange zu legen. Ich kaschierte diese dumme Geste, indem ich mich schnell an der Nase kratzte. Dann stapfte ich zu einer weiteren Tür im Raum, die einen Spalt offen stand. „Was ist da drin?"

„Ein Badezimmer. Beide Räume in diesem Stock haben ein eigenes."

„Ich werd verrückt! Mein eigenes Badezimmer?" Ich stieß die Tür weiter auf und lehnte mich kurz um die Ecke, dann blickte ich zurück zu Marie. „Lass mich raten. Ihr habt euch eine Tochter gewünscht?"

Meine Tante lachte. „Was hat mich verraten? Die rosa

und weißen Fliesen?“

Ich nickte.

„Ja, ich hab mir immer ein kleines Mädchen gewünscht. Aber auch einen Jungen dazu. Die Fliesen in Julians Bad sind weiß und hellblau.“

Das machte mich neugierig. Waren Julians und mein Zimmer völlig identisch? Ich hielt es für besser, nicht danach zu fragen. Schließlich sollte sie nicht denken, dass ich in irgendeiner Weise an dem Burschen interessiert war. Denn das war ich gottverdammt noch mal auf gar keinen Fall.

„Wir essen um sechs“, teilte mir Tante Marie dann mit. „Nimm dir Zeit, um dich frisch zu machen und dich in deinem neuen Zimmer einzuleben. Albert hat dein Gepäck vorhin schon raufgebracht und es in den Schrank gestellt.“

Ein bisschen Zeit für mich selbst klang fantastisch nach dem langen Tag, an dem ständig irgendwelche Leute um mich herumgeschwänzelt waren. Ich nickte und freute mich schon auf die erste Dusche in einem privaten Badezimmer nach über zwölf Jahren.

Sobald die Tür allerdings hinter Marie zufiel, fühlte ich mich ein wenig verloren. Klar hatte sie gesagt, dass das nun mein Zimmer war, aber ich war immer noch Gast. Sie konnten es mein neues Zuhause nennen, so oft sie wollten—in ein paar Stunden würde ich von hier abhauen. Andererseits reizte mich dieses traumhaft schöne Bett ja schon sehr, es einmal zu testen.

Ich ließ mich vorsichtig auf die Matratze sinken. Nicht das leiseste Quietschen einer Bettfeder war zu hören. Meine Beine baumelten in der Luft, als ich zurück in das Kissen sank und begann, die kleinen runden Spots in der Decke zu zählen. Dabei schweiften meine Gedanken ab. Ich könnte jetzt aufstehen, mich nach unten schleichen und dann einfach zur Tür rausschlüpfen. Mit ein wenig Glück würden sie meine Flucht nicht vor dem Abendessen in zwei Stunden bemerken. Eine einmalige Chance.

Der seidene Vorhang über mir streifte mir im Wind übers Gesicht. Gleichzeitig wehte der Duft von Blumen und frisch geschnittenem Gras durchs Fenster. Ich atmete tief ein.

Was wäre, wenn ich bleiben würde? Könnte ich es sechs Wochen lang in diesem Haus aushalten?

Verlockend. Aber unmöglich.

Das Einzige, was ich tun konnte, war meine Abreise einen Tag hinauszuzögern. Immerhin wäre es doch eine Schande gewesen, nicht zumindest ein einziges Mal in diesem wunderbar weichen Bett zu schlafen. Ich kickte meine Stiefel weg, damit ich hier oben nichts schmutzig machte, kniete mich auf die Matratze und lehnte mich mit den Ellbogen auf das Fensterbrett, wobei ich meinen Kopf unter dem Vorhang durchsteckte. Beim ersten Blick auf die weiten Hügel vor meinem Fenster entfuhr mir ein beeindrucktes Pfeifen.

Ein Pfad führte vom Haus ungefähr hundert Meter zu einem riesigen Garten, der ein wenig aussah, wie ein überdimensional großes Gemüsebeet. Die Weinberge lagen in all ihrer Schönheit vor mir ausgebreitet.

In mehreren quadratischen Gärten ragten kleine Büsche Seite an Seite aus dem Boden. Breitere Wege trennten diese einzelnen Partien voneinander. Die noch jungen Reben wiegten sich sanft im Wind. Weiter draußen glitzerten die feinen Tropfen einer Bewässerungsanlange in der Sonne. Vögel hatten ihren Spaß darin. Noch nie zuvor hatte ich einen so bezaubernden Ort gesehen.

Für einen kurzen Moment schloss ich meine Augen und stelle mir vor, wie schön es gewesen wäre, als Kind hier frei herumzurennen und alles zu erkunden.

Wie schön wäre es wohl heute?

Was würde Quinn sagen, wenn er wüsste, in welch bildhübsches Gefängnis mich Abe gesteckt hatte? Er würde mir wahrscheinlich raten, auf meine Mutter zu pfeifen und das französische Leben zu genießen. Na ja, vielleicht mit einer etwas anderen Wortwahl.

Aber ich konnte meine Mutter einfach nicht aus meinen Gedanken streichen und so tun, als ob sie nicht da wäre. Oder vielleicht doch? Ich konnte es ja zumindest mal einen Tag lang versuchen. Ein Grinsen schlich sich in mein Gesicht. Ausgelassen sprang ich auf dem Bett herum und lief anschließend ins Bad.

Dieser Raum, mit seinen rosa und weißen Fliesen, war wie ein Traum aus Zuckerwatte. Warmes Licht fiel durch das mattierte Fenster und auf die breite Duschkabine in der Ecke. Vom Regal an der Wand zog ich ein flauschiges Handtuch und drückte es an meine Wange. Als ich es mir um die Schultern hängte, versank ich in dem frischen Duft von Pfirsichen.

Ich setzte mich auf den heruntergeklappten Klodeckel und stellte mir vor, ich wäre eine Prinzessin und das wäre mein Schloss. Der böse Hausdrache lebte unten in seiner Höhle, wo er hingehörte.

In der Wand neben der Dusche entdeckte ich als Nächstes eine kleine Klappe aus Metall. Sah irgendwie komisch aus. Ich stand auf und untersuchte das katzentürartige Ding genauer. Wenn man dagegen drückte, klappe es nach hinten weg. Aus Neugierde steckte ich schnell mal meinen Kopf hinein. Da drin war es stockdunkel. „Halloooo-oooo“, rief ich hinein und meine Stimme hallte lustig wider.

Jemand räusperte sich hinter mir.

Ich knallte mit dem Schädel gegen die Klappe, als ich zurückzuckte und mich schnell aufrichtete. Aua, das hatte weh getan.

„Das ist ein Wäscheschacht. Du wirfst deine alten Sachen da rein und sie fallen direkt in den Waschkeller.“

Ich blickte Julian scharf an und rieb mir die Stelle am Kopf, wo in wenigen Minuten sicher eine riesige Beule herausschießen würde. „Klopfen is’ wohl nicht in Frankreich, wie?“

„Eigentlich habe ich geklopft. Aber du hast nicht geantwortet. Ich wusste ja nicht, dass du hier drinnen Frotteeprinzessin spielst.“

Meine Wangen wurden heiß wie zwei glühende Kohlen. Mit einem Knurren zog ich mir das Badetuch von den Schultern und ließ es hinter meinem Rücken verschwinden. „Und was ist das?“, fragte ich und nickte dabei zu dem Kleiderstapel in seinen Armen.

Julian machte kehrt und ließ die ganze Ladung auf mein Bett fallen. „Marie wollte, dass ich dir das bringe. Anscheinend zieht sie die Sachen nicht mehr an. Sie meinte, du kannst behalten, was dir gefällt, und deine alten Klamotten verbrennen.“

„Das hat sie gesagt?!“

„Na ja, vielleicht nicht unbedingt das mit dem Verbrennen.“ Er grinste mich blöd an. „Ich dachte nur, jetzt wo du so viele neue Anziehsachen hast, kannst du die schäbigen Lumpen sicher entsorgen."

„Meine Klamotten sind nicht schäbig!" Das Geräusch meiner knirschenden Zähne vibrierte durch meinen Kopf. Wenn ich nicht aufpasste, würde ich meine Backenzähne bald bis auf ein Minimum herunter geschliffen haben.

Julian deutete auf mein Bein. „Da ist ein Loch in deiner Hose."

„Dieses Loch ist *persönlich*."

„Ooh warte, verrat's mir nicht. Es ist eine spezielle Erinnerung an einen deiner Raubzüge." Er zog eine Augenbraue hoch. „Die Jeans gingen dann wohl bei einer dramatischen Flucht kaputt, oder?"

Fall doch tot um!

Ich zuckte gleichgültig mit den Schultern. Meine Lippen blieben versiegelt. Doch die Martens waren das aufgeschundene Knie und das Loch in der Hose allemal wert gewesen.

Julian lachte laut, als er mein Zimmer verließ, denn offensichtlich wusste er, dass er mit seiner Vermutung genau ins Schwarze getroffen hatte. *Dämlicher Idiot.* Genervt latschte ich zurück ins Bad, zog mich aus und stellte mich unter die heiße Dusche. Dieses Mal schloss ich aber vorher ab.

Ich konnte nicht genau sagen, wie lange ich unter der Dusche stand, doch als ich rauskam und mich in ein luftig weiches Badetuch einwickelte, hatte die Haut an meinen Händen und Füßen Ähnlichkeit mit Rosinen. Mein Haar duftete wie ein See aus Rosenwasser, und mein ganzer Körper sog gerade eine Lotion auf, die nach wilden Beeren roch. Marie würde schon nichts dagegen haben, dass ich den Kram hier im Bad verwendete. Schließlich hatte sie ja extra betont, dass ich mich wie zu Hause fühlen sollte.

Im Schrank neben dem Marmorwaschbecken fand ich einen Fön, mehrere Haarbürsten und eine große Auswahl an Spangen, Gummibändern in verschiedenen Farben, Haarreifen und weiß der Teufel, was noch alles. Sie hatte das ganze Zeug wohl kaum gekauft, als sie noch gehofft hatte, schwanger zu werden. Bestimmt hatte sie den Schrank gefüllt, als sie von meinem Besuch hörte. Die Lady machte es einem aber auch verdammt schwer, sie nicht zu mögen.

Als ich damit fertig war, mein Haar zu trocknen, fühlten sich meine üblicherweise strohigen Strähnen an wie ein Wasserfall aus Seide. Strahlendes Kastanienbraun umrahmte mein Gesicht, und ich musste schon zweimal hinsehen, um sicherzugehen, dass das wirklich ich im Spiegel war. Wie ein wilder Mustang schüttelte ich meinen Kopf hin und her, als ich übermütig aus dem Bad galoppierte. Mein weiches, duftendes Haar streichelte dabei angenehm über meine Wangen. Quietschend sprang ich aufs Bett und rollte mich auf den Rücken. Ich fühlte mich wie ein frisch gepflückter Pfirsich.

Im nächsten Moment hörte ich Schritte auf dem Balkon und hielt erschrocken den Atem an. Wer war das denn? Ich presste das Badetuch fester an meinen nackten Körper und beobachtete die offene Balkontür. Doch niemand kam herein. Auf Zehenspitzen schlich ich rüber und versteckte mich hinter dem Vorhang, dann lugte ich vorsichtig hinaus.

Da war niemand. Doch am hinteren Ende des Balkons wehten weiße Seidenvorhänge durch den Rahmen einer offenen Tür aus und ein—einer Tür, die genauso aussah wie meine.

Na toll. Teilten sich Julian und ich etwa den gleichen Balkon? Irgendwie hatte Marie wohl vergessen, diese unbedeutende Kleinigkeit zu erwähnen. Wenn ich mich nicht total irrte, war Julian gerade dabei gewesen, mir einen weiteren Überraschungsbesuch abzustatten. Mein aufgeregtes Herumtollen hatte ihn wohl verschreckt. Oder er zeigte einfach nur Anstand, wer weiß. Der Mann war für mich undurchschaubar.

Wie auch immer, ich sollte mir schleunigst etwas anziehen. Als mich das letzte Mal ein Junge nackt gesehen hatte, humpelte er anschließend mit einem gebrochenen Zeh und einem blauen Auge aus dem Mädchen-Duschraum—mit freundlichen Grüßen von meiner Faust.

Mein Körper hatte seither einige Kurven entwickelt und Julian war echt der Letzte, dem ich einen exklusiven Blick darauf gewähren wollte.

Ich holte meinen Rucksack aus dem Kleiderschrank und wühlte darin nach Unterwäsche, die ich blitzschnell anzog. Als Nächstes holte ich ein fades graues T-Shirt heraus, doch da fiel mir wieder der Haufen Kleider ein, den mir Marie vorhin per Boten hatte bringen lassen und der immer noch auf meinem Bett gestapelt war. Selbstverständlich würde ich Julians Rat, meine eigenen Sachen zu verbrennen, nicht befolgen, doch es konnte nicht schaden, einmal einen Blick auf Leihgaben meiner Tante zu werfen. Vielleicht konnte ich mir ja tatsächlich etwas borgen, nur für heute natürlich. Wenn ich mich morgen davonstehlen würde, brauchte ich ihre Sachen nicht mehr.

Marie war sehr großzügig mit ihrer Spende gewesen.

So viele schöne Klamotten hatte ich noch nie zur Auswahl gehabt. Jede Menge langärmelige und kurzärmelige Shirts in verschiedensten Farben und Mustern lagen vor mir ausgebreitet. Nachdem ich jahrelang immer die gleichen Jeans und Sweater getragen hatte, kam es mir vor, als hätte ich gerade eine Schatzkiste ausgegraben.

Ich nahm ein T-Shirt nach dem anderen hoch und hielt es mir vor dem Spiegel an die Brust. Wow, was machten Leute nur mit so viel Luxus? Vorsichtig faltete ich die Kleider und räumte sie alle in den Schrank. Nur ein schwarzes T-Shirt mit V-Ausschnitt ließ ich draußen und zog es über.

Marie hatte mir außerdem Hosen und Röcke spendiert. Bei der Affenhitze in Frankreich war eine abgeschnittene Jeans mit Fransen gerade recht. Überraschenderweise passten die Klamotten wie angegossen, obwohl die ausgefransten Jeans nur wenig mehr als meinen Hintern bedeckten. Für meinen Geschmack betonte auch das T-Shirt meine Figur, besonders meine Brüste, ein wenig zu sehr, doch das ließ sich leicht kaschieren, indem ich mein langes Haar mit meinen Fingern über meine Schultern nach vorn kämmte.

Eine ganz neue Jona stand nun vor mir im Spiegel. Doch das Ungewöhnlichste an mir war in diesem Moment das glückliche Grinsen, das breit auf meinen Lippen saß.

Hey, halt mal. Hatte ich echt gerade das Wort „glücklich“ verwendet? Nein, konnte nicht sein. Marie und ihre Familie hatten sie wohl nicht alle, wenn sie dachten, sie könnten mich mit einem hübschen Zimmer und netten Klamotten einwickeln. Ich gehörte nicht hierher. Und was noch viel wichtiger war, ich *wollte* gar nicht hier sein.

Keiner konnte mich dazu zwingen. Auch nicht ein glatzköpfiger, alter Richter mit Holzhammer.

Es war nichts daran auszusetzen, einen Tag in diesem Traumschloss zu genießen, doch morgen war ich weg. Basta.

Der altmodische runde Wecker neben meinem Bett zeigte kurz vor sechs an. Das Abendessen würde gleich fertig sein. Ich warf noch einen letzten Blick hinaus auf den Balkon, wobei ich Acht gab, ja nicht hinauszusteigen. Das unsichere Holzgerüst fünf Meter über dem Boden rief mir meine Höhenangst deutlich zurück ins Gedächtnis. Doch von hier aus hatte man einen fantastischen Blick über die Weingärten und ich lehnte meinen Kopf verträumt gegen den Türrahmen.

Julians Tür stand auch immer noch offen. Von ihm war allerdings weit und breit nichts zu sehen. Ich atmete tief durch, um meine Nerven für das bevorstehende Abendessen mit meiner Familie inklusive dem Drachen zu stählern, kehrte den Weinbergen dann den Rücken und ging zur Tür. Als ich sie aufmachte, entfuhr mir ein Schreckensschrei.

Julians Faust kam geradewegs auf meine Stirn zu.

„Whoa!“, rief er ebenso erschrocken und zog ruckartig seine Hand zurück, ehe er mir damit die Lichter ausknipsen konnte. Im nächsten Moment fiel sein Blick auf meine nackten Beine ... und verharrte dort.

„Ähm, ja ... sie sind ... ähm ...“ Verlegen versuchte ich die Shorts in die Länge zu ziehen, um damit etwas mehr Haut zu bedecken. Was irgendwie so gar nicht funktionierte. „Kurz.“

Julian räusperte sich. „Zumindest hast du hierin nicht

viel Platz, um Löcher rein zu reißen."

„Na, wenn da nicht Prinz Charming vor mir steht."

Julian musste lachen. Das niedliche Geräusch wirkte wie eine Abrissbirne auf die solide Schutzmauer, die ich schon vor Jahren um mich errichtet hatte.

„Komm mit, Cinderella." Er machte eine tiefe Verbeugung und schwenkte dann seinen Arm einladend in Richtung Treppe. „Das Bankett wartet bereits."

„Dann beeilen wir uns lieber, bevor die Uhr zwölf schlägt und ich mich wieder in einen Kürbis zurückverwandle." Ich tapste leichtfüßig die Stufen hinter ihm hinunter und grinste dabei wie ein Honigkuchenpferd.

Taschengeld

In der Küche hing ein warmer, würziger Duft, bei dem mir das Wasser im Mund zusammenlief. Ich ignorierte meine Mutter, die Marie gerade dabei half, das Mahl aufzutischen, und rutschte in der Essecke bis zum anderen Ende durch. Der Drache hatte seine Höhle also wieder verlassen. Zugegeben, sie sah viel besser aus als noch vor ein paar Stunden. Doch als sie sich zu mir drehte, bekam sie nichts weiter als meinen verächtlichen Blick zu spüren.

Julian, der hinter einem der beiden Stühle mit hoher Rückenlehne stand, beobachtete das Drama. Er schüttelte den Kopf, zog den Stuhl zurück und setzte sich hin.

Als Albert sich zu uns gesellte, sagte Marie auch meiner Mutter, sie solle sich setzen. Obwohl da drei freie Plätze waren, suchte sie sich ausgerechnet den neben mir aus. Ich verdrehte die Augen und stand von meinen Platz auf. Julians Mund stand offen, als ich mich auf den letzten freien Stuhl neben ihn setzte. Doch bevor er etwas sagen konnte, hustete meine Mutter ein klein wenig zu laut, um es als belangloses Räuspern gelten zu lassen. Julian seufzte daraufhin und machte seinen Mund wieder zu.

Warum kümmerte es ihn überhaupt, wie ich auf meine Mutter reagierte? Ich funkelte ihn böse von der Seite an, doch für den Moment zog der werte Herr es wohl vor, mich zu ignorieren.

Albert setzte sich auf die Eckbank neben den Drachen und Marie fing mit seinem Teller an das köstlich duftende Huhn und Gemüse auszuteilen. Mein Magen knurrte gerade, als Marie nach meinem Teller griff. Hoffentlich hatte es niemand gehört. Ich nahm einen Schluck Wasser aus dem Glas vor mir und schob dann ein Stück Karotte in den Mund.

„Und, gefällt dir dein Zimmer, Jona?“, fragte mich Albert und biss von seinem warmen Baguette ab.

Den Mund gerade voll Hühnchen, nickte ich nur.

„Die Einrichtung ist vielleicht nicht gerade passend für einen Teenager“, fuhr er fort, während er sich und den anderen Erwachsenen ein Glas Wein einschenkte. „Wenn ich mich nicht irre, haben wir im Keller noch die Möbel von Maries altem Jugendzimmer. Wir können sie diese Woche ja vielleicht austauschen, wenn du willst.“

Sein Angebot überraschte mich. Erwartete er dafür vielleicht eine Gegenleistung? In meinen beinahe achtzehn Jahren hatte ich nur einen Menschen kennengelernt, der mir half, ohne dafür etwas zu erwarten. Quinn. Und der war meilenweit weg.

„Ist nicht nötig. In sechs Wochen bin ich sowieso wieder weg“, sagte ich in einem schrofferen Ton, als ich eigentlich wollte. Und außerdem wäre es eine Schande, auch nur ein Stück in dem märchenhaften Zimmer auszutauschen. Doch das sagte ich natürlich nicht laut.

Marie streichelte zärtlich über den Arm meines Onkels. „Siehst du? Ich hab dir doch gesagt, es wird ihr gefallen.“

Als ich ihren Blick über den Tisch hinweg suchte, kurvten ihre Mundwinkel nach oben. Mit diesem Lächeln, das ich heute schon mehrmals zu Gesicht bekommen hatte, schaffte sie es erneut, sich durch meinen Schutzmantel aus Stahl zu bulldozern.

Verdammt.

Ich konzentrierte mich schnell auf den Teller vor mir. Niemand sollte merken, wie sehr mich Marie mit allem was sie sagte oder tat berührte.

„Hast du Valentine und Henri im Weingarten gefunden?“, fragte sie unerwartet.

Julian war derjenige, der antwortete. „Mm-Hm.“

„Und werden sie später noch hereinkommen und Jona begrüßen?“

„Eigentlich hab ich die beiden gebeten, erst morgen vorbeizuschauen. Ich wollte nicht, dass Jona an ihrem ersten Tag gleich mit zu vielen fremden Gesichtern überfordert wird.“ Mit einem unlesbaren Ausdruck in den Augen sah er kurz zu mir rüber.

Ich wollte gerade ein Stück Brokkoli, das ich mit meiner Gabel aufgespießt hatte, in den Mund schieben, doch ich legte die Gabel stattdessen zurück auf den Teller. Ein seltsam leeres Gefühl machte sich in meinem Bauch breit. Ich konnte nicht verstehen, warum er plötzlich so nett zu mir war, wo er sich doch den ganzen Tag über benommen hatte wie ein Arsch. Na ja, vielleicht nicht den ganzen Tag.

Marie reichte Julian und Albert eine zweite Portion Hühnchen und blickte dann zu Julian. „Das war sehr rücksichtsvoll von dir.“

„Ja, *überaus* rücksichtsvoll.“ Innerlich zuckte ich bei meinem zynischen Tonfall zusammen, wo ich doch eigentlich nichts weiter als *danke* sagen wollte. Keine

Ahnung, wer Valentine und Henri waren oder warum ich die beiden überhaupt kennenlernen sollte, doch Marie und Albert waren für einen Tag schon genug Fremde, mit denen ich mich herumschlagen musste.

Nach dem Essen gingen alle rüber in das große Wohnzimmer mit Flügel und Kamin. Nur meine Tante blieb in der Küche zurück. Ich beschloss ihr beim Saubermachen zu helfen, anstatt mich zu den anderen zu gesellen.

„Lass nur, *Chérie*", sagte Marie und nahm mir die schmutzigen Teller aus der Hand. „Warum gehst du nicht auch rüber ins Wohnzimmer und machst es dir mit deiner Mutter und den anderen gemütlich?"

„Ah, lieber nicht." Während des ganzen Essens war ich den hoffnungsvollen Blicken meiner Mutter erfolgreich ausgewichen, da wollte ich mir den Abend nicht noch dadurch verderben lassen, dass ich noch mal in einen Raum mit ihr gesteckt wurde. Egal, für wie lange.

Meine Tante legte mir beide Hände auf die Wangen. „Es war ein langer Tag für dich. Ruh dich aus. Morgen werde ich dir dann die Weinberge zeigen." Sie küsste mich so rasch auf die Stirn, dass ich gar keine Zeit hatte zurückzuweichen, sondern einfach nur kurz meine Augen schloss. „Schlaf süß, Liebes."

Schock übermannte das wohlige Gefühl, das ihr Jasmin-Parfüm und ihre zarten Hände versuchten in mir wachzurütteln. Ich blinzelte wild, während ich meinen Blick zu meinen Schuhspitzen senkte, drehte mich dann abrupt um und stapfte aus der Küche. Im Flur hielt ich noch einmal kurz an. Mist. Ich hatte gar nicht Gute Nacht zu ihr gesagt.

Ich wischte mir über die Stelle, an der Marie mich geküsste hatte. Dann hatte ich eben nicht Gute Nacht gesagt, na und? Das war nicht wirklich meine Familie. Marie und Albert waren meine Gefängnisaufseher. Kein Grund, sich irgendwie mit ihnen anzufreunden. Ganz besonders nicht, wenn mir ihre Anwesenheit sowieso nur auf die Nerven ging.

Oder ... tat sie das wirklich?

Himmel noch mal, was machten die bloß mit mir? Das französische Klima war mir ganz eindeutig zu Kopf gestiegen. Ich hätte Marie lieber wegstoßen und sie warnen sollen, so etwas nie wieder zu tun. Als ich in meinem Zimmer angekommen war, schlug ich die Tür zu und sperrte sie alle aus—auch diese ungewollten Gefühle für sie.

In meinem Rucksack suchte ich nach meinem Notizblock und Bleistift. Damit setzte ich mich dann aufs Bett, stopfte mir das Kissen hinter den Rücken und machte es mir bequem. Als schließlich die Nacht über Fontvieille hereinbrach, hatte ich bereits über acht Seiten beschrieben, voll mit Verleumdungen über meinen ersten Eindruck von Frankreich und meinen neuen Familienmitgliedern. Es war zu dunkel geworden, um noch zu erkennen, was ich geschrieben hatte. Das Licht wollte ich aber nicht anmachen, daher legte ich den Block samt Stift schließlich beiseite und blickte mich in meinem Zimmer um. Bereits morgen würde ich diesen zauberhaften Ort verlassen. Ein elender Kloß bildete sich bei dem Gedanken in meinem Hals.

Es konnte nicht schlimmer sein, einem hungrigen Kind einen Blick durchs Fenster eines warmen Hauses auf einen festlich gedeckten Weihnachtstisch zu gewähren. Nur stand ich nicht draußen in der Kälte, sondern hatte sogar von dem Tisch genascht. Mit zwei Fingern massierte ich die pochende Stelle zwischen meinen Augen. Je länger ich im Schlaraffenland blieb, umso schwerer würde es werden, wieder abzureisen.

Von draußen tönte der Ruf einer Eule herein. Der sanfte Wind raschelte in den Bäumen. Das Holz des Balkons knarrte. Jemand stand da draußen.

Julian.

Ich hielt für eine unerträgliche halbe Minute den Atem an und lauschte, ob er auf meine Seite des Balkons rüberkam. Doch so frech würde er nicht sein. Da in meinem Zimmer kein Licht brannte, dachte er sicher, ich sei bereits eingeschlafen.

Außer dem Wind war draußen nichts mehr zu hören. Ich schlich aus dem Bett und zur Balkontür, wo ich vorsichtig um die Ecke spähte. Die Hände auf das Geländer gestützt, blickte Julian hinaus auf die Weinberge, die gerade in der Dunkelheit versanken. Der schmale Lichtschimmer aus seinem Zimmer tauchte seine Silhouette in weiches Gold.

Julian ließ den Kopf hängen. Unter seinem weißen T-Shirt zeichneten sich seine Schulterblätter ab. Eine unsichtbare Last schien ihm schwer auf den Schultern zu sitzen.

Man musste schon blind sein, um nicht mitzubekommen, dass es die angeschlagene Gesundheit meiner Mutter war, die ihm zu schaffen machte. Für einen Moment hatte ich das Bild vor Augen, wie Quinn mir aufmunternd die Haare raufte, wenn ich mal traurig war oder in Schwierigkeiten steckte. Vielleicht brauchte Julian ja auch jemanden, der ihm die Haare zerwühlte.

Ja genau ... geh doch rüber und mach es, Schlaumeier!

Ich verdrehte die Augen über mich selbst. Manchmal kamen mir aber auch die dämlichsten Gedanken in den Sinn.

„Kannst du nicht schlafen?" Julians Worte waren nur wenig lauter als ein Flüstern.

Woher zum Teufel wusste er, dass ich mich hier versteckte? Ich war doch ganz leise. „Ich bin nicht müde." Die Antwort kam wie aus der Pistole geschossen, doch meine eigene Stimme klang für mich wie die einer Fremden.

Nun drehte er sich zu mir und lächelte sogar ein wenig. „Komm raus. Nachts ist es hier oben am schönsten."

Ich schüttelte schnell den Kopf. „Mm-mm."

Einen kurzen Moment lang verengten sich seine Augen zu schmalen Schlitzen. „Du hast Angst." Er sagte das mit solcher Überraschung, dass ich mich fragte, ob er sich wohl persönlich dadurch beleidigt fühlte. Er stieß sich vom Geländer ab. Mit den Händen in die Hosentaschen geschoben, spazierte er zu mir rüber. „Hoffentlich ist es nur die Höhe des Balkons, die dich nervös macht, und nicht ich."

„Warum solltest du mich nervös machen?" Die Frage kam ein klein wenig zittrig aus meinem Mund. Ich drückte mich mit dem Rücken fester gegen den Türrahmen, als er näher kam.

Vor meinem Zimmer blieb er stehen und lehnte sich mit dem Hintern gegen das Geländer. „Tja, warum nur ...?"

Wir blickten einander viel zu lange an. In diesem Moment dachte ich, er wolle vielleicht sogar, dass ich in seiner Gegenwart nervös wurde. Aber das war eine blöde

Idee. Ich schob den Gedanken beiseite und räusperte mich auf der Suche nach einem geeigneten Themenwechsel. „Wer sind eigentlich die beiden Leute, die ich morgen treffen soll?“

„Valentine und Henri? Oh, sie sind ein nettes Pärchen.“ Julian stützte sich mit beiden Händen auf dem Geländer ab und hievte sich nach oben, um auf der Balustrade zu sitzen.

„Nein, nicht!“ Meine ängstliche Stimme hallte durch die Nacht, als ich mich vom Türrahmen löste und meine Hände in einer hilflosen Geste nach Julian ausstreckte. Doch Panik hielt meine Füße fest am Boden verankert. Wenn er gleich nach hinten kippen und in die Tiefe stürzen würde, konnte ich ihm nicht einmal helfen.

Julian stützte sich immer noch auf dem Geländer ab, doch er hing gerade irgendwie in der Luft und zog dabei eine Augenbraue hoch. Meine Sorge störte ihn offenbar nicht wirklich, denn im nächsten Moment ließ er sich langsam auf das Geländer nieder. Seine grauen Sportschuhe baumelten einen Meter über dem Boden.

Sein Blick war nervtötend, denn er forderte mich damit heraus, doch rauszukommen und ihn von der lebensgefährlichen Holzkonstruktion herunterzuholen.

Ich verbiss mir den Ärger über seine Sorglosigkeit und blieb im sicheren Schutz meines Zimmers.

Julian klimperte amüsiert mit den langen Wimpern und fuhr dann fort, als wäre überhaupt nichts gewesen. „Valentine und Henri Dupres leben in einem Haus ein Stückchen die Straße runter. Sie sind schon etwas älter, arbeiten aber immer noch hart auf den Weinfeldern deines Onkels. Du siehst sie dann morgen früh.“

Das erinnerte mich wieder an das Abendessen und seine Fürsorge. Vielleicht war jetzt ja der geeignete Zeitpunkt, um ihm dafür zu danken, obwohl sich bei dem Gedanken daran so ziemlich alles in mir sträubte. Ich hüstelte leicht und drehte dann meinen Kopf weg, sodass der Vorhang meine Stimme verschleierte. „Es war übrigens nett von dir, das Treffen auf morgen zu verschieben."

„Entschuldigung, was hast du gerade gesagt?" Er grinste verschlagen, und ich überlegte kurz, ob ich ihm ein Kissen an den Kopf werfen sollte. Doch dann wäre er womöglich noch rückwärts vom Balkon gestürzt, und ich wollte nicht daran schuld sein, wenn er sich sein Genick brach.

„Danke", sagte ich etwas lauter, jedoch durch zusammengebissene Zähne.

Das Grinsen verschwand aus seinem Gesicht. „Gern geschehen, Jona." Seine Stimme klang sanft wie das Schnurren eines Tigers und verursachte bei mir eine Gänsehaut. Dann meinte er: „Vorhin beim Essen hatte ich das Gefühl, du wärst überrascht, weil ich mich um dich sorge." Er neigte seinen Kopf leicht schief. „Warum?"

„Ich weiß nicht", antwortete ich automatisch. Vielleicht auch deshalb, weil ich nicht wusste, ob ich ihn anlügen oder die Wahrheit sagen sollte. So wie er mich gerade ansah, fand ich, hatte er die Wahrheit verdient. „Ich dachte nur irgendwie, du kannst mich nicht leiden." Mein Krächzen verriet bestimmt meine Unsicherheit und darum ließ ich meinen Blick lieber mal auf den Spalt zwischen den einzelnen Bodenlatten des Balkons sinken.

„Du setzt ja selbst alles daran vorzutäuschen, dass du mich nicht leiden kannst und es dir egal ist, was mit mir passiert. Und trotzdem drehst du halb durch, weil ich hier oben sitze und vielleicht runterfallen könnte.“

„Hey, Freundchen! Wer hat was von *vortäuschen* gesagt?“ Ich sah hoch in sein Gesicht und fand dort etwas, das ich nicht klar deuten konnte. Es erinnerte mich an Rottweiler Rustys Blick, wenn er einen Knochen ins Visier genommen hatte.

Zwei Sekunden später rutschte Julian vom Geländer und stand wieder fest auf dem Boden. Einhundert verkrampfte Muskeln in meinem Körper entspannten sich, und ich atmete tief durch, wobei mir erst jetzt auffiel, dass ich die Luft überhaupt angehalten hatte.

Hol mich der Teufel, wenn er nicht gerade seinen Standpunkt klargemacht hatte.

Ein Mundwinkel wanderte nach oben. „Ich wünsch dir süße Träume, Jona.“ Damit verabschiedete er sich und schlenderte zurück auf seine Seite des Balkons.

„Gute Nacht“, flüsterte ich so leise, dass nicht mal ich selbst mich hören konnte.

Julian schmunzelte, als er durch die wiegenden Vorhänge in seinem Zimmer verschwand.

Eingekuschelt in eine watteweiche Wolke aus Daunen wachte ich auf. Das dämmernde Licht der Morgensonne schien mir aufs Gesicht. Ich gähnte laut, total entspannt und ausgeruht.

Leicht benommen blinzelte ich ein paar Mal und versuchte mir ein Bild darüber zu verschaffen, wo ich denn eigentlich war. Plötzlich schoss ich hoch. Wie konnte ich hier nur so ruhig und entspannt liegen, wo doch meine

Mutter nur ein Stockwerk unter mir lag?

Der Boden war kalt, und ich zitterte leicht, als ich barfuß ins Badezimmer lief. Mit warmem Wasser wusch ich mir den restlichen Schlaf aus den Augen. Dann blickte ich hoch in den Spiegel und entdeckte darin das Gesicht eines unentschlossenen Kindes. Schokolade oder Zuckerstange? Traumschloss oder Freiheit? Wenn ich von hier verschwinden wollte, dann war jetzt der richtige Zeitpunkt.

Gestern hatte Marie für mich ein wunderbares Mahl zubereitet und ich durfte in einem himmlischen Bett schlafen. Jetzt war es an der Zeit die Kurve zu kratzen, bevor ich mich noch an den Luxus hier gewöhnte und nie wieder weg wollte.

„Was ist mit den Weinbergen?“, flüsterte das Mädchen im Spiegel. Ich konnte doch nicht gehen, ohne durch die Weingärten spaziert zu sein. Wenigstens einmal. Heute Abend wäre ich dann bestimmt unterwegs zurück nach England.

Fünf Uhr morgens war wohl noch etwas früh, um nach unten zu gehen und auf Marie zu warten. Ich kroch zurück ins Bett, kniete mich vors Fenster und steckte meine Füße unter die Decke. Mein Kinn auf meine Arme gestützt, blickte ich hinaus auf die Weinberge und träumte davon, was der heutige Tag wohl noch für mich parat hielt. Der erste und einzige Tag meiner Sklavenarbeit.

Was erwartete Albert wohl da draußen von mir? Ich konnte wohl kaum mit einer Gießkanne umherlaufen und die zehn Hektar Land bewässern. Dafür bräuchte ich schon fünfhundert Jahre oder länger. Ich reckte meinen Hals und versuchte die kleinen Trauben an den Büschen zu erkennen. Es war Mitte August, und sie waren sicher noch zu klein, um geerntet zu werden. Was könnte ich also sonst tun?

Ein wenig schockiert stellte ich fest, dass ich mich tatsächlich schon darauf freute, heute mit meinem Onkel und meiner Tante auf dem Feld zu arbeiten, egal, welche Aufgaben sie mir anschaffen würden.

Meine Zähne fingen an zu klappern, als ein kühler Wind zum Fenster herein- und mir um die Schultern wehte. Ich zog mir die Bettdecke bis zum Hals und wickelte mich darin ein wie ein Hotdog. Die Decke war immer noch kuschelig warm von letzter Nacht. Ich lehnte mich wieder aufs Fensterbrett und schloss meine Augen ... nur ganz kurz. Doch bald schon übermannte mich der Schlaf erneut und ich nickte wieder ein.

Als ich das nächste Mal wach wurde, wärmte die Sonne bereits mein Gesicht und das morgendliche Gezwitscher von Vögeln war überall zu hören. Eine zarte Feder streichelte mich von der Augenbraue bis runter zur Nasenspitze. Das Schnurren einer zufriedenen Katze kam aus meiner Kehle. Ich blinzelte gegen die Sonne. Und fand Julians Gesicht auf Augenhöhe.

Mit den Gedanken immer noch in meinem Traum, in dem ich einem kleinen Spatz durch die Weinberge hinterhergelaufen war, wunderte ich mich, wie Julian plötzlich in meinen Traum kam. Wir blickten einander lange an. Keiner sagte ein Wort in diesem unwirklichen Moment.

Seine Mundwinkel kurvten nach oben und meine folgten. Was ich vorhin für eine Feder gehalten hatte, war in Wirklichkeit eine Haarsträhne von mir, die Julian zwischen seinen Fingern hielt. Er kitzelte mich damit noch ein letztes Mal, bevor er sie losließ und mich mit dem

Fingerknöchel leicht unterm Kinn anstupste. „Guten Morgen."

„Hi." Meine Stimme war so warm wie die Sonne.

„Hoffentlich hast du nicht die ganze Nacht so geschlafen. Sieht mächtig unbequem aus."

„Ich hab schon an schlimmeren Orten geschlafen." Die Sanftmut unserer Unterhaltung gekoppelt mit der Stille des Morgens legte sich wie eine extra Decke um mich. Eine Mischung aus Minze, Kräutern und Blumenduft hing in der Luft und kroch mir in die Nase. Ich kuschelte mich tiefer in die Beuge meiner Arme. „Was machst du eigentlich hier?"

„Dich aufwecken."

„Mit einem Haarbüschel?", kicherte ich.

Julian zuckte mit den Schultern. Da fiel mir erst auf, dass er gar kein T-Shirt anhatte. „Wäre es dir lieber gewesen, ich hätte dich mit einem Stock gepiekt?"

Bei der Vorstellung verzog ich das Gesicht. „Haarbüschel sind okay."

Ich ließ meinen Blick über seine nackten Schultern und die kräftigen Oberarme schweifen. Straffe Brustmuskeln zuckten unter seiner makellosen, sonnengebräunten Haut, als er sich hockend mit den Ellbogen auf die Knie stützte. Ich hätte ihn stundenlang in dieser Pose betrachten können.

„Wir müssen in einer halben Stunde raus aufs Feld. Wenn du also vorher noch etwas essen möchtest, solltest du jetzt lieber aufstehen und nach unten gehen. Marie wird dir sicher gern ein Frühstück zubereiten."

„Schon wieder etwas essen?" Ich runzelte die Stirn. Mein Magen war von gestern Abend immer noch zum Platzen voll. „Was ist mit dir? Isst du nicht mit den anderen?"

„Morgens esse ich normalerweise überhaupt nicht." Julian stand auf und streifte sich die hellblauen Jeans über den Oberschenkeln glatt. „Also, was ist jetzt? Stehst du auf oder muss ich doch noch nach einem Ast suchen?"

Ich neigte meinen Kopf und blickte zu ihm hoch. „Nein, nein, bitte keine Waffen. Ich komm ja freiwillig."

Sein verspielter Gesichtsausdruck nahm plötzlich etwas Verschlagenes an. „Davon gehe ich aus."

Ich streckte meinen Hals und bestaunte Julian von hinten, als er zurück in sein Zimmer spazierte.

Teamwork

In dem Moment, als ich am Fuße der Treppe ankam, tauchte auch meine Mutter gerade aus ihrem Zimmer auf, eingehüllt in einen lila Morgenmantel. Das unerwartete Aufeinandertreffen brachte mich leicht aus der Fassung, daher bog ich links ab und marschierte schnurstracks zur Eingangstür hinaus anstatt, wie ich eigentlich vorhatte, in die Küche. Auf der Terrasse vor dem Haus stand eine Holzbank mit Tisch. Da setzte ich mich hin und ärgerte mich über mich selbst. Wieso nur konnte ich diese Frau nicht einfach ignorieren? Ständig ließ ich mir von ihr die Laune verderben.

Unter mir lag Lou-Lou zusammengerollt wie ein Fell-Himalaya. Sie hob kurz ihren Kopf, um mich mit einem gelangweilten Raunen zu begrüßen. Ich zog schnell meine Beine auf die Bank. Lieber kein Risiko eingehen.

Wenig später kam auch Marie heraus und fragte mich: „Hast du keinen Hunger, *Chérie*? Ich kann dir eine Tasse Kaffee oder Tee bringen, wenn du möchtest."

„Nein danke." Ich klopfte mir auf den Bauch. „Das fantastische Abendessen von gestern wird mich sicher für ein oder zwei Wochen satt halten."

Ach du lieber Gott. Hatte ich ihr etwa gerade ein Kompliment für ihre Kochkünste gemacht? Ihr Lächeln bog sich bis zu ihren Ohren. Ich musste in Zukunft echt vorsichtiger sein, mit dem, was ich sagte.

„Na gut. Sollen wir dann raus in die Weingärten gehen?“, schlug sie fröhlich vor.

Ich lehnte mich zur Seite und blickte hinter sie. Bis jetzt waren nur wir beide hier draußen. „Kommt Albert nicht mit raus?“

„Aber natürlich.“ Sie nahm meine Hand und zog mich hoch. „Albert und Julian sind schon vorausgegangen. Dein Onkel ist jeden Morgen bereits mit dem ersten Hahnenschrei auf und kann es kaum erwarten, bis er wieder hinaus aufs Feld gehen kann. Er liebt diese Weinberge über alles.“

Er war bereits draußen? Julian auch? Seltsam, dass er sich gar nicht um meine Mutter kümmerte. Wahrscheinlich hatte er aber kurz nach ihr gesehen, während ich noch oben war und mich für den Arbeitstag vorbereitet hatte. Immerhin hatte ich beinahe zehn Minuten gebraucht, um ein dunkelrotes T-Shirt und eine schwarze Hose aus Maries Kleidern auszuwählen.

Eigentlich wollte ich ja erst meine eigenen Sachen anziehen, doch dann dachte ich daran, dass sie bei der Arbeit in den Weinbergen vielleicht schmutzig werden würden. Sie sollten nett aussehen, wenn ich heute Nacht abhauen würde. Na ja, so gut es halt ging, wenn man von dem Loch im Hosenbein mal absah.

Marie schlang ihren Arm um meinen, und wir spazierten los, den schmalen Weg entlang, der vom Haus rüber zu den Gärten führte. *„Allez, Lou-Lou!“*, rief sie über ihre Schulter.

Mit einem weiten Gähnen erhob sich der Koloss und

trottete neben mir her. Ich drängte mich etwas dichter an meine Tante, doch sie versicherte mir, dass der Bernhardiner zahm war wie ein kleines Kätzchen. „Ich glaube, ein Eichhörnchen war bisher das größte Tier, mit dem sie sich jemals angelegt hat. Und selbst da ergriff unsere Lou-Lou die Flucht."

Ein Eichhörnchen? Ich lachte heiser. Wenn Lou-Lou auf den Beinen stand, ging sie mir bis zu den Hüften. Sie stupste meine Finger mit ihrer feuchten Schnauze an und schob dann ihren Riesenschädel unter meine Hand. Vermutlich wollte sie gestreichelt werden. Etwas zittrig kraulte ich ihr zotteliges Fell im Nacken. Fühlte sich nett an. Beinahe flauschig. Und ihren Kopf hatte sie bisher auch noch nicht gedreht, um mir die Hand abzubeißen. War wohl ein gutes Zeichen.

Je näher wir zum Eingang der Weinberge gelangten, umso zappeliger wurde ich. Der Duft von jungen Weinreben wehte um mich. Alles roch so ... grün. Und saftig. Ich lief etwas schneller. Da mich Marie nicht loslassen wollte, zog ich nun sie hinter mir her und nicht mehr umgekehrt. Die Weingärten lagen vor uns ausgebreitet, noch viel größer und weiter als die Landebahn am Flughafen. Sie reichten wohl eine Meile in beide Richtungen. Kies und Schottersteine knirschten unter meinen Schuhsohlen, als ich mich wie ein kleines Mädchen im Kreis drehte und die Schönheit dieses Ortes in mich aufsog. Tausende kleine Reben standen wie Zinnsoldaten in Reih und Glied. Sie reichten mir gerade mal bis zum Kinn.

„Wahnsinn!", sagte ich und staunte nicht schlecht.

„Es überrascht mich nicht, dass es dir hier gefällt, Jona." Marie grinste mich an. „Hier in Frankreich sagt man:

Entweder hasst du die Weinberge oder du liebst sie dein Leben lang. In deinem Fall würde ich sagen, es liegt dir im Blut, dass du dich mit den Weinbergen verbunden fühlst."

Es lag mir im Blut? Komische Wortwahl. Und doch hatte es nur eine Sekunde gedauert, bis sich dieser unglaubliche Ort mit mir verbunden hatte. Oder ich mich mit ihm. Unsichtbare Wurzeln schienen mir aus den Fußsohlen zu wachsen und sich tief in der Erde hier zu verankern. Ein angenehm warmes Gefühl in mir drin versuchte mir weiszumachen, dass ich endlich heimgekommen war.

Reiß dich zusammen, Dummkopf. Das ist feindliches Gebiet.

Ich streckte mein Rückgrat durch. Meine Gesichtsmuskeln verhärteten sich. „Was soll ich zuerst machen?" Durch meine eiskalte Stimme distanzierte ich mich emotional sowohl von meiner Tante als auch von den Weingärten.

„Hmm, mal überlegen." Marie tippte sich mit einem Finger auf die Lippen. „Du könntest Julian fragen, ob er Hilfe mit dem Dünger braucht."

Ich verfolgte die Richtung ihrer ausgestreckten Hand. Gut vierzig Meter von uns entfernt griff Julian immer wieder in einen Eimer, den er bei sich trug, und streute weißes pudriges Zeug ohne viel Bedacht unter die Büsche. Sah nicht allzu schwierig aus. Ich konnte das sicher auch.

Lou-Lous Pfoten stampfen neben mir, als ich rüber zu Julian joggte. Während ich so meine Probleme hatte, durch die beiden Drahtseile zu klettern, die entlang der Weinrebenreihen gespannt waren, um diese aufrecht zu halten, kroch Lou-Lou einfach unten durch.

Sieben Reihen weiter begrüßte mich Julian mit einem herzlichen Lachen. „Sieht so aus, als hättest du eine neue beste Freundin gefunden."

„Oder sie will einfach ihre nächste Mahlzeit nicht aus den Augen verlieren", murmelte ich und behielt den Bernhardiner dabei stets im Blickfeld.

Julian stellte seinen Eimer auf den Boden und zog die Nase hoch. „Ich hab dich gestern mit dem Blödsinn über den Hund ziemlich erschreckt, nicht wahr?"

„Nein, hast du nicht." Ich streckte ihm die Zunge raus. „Aber ich denke, du schuldest mir eine Entschuldigung schon alleine dafür, dass du es versucht hast." Meine Hände auf die Hüften gestützt, wartete ich darauf, dass Julian sagte: *Es tut mir leid.*

Er fing langsam an zu grinsen. „Ja. Genau."

Mein Ego stampfte mit seinem unsichtbaren Fuß. „Das klang nicht gerade wie eine Entschuldigung."

Er nahm den Eimer und ignorierte meine Beschwerde einfach, als er sich wieder an die Arbeit machte. Ich folgte ihm, wobei mir sein Schmunzeln wieder mal echt auf die Nerven ging. „Marie hat gesagt, ich soll dir helfen bei ... na ja, bei was auch immer du hier tust." Ich winkte mit einer Hand in die Richtung des Pulvers, das Julian großzügig um die Büsche herum verteilte.

„Und ich dachte schon, du hast Gefallen an mir gefunden, weil du mir so nett hinterher dackelst."

Ich prustete empört und fiel ein paar Schritte zurück.

„War nur ein Scherz, Jona." Julian deutete mir mit einem Kopfnicken an, dass ich ihm weiter folgen sollte. „Jetzt komm schon. Ich weiß ja, dass du nur hier bist, um zu arbeiten." Sein Lachen klang warmherzig und süß. Er hatte mich wohl wirklich nur aufgezogen.

Ich holte zu ihm auf. „Na schön. Was genau soll ich also machen?“

Er reichte mir den halbleeren Eimer. „Für den Anfang bestäubst du mal hier die Wurzeln mit diesem Mineralpulver. Ich hol inzwischen einen zweiten Eimer.“ Elegant sprang er über die zwei Reihen Draht links neben uns und lief zu einem großen weißen Container. Lou-Lou jagte ihm mit aufgewecktem Gebell nach, doch bereits nach wenigen Metern schlug sie einen Haken und verfolgte lieber einen kleinen Vogel durchs Feld. Während Julian einen zweiten Eimer mit diesem Mineralzeugs füllte, schob ich erst mal meine Hand tief in das weiße Mehl und ließ es durch meine Finger rieseln. Wozu das Zeug wohl gut war? Ich streute eine Handvoll auf den Boden und versuchte damit einen hübschen Kreis um eine Rebe zu formen.

„Du musst damit nicht so übergenau sein“, sagte Julian hinter mir und warf selbst wieder Pulver auf die dunkle Erde auf der anderen Seite des schmalen Trampelpfades. „Mit dem nächsten Regen wird der Dünger eingeschwemmt und die Wurzeln können sich die Mineralien aus dem nassen Boden saugen.“

Ich blickte nach oben in den wolkenlosen Himmel. „Sieht heute nicht unbedingt nach Regen aus.“

„Dann wird die Sprinkleranlage den Job übernehmen.“ Er zwinkerte mir zu und streute weiter.

Sogar nachdem er sich bereits von mir weggedreht hatte, starrte ich ihn immer noch an. Mein Herz schlug einen Buschtrommelrhythmus. Ich konnte einfach nicht verstehen, wie solch kleine Gesten von seiner Seite bei mir so heftige Reaktionen hervorriefen. Er schaffte es, dass ich mehr von seiner Aufmerksamkeit haben wollte. Sehr viel mehr.

Ich lockerte meine Schultern und verdrängte diesen furchtbaren Gedanken so schnell es ging wieder. Dann streute auch ich weiter. Der Boden des Eimers war bereits in Sicht, als plötzlich der Kies hinter mir unter schnellen, schweren Schritten knirschte. Ich drehte mich um und sah diese kleine Frau, die wie ein Teekessel aussah, auf mich zustürmen. Vor Schreck ließ ich den Kübel fallen.

Ihr Haar war beinahe weiß, nicht länger als mein kleiner Finger und kräuselte sich in unzähligen Ringelschwänzchen auf ihrem Kopf. Sie zog ihre Oberlippe in einem weiten Lächeln zurück, wobei eine Reihe gesunder, jedoch schiefer Zähne zum Vorschein kamen. Wie versteinert blickte ich ihr in die türkisgrünen Augen, die von Falten umrahmt waren.

„Ah, Jona!“, rief sie erfreut, wobei mein Name aus ihrem Mund wie *Schonaah* klang. Die Arme weit ausgebreitet, sang sie in lustigem Französisch: *„Je suis très heureuse de faire ta connaisance!“*

Ich hatte nicht den leisesten Schimmer, was die Alte von mir wollte.

Plötzlich zog sie mich in eine herzliche Umarmung. Mein Körper passte sich ihrem runden Bauch wie ein Fragezeichen an. Sie schwenkte mich ein paar Mal hin und her und presste mir dabei sämtliche Luft aus den Lungen. Sprachlos und leicht panisch klammerte ich mich an ihren Schultern fest, damit sie uns nicht noch beide mit ihrem Enthusiasmus umwarf.

Erst als sie mich wieder losließ, brachte ich ein heiseres „Hallo“ heraus.

Der Teekessel quasselte weiter auf Französisch. Irgendwann schnappte ich dann den Namen Valentine auf und nahm einfach mal an, sie wolle sich mir vorstellen. Ganz offenbar wusste sie ja meinen Namen, auch wenn es an der Betonung scheiterte, also brauchte ich nicht viel zu sagen. Sie umarmte mich noch einmal und huschte dann davon.

„Das. War. Seltsam", murmelte ich und versuchte mich wieder einigermaßen zu fangen.

Julian zog neben mir gerade ein schiefes Grinsen auf. „Um es grob zu übersetzen, Valentine hat sich gefreut, dich kennenzulernen, und sie spricht nur Französisch."

Ich neigte meinen Kopf leicht schief und spiegelte sein Grinsen. „Nein wirklich? Darauf wär ich jetzt echt nicht gekommen."

Er legte seinen Arm um meinen Hals, und ich spürte, wie sein Körper vor Lachen bebte, als er mich vorwärts zog. Sein angenehmer Duft nach Ozean und Wind übertönte sogar den intensiven Geruch der jungen Reben.

Die klitzekleinen Härchen an seinem Unterarm kitzelten mich am Kinn. Da erst wurde mir so richtig bewusst, wie nahe er mir wirklich gekommen war. Seite an Seite gepresst sickerte seine Körperwärme zu mir durch. Ich fühlte mich viel zu wohl in seinem Arm. Einen Moment lang spielte ich sogar mit dem Gedanken, meinen Kopf einfach an seine Schulter zu lehnen. Der Gedanke war es dann aber auch, der mich wieder wachrüttelte. Ich hob mein Kinn und blickte ihm in die fröhlichen blauen Augen, ehe ich mich aus seiner Umarmung wand.

Er war nicht mein Freund. Das hieß, wir sollten uns keinesfalls so nahe sein. Und was noch viel wichtiger war, ich sollte mich dabei um Himmels willen nicht so unglaublich gut fühlen.

Julian wurde still. Und trotzdem wusste ich genau, was er jetzt dachte. *Ist es wirklich so schlimm?*

Es war viel zu schön. Das war ja grade das Problem.

Sein Blick fiel auf meinen Kragen. „Hoppla."

„Was ist?" Ich zog an meinem T-Shirt und blickte nach unten. Julian hatte einen weißen Handabdruck auf meinem V-Kragen hinterlassen. Ich wollte es sauber klopfen, doch Julian kam mir zuvor und wischte wild drauf herum. Leider war er aber keine sehr große Hilfe, denn abgesehen davon, dass er mich damit total überraschte und ich beinahe meine Zunge verschluckte, verwischte er nur die Abdrücke seiner Finger zu einem staubigen weißen Fleck.

„Lass das. Du machst es nur noch schlimmer." Ich scheuchte zwar seine Hand weg, musste aber selber dabei lachen. „Jetzt hast du mein Shirt ruiniert."

Der Blödian grinste verschlagen. „Mach dir keine Sorgen. Ein T-Shirt kann man ja Gott sei Dank waschen." Er tippte mit seinem staubigen Finger auf meine Nase und setzte dann seinen Gang mit dem weißen Zeug fort.

„Ach ja?" Ich tauchte meine Hand tief in den Mineralstaub und tanzte vor Julian. „Dann kann man das doch sicher auch waschen." Mit einem fetten Grinsen auf den Lippen drückte ich meine Handfläche fest gegen seine Brust. Ein netter weißer Händeabdruck leuchtete nun auf seinem dunkelblauen T-Shirt.

Julian wirkte überhaupt nicht überrascht und er wischte sich den Fleck auch nicht weg. Stattdessen machte er einen bedrohlichen Schritt auf mich zu und lehnte sich zu meinem Ohr. Dabei konnte ich seine Wange an meiner spüren und mir wurde schwindlig.

„Ich schätze mal, du würdest mich erschießen, wenn ich das bei dir täte", murmelte er. Dann fasste er mir mit einer Hand an den Hintern und zog mich fest an sich. Oh *fuck*, mir blieb fast das Herz stehen. „Aber keine Angst, Prinzessin. Das kriegst du zurück."

Wenn ich in diesem Moment klar bei Verstand gewesen wäre, hätte ich geschworen, dass er gerade meine Schläfe mit seiner Nasenspitze liebkoste. Mein Herz schlug wie verrückt. Im nächsten Moment ließ er mich los und machte mit seiner Arbeit weiter, als wäre nichts passiert.

Ich allerdings brauchte einen Moment, um mich zu fangen. Als auch endlich meine Knie aufgehört hatten zu wackeln, setzte ich meinen Gang fort, zog es aber vor, diesmal etwas mehr Abstand zu Julian zu halten.

Während der nächsten halben Stunde redeten wir so gut wie nichts miteinander. Erst als mein Eimer völlig leer war, füllte Julian ihn mir wieder auf und sagte dann: „Kannst du hier kurz alleine weitermachen?"

„Klar." Ich runzelte die Stirn. „Wohin gehst du?" Ich wollte nicht, dass er mich hier draußen alleine zurückließ.

„Ich komm gleich wieder. Mach du inzwischen diese Reihe fertig, und wenn ich zurück bin, mach ich die andere Seite." Er marschierte los noch bevor ich etwas antworten konnte. Offenbar wollte er zurück zum Haus und sein Tempo wurde dabei stetig schneller. Hatte er etwas vergessen?

Ich schüttelte den Kopf und machte mich wieder an die Arbeit. Aber ohne ihn war das Pulverstreuen ganz schön langweilig. Ich hatte etwas mehr als fünfzig Meter geschafft, als Marie mich aufstöberte. Bei ihr war ein Mann mit schockierend rotem Haar und einer großen Knollnase.

„Das ist Henri“, stellte sie ihn mir vor.

Er reichte mir die Hand und meine eigene verschwand in seinen langen, schwieligen Fingern. Valentine so klein und rund und dieser Kerl so groß und dünn wie eine Bohnenstange—die beiden ergaben echt ein lustiges Paar.

„Hallo Henri“, sagte ich und versuchte dabei seinen Namen so auszusprechen, wie Marie es getan hatte. *Ou-Rie.*

Er lächelte freundlich. Aus seiner nicht gerade übermäßigen Redseligkeit schloss ich, dass er ebenfalls nur Französisch sprach. Cool. Eine weitere Person, mit der ich mich nicht unterhalten musste, obwohl er und seine Frau ja schon irgendwie nett wirkten.

Ich wollte gerade zurück an die Arbeit gehen, da hörte ich Maries heiteres Lachen hinter mir und drehte mich noch einmal um.

„Jona“, brachte sie mit knapper Müh und Not heraus. „Was ist denn das auf deinem Hintern?“

„Wie? Was meinst du?“ Ich verrenkte meinen Nacken, um einen Blick auf meinen Po zu werfen. Erst auf einer Seite, doch da war nichts. Dann die andere. *Huch!* Da war ein verräterischer weißer Handabdruck von Julian auf meiner Arschbacke. Der fiese Sack hatte also wirklich seine Rache bekommen. „Dafür mach ich ihn einen Kopf kürzer“, brummte ich mit hochrotem Gesicht in mich hinein, als ich den Staub von meiner Jeans abklopfte.

Julian kam erst nach einer halben Stunde zurück aufs Feld. Bis dahin war der Großteil meines Ärgers bereits verflogen. Ich erwähnte den Handabdruck gar nicht erst, doch Julian hatte sicher gemerkt, dass er weg war, als er mir einmal kurz unschuldig auf den Hintern sah. Als ich ihn dabei erwischte, verkniff er sich ein Grinsen.

Mit der Flasche kalten Mineralwassers, die er mir mitgebracht hatte, war alles wieder in Ordnung. „An so heißen Tagen ist es wichtig, dass du viel trinkst. Sonst bekommst du noch einen Hitzschlag", warnte er mich und nahm einen Schluck aus seiner eigenen Flasche.

Bis zum ersten Schluck hatte ich gar nicht gemerkt, wie durstig ich wirklich war. Doch als ich erst einmal angesetzt hatte, konnte ich kaum noch aufhören und trank die halbe Flasche in einem Zug leer.

Der Morgen verging wie im Flug. Beinahe zu schnell. Und ehe ich mich versah, rief uns Marie zum Mittagessen.

„Geh schon mal vor", sagte Julian. „Ich komme in ein paar Minuten nach. Dein Onkel braucht noch kurz Hilfe mit dem Bodenscanner."

Lustigerweise wusste ich genau, wovon er sprach. Es handelte sich dabei um ein kleines Gerät, das Ähnlichkeit mit einem Taschenrechner hatte und das Albert den ganzen Morgen lang mittels eines angehängten Stifts hier und da in die Erde gesteckt hatte, um dann irgendetwas von dem kleinen Display abzulesen. Winzer verwendeten echt cooles Zeug.

Ich lief hinter Marie her und freute mich über die schattige Abwechslung, als wir am Haus ankamen. Da ich heute Morgen das Frühstück ausgelassen hatte, gab nun auch mein Magen ein verhungertes Knurren von sich. Ich wusch mir schnell die Hände und setzte mich dann an den Tisch.

Es dauerte nicht lange, da kam auch der Drache aus seiner Höhle und setzte sich zu mir. Dieses Mal war sie aber clever genug, nicht den Platz direkt neben mir zu wählen.

Stattdessen sank sie in den Stuhl mir gegenüber. Unter ihren Augen waren wieder dunkle Ringe, und ihre Hände zitterten ein wenig, als sie nach ihrem Glas griff.

Sie nahm einen Schluck daraus und beobachtete mich dabei über den Rand hinweg. Um keine Schwäche zu zeigen, hielt ich ihrem Blick mit einem grimmigen Gesichtsausdruck stand. Wer zuerst wegguckt verliert! Und das würde sicher nicht ich sein.

Unglücklicherweise brachte sie der Augenkontakt auf die dumme Idee, sie könnte eine Unterhaltung mit mir anzetteln. „Wie gefallen dir die Weinberge? Julian meinte vorhin, du hättest eine Menge Spaß draußen."

Julian meinte? Na prima. Er war also zu ihr gelaufen, als er mich heute Vormittag mal für eine halbe Stunde alleingelassen hatte. Verdammt, ich hätt's mir aber auch denken können. Ein kleiner Funken Eifersucht entzündete schließlich die Bombe aus Zorn in mir darüber, dass sie überhaupt mit mir redete. „Der Richter hat mich hier hergeschickt, um Strafarbeit zu leisten. Und genau das mache ich. Nicht mehr und nicht weniger." Ich stand auf, um mir etwas zu trinken zu holen. Manchmal war es doch der klügere Schachzug auszuweichen—was immer nötig war, um sie zum Schweigen zu bringen.

Während ich mir Wasser aus der Leitung ins Glas laufen ließ, schlich sich Marie an und legte mir einen Arm um die Hüften. „Wirklich? Nicht mehr als Strafarbeit?", flüsterte sie mir mit einem Schmunzeln zu. „Und ich habe gedacht, ich hätte dich lachen gehört."

Ich funkelte sie von der Seite an, doch es half nichts. Ihr Strahlen war wohl in ihrem Gesicht angewachsen. Wieso musste sie nur so liebenswert sein?

Mit dem Glas in der Hand setzte ich mich zurück an den Tisch. Charlene senkte ihren Blick auf ihre knochigen Finger. Ihr Rücken war gekrümmt, ihre Schultern hingen nach unten. Sie sah aus, als könnte sie kaum noch ihren Kopf hochhalten. Ich konnte mich nicht erinnern, sie in den vergangenen Tagen jemals so zerschlagen gesehen zu haben.

Völlig unverblümt gaffte ich sie an, tief in Gedanken versunken. Plötzlich schnellte ihr Kopf in die Höhe. Total erschrocken schnappte ich kurz nach Luft. Durch ihre eingefallenen Wangen sah sie auf einmal unheimlich aus, als sich ein kleines, glückliches Strahlen um ihre Augen abzeichnete. Meine Mutter begann zu lächeln. Gott, jetzt machte sie mir richtig Angst. Meine Muskeln spannten sich an wie Drahtseile. War sie verrückt geworden? Sie sah aus, als wollte sie mich jeden Moment umarmen.

Wilde Panik packte mich. *Lauf um dein Leben!* Meine Beine bewegten sich unterm Tisch schon in Fluchtrichtung. Doch in diesem Moment wurde mir klar, dass sie gar nicht mich ansah, sondern vielmehr durch mich hindurch. Rüber zur Tür. Immer noch unter Schock stehend, drehte ich mich langsam um, doch hinter mir war niemand. Die Tür war zu.

Aber nicht mehr lange. Nur eine Sekunde später wurde die Türklinke nach unten gedrückt und Julian spazierte herein. Sein ernstes Gesicht verzog sich zu einem Lächeln, als sein Blick zu Charlene wanderte. Das erste Lächeln galt ihr. Das zweite bekam ich ab.

Ich konnte mir nicht erklären, was hier gerade vor sich ging, aber etwas stimmte ganz und gar nicht.

„Oh, hier seid ihr ja endlich“, unterbrach Marie die angespannte Stimmung und küsste Albert, der hinter Julian die Küche betrat, auf die Wange. „Dann können wir jetzt ja essen."

Die beiden Männer setzten sich an den Tisch, Julian neben mich. „Du hast einen leichten Sonnenbrand bekommen", meinte er und fuhr mir sanft mit dem Fingerknöchel über die Wange.

Ich zuckte zurück und grollte angewidert. Seine Hand sank auf den Tisch. Offensichtlich beleidigt musterte er mich mit schmalen Augen.

Maries Lasagne roch fantastisch, doch irgendwie hatte ich soeben meinen Appetit verloren. Ich stocherte mit der Gabel in meinem Essen herum, brachte aber nicht viel hinunter.

Meine Tante legte mir nach einer Weile eine Hand auf den Arm. „Was ist los, Liebes? Hast du gar keinen Hunger?"

Die kleinen Härchen in meinem Nacken sträubten sich, als ich auch Julians fragenden Blick auf mir spürte. Vielleicht ahnte er ja, dass er der Grund war, warum ich keinen Bissen mehr runterbrachte.

Sei nicht albern. Woher sollte er das wissen? Ich konnte es mir ja selbst kaum erklären. Eifersüchtig auf seine Beziehung mit meiner Mutter zu sein fühlte sich so derartig falsch an. Aber was sollte ich dagegen machen?

„Ist vermutlich nur die Hitze", murmelte ich.

„Aber natürlich. Du bist einfach das Klima hier in Frankreich noch nicht gewöhnt", erwiderte Marie. „Was hab ich mir nur dabei gedacht, dich so lange auf dem Feld arbeiten zu lassen." Sie tätschelte meine Hand. „Du bleibst am Nachmittag wohl lieber im Haus."

Allein mit dem Drachen? Niemals! Ich würde ihr nicht

noch mal die Gelegenheit bieten, um mich herumzuschwänzeln und mich in ein Gespräch zu verwickeln. Lieber fiel ich in der Hitze tot um. „Mir geht's gut. Ich möchte lieber wieder mit euch rauskommen."

Außerdem war dies mein letzter Tag hier und den wollte ich unbedingt in den wunderschönen Weinbergen verbringen, bevor ich die Festung nachts verließ. Ziel: unbekannt.

„Na schön. Aber sag früh genug Bescheid, wenn es dir zu viel wird", warnte mich meine Tante in ihrem stets lieblichen Akzent. Sie drückte meine Hand noch einmal kurz und aß dann weiter.

Um Julians Blicken auszuweichen, lockerte ich meine Strähnen hinter meinem Ohr und versteckte mein Gesicht hinter einem Vorhang aus meinem Haar. Als alle mit dem Mittagessen fertig waren, half Julian meiner Mutter zurück in ihr Bett. Dies war eine gute Gelegenheit, um in der Halle kurz mit Marie unter vier Augen zu sprechen. „Was war das, was du und Valentine heute Morgen gemacht habt? Als ihr die Büsche ausgerissen habt."

Marie lachte. „Wir haben nicht die Weinreben ausgerissen, sondern nur Unkraut gezupft. Diese kleinen Pflanzen saugen sonst den Reben die ganzen Mineralien weg."

„Kann ich euch dabei helfen?"

„Natürlich. Aber es ist langweilige Arbeit. Möchtest du nicht lieber wieder mit Julian unterwegs sein? Ich dachte, ihr hattet viel Spaß zusammen. Er hat dich gerne um sich."

Und vielleicht hatte ich ihn auch lieber um mich, als gut für mich war. Doch es war eine dumme Idee, jemanden zu nahe an mich heranzulassen, der leider auch mit einem bestimmten Drachen unter einer Decke steckte. Tatsächlich war es überaus dämlich, *irgendjemanden* in diesem Haus zu nahe an mich ranzulassen. Ein kleiner Hauch Bedauern überkam mich bereits jetzt bei dem Gedanken, heute Nacht abzuhauen, ohne Marie Auf Wiedersehen zu sagen.

Verdammt, es war echt höchste Zeit für mich, die Kurve zu kratzen.

Ich seufzte unfreiwillig. „Ich würde lieber mit dir arbeiten als mit Julian."

Ausgerechnet diesen Moment suchte sich Julian aus, um aus dem Zimmer meiner Mutter zu kommen. War ja klar, oder? Mir blieb entsetzt der Mund offen stehen. Ich erschauderte unter seinem Blick, und meine Schultern verkrampften sich, als er die Tür hinter sich zuknallte. Der Muskel in seinen Wangen zuckte, als er offenbar mit den Zähnen hinter geschlossenen Lippen knirschte.

Langsam kam er auf mich zu. Ich atmete etwas schneller, denn ich war sicher, er würde mir gleich eine fiese Bemerkung an den Kopf werfen. Doch das tat er nicht. Er ging einfach an mir vorbei und weiter zur Eingangstür.

„Marie, sieh zu, dass sie ihr Gesicht mit Sonnenmilch eincremt, bevor sie wieder rausgeht." Sein eiskalter Ton traf mich tief.

Ich wollte gar nicht spionieren

Die zierlichen Blätter der Weinrebe wiegten vor mir im Wind hin und her. Der angenehm saftige Duft stieg mir in die Nase, während der Dreck mir unter die Fingernägel kroch. Meine Handflächen waren schon ganz rot vom ständigen Gras- und Unkrautzupfen. In meinem gekrümmten Rücken protestierte jeder einzelne Muskel bei der kleinsten Bewegung.

Ich musste mich zusammenreißen, um nicht laut aufzuschreien oder gar den kleinen Stichspaten beiseite zu schleudern und in den Schatten zu kriechen, wo ich mich ausruhen konnte. Jede Minute kam mir mittlerweile wie Stunden vor und mein Körper verlangte nach einer Pause.

Beiß die Zähne zusammen, Montiniere!

Der Schmerz in meinem Rücken schien etwas nachzulassen, solange ich mich selbst irgendwie ablenkte, also nutzte ich die Gelegenheit, um mir für kommende Nacht einen Fluchtplan zurechtzulegen. Ich würde meine paar Habseligkeiten in meinen Rucksack packen und dann ein kleines Nickerchen machen bis, na ja, sagen wir mal Mitternacht. Bis dahin sollten auch alle anderen bereits eingeschlafen sein und niemand würde meine Flucht bemerken.

Die ersten paar Meilen könnte ich zu Fuß laufen oder

vielleicht sogar per Anhalter fahren. Ohne einen Cent in der Tasche standen mir ja nicht viele Möglichkeiten offen. Um mir ein Flugticket kaufen zu können, würde ich einfach ein paar Leute am Flughafen um ein wenig Taschengeld erleichtern. Das war vielleicht kein grandioser Einfall, doch immer noch besser als die Alternative—nämlich Geld von Marie und Albert zu stehlen.

Es war nicht nur mein Versprechen an Quinn, das mich von Letzterem abhielt, sondern der Gedanke daran, wie enttäuscht meine Tante morgen sein würde, wenn sie es herausfand.

Ein flüchtiger Blick rüber zu Marie brachte mich auf die Idee, ihr einen Abschiedsbrief zu schreiben. Obwohl ich nicht vorhatte, ihre geliehenen Kleider mitzunehmen, wollte ich mich doch für ihre Gastfreundschaft und das gute Essen bedanken. Je länger ich darüber nachdachte zu verschwinden, umso schlimmer quälte mich mein Gewissen. Irgendwann gab ich auf und verdrängte den Gedanken daran komplett. Stattdessen ließ ich den Schmerz in meinem Rücken wieder die Kontrolle übernehmen. Dieses Gefühl war leichter zu ertragen, wenn auch nicht für lange. Letztendlich schmiss ich das Handtuch und mein Hintern sank auf den Boden.

„Die Arbeit sieht von Weitem leichter aus, nicht wahr?“, meinte Marie verständnisvoll. „Du solltest eine Pause machen und etwas trinken.“

Sie hatte recht. Mein Mund und Hals waren staubtrocken. Ich griff nach der Wasserflasche neben mir und setzte sie an meine Lippen. Oh Mann, war das gut. Im Schneidersitz verharrte ich im Schatten und beobachtete meine Tante eine Weile, wie sie mit unzerbrechlicher

Leidenschaft weiter das Unkraut rund um die Reben aus der Erde zog. Ihre Liebe zu den Weinbergen war beinahe greifbar.

Ich fragte mich, was wohl mit ihrer Liebe und Unterstützung aus mir geworden wäre. Vielleicht würde ich sogar aufs College gehen. Meine Tage als krimineller Teenager hätte es wohl niemals gegeben. Schade, dass ich in der Gosse gelandet war anstatt in der Obhut meiner Tante. Aber warum war sie nicht gekommen und hatte mich zu sich geholt?

Ich nahm all meinen Mut zusammen und sagte schließlich: „Marie?“

Ihre schmutzigen Hände ließen das Büschel Löwenzahn los und sie drehte sich zu mir. Ich räusperte mich, doch Worte kamen trotzdem keine aus meinem Mund.

„Was ist los, Jona?“, fragte sie sanft. Das leichte Zittern meiner Finger blieb ihr offenbar nicht verborgen.

Ich versuchte, den Kloß in meinem Hals, der mich daran hindern wollte, die Wahrheit herauszufinden, runterzuschlucken. „Es sieht so aus, als wärst du froh darüber, dass ich ein paar Wochen bei euch leben muss. Und dann all die netten Sachen, die du mir geliehen hast …“ Händeringend senkte ich meinen Blick. „Warum hast du mich damals nicht bei dir aufgenommen, als Charlene mich einfach abgeschoben hat? Warum musste ich ins Kinderheim?“

Marie steckte ihren Spaten in die aufgewühlte Erde und wischte sich die schmutzigen Finger an ihrem T-Shirt ab. Dann rutschte sie auf den Knien zu mir rüber und nahm mein Gesicht in ihre Hände. „Liebes, ich hätte dich in der ersten Sekunde nach Frankreich geholt. Ein Kinderheim ist kein guter Ort für ein kleines Mädchen."

Aber wo hatte sie dann die letzten zwölf Jahre gesteckt? Die Hacken meiner Stiefel gruben sich in den Boden. „Warum hast du mich nicht abgeholt?"

„Weil ich nicht die geringste Ahnung hatte, dass es dich gibt, *Chérie*." Sie schüttelte den Kopf, als könnte sie es selbst nicht glauben. Aber was sagte sie da? Sie war Charlenes Schwester. Meine Mutter hatte mich doch sicher nicht vor ihrer Familie geheim gehalten. Oder etwa doch?

Tante Marie nahm meine Hand und drückte sie fest. „Deine Mutter war gerade mal neunzehn Jahre, als sie diesen Soldaten aus England kennenlernte. Sein Name war Jake oder Jack, glaube ich. Seinen Nachnamen hat sie mir nie verraten. Charlene war bis über beide Ohren verliebt und fest entschlossen, mit ihm nach Großbritannien zu gehen. Unsterbliche Liebe ... ich glaube, das waren ihre Worte." Marie seufzte tief. „Arme Charlene."

Meine Mutter war also verliebt gewesen, na und?

„Unsere Eltern hatten tagelang versucht, sie zur Vernunft zu bringen und ihr die Sache auszureden. Ich hörte sie oft miteinander streiten. Doch Charlene wollte von alledem nichts hören. Und weil unsere Eltern so sehr dagegen waren, lief sie eines Nachts heimlich davon. Sie hatte uns nur einen kurzen Brief hinterlassen, in dem stand, dass wir nicht nach ihr suchen sollten, denn sie würde nie wieder in dieses Haus zurückkehren."

Meine Kinnlade klappte nach unten. Charlene war abgehauen? In ein fremdes Land noch dazu? Sie war wohl mutiger, als ich ihr zugetraut hätte. „Wie ging es mit ihr weiter?"

„Nach etwa einem Monat bekam ich den ersten Brief von meiner Schwester. Sie schrieb mir, dass es ihr gut gehe, dass sie Arbeit gefunden habe und in eine kleine Wohnung gezogen sei." Der Ausdruck in Maries Augen wurde immer trauriger. „Ich glaube, über all die Jahre habe ich fünf oder sechs Briefe von ihr erhalten. Sie hatte niemals einen Absender auf das Kuvert geschrieben, somit konnte ich ihr auch nie antworten. Es war für uns alle furchtbar, nicht zu wissen, wo sie steckte. Doch sie war erwachsen. Was sollten wir also tun? Das Schlimmste an der Sache war, dass ihr meine Eltern niemals verziehen haben. Sie starben beide vor vier Jahren. Charlene haben sie seit damals nicht wiedergesehen."

Wow. Das war hart. Ich fragte mich, ob meine Mutter wohl traurig gewesen war, als sie vom Tod ihrer Eltern erfahren hatte. „Wie kam es dazu, dass sie nun bei dir und Albert lebt?", wollte ich weiter wissen.

Marie saß mir gegenüber, kreuzte die Knöchel und umschlang ihre Knie mit ihren Armen. „Vor zwei Monaten stand sie plötzlich vor meiner Tür. Sie sah furchtbar aus, todkrank und völlig abgemagert. Sie brauchte dringend Hilfe."

Ich kannte Marie zwar erst seit zwei Tagen, doch es war klar, dass sie Charlene noch im selben Moment vergeben hatte und sie, ohne zu zögern, in ihr Haus aufnahm—so wie sie es bei mir auch gemacht hatte. Dafür konnte ich Marie nur bewundern.

„Weißt du etwas über ihr Leben in England?", fragte ich, um die seltsame Stille, die über uns hereingefallen war, zu brechen.

„Ich kann dir nur erzählen, was sie mir damals erzählt

hat." Marie runzelte die Stirn. „Als sie Frankreich verlassen hat, war sie bereits schwanger. Der Soldat war dein Vater. Sie musste ihn einfach finden. Deinetwegen. Doch er hatte nicht mit einem Baby gerechnet. Und am Ende stand Charlene alleine da."

Mein Vater. Der *Soldat* war mein Vater. Und er war nicht bei Charlene geblieben. Ich hatte ihn nie kennengelernt. Er wollte mich nicht. Mein Brustkorb wurde plötzlich zu eng für mein Herz. Mir tat das Atmen weh. Gab es auf dieser Welt denn nicht einen Menschen, der mich bei sich haben wollte?

„Jack ging dann von der Armee aus für einige Jahre nach Amerika", fuhr Marie leise fort, als sie mein Entsetzen erkannte. „Deine Mutter blieb in England. Sie hatte Angst nach Hause zurückzukehren, mit einem Kind im Arm das unehelich geboren wurde. Besonders nach all den Streitereien mit unseren Eltern. Charlene war sicher, dass sie ein Enkelkind nie akzeptieren würden. Also versteckte sie dich vor uns. Sie hat mir nie etwas von dir erzählt." Maries trauriger Blick wurde warmherziger. „Charlene hat sich so sehr geirrt. Wir alle hätten dich sofort in unser Herz geschlossen. Kannst du dir vorstellen, wie überrascht ich war, als sie mir erst vor ein paar Wochen erzählte, was für eine hübsche Nichte ich habe?"

Ihre lieb gemeinten Worte halfen wenig gegen den Ärger, der in mir brodelte, seit sie ihre Geschichte begonnen hatte. Was hatte Charlene im Sinn? Was bezweckte sie damit, mich jetzt hierher zu bringen, wo ich doch meine Zeit im Jugendheim beinahe abgesessen hatte?

Sie hatte von einem Zuhause in Frankreich gesprochen. *Richtig*. Ein Zuhause, das sie mir achtzehn Jahre lang verwehrt hatte.

Scheiß auf sie und auf das alles hier! Ich würde ihr den Hals umdrehen!

Wieder voll bei Kräften ignorierte ich den stechenden Schmerz in meinem Rücken, stand auf und machte mich auf den Weg rüber zum Haus. Doch Marie hielt mich am Ellbogen fest. „Was ist mit dir?“

Was mit mir los war? Ich drehte mich zu ihr um. „Weil Charlene sich für mich schämte, musste ich fast mein ganzes Leben in einem Kindergefängnis verbringen! Hältst du das etwa für fair?“ Ich riss mich los und lief die lange Zeile von Weinreben entlang. Ihr flehender Ruf hinter mir wurde mit jedem Schritt leiser.

Die brennende Wut in mir presste meine Lungen zusammen, was das Rennen umso schwerer machte. Aber ich kämpfte mich weiter bis zum Garten. Mein Atem fühlte sich an, als würde ich versuchen, wie ein Vulkan Feuer zu speien. Ich kickte die Steine auf meinem Weg zur Seite, die dann in alle Richtungen schossen. Krebs war *eine* Möglichkeit, meine Mutter loszuwerden, doch heute würde *ich* dafür sorgen, dass sie den Löffel abgab.

Aber als ich beim Haus ankam, musste ich feststellen, dass mir jemand zuvorgekommen war. Durch die breite Glasscheibe im Wohnzimmer sah ich Charlene auf der Couch liegen und Julian setzte sich gerade zu ihr. Ich stand wie angewurzelt da und hielt sogar den Atem an.

Leichenblass war sie und ihr rechter Arm hing leblos von der Couch. Vorsichtig nahm Julian ihre Hand. Mit der anderen Hand strich er ihr die matten Haarsträhnen aus der Stirn und streichelte dann ihre Wange.

Die beiden in einem intimen Moment zu erwischen

stand auf meiner Mach-das-niemals-Liste ganz weit oben. Doch aus irgendeinem Grund konnte ich auch nicht wegsehen. Ich schlich rüber zu der ausladenden Trauerweide im Garten und versteckte mich hinter ihrem dicken Stamm. Dann schielte ich um die Ecke, um herauszufinden, was weiter passierte.

Die Augen meiner Mutter waren geschlossen, doch sie versuchte unter offensichtlicher Anstrengung etwas zu Julian zu sagen. Ich hätte alles gegeben, um zu hören, was sie ihm anvertraute. Julian setzte sein sanftes Streicheln einige Minuten fort. Plötzlich öffneten sich Charlenes Augen weit und richteten sich auf Julians Gesicht. Was sie darin sah, brachte sie aus irgendeinem Grund zum Strahlen. Sie richtete sich etwas weiter auf und lächelte ihn liebevoll an.

Und dann traf es mich wie ein Blitz. Es war gar nicht, was sie in ihm sah, sondern was er mit ihr gemacht hatte, das die Besserung in ihr hervorrief. Das zärtliche Streicheln. Hatte ich nicht gestern genau dieselbe Stimulation von ihm erfahren? Am Flughafen. Und dann auch noch im Flugzeug selbst.

Auf ihre Ellbogen gestützt, wartete Charlene, bis Julian ihr zu einer sitzenden Position verhalf. Ein lebendiges Rot schoss ihr in die Wangen und vertrieb die Leichenblässe. Ihre Augen wurden weiter und verloren ihren glasigen Schimmer. Das Rückgrat, das vor wenigen Minuten noch wie gebrochen gewirkt hatte, richtete sich nun stolz auf. Sie sah glücklich aus. Stark und zufrieden.

Oh. Mein. Gott. Julian war ihr ganz persönlicher Schuss Heroin.

Ich sank mit meinem Rücken gegen die Trauerweide

und stieß einen langen Atemzug aus. Was ich gerade beobachtet hatte wirkte so seltsam. Unwirklich. Was war Julians Geheimnis?

Ich lugte noch einmal um den Baum herum. Julian sagte gerade etwas zu meiner Mutter, wobei er ihr Kinn sanft in seine Hand nahm. Dann drehte er sich ohne Vorwarnung zur Seite und sah aus dem Fenster. Er hatte mich entdeckt.

Ich stand unter Schock und konnte mich nicht bewegen. Julian stand von der Couch auf. Sein Blick war eiskalt. Meine Nägel gruben sich in die Rinde des Baumes hinter mir und mein Herz klopfte mir bis zum Hals. Während er mich in seinem Bann gefangen hielt, vergaß ich völlig, warum ich überhaupt erst hierhergekommen war. Die Welt begann sich um mich zu drehen. Ich musste hier weg. Mit großer Mühe gelang es mir schließlich, meine Augen von ihm loszureißen. Ich drehte im Stand um und marschierte zurück aufs Feld.

Marie sah mich besorgt an, doch ich lief geradewegs an ihr und Valentine vorbei und suchte mir in zwanzig Metern Entfernung einen Platz zum Unkrautjäten. Meine Knie gruben sich in die Erde, als ich den Löwenzahn mit völlig neuem Eifer aus dem Boden riss.

Geheimnisse. Geheimnisse. Was hatte es mit Julian auf sich, dass sich in seiner Gegenwart jeder gleich viel besser fühlte? Ruhiger. Und gesünder. Er konnte die Leute doch kaum mit irgendeinem Zauber belegen. Hypnose vielleicht? Ich schüttelte den Kopf. Erde rieselte von dem Bündel Unkraut, das ich gerade ausgerupft hatte, und ich warf es zur Seite. Mit meinem staubigen Arm wischte ich mir die Schweißtropfen von der Stirn und schnaubte bitterböse durch meine knirschenden Zähne. Verdammt, etwas sehr Seltsames ging hier vor sich.

Und Charlene? Der Drache erstand praktisch von den Toten auf. Wie sie ihn angesehen hatte ... total hingebungsvoll. Das war so was von ... „Wäh!“ Einfach ekelhaft. Sie war meine Mutter, verdammt noch mal, und somit etwa zweihundert Jahre zu alt für Julian. So etwas durfte einfach nicht sein.

Jemand legte mir eine Hand auf die Schulter. Erschrocken sprang ich auf. „Und warum zum Teufel interessiert mich das überhaupt?!“, brach es aus mir heraus, ehe ich überhaupt realisierte, wer vor mir stand.

Julian trat erschrocken einen Schritt zurück und sah mich verdutzt an. Er zuckte ratlos mit den Schultern.

Ich schnaubte lauter als ein wilder Stier. In mir tobte ein Sturm, und ich wusste nicht, wie ich mich selbst daran hindern konnte, gleich zu explodieren. Doch Julian blieb einfach regungslos stehen. Sein seidiges Haar glänzte golden in der Sonne, seine Augen funkelten wie die Oberfläche eines ruhigen Sees. Innerlich stöhnte ich. Wieso musste er nur so süß dreinschauen?

Oh nein! Diesmal nicht! Er würde mich nicht noch einmal mit seiner alten Taktik verwirren. Im Geiste verpasste ich mir selbst eine Ohrfeige, um wieder zu klarem Verstand zu kommen. Er konnte noch so süß tun, ich würde nicht mehr drauf reinfallen. Sollte er doch seinen Voodoo-Zauber bei jemand anderem abziehen.

„Lass das gefälligst!“, schrie ich ihn an.

„Was meinst du?“

„Hör auf, mich mit deinem Hokuspokus einzuwickeln!“

Sein linker Mundwinkel zuckte nach oben. „Jona, geht's dir nicht gut?"

Er griff nach meiner Schulter, doch in diesem Moment ging eine schrille Alarmsirene in meinem Kopf los. Ich schlug seine Hand beiseite. „Mir geht's ausgezeichnet." Ich streckte ihm meinen Finger ins Gesicht und machte dabei Schlitzaugen. „Aber ich werde nicht mehr zulassen, dass du mich infizierst ... mit diesem, diesem ...Glücksgefühl."

Julian neigte seinen Kopf und stellte mit einer hochgezogenen Augenbraue offenbar meinen Verstand in Frage. „Ich denke du solltest den hier besser aufsetzen." Er hielt mir einen Strohhut entgegen. „Ein Sonnenstich ist eine ziemlich fiese Sache."

Sonnenstich? Hatte er sie noch alle? Ich verschränkte die Arme vor der Brust und knirschte mit den Zähnen.

Da ich den Hut nicht annahm, setzte Julian ihn mir kurzerhand auf den Kopf, drehte sich um und marschierte in die andere Richtung. Ich war wie festgefroren und starrte ihm hinterher. Der Strohhut warf einen angenehmen Schatten über mein Gesicht. Er hatte ihn eigens für mich mitgebracht. Weil er sich um mich sorgte? Mein stählerner Kern drohte zu schmelzen.

Doch das war noch lange keine Entschuldigung für die Beziehung mit meiner Mutter. Und außerdem brauchte ich niemanden, der sich um mich sorgte. Am aller wenigsten ihn. Ich riss mir den Hut vom Kopf und schleuderte ihn Julian wie ein Frisbee hinterher. Der Strohhut traf ihn am Rücken und segelte dann zu Boden. „Ich will deinen dämlichen Hut nicht! Was ich will ist eine Antwort!"

Julian blieb stehen und drehte sich langsam zu mir um. „Eine Antwort?" Er klang überrascht und arrogant zugleich.

Nachdem er den Hut aufgehoben hatte, wischte er den Staub vom Rand, dann sah er wieder mich an. „Und wie *genau* lautet die Frage, Jona?“

Eine Sekunde verstrich. Zwei. Drei. Julian wartete, doch ich brachte die Worte einfach nicht über die Lippen. Ah, verflucht, wovor hatte ich eigentlich solche Angst? Nach einem weiteren tiefen Atemzug stapfte ich vorwärts, stelle mich auf die Zehenspitzen und blickte ihm todernst in die Augen. „Bist du der Liebhaber meiner Mutter, oder nicht?“

Julians großkotzige Art verschwand in diesem Moment. Er blickte entsetzt über seine Schulter, so als fürchtete er, dass mich jemand gehört haben könnte, schnappte mich dann am Arm und zog mich ein paar Meter weiter ... weg von den anderen. Ich stolperte neben ihm her, bis er schließlich stehen blieb und fauchte: „Ich bin vieles, Jona. Aber ganz sicher nicht ihr Liebhaber.“

Ich wartete darauf, dass er endlich meinen Arm losließ, doch stattdessen zog er mich noch weiter zu sich. „Und wenn du aufhören würdest, anderen hinterherzuspionieren, dann würdest du gar nicht erst auf so dumme Gedanken kommen.“

„Ich hab nicht spioniert“, zischte ich zurück und riss meinen Arm los. „Jedenfalls nicht absichtlich.“

„Was bitte hast du denn *sonst* im Garten gemacht, als ich vorhin nach deiner Mutter gesehen hab?“

„Das geht dich nichts an!“

„Ach so. Aber was ich für eine Beziehung zu deiner Mutter habe geht dich schon etwas an, oder wie?“

„Ja genau! ... Nein. ... Aah, lass mich einfach in Ruhe.“ Ich fuhr mir aufgebracht mit den Fingern durchs Haar. Es ging mich etwas an. Schließlich redeten wir hier über meine gottverdammte Mutter. „Was hast du überhaupt vor? Willst du mein Stiefvater werden?“ Ein grauenhafter Schauer lief mir bei dem Gedanken den Rücken hinunter.

Julian antwortete nicht. Er zog nur seine Brauen tiefer und sah mich lange eindringlich an. Das war mir unheimlich. Ich wich einen Schritt zurück, doch der kleine Abstand zwischen uns hielt ihn nicht davon ab, meine Gedanken offenbar wieder einmal wie ein Buch zu lesen. Gott, war das nervig.

„Jetzt gib mir schon den verdammten Hut“, maulte ich. Das Stroh knirschte unter meinem festen Griff, als ich ihn Julian aus der Hand riss und mir wieder auf den Kopf setzte. Dann stürmte ich davon. Julian lachte hinter mir, doch das war mir egal. Der konnte mich mal.

Für heute war ich lange genug auf dem Boden gekniet. Ich zog es vor, wieder dieses weiße Pulver zu streuen, also holte ich mir einen Eimer vom Container und setzte die Arbeit von heute Vormittag fort. Ich hatte kaum eine Länge geschafft, als hinter mir der Kies knirschte und ich wusste, dass ich nicht mehr alleine war. Es hatte keinen Sinn zu hoffen, dass es Marie oder Valentine waren. Ich unterdrückte ein verärgertes Grummeln und blickte über meine Schulter. Julian hatte begonnen, die Reben auf der gegenüberliegenden Seite des Weges zu bestreuen.

Er holte rasch auf, doch er wich meinem Blick aus, als wir auf gleicher Höhe waren. Im Gegensatz dazu konnte ich nicht widerstehen, alle paar Schritte einen Blick in seine Richtung zu werfen. Der ausgefranste Saum seiner Hose schleifte im Staub. Ich ließ meinen Blick über seine langen Beine nach oben wandern und dann einen Moment auf seinen schlanken Hüften verharren. Was für ein Anblick. Sein flacher Bauch und seine muskulöse Brust zeichneten sich unter dem dunkelblauen T-Shirt ab. Die kurzen Ärmel spannten sich über seine starken Oberarme. Es juckte mich in den Fingern, diese Muskeln zu fühlen. Bei der Vorstellung wurden meine Wangen plötzlich heiß, und ich drehte meinen Kopf schnell zur Seite, ehe er etwas merkte.

Während wir wieder Seite an Seite arbeiteten, verflog mein Ärger von vorhin, was mir irgendwie Angst einjagte. Es fühlte sich vertrauter und viel sicherer an, auf jemanden böse zu sein, als eine plötzliche Schwäche für dessen Lächeln zu entdecken.

Vielleicht hatte ich mich ja geirrt. Vielleicht war da gar kein Hokuspokus. Was wäre, wenn das alles nur meine völlig verschrobene Art war, mit einer ganz einfachen Tatsache umzugehen? Nämlich damit, dass ich gerade dabei war, diesem Burschen zu verfallen? Und zwar unaufhaltsam.

Das angenehme Gefühl, das ich heute Morgen hatte, als er mich mit meiner Haarsträhne geweckt hatte, kam wieder in mir hoch. Wie konnte er nur in so kurzer Zeit so ein tiefes Loch in meinen Schutzpanzer schlagen? Das war praktisch unmöglich. Doch es ließ sich leider auch nicht abstreiten, dass er eine gewisse Anziehungskraft auf mich ausübte.

Er sagte, er sei nicht Charlenes Liebhaber. Doch konnte ich ihm auch vertrauen?

Alle paar Meter wischte Julian seine Hand an seinem Hintern ab, nur um dann gleich wieder in den Pulvereimer zu greifen. Seine rechte Pobacke sah mittlerweile aus, als hätte er sich in einen Sack Mehl gesetzt. Das erinnerte mich an den Handabdruck, den er heute auf meinem Po hinterlassen hatte. An die Art, wie er mich an sich gezogen hatte. Meine Ohren begannen zu glühen und mir wurde seltsam flau im Magen. Schmetterlings-flau. Großer Gott! Ich sollte lieber gar nicht erst daran denken.

Ich nahm den Hut ab und fächerte mir damit Luft zu. Dann setzte ich ihn wieder auf und versuchte mich auf die Arbeit zu konzentrieren.

„Ist Quinn denn wirklich *dein* Liebhaber?“

Die Luft zischte mir aus der Lunge, als ich mich überrascht zu Julian drehte. Neugierde blitzte in seinen Augen.

Das möchtest du wohl gerne wissen, Freundchen! Ich zog es vor, mit einem Schweigen zu antworten.

„Ja, ich dachte mir schon, dass es nur dummes Gerede war“, sagte Julian zufrieden.

Das brachte mich aus irgendeinem Grund zum Schmunzeln, aber eine Antwort bekam er trotzdem nicht.

Obwohl wir uns in den nächsten zwei Stunden kaum miteinander unterhielten, genoss ich es einfach nur, in seiner Nähe zu sein. Einmal erwischte ich ihn sogar dabei, wie er mich heimlich beobachtete, als ich mich bückte und die Hosenbeine bis zu den Knien hochrollte, um meinen kreideweißen Schenkel etwas Sonne zu gönnen. Julian grinste nur selbstgefällig, bevor er sich wieder umdrehte und weiterarbeitete.

Ich würde sicher nicht viele Dinge vermissen, wenn ich heute Nacht von hier verschwand. Doch Julians Lächeln gehörte definitiv dazu.

Um fünf Uhr nachmittags kehrten wir alle gemeinsam zum Haus zurück. Ich war total ausgehungert und freute mich über den üppig gedeckten Tisch. Es gab frisches Brot,

Wurst, Käse, allerlei Gemüse und Obst aus dem Garten und hartgekochte Eier. Zu meiner übermäßigen Freude stellte ich fest, dass wir ohne meine Mutter essen würden, denn die schlief anscheinend tief und fest auf der Couch im Wohnzimmer. Mit nur uns vieren am Tisch erfuhr ich zum ersten Mal, was es hieß, wie eine richtige Familie beisammenzusitzen.

Meine Tante erzählte Albert von einer neuen Boutique in der Stadt und dass sie da demnächst unbedingt mal reinschauen wollte. Währenddessen stibitzte Julian ein Stückchen Gurke von meinem Teller und stopfte es sich schnell in seinen grinsenden Mund. Ebenfalls gut aufgelegt, wollte ich ihn gerade zurechtweisen, doch Albert schnitt mir das Wort ab. „Na, Jona, wie fühlst du dich nach deinem ersten Tag draußen in den Weinbergen?“

Um ehrlich zu sein, hatte ich Mühe, meine Augen offenzuhalten. Und doch hatte ich mich noch nie in meinem Leben besser gefühlt. „Mein Rücken tut weh“, gestand ich mit einem kleinlauten Grinsen und schielte dabei zu Marie. „Es wäre wohl doch klüger gewesen, weiter dieses weiße Zeug am Boden zu verstreuen, als Unkraut zu zupfen.“

„Du meinst den Mineraldünger?“, fragte mein Onkel.

Ich nickte. „Ich hoffe ja nur, dass dieses komische Mehl beim nächsten großen Regen nicht zu Teig wird.“

Albert und Marie amüsierten sich über meine Besorgnis, während Julian nur den Kopf schüttelte. „Das wird ganz sicher nicht passieren“, erklärte mir Albert. „Der Dünger hat mit Mehl überhaupt nichts zu tun.“

„Was genau ist es dann?“, wollte ich wissen.

Mein Onkel warf einen tadelnden Blick zu Julian.

„Junge, hast du ihr denn heute gar nichts erklärt? Ihr wart doch fast den ganzen Tag zusammen."

Julian zuckte mit den Schultern und schluckte einen Bissen Brot hinunter. „Sie hat mich nicht gefragt."

„Tz, tz, tz", gab Albert missbilligend von sich und schüttelte dabei den Kopf. Ich verkniff mir ein Schmunzeln. Dann wandte er sich wieder mir zu. „Was du und Julian heute gemacht habt war, die Pflanzen mit Nährstoffen zu versorgen, damit sie kräftig und rasch wachsen. Du hättest den Dünger auch zuerst in Wasser auflösen und dann die Reben damit gießen können. Für die Weinreben macht es keinen Unterschied. Aber es ist schon etwas mühselig, alle paar Meter eine neue Gießkanne vollzumachen."

Mir fiel ein begeistertes Glitzern in Alberts Augen auf, als er weiter von seiner Arbeit sprach. Es bereitete ihm offenbar große Freude, mir alles über die Weinberge zu erzählen: über die verschiedenen Arten der Trauben und wie die geografische Lage am Ende den Geschmack des Weins veränderte. Ich hörte ihm lange Zeit einfach nur zu, auch nachdem wir bereits alle mit dem Abendessen fertig waren.

„Wenn du möchtest, zeige ich dir morgen, wie man mit dem Tester umgeht und die Bodenbeschaffenheit daran ablesen kann", sagte er voller Stolz.

Ich verspürte plötzlich ein schmerzhaftes Stechen in meiner Brust, denn für mich würde es in diesem Haus kein Morgen mehr geben. Wenn meine Familie aufwachte, würde ich schon längst über alle Berge sein.

Der Vogelunfall

Die ersten Sonnenstrahlen eines neuen Tages schienen mir ins Gesicht. Ich kratzte mich an der Nasenspitze und schaffte es irgendwie, meine verschlafenen Augen zu öffnen. Stechende Kopfschmerzen erinnerten mich an Julians Warnung, dass ich in der sengenden Hitze lieber eine Kopfbedeckung tragen sollte. Ein warmer Spucketropfen lief aus meinem Mundwinkel und mein Kinn hinunter. Ich wischte ihn mit dem Handrücken weg und richtete mich auf. Was zum Geier—?

Wo war ich?

Ich streckte meine Arme hoch und meinen Rücken durch, wobei meine Wirbel knackten und ich laut gähnte. Dann blickte ich mich um. Okay, ich saß also an meinem Schreibtisch. In meinem Zimmer. In Maries Haus. *Mist!* Wie konnte das denn sein?

Auf dem Tisch vor mir lag ein halb fertiger Abschiedsbrief an meine Tante. Er war zerknittert, weil ich wohl die halbe Nacht drauf gelegen hatte.

Großartig. Die Arbeit gestern hatte mich derart erschöpft, dass ich mitten unterm Schreiben eingeschlafen war. In der Ecke neben der Tür wartete immer noch mein gepackter Rucksack auf mich. Alles, was ich wollte, war von hier abzuhauen. Und nun saß ich einen weiteren Tag in diesem Haus fest, gefangen mit dem Drachen.

„Nein, nein, nein!“ Ich schlug mit der Faust auf den Tisch und mein Kugelschreiber flog in hohem Bogen durch die Luft. Als ich ihn vom Boden aufhob, fiel mir die kleine Uhr auf meinem Nachtkästchen ins Auge. Ich hätte wohl besser den Wecker stellen sollen. Das hatte ich nun davon.

Heute Nacht würde ich keine Fehler mehr machen. Ich musste von hier weg und zwar schnell.

Ich machte mich kurz frisch und trottete dann nach unten, wo ich alle mit einem langen Gesicht auf dem Weg zur Tür hinaus grüßte. Nicht einmal Maries liebliches Lächeln konnte meinen eiskalten Blick zum Schmelzen bringen und auf Julians provokantes Augenbrauenhochziehen antwortete ich nur mit einem mürrischen Knurren.

Und dann stand ich vor *ihr*.

Na ja, eigentlich war ich sogar geradewegs in sie hinein gekracht. Meine Mutter kam gerade zur Tür rein, als ich hinaus huschen wollte. Ein großes blaues Buch fiel ihr dabei aus der Hand und landete aufgeschlagen am Boden. Verärgert ballte ich die Fäuste und maulte etwas Unverständliches. Doch der Drache strahlte mich an, als wäre er gerade aus einem Atomreaktor gekommen. „Guten Morgen, Jona!“

Oh, halt doch einfach die Klappe und geh mir aus dem Weg.

Ich wollte über das Buch auf dem Fußboden steigen, da bemerkte ich, dass es eigentlich ein Fotoalbum war, und zu meinem unsagbaren Entsetzen war da sogar ein Bild von mir drin.

Von. Mir!

Vor diesem Haus.

Da blieb einem doch die Spucke weg.

Marie bückte sich schnell, um das Album aufzuheben. Als sie wieder hochkam, rief sie freudig überrascht: „Wo hast du das denn gefunden?"

Charlene zuckte verlegen mit den Schultern. „Es ist eines der wenigen Dinge, die ich damals mitgenommen habe. Ich hab's mir in all den Jahren immer und immer wieder angesehen. Sicher tausendmal." Bei ihrer ekelhaft süßlichen Stimme wollte ich am liebsten kotzen.

„Sieh nur, *Chérie*." Meine Tante drehte sich mit dem offenen Album zu mir. „Das sind deine Mutter und ich, als wir noch jünger waren. Oh Charlene, hier musst du ungefähr in Jonas Alter gewesen sein."

Meine Knie gaben beinahe nach, als ich mir das Foto, das sie gerade herzeigte, genauer ansah. Die vergilbte Farbe deutete darauf hin, dass es wirklich schon vor vielen Jahren geschossen worden war, und trotzdem hätte ich schwören können, dass ich in dem Bild an der Hausmauer lehnte und in die Kamera lächelte. Dasselbe dunkelrot-braune Haar wehte um das Gesicht des Mädchens, dieselben braunen Augen glitzerten im Sonnenlicht. Das rote Kleid und die hochhackigen Schuhe sahen allerdings lächerlich an mir aus.

„Ich kann nicht glauben, wie ähnlich Jona dir doch sieht", stellte Marie fest.

Mir wurde schlecht.

„Kommt mit ins Wohnzimmer. Dann können wir uns das Fotoalbum gemeinsam ansehen."

Oder du könntest stattdessen eine Pistole holen und mir damit zwischen die Augen schießen.

Ich bedachte beide Frauen mit einem verschrobenen Blick. „Ich passe.“ Schlimm genug, dass ich aussah wie eine jüngere Ausgabe von Charlene. Da würde ich mir sicher nicht auch noch anhören, wie sie in Erinnerungen schwelgten und dabei jedes blöde Detail bemerkten, das mich mit ihr verband.

Vorsichtig zwängte ich mich an meiner Mutter vorbei, ohne sie zu berühren, und flüchtete nach draußen. Mit tiefen Atemzügen schaffte ich es, meinen Zorn schließlich unter Kontrolle zu bekommen. Ich lehnte mich mit dem Rücken an die Wand und blickte in den Himmel. Ein Schwarm Vögel zog gerade über mir vorbei. Dies würde ein weiterer, unerträglich heißer Tag in den Klauen des Drachen werden. Ich musste weg. Je weiter ich von meiner Mutter entfernt war, umso besser. Dachte sie allen Ernstes, sie könnte einfach so in mein Leben zurückspazieren und wir würden die besten Freundinnen sein? Als ob die letzten zwölf Jahre nie passiert wären? Dann war sie wohl nicht nur krebskrank, sondern auch geistesgestört.

Marie kam kurze Zeit später zu mir raus und gemeinsam gingen wir schweigend rüber in die Weingärten. Als ich mit meiner Arbeit begann, kam mir wieder mein Lied in den Sinn. Das, von dem ich den Titel nicht wusste, das mich aber immer irgendwie beruhigte. Ich summte es den ganzen Morgen vor mich hin.

Wie versprochen, zeigte mir Albert später, wie man den Bodenscanner verwendete. Das Gerät hatte kleine Knöpfe und machte jedes Mal ein lustiges Piep-Geräusch, wenn es Bodenproben auswertete. Ich spielte ein wenig damit herum, doch in meinem Hinterkopf lungerte immer noch die Begegnung mit meiner Mutter herum, und es ärgerte mich umso mehr, dass ich es gestern Nacht nicht geschafft hatte, mich zu verkrümeln.

Da Julian die Aufgabe zugewiesen wurde, mich aufzuheitern—und ich hatte gehört, wie Marie genau diese Worte gebraucht hatte, bevor sie ihn mit mir losschickte—blieben mir auch seine ständigen kurzen Trips zurück zum Haus nicht verborgen. Wenn das seine Art war, mich bei Laune zu halten, dann konnte ich auf seine Gesellschaft genauso gut verzichten. Was machte er überhaupt dauernd im Haus? Brachte er dem Drachen ein Lamm, das sie dann mit ihrem Feuerstrahl rösten konnte?

Und doch musste ich ihm jedes Mal hinterher sehen, wenn er sich wieder einmal für ein paar Minuten entschuldigte. Ich versuchte mir nichts anmerken zu lassen, doch in Wahrheit wollte ich ihn jedes Mal am Arm festhalten und anbetteln, dass er diesmal nicht zu ihr gehen möge. Himmel, was war nur aus mir geworden? Das Ganze verwirrte mich schon sehr.

Am Abend aß ich meinen Eintopf extra schnell auf und vorgetäuschte Kopfschmerzen waren meine Entschuldigung, um dem üblichen Gequatsche nach dem Essen frühzeitig zu entkommen.

Marie sagte mir am Fuße der Treppe Gute Nacht. „Du hast dich wahrscheinlich überanstrengt.“ Sie streichelte mir sanft über die Stirn. „Morgen wirst du nicht mit hinaus in die Weinberge kommen.“

Oh, wie recht sie doch hatte. Innerlich rieb ich mir schon die Hände. Doch gleichzeitig zog sich bei dem Gedanken, meine neugewonnene Familie nie wiederzusehen, eine Schlinge aus Stacheldraht um mein Herz.

„Ruh dich jetzt aus, Liebes", sagte sie und nahm meine Hand. „Außerdem ist morgen Wochenende. Vielleicht finden wir etwas, das wir beide unternehmen können. Nur du und ich." Ihre Mundwinkel kurvten nach oben. „Wie klingt das?"

Es klang fantastisch! Der Kloß in meinem Hals hinderte mich daran, ihr die Lüge mitten ins Gesicht zu schleudern. Ich zog meine Hand zurück.

Aber es ist doch gar keine Lüge und das weißt du auch.

Ah, verflucht sei diese Stimme in meinem Kopf!

Ich versuchte das Durcheinander in mir zu ordnen, doch es war unmöglich. Also nickte ich nur kurz, drehte auf der untersten Stufe um und rannte nach oben. Als ich in meinem Zimmer angekommen war, knallte ich erleichtert die Tür zu und lehnte mich dagegen. Ein tiefer Seufzer kam über meine Lippen, als mein Blick Richtung Zimmerdecke wanderte. „Lieber Gott, lass mich von hier verschwinden, bevor ich noch völlig wahnsinnig werde und meine Meinung ändere."

Ich huschte ins Bad, um zu duschen, zog dann meine eigenen zerschlissenen Jeans und das schwarze Top an, setzte mich an den Schreibtisch und schrieb einen neuen Abschiedsbrief für Marie. Als ich fertig war, faltete ich den Brief zweimal und versteckte ihn in meinem Notizblock. Später, auf meinem Weg nach draußen, würde ich ihn auf dem Küchentisch zurücklassen.

Draußen wurde es langsam dunkel. Das war's also. Ich war bereit. Um ja nicht wieder zu verschlafen, stellte ich den Wecker auf Mitternacht. Seltsam, dass ich für diese einfache Aufgabe volle fünf Minuten brauchte. Mein Hals wurde eng und tat weh, während ich an der Uhr herumfummelte. Dann fiel mir ein, dass ich vielleicht lieber die Fenster und Balkontür schließen sollte, damit Julian nicht hörte, wenn in meinem Zimmer der Wecker läutete.

Julian.

Ich knurrte in mich hinein. An ihn sollte ich gar nicht erst denken. Aber irgendwie wollte er mir nicht aus dem Kopf gehen. Die letzten beiden Tage mit ihm waren ... *interessant*. Ich brauchte nur die Augen zu schließen und sah ihn ganz deutlich vor mir: wie sich immer ein Grübchen auf seine Wange schlich, wenn er schief grinste, wie ihm manchmal eine Haarsträhne in die Augen fiel, wenn er sich vornüberbeugte, und er sie dann wegpustete. Oh Mann. Ohne es zu wissen, hatte ich wohl jedes kleine Detail von ihm in meinen Gedanken gespeichert. Das war kein gutes Zeichen.

Doch wen kümmerte es schon? Ich würde die Tatsache einfach für mich behalten. Ein leises Stöhnen kam über meine Lippen. Wie gern hatte ich noch einmal diesen Duft von wildem Wind an ihm gerochen. Nur einmal, bevor es Zeit war zu gehen.

Jetzt reiß dich endlich zusammen, Weichei!

Ich schwang mit dem Drehsessel herum und blickte mich noch ein letztes Mal in diesem Zimmer um. Was für ein Palast. Und ich kehrte ihm den Rücken zu. Ich musste verrückt sein. Doch dann fiel mir auch meine Mutter wieder ein, und ich wusste, es gab keinen anderen Weg. Je eher, desto besser.

Ein dumpfes Geräusch, so als hätte jemand ein Kotelett auf den Balkonboden geworfen, riss mich aus meiner Grübelei. Ich stand auf und ging zur Balkontür. In dem Moment, als ich den Vorhang zur Seite zog, flatterte ein

Spatz aufgeregt in die Luft, dreimal im Kreis und dann hoch zum Dach. Vor Schreck duckte ich mich und schlug meine Arme um meinen Kopf.

„Verrückte Vögel“, murmelte ich und wollte schon wieder umkehren, da lenkte ängstliches Vogelgezwitscher meine Aufmerksamkeit nach unten. Meine Augen gingen weit auf und mein Herz wurde zu Pudding.

Nur einen Schritt von mir entfernt saß ein junger Spatz auf den Balkonlatten und neigte seinen Kopf unsicher von einer Seite auf die andere, als er zu mir hochsah. Ich hockte mich langsam hin und wartete darauf, dass er aus Angst vor mir abhauen würde, doch außer seinem Kopf bewegte sich bei dem Vogel gar nichts.

„Was machst du denn auf meinem Balkon, Kleiner? Kannst du nicht fliegen?“ Vorsichtig streckte ich ihm eine Hand entgegen, doch da machte das Kerlchen ein paar Hopser rückwärts.

„Fass ihn nicht an.“ Obwohl die Stimme sanfter klang als raschelnde Blätter im Wind, sah ich erschrocken hoch. Julian spazierte auf meine Seite des Balkons. „Er ist vermutlich aus dem Nest gefallen. Da ist eines unterm Dach, gleich über deiner Balkontür. Als er sich langsam neben mich kniete, hüpfte der kleine Spatz weiter nach hinten, bis er in der Ecke des Balkongeländers in der Falle saß.

„Kannst du mir ein Handtuch aus dem Bad holen?“, sagte Julian.

„Ich glaube ja nicht, dass der Vogel trocken gerieben werden muss. Der braucht nur eine Fahrt nach oben.“

Julians Seufzen wurde von seinem süßen, schiefen Grinsen begleitet. „Geh einfach!“

Ich warf ihm noch einen skeptischen Blick zu, lief aber dann los und holte ihm, was er wollte. „Was hast du damit vor?“, fragte ich, als ich wieder neben ihm hockte.

„Ich versuche meinen Geruch nicht auf den Vogel zu übertragen, wenn ich ihn gleich zurück in sein Nest setze. Seine Mutter wird ihn nicht mehr akzeptieren, wenn er nach Mensch riecht.“ Er rutschte weiter vor und hielt seine Hände nahe am Boden, sodass der Vogel jede von Julians Bewegungen genau sehen konnte.

„Erschreck ihn nicht“, flüsterte ich. Doch Julian bewegte sich so sanft und geschmeidig, er hätte wahrscheinlich sogar ein scheues Reh im Wald einfangen können. Ich hielt den Atem an, bis er den Spatz endlich in einem Frotteenest in seinen Händen hielt.

Wir standen beide auf, dann drehte sich Julian zu mir und ließ mich unseren kleinen ängstlichen Freund genauer betrachten. „Sein Herz klopft wie eine Nähmaschine.“

Ich stieß ein erleichtertes Seufzen aus und widerstand dem Drang, den kleinen Kopf des Vogels zu streicheln. „Und was jetzt?“ Meine Stimme war nicht lauter als das Zu-Boden-Fallen einer Stecknadel.

„Es wird Zeit für den kleinen Ausreißer, in sein Nest zurückzukehren.“ Julian verwirrte mich, als er seinen Kopf nach oben neigte und dabei leicht in die Knie ging. Allem Anschein nach hatte er wohl vor, gleich loszufliegen wie Superman.

Jemand hier draußen hatte offenbar einen an der Waffel. Und ich war’s ganz bestimmt nicht. Ich zog eine Augenbraue hoch, verkniff mir aber eine dumme Bemerkung, indem ich mir auf die Zunge biss.

Julian richtete sich wieder auf und wich meinem Blick

aus. Er räusperte sich. „Nun ja“, stammelte er verlegen. „Könntest du mir dann bitte den Hocker von da drüben holen, damit ich zum Nest raufsteigen kann?“ Er deutete mit einem Nicken auf seine Seite des Balkons hinüber, wo ein kleiner, runder Schemel in der Ecke stand.

Sofort packte mich nackte Panik. Ich trat von der Schwelle zurück in mein Zimmer und fasste mir mit einer Hand an die Brust. Ich schüttelte den Kopf und spürte dabei, wie gerade sämtliche Farbe aus meinem Gesicht wich.

„Ah richtig. Da war ja was.“ Er sah mich eindringlich an, atmete dabei durch die Nase aus und kräuselte die Lippen. „Könntest du dann den Vogel für einen Moment halten?“

Ich verlagerte mein Gewicht von einem Bein auf das andere. „Ich hatte noch nie einen Vogel in der Hand. Was ist, wenn ich ihm weh tue?“

„Keine Sorge. Du kriegst das schon hin.“ Er machte einen Schritt auf mich zu und überreichte mir dann das ganze Spatzen-Handtuch-Paket.

Behutsam legte ich meine Hände um den eingewickelten Vogel. Da begann der kleine Teufel zu zwitschern und mit den Flügeln zu flattern, als wollte ich ihm an den Kragen. „Oh Mann, ich schätze, er will zurück zu dir.“

Julian beruhigte mich mit einem Lächeln. „Der Kleine will zurück in sein Nest. Wir beeilen uns also lieber.“ Als ich immer noch nicht so recht wusste, wie ich den Vogel halten sollte, legte Julian seine Hände um meine. „Ganz ruhig. Du machst das prima. Drück nur nicht zu fest zu.“

Ich versuchte meine Muskeln zu entkrampfen und meinen Griff zu lockern. Doch um ehrlich zu sein, hatte ich so meine Mühe, mich überhaupt zu entspannen, während Julian mir so zärtlich mit seinen Daumen über die Hände streichelte. Das ging gar nicht.

Julian zwinkerte mir zu. „Und denk immer daran, der Vogel hat mehr Angst vor dir als du vor ihm." Dann schlüpfte er wieder durch den Vorhang nach draußen und holte den Schemel. Er platzierte ihn direkt vor meinem Zimmer und stieg hoch. „Mal sehen, ob das funktioniert." Als er seine Hände aufhielt, setzte ich den Spatz vorsichtig hinein. Meine eigenen Hände zitterten dabei immer noch.

Als Nächstes hob Julian den Vogel hoch, rollte dann mit den Augen und stöhnte frustriert. „Ein Hocker ... war ja klar." Er hielt mir den kleinen Piepmatz wieder unter die Nase. „Hier. Halt ihn noch mal."

„Was ist los?", fragte ich besorgt und nahm Tweety noch mal in die Hände.

„Der Hocker ist zu niedrig. Ich komm nicht ans Nest. Und da ich nicht fli—" Er unterbrach sich selbst, und als ich ihn verwundert anblickte, zog er nur mürrisch die Augenbrauen tiefer.

Lieber gar nicht erst darüber nachdenken, beschloss ich für mich.

Julian inspizierte das große, quadratische Fenster über meinem Bett und seine Laune wurde deutlich besser. „Denkst du, du könntest auf das Fensterbrett hier steigen?" Sein ermutigender Blick verleitete mich dazu, es zumindest zu versuchen. „Du musst dich auch nicht raus lehnen. Wenn ich meine Hand runter strecke, dann gibst du mir einfach den Vogel."

„Runter strecken? Von wo?"

Mit einer schwungvollen Bewegung hatte sich Julian

auf das Geländer des Balkons gehievt. Mir gefror der Atem und ich wurde stocksteif. „Um Himmels Willen, Julian! Komm da sofort runter!"

„Mach dir nicht in die Hosen. Mir passiert schon nichts." Ohne zu wackeln, balancierte er auf dem Geländer rüber zur Hausmauer.

Ich hatte zu viel Angst davor, mich aus dem Türrahmen zu lehnen, also sah ich auch nicht, was er als Nächstes tat. Doch nur wenige Sekunden später hörte ich Schritte auf dem Dach über mir. Er hatte sich wohl irgendwie da hochgezogen.

„Das wäre alles so einfach, wenn ...", hörte ich ihn über mir mäkeln.

Wenn was? Wenn er fliegen könnte? Ich schüttelte fassungslos den Kopf.

„Okay, du kannst jetzt aufs Fensterbrett steigen." Seine Stimme kam von viel zu weit weg. Mir wurde dabei ganz schummrig.

Aber ich hatte es versprochen, also fasste ich all meinen Mut zusammen und kletterte über das Bett auf das Fensterbrett, wobei ich Acht gab, das Kerlchen in meinen Händen nicht zu zerquetschen. Ich konzentrierte mich fest darauf, was ich tat, und versuchte dabei nicht, nach draußen und unten zu sehen. Meine Knie wackelten verdächtig unter mir. Schnell hob ich den Spatz hoch, um auch selbst wieder sicheren Boden unter den Füßen zu erlangen.

„Etwas mehr nach rechts!", rief mir Julian zu und ich gehorchte, wobei mir selbst das Ein- und Ausatmen schwerfiel. Julian lachte. „Das andere Rechts, Jona!"

Herrgott noch mal, ich befand mich hier in einer Ausnahmesituation. Kein Grund sich über meine Nervosität lustig zu machen. Mit glühend heißen Wangen hielt ich den Spatz auf die andere Seite. Julian nahm ihn mir ab und kurz darauf hörte ich aufgeregtes Gezwitscher von mehr als nur einem Vogel. Dem Himmel sei Dank. Ich ließ mich zurück aufs Bett fallen und atmete erleichtert auf.

Das rosa Handtuch segelte vor meinem Fenster vorbei. Ich stand auf und wartete, dass auch Julian vom Dach runterkam. Seine Schuhe und Beine erschienen vor meiner Balkontür und baumelten für einen kurzen Augenblick in der Luft. Schließlich ließ er sich fallen und landete in der Hocke auf dem Balkon. Ich schrie auf und machte einen Satz rückwärts.

Julian streckte sich und wischte sich die Hände lässig an der Hose ab. „Job erledigt."

„Himmel, du hast mir vielleicht einen Schrecken eingejagt."

„Tut mir leid, das wollte ich nicht." Er kam auf mich zu. „Aber ich bin mächtig stolz auf dich. Da raufzusteigen war sehr mutig von dir."

„Findest du?"

Julian nickte. Wir sahen uns merkwürdig lange in die Augen. Als mir die Stille zwischen uns unheimlich wurde, hüstelte ich. „Erzähl mal, wie sieht's da oben aus? Sitzen da noch mehr kleine Vögel im Nest?"

„Drei. Komm doch mit raus und sieh sie dir selber an."

Darüber konnte ich nur lachen. „Ja, genau."

„Nein, im Ernst. Ich denke, du solltest versuchen deine Höhenangst in den Griff zu bekommen." Er nahm meine Hand und zog mich sanft vorwärts. „Komm schon. Marie hat dir das schönste Zimmer im ganzen Haus mit diesem tollen Balkon überlassen, und du weißt es nicht einmal zu schätzen."

„Ich ... das stimmt doch gar nicht!", protestierte ich und stemmte mich gegen sein Ziehen. „Ich liebe dieses Zimmer." Da zog Julian etwas fester und ich stolperte einen kleinen Schritt nach vorn. Und noch einen. „Halt, warte! Ich kann da nicht rausgehen."

„Natürlich kannst du. Nimm einfach meine Hand und hör auf das, was ich dir sage. Ich halte dich fest."

Ich wusste nicht, was von beidem mich am Ende überzeugte, ihm zu vertrauen: seine sanfte Stimme oder seine warmen blauen Augen. Doch bevor ich noch weiter protestieren konnte, stand ich bereits mit einem Bein draußen auf den dunklen Balkonlatten. Das Holz fühlte sich warm unter meiner bloßen Sohle an, doch es knarrte unheimlich, als ich vorsichtig mein Gewicht verlagerte. Meine Knie zitterten wie der Schwanz einer Klapperschlange. *Bitte nicht brechen. Bitte nicht brechen.* Langsam zog ich auch meinen linken Fuß nach.

Julian lächelte mir zu. „Du machst das großartig!" Er schlang seine Finger durch meine und drückte dann fester zu, was mir zusätzlich Vertrauen gab. „Jetzt dreh dich um. Du musst nicht gleich beim ersten Versuch über das Geländer schauen."

„Was?" Umdrehen? Ich verzog das Gesicht zu einer ängstlichen Grimasse. Was verlangte er denn noch alles von mir?

Er ließ mir keine Zeit zum Nachdenken. Mit einem sanften Schubs drehte er mich so herum, dass ich auf die Hausmauer starrte.

„Was machst du denn da?", quietschte ich panisch.

„Ich werde dich führen. Vertrau mir." Julian knipste

das schwache Balkonlicht an, nahm dann auch meine andere Hand und zog mich sachte von der Mauer weg. „Ich lass dich nicht fallen. Ich versprech's." Seine weiche Stimme in meinem Ohr versicherte mir, er würde sein Versprechen halten.

Einen zaghaften Schritt nach dem anderen machte ich rückwärts und verließ mich dabei ganz auf Julian. Als letztendlich doch die Hysterie einsetzte und mir schwindlig wurde, schloss ich meine Augen und folgte ihm blind.

„Atme, Jona."

Einatmen. Ausatmen. Einatmen …

„Wir sind fast da."

„*Wo* da? An der Pforte zur Hölle?!"

Nach einem weiteren Schritt blieb Julian hinter mir stehen und schlang seine Arme um meine Taille. Er lehnte am Geländer, die Beine weit auseinander gestellt, und zog mich fest an seine Brust. „Du hast es geschafft. Sieh nur, was für einen tollen ersten Schritt du gemacht hast."

Na hoffentlich war es nicht mein letzter. Ich öffnete langsam die Augen und betrachtete fassungslos die Fassade im fahlen Veranda-Licht aus gut drei Metern Entfernung. Ich war tatsächlich hier draußen.

Oh *Gott*, alles, was ich jetzt wollte, war, wieder reinzulaufen und mich in der hintersten Ecke zu verkriechen. Doch Julians Umarmung fühlte sich solide und sicher an. Er würde auf mich aufpassen.

„Und jetzt … Augen nach oben." Mit meiner Hand immer noch in seiner hob er seinen Arm und zeigte auf das kleine Knäuel aus Zweigen und Grashalmen unter dem Dachvorsprung. Drei kleine Murmelköpfe waren darin zu sehen. Die Mutter stand beschützend über ihrem

Nachwuchs.

Es war wunderschön. Nicht nur der Anblick des Nestes über meinem Zimmer, sondern auch mit anzusehen, wie sehr sich eine Mutter um ihre Kinder kümmern konnte. „Ich hab mir immer jemanden gewünscht, der so liebevoll auf mich herunterschaut“, murmelte ich, ohne richtig nachzudenken.

„So, wie die Vogelmutter?“ Ich spürte förmlich, wie Julian mich von der Seite aus ansah. „Vielleicht ist es dir noch nicht aufgefallen, aber es gibt da jemanden, der sich genauso um dich sorgt und sich gerne um dich kümmern möchte.“

Ich gab einen grunzenden Laut von mir und verdrehte die Augen. „Lass mich raten. Der Drache, hab ich recht?“

„Ich spreche nicht von deiner Mutter.“

Ich runzelte die Stirn und neigte meinen Kopf zur Seite, sodass ich ihm aus nur ein paar Zentimetern Entfernung in die Augen sah. „Von wem dann?“

„Marie. Sie versucht schon die ganze Zeit, dich in ihre Arme zu schließen.“ Julian begann plötzlich mit seinem Daumen kleine Kreise auf meinem Handrücken zu zeichnen. Kleine Gänsehautschauer zuckten über meine Haut. „Sie bettelt förmlich um deine Erlaubnis.“

„Erlaubnis wofür?“

„Dich lieben zu dürfen.“

Die Wahrheit schnitt mir ins Herz. Tante Marie tat alles Mögliche und noch mehr, nur damit ich mich in ihrem Haus wohlfühlte. Aber durch den ganzen Hass für meine Mutter, den ich mit mir herumschleppte, konnte ich es einfach nicht zulassen, dass mir jemals wieder jemand so nahe kam wie Charlene. Denn am Ende würden sie mich sowieso alle verlassen. Und ich wäre wieder allein.

„Sie hat vorgeschlagen, dass wir morgen den Tag miteinander verbringen. Nur wir beide." Ich hatte keine Ahnung, warum ich das ausgerechnet Julian erzählte. Vielleicht, weil er mir vorkam wie jemand, zu dem ich offen sein konnte. So jemand wie Quinn. „Und dann hat sie mir auch so viele schöne Kleider geschenkt."

„Leider hast du ja davon heute nichts angezogen." Neckisch zupfte er am Saum meines abgetragenen T-Shirts. „Aber sie weiß wirklich, wie sie jemandem das Gefühl gibt, willkommen zu sein, nicht wahr?"

„Ja, das tut sie." Ich schmunzelte. „Was man ja von dir leider nicht sagen kann."

„Was soll das denn bitte heißen?" In seiner Stimme schwang ein Lächeln mit.

„Tja, du warst nicht unbedingt der charmanteste Junge auf Erden, als wir uns zum ersten Mal gesehen haben. Mit den ganzen Sticheleien und so ... da wundert es mich auch gar nicht, dass du keine Freundin hast."

„Wer sagt dir, dass ich keine Freundin habe?"

„Na ja ... du. Ich meine, du hast doch selbst gesagt, dass du nicht Charlenes Liebhaber bist. Und ich sehe hier auch keine anderen Mädchen rumlaufen." Verdammt. Ich biss mir auf die Zunge. Wahrscheinlich wartete bereits irgendwo eine Frau auf ihn, nett und jung und nicht potthässlich wie der Drache. Bei dem Gedanken schlängelte sich eine unsichtbare Boa um meine Brust und tat, was Schlangen am besten konnten. Sie drückte zu. Als ich ihn daraufhin fragte: „Also ... hast du eine oder nicht?", war meine Stimme alles Mögliche, nur nicht selbstsicher.

„Nein ..." Julian zog das Wort in die Länge und lachte

dabei leise.

Keine Freundin! Juhu! Und jetzt verpasst mir bitte jemand eine, denn ich sollte mich über diese Tatsache weiß Gott nicht so sehr freuen. Allerdings konnte ich die Schmetterlinge in meinem Bauch, die gerade die Boa um meine Brust vertrieben hatten, einfach nicht mehr kontrollieren. Mein Herz klopfte wie verrückt, was mich nur noch mehr ärgerte, denn so, wie mich Julian an sich drückte, musste er es mitbekommen.

Aus alter Angewohnheit, wie immer, wenn ich unsicher war, griff ich auf meinen bissigen Tonfall zurück. „Siehst du? Das wäre wahrscheinlich anders, wenn du ein bisschen netter zu Mädchen wärst.“

„Ja, vielleicht“, flüsterte er. Seine sanften Lippen kitzelten dabei mein Ohr. „Und doch halte ich dich heute in meinen Armen ... nach nur drei Tagen.“

Ich schnappte entsetzt nach Luft. Mein Blick sank auf meine nackten Füße. Ich sollte gar nicht hier sein. Nicht in diesem Haus und ganz sicher nicht in Julians Armen. Und schon gar nicht sollte es sich so wunderbar anfühlen. Bereit, mich von ihm loszureißen, versteifte sich jeder einzelne Muskel in meinem Körper.

Julian drückte mich ein klein wenig fester an sich. „Schhh...“, machte er ganz leise. „Du erschreckst sonst die Vögel.“

Mitternächtliche Gespräche

Wenn jemals jemand versucht hätte mir weiszumachen, dass ich einmal auf einem Balkon fünf Meter über dem Erdboden sitzen würde und das Ganze auch noch genießen konnte, dann hätte ich ihn wohl in die Kategorie „völlig übergeschnappt“ eingestuft. Und doch saß ich hier und betrachtete die Sterne. Die warme Hausmauer hinter meinem Rücken wirkte dabei wie ein Kachelofen.

Julian, der wieder mal lässig auf dem Geländer saß, blickte auf mich herab und nickte in Richtung meiner angewinkelten Beine. „Deine Knie zittern ja gar nicht mehr. Du wirst dich doch am Ende nicht noch entspannen hier oben?“

Ich umschlang meine Beine mit meinen Armen und schenkte ihm sogar ein kleines Lächeln. „Sieht fast so aus.“ Obwohl mein Zittern von vorhin ja mindestens zu neunzig Prozent durch seine Umarmung ausgelöst worden war und gar nicht so sehr durch die Höhenangst. Aber das musste er nun wirklich nicht wissen.

„Also, was habt du und Marie morgen vor? Werdet ihr euch gegenseitig die Fingernägel pink anstreichen, in Bikinis auf der Veranda abhängen und Cocktails mit kleinen Schirmchen drin schlürfen?“ Er pustete sich dabei geziert damenhaft auf die Fingernägel und brachte mich damit zum Lachen.

„Das würdest du wohl zu gerne sehen, wie?“

Julian warf mir einen verspielten Blick durch seine langen Wimpern zu. „Auf jeden Fall.“ Er klang wie ein hungriger Wolf. Dabei durchzuckte mich ein prickelnder Schauer und hinterließ eine Spur von Gänsehaut auf meinen Armen. „Ist dir kalt?“, fragte er, wieder ganz er selbst, und zog Gott sei Dank den falschen Schluss.

„Dir entgeht wohl gar nichts“, murmelte ich und wich dabei seinem Blick aus.

Er sprang vom Geländer und zog seine graue Kapuzenjacke aus. Vor Überraschung weiteten sich meine Augen. Ich neigte meinen Kopf, sodass ich ihn im Blickfeld hatte, als er vor mich trat. Er ging in die Hocke, und ich lehnte mich automatisch vor, damit er mir die Jacke um die Schultern hängen konnte, obwohl ich eigentlich protestieren wollte.

„Das ist wirklich nicht nötig. Ich kann mir auch meinen eigenen Sweater von drinnen holen. Du solltest sie anlassen.“

Julian setzte sich wieder aufs Geländer. „Schon okay. Mir ist nicht kalt.“

Mir auch nicht.

Doch als mir sein süßer Duft, der an seiner Jacke haftete, in die Nase stieg, beschloss ich lieber nichts zu sagen und einfach nur tief einzuatmen. Es war, als hätte jemand eine Flasche geöffnet und eine doppelte Dosis *Julian* wäre entwichen. Ich schob meine Arme durch die viel zu langen Ärmel, verschränkte sie auf meinen Knien und kuschelte meine Wange in das weiche Material des Sweaters. Sollte ich ihm mitteilen, dass er diese Jacke nie wieder zurückbekommen würde? *Nee.* Ich versteckte mein Grinsen in meiner Armbeuge.

Ein Grübchen zeichnete sich gerade auf seiner Wange ab und er zog die Augenbrauen leicht zusammen. Konnte er etwa schon wieder meine Gedanken lesen?

Er zog ein Bein an und stellte den Fuß auf das Geländer. Dann verschränkte er seine Finger um den Knöchel und stützte sein Kinn auf das Knie. „Tag drei deiner *Strafe* ist ja nun vorbei. Wie viele hast du noch mal vor dir? Fünfunddreißig?“

„Achtunddreißig.“

„Ah ja, richtig.“ Julian schmunzelte, doch ich verstand nicht, was daran so lustig war. „Und ... wie ist der erste Eindruck von deinem neuen Zuhause?“

„Das ist nicht mein Zuhause.“ Schlagartig hatte sich meine Stimmung an die eisige Arktis angeglichen. Ich versuchte wieder etwas freundlicher zu klingen. „Aber alle hier sind ziemlich nett und mir gefallen das Haus und die Weinberge, falls du das meinst. Die Arbeit macht mir auch nichts aus.“ Ich legte meinen Kopf zurück und blickte hinauf in den Sternenhimmel. „Ohne Charlene wäre das hier sicher ein toller Ort zum Leben.“

„Warum, Jona?“ Sein trauriger Tonfall holte mich aus den Sternen zurück. Er ließ sein Bein wieder baumeln und lehnte sich nach vorn, wobei er die Ellbogen auf die Oberschenkel stützte. Das Balkonlicht spielte sanft in seinem blonden Haar. „Was genau wäre denn anders, wenn deine Mutter nicht hier wäre? Mal abgesehen davon, dass du dann bei den Mahlzeiten viel gesprächiger wärst.“

Julian grinste und ich zog die Augenbrauen tiefer. „Einfach alles.“

Er forderte mich heraus, indem er seinen Kopf leicht neigte. „Nenn mir nur eine Sache."

„Warum interessiert dich das überhaupt?"

„Weil ich denke, du redest dir hier etwas ein."

Tat ich gar nicht. „Eine einzige Sache?" Ich könnte meinen Ärger endlich ablegen und die Tage hier genießen. Sonst fiel mir leider grad nichts anderes ein. Das Geräusch meiner knirschenden Zähne dröhnte in meinem Kopf. Ich hasste es, wenn er recht hatte und ich nicht. „Es würde hier nicht überall nach Drachenhöhle stinken." Ich grinste ihn bitterböse an. „Wo wir gerade davon sprechen, denkst du Charlene würde mich auch verstoßen wie eine Vogelmutter, wenn der Geruch von einer anderen Person an mir klebte?" Provozierend rubbelte ich mit dem Ärmel seines Sweaters über meine Wange.

Julian blieb still. Doch er rutschte vom Geländer und setzte sich mir gegenüber auf den Balkonboden. Brennend blaue Augen starrten mich lange Zeit einfach nur an. Dann meinte er: „Wirst du immer sarkastisch, wenn dir jemand zu nahe tritt?"

Ja.

Sarkasmus war wie ein Schutzmechanismus. Vor Leuten wie ihm. Oder meiner Mutter. Oder sogar vor Marie. Wenn ich sie zuerst verletzte, konnten sie mir nicht mehr weh tun. Besonders, wenn sie sowieso vorhatten, früher oder später wieder aus meinem Leben zu verschwinden. „Warum fragst du?"

„Nur so. Seit wir uns kennen, habe ich noch nicht *einmal* erlebt, dass du etwas Nettes über deine Mutter gesagt hast."

Ich zuckte mit den Schultern. „Ja. Na und?"

„Nichts und. War nur so eine Feststellung."

Ja genau. Es nervte ihn tierisch. „Hör zu. Das bin eben ich. Und wenn sie sich in den letzten zwölf Jahren auch nur ein bisschen um mich geschert hätte, dann würde sie mich kennen und hätte mich vielleicht nicht hierher geschleift."

„Wenn das wirklich du bist, warum hab ich dich dann noch nie in so einem Ton mit Marie sprechen gehört?"

Ich stieß einen langen Atemzug durch die Nase aus und senkte mein Kinn wieder auf meine verschränkten Arme. „Marie ist anders. Ich finde es schwer, ich selbst bei ihr zu sein." Allein der Gedanke an meine Tante besänftigte den brodelnden Sturm in mir.

„Oder vielleicht ist es auch nur *zu einfach* du selbst bei ihr zu sein. Schon mal daran gedacht?"

Ich blinzelte ein paar Mal. Hatte er gerade angedeutet, ich hätte einen sanftmütigen Charakter? Der hatte wohl einen Knall. Durch die Jahre im Jugendheim und zeitweise auf der Straße hatte ich eins ganz sicher gelernt: Sei hart, sonst gehst du unter wie ein Schiff unter Kanonenbeschuss. Nur die Stärksten behielten ihren Kopf an einem Ort wie dem Westminster Kinder- und Jugendheim, wo Lehrer versuchten, dir an die Wäsche zu gehen, und tyrannische Mitschüler es darauf abgesehen hatten, dich als Aushängeschild für Loser hinzustellen.

„Du verstehst das nicht", brummte ich. „Und ich mach dir noch nicht mal einen Vorwurf deswegen. Von deinem Standpunkt in der Welt aus muss alles ziemlich einfach aussehen. Du lebst in einem Palast mit netten Leuten um dich, hast einen tollen Job bei Albert in den Weinbergen, wenn du dich nicht gerade um Charlene kümmerst ... Du musst dir um nichts Sorgen machen. Aber die Dinge sehen nun mal ein wenig anders aus, wenn man sie von der Kanalisation der Gesellschaft aus betrachtet."

Mit gekräuselten Lippen kam Julian plötzlich zu mir rüber gerutscht. Seine langen Beine reichten bis zur Mitte des Balkons, als er neben mir saß und sie ausstreckte. Sein linker Arm lehnte gegen meinen rechten. Die Nähe zu ihm ließ mich erschaudern, doch es war kein unangenehmes Gefühl. Im Gegenteil, ein aufgeregtes Kribbeln breitete sich von meinem Magen ausgehend in einer Spirale in mir aus, bis mein Herz beinahe so schnell klopfte, wie das des Vogels vorhin. Die Arme vor der Brust verschränkt, sah er nachdenklich in den Nachthimmel. In seiner Haltung war leider seine Absicht nicht erkennbar.

„Was hast du vor?", fragte ich ein wenig unsicher.

„Ach, ich will mir die Welt nur mal kurz aus deinem Blickwinkel ansehen. Wenn du nichts dagegen hast", fügte er noch hinzu.

Ich machte große Augen, zuckte aber mit den Schultern und belächelte ihn. „Bitte. Mach nur."

Er warf mir einen seitlichen Blick zu und dann passierte etwas Unerklärliches. Sein Ausdruck blieb zwar immer noch freundlich und auch ein wenig neugierig, doch seine Augen schienen in diesem ausgedehnten Moment eine Vielzahl an Emotionen zu durchwandern. Überraschung, Frustration, Mitleid, Angst, Freude, Zorn, Erleichterung. Ja sogar Hunger und Schmerz. Es war total verrückt. Für eine Sekunde hatte ich wirklich das Gefühl, er würde die Welt durch meine Augen erleben. Doch wie war das möglich?

Auf einmal fühlte ich, wie meine kleinen Härchen im Nacken zu Berge standen. Ein Eispickel war gerade dabei, mir wie eine Nähmaschine eine Linie von meinem Genick bis zum Ende meines Rückens zu stechen. Meine Zehen krallten sich gegen das warme Holz des Balkonbodens. Ich hatte ganz plötzlich den Drang, von Julian wegzukriechen—in Sicherheit. Aber ein noch viel stärkerer Impuls fesselte mich an Ort und Stelle. Wie ein Magnet, der auf einen gegensätzlich gepolten Magneten traf, wurde ich mit jeder Faser meines Körpers zu diesem Mann hingezogen. Ich hätte mich keinen Zentimeter von ihm wegbewegen können, selbst wenn ich wollte.

Und dann drang schlagartig dieses Gefühl von überschwänglichem Glück in mich ein und breitete sich in alle Richtungen aus. Meine Gliedmaßen wurden warm und mein Kopf wurde leicht. Benebelt. So etwas hatte ich in dieser Intensität noch nie erlebt. Es war noch um ein Vielfaches stärker als die anderen beiden Male, die er mich auf so seltsame Weise berührt hatte. Dabei hielt er diesmal doch sogar seine Hände vor mir versteckt.

Ich konnte mir nicht erklären, was hier gerade vor sich ging, aber ich wollte nichts lieber tun, als meine Arme um Julian zu schlingen und für immer in dieser Oase der absoluten Zufriedenheit zu bleiben. Etwas verband mich mit ihm, etwas in seiner Aura. Ich hatte das Gefühl, ich müsste mich nur an ihn schmiegen und dann bekäme ich meine Antwort. Doch das war nicht echt. Ein Trick. Ich kämpfte darum, meinen Verstand über meine Instinkte zu schalten und mich hier nicht komplett zum Affen zu machen.

„Stell es ab!“, presste ich durch meine zusammengebissenen Zähne.

Das Gefühl verschwand. Genauso schnell, wie es aufgetaucht war.

Das Kribbeln in mir verebbte und schließlich konnte

ich auch meine Zehen wieder entrollen. Julian rutschte ein paar Zentimeter nach rechts, ließ seine Hände entspannt auf den Boden sinken und blickte in den Himmel. Alles war wieder normal.

„Hmm. Du bist stark“, hörte ich sein Murmeln, doch ich war mir nicht sicher, ob er das gerade wirklich gesagt hatte oder ob mir mein Verstand immer noch Streiche spielte. Ich hatte Angst mich zu bewegen, denn wer konnte schon sagen, was passieren würde, wenn ich Julian noch einmal berührte? Ich hatte keine Lust, es heute Nacht herauszufinden.

Magie? Voodoo? Womit spielte er? Egal, was es war, es begann mir Angst zu machen.

Beruhige dich, Jona. Du bist müde, das ist alles.

Ja. Müde. Das musste es sein. Ich ballte meine Hände um die Bündchen von Julians Sweater zu Fäusten und vergrub sie in meinem Schoß. Nach einem langen und tiefen Seufzen brachte ich schließlich die Hysterie in mir zum Schweigen.

„Nun, wie sieht das Leben aus, wenn man es von der Gosse aus betrachtet?“, fragte ich leise.

„Gar nicht mal so übel.“

„Ach ja?“

„Mm-Hm. Es kommt weniger darauf an, wo man sich befindet.“

„Sondern?“

Julian rollte seinen Kopf zur Seite und sah mich an. „In welche Richtung man von dort aus blickt.“ In diesem Moment war es zwischen uns still genug, um das Lachen eines Marienkäfers zu hören. Dann seufzte Julian. „Du willst wirklich zurück in dein altes Leben?“

„Es ist das einzige, das ich kenne."

Seinem verkrampften Kiefer nach zu urteilen, frustrierte ich ihn ein wenig mit dieser Antwort. Er rieb sich die Hände übers Gesicht. „Jona, warum willst du einen Apfel, wenn du vor dir Berge voller Trauben hast?"

Ich wusste nicht, wie ich darauf antworten sollte. War auch nicht nötig, denn kurz darauf sagte er: „Kann ich dich mal etwas ganz Persönliches fragen?"

Nachdem was gerade passiert war? Lieber nicht. Doch ich zuckte belanglos mit einer Schulter.

„Wenn deine Mutter bereits gestorben wäre und Marie dich letzte Woche aus dem Jugendheim geholt hätte, um mit dir hier zu leben, wärst du mitgekommen?"

„Natürlich", hätte die Antwort lauten sollen, die ich Julian im nächsten Moment gab. Doch aus irgendeinem Grund fiel es mir schwer, ihn anzulügen. Also murmelte ich ehrlich: „Wahrscheinlich nicht."

Julian nickte mit Bedacht. „Davon bin ich ausgegangen."

Ich schluckte den Kloß in meinem Hals hinunter und streifte mir mein Haar hinter die Ohren. Meine Hände blieben in meinem Nacken, als ich den Kopf hängen ließ und die Stirn auf meine Knie legte. Es gab eine ganz einfache Erklärung dafür, warum ich wohl nicht mit Marie gegangen wäre. Ich wollte in meinem Leben nie wieder eine Bindung zu jemandem aufbauen. Zu niemandem.

Das allein war der Grund, warum ich bisher noch keinen festen Freund hatte, warum ich in der Jugendanstalt keine Freundschaften aufgebaut hatte und warum ich auch nicht zulassen konnte, dass Marie sich weiter in mein Herz schlich. Ich musste mich selbst davor schützen, verletzt zu werden, wenn ich wieder verlassen werden würde.

Julian zupfte sanft an meinem Hosenbein und holte mich damit aus meinem düsteren Grübeln zurück. „Es heißt nicht, dass dich jeder im Stich lassen wird, nur weil es deine Mutter vor Jahren getan hat, Jona."

Ich zuckte hoch. Offenbar hatte Julian einen Schlüssel zu meinen Gedanken und ich konnte nichts dagegen unternehmen. „Doch, das heißt es. Wenn es meine eigene Mutter übers Herz gebracht hat, was sollte dann einen völlig Fremden daran hindern?"

Mein bissiger Tonfall wirkte sich in keinster Weise auf seinen sanftmütigen aus. „Manchmal tut den Menschen leid, was sie getan haben, und sie versuchen es wieder gutzumachen."

Ein Alarm ging in meinem Kopf an. Diese Unterhaltung steuerte in eine Richtung, die mir Magenschmerzen bereitete. Ich biss wütend die Zähne aufeinander. „Und *manchmal* machen sie den gleichen beschissenen Fehler ein zweites Mal."

Julians Augen wirkten mit einem Mal traurig. Er wusste also ganz genau, wovon ich sprach. Ich versetzte meiner Stimme eine ekelhaft süße Note. „Ich nehme an, Charlene hat dir erzählt, dass ich bereits zwölf war, als sie mich zum ersten Mal im Heim besuchte." Ich verdrehte bei der Erinnerung daran die Augen. „Hat ständig irgendwelche Entschuldigungen gepredigt und von einem neuen, schöneren Zuhause gefaselt. Sie hat versprochen, mich in ein paar Tagen zu sich zu holen, wenn alles geregelt sei." Ich machte eine Pause und holte wütend Luft. „Am Ende kaufte ich es ihr sogar ab. Mann, wie blöd war ich eigentlich? Kannst du dir vorstellen, wie schlimm es war, als sie ein paar Tage später dann doch nicht aufgekreuzt ist? Tja, tatsächlich ist sie die nächsten fünf Jahre nicht mehr aufgetaucht."

Bis letzten Dienstag.

Ein grimmiges Lächeln setzte sich auf meine Lippen. „Diese Tatsache wird sie dir doch sicher nicht verheimlicht haben, oder? Ich meine, wo ihr beide euch doch *so* nahe steht."

„Vielleicht hatte sie Gründe dafür, dass sie nicht wieder kam."

Oh ja, er war voll informiert.

Ich verschränkte die Arme vor meiner Brust. „Was für Gründe könnten das wohl gewesen sein?"

„Ich weiß nicht. Warum fragst du sie nicht einfach?" Ein kleiner Schuss Unschuld hallte in seiner Stimme mit. Gerade mal so viel, dass ich mir sicher sein konnte, dass er über alles Bescheid wusste.

Sein absurder Vorschlag stieß mir sauer auf und ich konnte nur darüber lachen. „Ja genau. Als ob mich das in irgendeiner Weise interessieren würde. Sie kann ihre Lügen sonst wem erzählen, aber nicht mir. Dem Teufel vielleicht, wenn er sie am Ende ihres gottverdammten Lebens abholt."

Julian presste die Lippen aufeinander. Er wirkte immer so betroffen, wenn ich schlecht über meine Mutter redete. Es machte für mich keinen Sinn, doch ich wollte ihn damit auch nicht bekümmern. Nicht heute Nacht.

Also räusperte ich mich kurz und versuchte wieder etwas freundlicher zu klingen. „Wie lange kennst du Charlene eigentlich schon?"

„Eine Weile."

„Oh, bitte nicht gleich so viele Informationen auf

einmal.“ Ich verdrehte die Augen hinter geschlossenen Lidern. „War sie bereits krank, als du sie kennengelernt hast?“

Julian nickte. Natürlich. Warum sonst sollte sich ein Krankenpfleger um sie kümmern? Eine plötzliche Neugier überkam mich und ich setzte meine Fragen fort. „Bezahlt sie dich für deine Unterstützung?“

„Albert bezahlt mich für die Arbeit in den Weinbergen.“

„Du hast meine Frage nicht beantwortet.“

Die Art, auf die Julian seinen Kopf neigte und mich ansah, ließ mich erahnen, dass er seine nächsten Worte mit Bedacht wählte. „Ich bekomme kein Geld von deiner Mutter. Aber sie bezahlt einen hohen Preis für meine Hilfe.“

„Und diese Anstalt, oder wen auch immer sie bezahlt, hat dich geschickt, um sie zu pflegen?“

Ein Schmunzeln stahl sich auf seine Lippen. „So oder so ähnlich, ja.“

Plötzlich schreckte mich Valentines wütendes Gezeter unter uns hoch. Ich hatte keine Ahnung, dass sie überhaupt noch da war. Auch wenn ich kein Französisch verstand, war ich ziemlich sicher, dass sie gerade wild vor sich hin fluchte. Julian lachte laut auf und rief ihr dann etwas zu. Ich verstand wie immer nur Bahnhof.

Nun kicherte auch Valentine, als sie ums Haus verschwand.

„Was hat sie gesagt?“, wollte ich von Julian wissen.

„Sie hat die Vögel verflucht, die ihr auf die Pantoffeln gekackt haben, und gedroht, sie alle mit Henris Schrotflinte zu erschießen.“

Bei der Vorstellung, wie der Teekessel wegen ein wenig Vogelkacke Amok lief, musste ich auch kichern. „Und was hast du ihr geantwortet?“

„Dass sie aufpassen und nicht die Hausmauer durchlöchern soll. Die alte Schrotflinte geht öfter nach hinten los, als sie ein Ziel trifft.“

Es fühlte sich gut an, mit Julian zu lachen. Befreiend. Und wenn er mich nicht gerade wegen meiner Mutter nervte, war er ja wirklich ein niedlicher Bursche.

In der nächsten halben Stunde erzählte er mir alles, was er über Valentine und Henri wusste: wie alt sie waren, über ihre drei erwachsenen Kinder, die manchmal zu Besuch kamen, und was die beiden hauptsächlich in den Weinbergen machten. Allerdings war es eher seine sanfte Stimme, die mich unterhielt, als die Information selbst.

Ich betrachtete seine großen blauen Augen, während er weiter und weiter erzählte. Hin und wieder rieb er sich das Genick, wenn er versuchte, sich an etwas Spezielles zu erinnern. Und manchmal leckte er sich mit der Zunge über die Oberlippe. Dabei bekam ich Herzklopfen. Ich hätte ihm noch Stunden zuhören können.

Als mich ein Gähnen überfiel, versuchte ich es in meiner Armbeuge zu verstecken, nur damit er nicht aufhörte zu reden. Doch Julian bemerkte es natürlich. Er streifte mir eine Haarsträhne hinters Ohr. Bei der zarten Berührung seiner Finger, die er über meine Wange zog, bevor er seine Hand wieder wegnahm, wurde mir heiß und kalt zugleich. Die Haut auf meiner Wange prickelte.

„Es war ein langer Tag“, meinte er. „Du solltest ins Bett gehen und dich ausruhen. Ich hab sowieso schon viel zu lange geschwafelt. Ich muss dich doch langweilen.“

„Nein", rief ich fast ein wenig zu laut. „Bitte erzähl weiter."

Das Funkeln in seinem Blick wurde für einen Moment noch intensiver als zuvor. Noch nie hatte ich so besondere Augen gesehen. Schließlich gab Julian meinem Bitten nach und fuhr mit seinen Erzählungen fort.

Nichts hätte mich heute Nacht davon abgehalten, seiner Stimme zu lauschen. Nicht einmal die Müdigkeit, die über mich hereinbrach. Ich schloss einfach meine Augen und hörte ihm weiter zu.

Bereits halb eingeschlafen, spürte ich, wie sich zwei Arme unter mich schoben. Einer unter meine Knie, der andere hinter meinen Rücken. Als ich sanft vom Boden hochgehoben wurde, rollte mein Kopf zur Seite und kam auf einer bequemen Schulter zum Liegen. Meine Nasenspitze stieß gegen Julians Hals. Seine Haut war warm und zart.

Langsam bewegte ich meine Hand über seine Brust nach oben und hielt mich an seinem Nacken fest. Sein kurz geschorener Haaransatz kitzelte mich an der Handinnenfläche. Wenn ich nicht gerade am Wegdriften gewesen wäre, hätte ich wohl meine Finger weiter nach oben in seine weichen Haarsträhnen geschoben und angefangen, damit zu spielen.

Weil ich mich so fest an ihn geklammert hatte, musste Julian sich mit mir runterbeugen, als er mich auf mein Bett legte. Sein sanfter, warmer Atem strich mir übers Gesicht. Ich öffnete kurz die Augen. Mit einem zarten Lächeln sagte er mir Gute Nacht.

Bitte geh noch nicht.

Julian zog seinen Arm unter meinen Knien raus und

meine aufgestellten Beine kippten zur Seite. Mit Gefühl lockerte er meinen Griff um seinen Nacken. Dann legte er meine Hände auf meinen Bauch. „Schlaf süß, Prinzessin", flüsterte er und strich mir dabei die Ponyfransen aus dem Gesicht.

Ich blinzelte in Zeitlupe und grub mein Gesicht tiefer in das Kissen. Durch einen Schleier aus Schlaf sah ich zu, wie Julian sich umdrehte. Seine Finger schweiften über den Wecker auf meinem Nachttisch. Die Zeiger der Uhr fuhren wie verrückt im Kreis.

„Wir sehen uns morgen", sagte er in einem hypnotisch zuversichtlichen Ton und verschwand durch meine Balkontür.

Wilde Träume und ein Grund zu bleiben

Ich stand neben Julian auf dem Balkon und der kleine Spatz mit den Knopfaugen saß gemütlich in seinen Händen. Julian grinste, als würde er für Zahnpasta werben. „Bist du so weit?"

Ich nickte und er ging leicht in die Hocke. Als er sich dann ruckartig streckte, hob er vom Boden ab und schwebte nach oben zum Dach. In der Zwischenzeit salutierte ich wie ein Soldat der britischen Leibgarde und sang dabei „God Save the Queen". Doch das Gezwitscher über meinem Kopf übertönte mein Trällern. Ich schmetterte gerade „Long may she reign", da schoss ich plötzlich hoch, saß kerzengerade in meinem Bett und blickte mich verstört in meinem Zimmer um. Donnerwetter, ich hörte sogar noch, wie ich selbst vor Schreck nach Luft schnappte. Was war denn passiert?

Durch das Fenster strömte grelles Tageslicht. Aber Moment mal. Das konnte doch eigentlich gar nicht sein. Wieso war ich denn immer noch hier und nicht bereits in einem Flugzeug nach London?

Die Erinnerung an letzte Nacht kehrte langsam zu mir zurück. Ich. Julian. Der Balkon. Mir wurde plötzlich warm und ich musste lächeln. Hatte er mich wirklich in mein

Zimmer getragen? Sein Duft schien immer noch im Raum zu hängen. Mmm. Ich atmete tief durch die Nase ein. Erst als ich dabei meine Arme um mich selbst schlang und meine Finger sich in weiche Baumwolle gruben, wurde mir klar, woher dieser angenehme Geruch tatsächlich stammte. Ich hatte immer noch Julians Sweater an.

Und meine Jeans obendrein. Er hatte mich letzte Nacht also tatsächlich zu Bett gebracht. Ich streifte mir die zerrauften Ponyfransen aus dem Gesicht. Die Bewegung rief Segmente aus meinen Traum wieder wach. Wie war das noch gleich ... Salutieren? Hmm, da war doch noch etwas anderes. Als es mir mit einem Mal wieder einfiel, verzog ich stöhnend das Gesicht. Julian war geflogen. Sollte mich das irgendwie stutzig machen?

Mensch, du hast dabei die Königin von England gepriesen, also krieg dich wieder ein. Seltsame Dinge passieren nun mal in Träumen.

Ich drehte mich langsam zur Seite und blickte lange auf die Balkontür. Der Traum kam mir so wirklich vor. Julian war in die Hocke gegangen, bevor er in die Luft gestartet war. Genauso wie gestern Abend, als er den Vogel zurück ins Nest setzen wollte. Er hatte vor, da hochzu—

Schwachsinn. Er war doch kein Mutant. Und Superman war er ganz sicher auch nicht. Ich seufzte frustriert und ließ mich zurück in mein Kissen fallen. Er war einfach nur Julian, der normale Junge von neben an. Irgendwie süß, aber ganz normal.

Oder versuchte ich hier etwa, mir selbst etwas vorzumachen?

In diesem Moment ging plötzlich ein Alarm neben mir los und ich sprang mit einem Schrei aus meinem Bett.

Panisch schlug ich mit der flachen Hand auf den Wecker, dreimal, bis er endlich aufhörte so schrill zu klingeln. Eine Hand über mein rasendes Herz gepresst, sank ich in meinen Schreibtischsessel und lehnte meinen Kopf erleichtert nach hinten über die Rückenlehne.

Oh Mann, was war das denn für ein verrückter Morgen? Vielleicht sollte ich lieber wieder unter die Decke kriechen und den Tag in zehn Minuten von neuem beginnen.

Ich machte mit dem Sessel eine halbe Drehung, damit ich an mein Nachtkästchen rankam, und schnappte mir den Wecker. „Also, du doofes Ding, was ist dein Problem?", brummte ich, denn ich war mir hundertprozentig sicher, dass ich den Wecker richtig gestellt hatte. Und zwar auf—

„Mitternacht?"

Mein Magen rutschte mir bis zu den Knien und meine Kinnlade kippte nach unten. Beide Zeiger standen kerzengerade auf der Zwölf. Aber das war unmöglich.

Irgendwo in meinem Hinterkopf begann leise der Soundtrack von *Die Schöne und das Biest* zu spielen, und ich sah *Herrn von Unruh* vor mir, dessen Zeiger in seinem großen, runden Disneygesicht wild im Kreis liefen.

Das machte alles keinen Sinn.

Mit einem Stirnrunzeln schielte ich rüber zur Balkontür, als ob die Antwort auf all meine Fragen da draußen läge. Doch was war da schon, außer zehn Hektar Weinberge?

Julian.

Es mochte ja absurd klingen, doch ich bekam mehr und mehr das Gefühl, dass hier irgendetwas nicht ganz koscher war. Besonders er nicht. Diese ständigen

Glücksgefühle, wenn er mich berührte ... das war schon etwas mehr als ganz normaler Irrsinn. Das war bizarr.

Da ich meinen Flug ohnehin schon wieder verpasst hatte—zum zweiten Mal—sollte ich meine Flucht vielleicht generell um ein paar Tage verschieben und hier etwas Detektivarbeit leisten. In Anbetracht der netten Stunden, die ich gestern mit Julian verbracht hatte, und Maries herzlicher Fürsorge würden mich ein paar Tage mehr oder weniger in diesem Haus schon nicht umbringen. Selbstverständlich würde meine oberste Priorität weiterhin sein, dem Drachen aus dem Weg zu gehen. Sollte an sich machbar sein. Sie kam ja sowieso nur zu den Essenszeiten aus ihrem Zimmer gekrochen und da musste ich Gott sei Dank weder neben ihr sitzen, noch mit ihr reden. Ich würde mich einfach voll und ganz auf Julian konzentrieren—das Objekt meiner Ermittlungen.

Ich holte meinen Notizblock aus der Schublade und begann gleich die wichtigsten Dinge über ihn aufzuschreiben. Schließlich würde Sherlock Holmes genau das Gleiche tun. Und *wichtig* stand in diesem Fall für *seltsam.*

Da war zuallererst dieses merkwürdige Glücksgefühl, mit dem er mich jedes Mal infizierte, wenn er mich berührte. Ich starrte die weiße Wand vor mir an. War es denn so schlimm, sich gut zu fühlen? *Nein, nein! Bleib gefälligst bei der Sache!* Ich blinzelte ein paar Mal und setzte meine Liste fort. Der nächste Punkt betraf die Wiederbelebung meiner Mutter, wenn ihm niemand dabei zusah. Besser gesagt—wenn er dachte es würde ihm niemand zusehen. Dann war da noch der seltsame Moment gestern Abend, als er versucht hatte, die Welt durch meine

Augen zu sehen, und ich mich dabei fast an ihn geklammert hätte. Und zu guter Letzt, das eigenartige Verhalten mit dem Vogel, als er vom Boden losstarten wollte.

Sollte ich auch das Fliegen aus meinem Traum festhalten?

Nein, der Traum war einfach nur zu verschroben, um ihn aufzuschreiben. Aber was war mit der Uhr? Ich spitzte meine Lippen. Es war wohl kaum Julians Schuld, dass der blöde Wecker ein paar Stunden zu spät losging. Ich nahm die Uhr noch mal hoch und untersuchte sie von allen Seiten. Die letzten fünf Minuten hatten die Zeiger einwandfrei gearbeitet.

Ich klopfte mir mit dem Bleistift auf die Lippen und schwang mit dem Drehsessel im Kreis. Was könnte ich sonst noch über Julian aufschreiben ...?

Ein Klopfen an der Tür jagte mir einen furchtbaren Schreck ein. Blitzschnell und in Panik stopfte ich meinen Notizblock zurück in die Schublade und knallte sie zu.

„Ja bitte?" Meine Stimme klang, als hätte mich gerade jemand beim Stehlen der Kronjuwelen erwischt.

Marie steckte ihren Kopf zur Tür rein. „Du bist wach, wie schön. Ich hab mir schon Sorgen gemacht, weil du nicht zum Frühstück erschienen bist."

„Ja, tut mir leid. Ich hab wohl verschlafen. Der Wecker hat ... ein wenig durchgedreht."

„Mach dir keine Sorgen. Es ist Samstag, da kannst du auch ruhig mal ausschlafen. Hast du immer noch Lust, etwas gemeinsam mit mir zu unternehmen?"

Da ich ja nun beschlossen hatte, noch ein paar Tage hierzubleiben, war gegen ein paar Stunden mit meiner Tante nichts einzuwenden. Es wäre sicher nett, Marie ein wenig besser kennenzulernen. Und dann kam mir in den Sinn, dass sie ja Julian auch schon länger kannte. Sie könnte mir bei meinen Recherchen über ihn noch sehr hilfreich sein.

Ein breites Grinsen setzte sich mitten in mein Gesicht. „Sicher. Was schwebt dir denn so vor?"

Marie trat über die Schwelle, ließ aber den Türgriff nicht los. „Möchtest du gerne in die Stadt fahren? Ich muss den Kühlschrank für nächste Woche auffüllen und könnte dabei ein wenig Hilfe gebrauchen. Davor könnten wir noch für dich shoppen, irgendwo zusammen zu Mittag essen oder uns ein Eis kaufen."

Shoppen für mich? *Lady, ich hab null Kohle.* Und sie wollte wohl kaum mit einer Diebin gesehen werden. Aber Eiscreme hörte sich fantastisch an. Im Jugendheim hatte es niemals Eis gegeben und mit einer Tüte in der Hand vom Eisstand abzuhauen, ohne zu bezahlen, war eine saublöde Idee gewesen. Ich hatte damals auf der Flucht die gesamte Ladung Eis im Hyde Park verloren, ehe ich ein zweites Mal daran lecken konnte.

Ich sagte meiner Tante: „Ich zieh mich nur schnell um und komm dann runter." Als sie aus meinem Zimmer verschwunden war, schwang ich mit dem Sessel zurück zum Schreibtisch, stand auf und zog Julians Sweater aus. Ehe ich ihn weglegte, konnte ich aber nicht widerstehen, noch einmal daran zu schnuppern. Mmm, dieses Aftershave oder was immer es war, das er verwendete, war der Stoff, aus dem Mädchenträume gemacht waren.

In der Küche hatte Marie bereits ein kleines, verspätetes Frühstück für mich auf den Tisch gestellt und räumte gerade den Geschirrspüler ein. Sogar eine kleine weiße Vase mit Veilchen stand daneben. Ich hatte kaum den ersten Bissen meines Croissants geschluckt, da kam Albert zur Tür herein und setzte sich zu mir. Er sah aus, als wollte er mir etwas sagen, doch im Moment war er still und sah mir einfach nur beim Essen zu. Ich hatte ein ungutes Gefühl im Magen. Sollte ich ihn fragen, was los war, oder so tun, als wäre nichts?

Ich hielt seinem Blick stand und riss dabei ein kleines Stück von dem Croissant ab, das ich mir dann langsam in den Mund steckte. Albert schob das Glas mit Erdbeermarmelade näher zu mir. „Wie haben dir deine ersten beiden Tage in den Weinbergen gefallen?“, fragte er unscheinbar.

„Ganz gut. Denke ich. Ist vermutlich Arbeit wie jede andere.“ Ich zuckte mit den Schultern. Dann tunkte ich meine Messerspitze in das Glas und schmierte die Marmelade auf mein Croissant. Albert ließ mich dabei nicht aus den Augen. Und ich ihn auch nicht. „Der Bodentester war cool“, sagte ich zwischen zwei Bissen und dabei kam mir ein Grinsen aus.

Mein Onkel knöpfte sich die Hemdsärmel auf und rollte sie bis zu den Ellbogen hoch. „*Oui*, das ist auch mein liebstes Spielzeug.“ Seine Stimme war ein wenig leiser geworden, beinahe verschwörerisch, und mein Grinsen spiegelte sich in seinem Gesicht wider.

Ich schlürfte meinen Kaffee und setzte die Tasse dann zurück. „Kümmert sich heute niemand um die Reben?“

„An Samstagen und Sonntagen teilen wir die Arbeit normalerweise in Schichten ein. Dieses Wochenende sind Valentine und Henri auf dem Feld. Alle anderen haben frei. Obwohl ich ja nachher vielleicht noch mal kurz rausschauen werde. Nur um sicherzugehen, dass auch alles in Ordnung ist." Er warf einen kurzen, verkorksten Blick rüber zu meiner Tante, die mit einem grunzenden Schnauben antwortete.

„Natürlich wirst du das. Wann bist du in den letzten zehn Jahren denn nicht auch samstags und sonntags in den Weinbergen gewesen?" Maries liebevoller Ton wärmte sogar die Luft im Raum. Sie wusste wahrscheinlich nicht einmal, wie man vorwurfsvoll klang.

Albert lehnte sich zur Seite, griff nach ihrem Arm, zog sie zu sich heran und drückte ihr einen sanften Kuss auf die Handinnenfläche. „Aber das hast du alles schon gewusst, bevor du mich geheiratet hast." Er sah zu ihr nach oben und schmunzelte dabei. „Nun ist es zu spät für Beschwerden." Dann wandte er sich wieder mir zu. „Ich habe dir bei der Arbeit zugesehen, Jona."

„Ach ja?" Falls er mir nun vorwerfen wollte, dass ich nicht mein Allerbestes gegeben hätte, müsste ich ihn wohl daran erinnern, dass dies hier keine freiwillige Sache war und sie froh sein konnten, dass ich überhaupt noch mitmachte.

Marie setzte sich neben mich auf die Eckbank und neckte mich dabei: „Es hat dir doch Spaß gemacht, gib es zu."

Ein wenig überrascht, drehte ich mich zu ihr und machte dabei ein skeptisches Gesicht, aber wirklich widersprechen konnte ich ihr nicht.

„Und du warst uns auch eine große Hilfe", stellte Albert mit ernster Miene fest. „Du magst vielleicht nicht besonders glücklich über die Umstände sein, warum du hier bist." Er verzog den Mund nachdenklich auf eine Seite und rieb sich etwas verlegen den Nacken. „Aber so wie es aussieht, wirst du wohl noch eine Weile unser Gast sein."

Eine sehr kurze Weile. Ich leckte mir einen Tropfen Erdbeermarmelade vom Finger, lehnte mich dann zurück und verschränkte die Arme vor der Brust. Meine Augen schossen zwischen Marie und Albert hin und her. Was kam als Nächstes?

„Deine Tante und ich möchten dich hier zu nichts zwingen. Aber wir könnten zwei flinke Hände wie deine in den Weinbergen schon gut gebrauchen. Besonders so kurz vor der Ernte, wo alles etwas schneller gehen muss. Darum wollten wir dir anbieten, richtig für uns zu arbeiten. So wie Julian. Und nur solange du bei uns zu Besuch bist."

Mir gefiel, wie mein Onkel meinen Zwangsurlaub hier auffasste. Im Gegensatz zu den meisten anderen schien er zu verstehen, dass dies nur meine vorübergehende Wohnsituation war und nicht *mein neues Zuhause*.

„Natürlich werden wir dich für die Arbeit auch bezahlen", warf Marie ein und nickte unterstützend. „Wie hören sich zweihundert Euro pro Woche für dich an?"

Mir trocknete gerade der Mund aus, weil er so weit offen stand. Damit hatte sie mich zweifellos überrumpelt. Mühevoll kämpfte ich mich zu meinem Sprachvermögen durch. „Sagtest du gerade zweihundert? *Euro?*"

Der Drache hatte wohl vergessen zu erwähnen, dass ich hergeschickt wurde, um Sklavenarbeit zu verrichten. Von Bezahlung war nie die Rede gewesen.

Albert zückte seine Brieftasche und zog einen Hundert-Euro-Schein heraus, den er dann auf den Tisch legte und mit der flachen Hand zu mir rüberschob. „Das ist dein Lohn für die letzten beiden Tage."

Oder wie ich es gerne nannte: mein Ticket zurück auf die Insel!

Der kleine rote Teufel auf meiner linken Schulter rieb sich gerade die Hände und lachte hämisch. Wenn Albert ernst meinte, was er gerade gesagt hatte, und ich nur noch eine weitere Woche hier aushalten würde, könnte ich am Ende mit drei von diesen strahlend grünen Scheinen in meiner Tasche hier rausspazieren.

Mit einem skeptischen, an beide gerichteten Blick gab ich ihnen noch einmal die Chance, ihr Angebot zurückzuziehen und das Geld wieder einzustecken. Beide sahen mich nur ermutigend an. Da merkte ich, wie meine Hand klammheimlich über den Tisch schlich und sich die einhundert Euro mopste.

„Dann bist du also einverstanden?" Die Freude im Gesicht meines Onkels machte Maries Dauerstrahlen beinahe Konkurrenz.

Ich nickte. Ganz langsam.

„Ausgezeichnet. Dann wünsche ich den Damen noch einen wunderschönen Tag." Albert sah von einer von uns zur anderen. „Ich werde inzwischen mal zu Henri hinausschauen. Vielleicht braucht er ja meine Hilfe mit dem Bodenscanner." Er zwinkerte mir zu und drehte sich dann zu Marie, um ihren liebenswerten Protest mit einem Kuss zu stoppen. Als er mit einem fröhlichen Pfeifen auf den Lippen zur Tür hinausspazierte und nur noch wir beide am Tisch saßen, stützte Marie ihr Kinn in ihre Hand und seufzte.

„Er ist einfach unverbesserlich." Da war so ein romantischer Schimmer in ihren Augen, der mich rätseln ließ, ob sie ihn bereits nach diesen paar Sekunden vermisste. „Wenn du mit dem Essen fertig bist, kann ich dich vielleicht darum bitten, den Tisch abzuräumen? Ich möchte noch schnell eine Ladung Wäsche in die Waschmaschine schieben, bevor wir beide uns auf den Weg machen."

„Klar." Als ich allein in der Küche war, summte ich mein kleines Lied und räumte dabei die Butter und Marmelade zurück in den Kühlschrank. Meine Tasse und den Teller spülte ich unter der Wasserleitung, da der Geschirrspüler bereits lief. Dabei spritzte ich ein paar Tropfen auf mein T-Shirt. Mit Blick nach unten rieb ich den Stoff auf dem Weg nach draußen trocken und stieß dabei mit Julian zusammen, der gerade in die Küche kam.

Wenn er nicht so schnell seinen Arm um mich gelegt hätte, um mich zu halten, wäre ich geradewegs gegen die Kommode mit der blau-weißen Vase gestolpert. Marie wäre bestimmt sauer oder zumindest sehr traurig gewesen, wenn ich die Vase zerbrochen hätte. Die sah ganz schön teuer aus.

„Whoa, 'Tschuldigung", stieß er überrascht hervor.

„Schon okay. Ist ja nichts passiert."

Obwohl ich bereits wieder fest auf meinen eigenen Beinen stand, ließ mich Julian nicht gleich los. Ich mochte, wie sein linker Mundwinkel nach oben wanderte und er seine Augenbrauen ein wenig tiefer zog. Alles was jetzt noch fehlte, damit ich mich in diesen Burschen verlieben würde, war das anzügliche Knurren eines Tigers.

Ein beängstigender Gedanke huschte mir in diesem Moment durch den Kopf. Was würde wohl passieren, wenn ich meine Hände auf seine Wangen legte, seinen Kopf zu mir nach unten neigte und ihn küssen würde?

Bei dir piept's wohl!

War vermutlich so. Ich schaufelte den Gedanken beiseite. Ein Kuss würde bedeuten, meine Schutzmauer um mich aufzugeben. Und *das* durfte keinesfalls passieren. Ich drückte gegen seine Brust und befreite mich aus seiner Umarmung, die ja mittlerweile völlig überflüssig geworden war. „Lass mich los. Du zerdrückst mich ja."

Julian steckte die Hände in die Taschen seiner dunklen Skater-Hose und betrachtete mich mit durchdringenden Augen. „Tut mir leid. Ich hab wohl vergessen, dass hier unten im Erdgeschoß keine unmittelbare Lebensgefahr für dich besteht."

„Zumindest würde ich hier sicher nicht weit fallen und mir das Genick brechen."

Er ignorierte meinen schnippischen Tonfall und lehnte sich um die Ecke, um einen Blick in die Küche zu werfen. „Ist deine Tante hier irgendwo?"

„Macht gerade die Wäsche."

„Ich bin hier, Julian!" Marie kam gerade die Treppen vom Keller rauf und hielt einen Korb voll frisch duftender Kleider unter ihrem Arm eingeklemmt. „Was brauchst du denn?"

„Kann ich mir euren Wagen ausleihen? Ich muss in die Stadt und etwas besorgen."

Marie sah unsicher zu mir und wieder zurück zu Julian. „Jona und ich brauchen das Auto. Wir wollen auch in die Stadt. Aber du kannst ja mit uns fahren."

Julian runzelte bedenklich die Stirn. „Ihr zwei wolltet doch einen Mädelstag machen. Da will ich wirklich nicht stören."

Die Hände hinter meinem Rücken verschränkt, wippte

ich auf meinen Fußballen auf und ab und sagte mit einer auffallend hoffnungsvollen Stimme: „Du störst nicht."

Als Erstes wanderte nur Julians Blick zu mir, dann drehte er schließlich seinen Kopf in meine Richtung und neigte ihn leicht schief. Seine Lippen wurden schmal und seine Augenbrauen formten beinahe eine durchgehende Gerade. Jap, diesen Blick kannte ich. Er fragte sich gerade, was ich im Schilde führte.

Tja, Sherlock Holmes nutzte eben jede Gelegenheit, die sich ihm bot.

Als ich ihn als Reaktion auf seine Skepsis nur anlächelte, musste er schließlich einsehen, dass er im Moment nichts aus mir herausbekam. „Okay", sagte er langsam. „Ich sehe nur noch kurz nach deiner Mutter und treffe euch dann draußen." Unsere Blicke waren wie miteinander verkettet, als er an mir vorbeiging. *Oh, so misstrauisch.* Er sah sogar noch mal zurück über seine Schulter.

„Beeil dich!", rief ich ihm nach und klang dabei wie ein aufgeregtes Lämmchen.

Seine Augenbrauen wanderten noch mal ein paar Zentimeter tiefer, bevor er im Zimmer meiner Mutter verschwand.

Oh, der Tag wurde von Minute zu Minute besser.

Bestellung auf Französisch

Vom Rücksitz aus hatte ich eine gute Aussicht auf Julian, der im Beifahrersitz von Maries Geländewagen saß. So weit, wie es der Gurt zuließ, lehnte ich mich gegen die Tür, hob meine Beine auf den Sitz und betrachtete sein Gesicht etwas genauer, während wir über die holprige Landstraße fuhren. Bis jetzt war mir noch nie aufgefallen, wie seine perfekte, gerade Nase mit den hohen Wangenknochen und den intelligenten Augen harmonierte.

Julian drehte seinen Kopf nur ein paar Zentimeter, doch durch sein amüsiertes Lächeln war mir klar, dass ich ertappt worden war. Wahrscheinlich wurde ich gerade rot wie ein Stoppschild. Ich senkte meinen Blick, jedoch nicht für lange. Als ich wieder hochsah, blinzelte Julian noch zweimal, dann richtete er seine Aufmerksamkeit wieder nach vorn.

Draußen vor dem Fenster huschte die romantische französische Landschaft vorbei. Vielleicht sollte ich mich besser eine Weile darauf konzentrieren.

Nachdem wir die Ortstafel von Fontvieille passiert hatten, bog Marie in eine Einbahnstraße mit faszinierenden bunten Fassaden, die die gesamte Straße säumten. Dahinter konnte man in der Ferne die Berge erkennen. Marie parkte zwischen einem grünen Minivan und einem Cabrio und stellte dann den Motor ab.

Sobald ich die Wagentür aufgemacht hatte, konnte ich bereits das leise Gemurmel der Einkäufer um die Ecke hören, und ich wurde doch tatsächlich ein wenig aufgeregt. Ich stieg mit den anderen aus und folgte ihnen zum geschäftigen Marktplatz, doch dann blieb ich fassungslos stehen. Ein Hauch von Heimat lag über diesem Platz und rief in mir die Erinnerung an Freitagnachmittagsraubzüge wach.

„Hier sieht's ja aus wie auf der Oxford Street", stieß ich begeistert hervor und drehte mich dabei im Kreis, um auch all die kleinen Boutiquen und Geschäfte hinter mir zu sehen.

Julian stupste mich leicht mit dem Ellbogen in die Rippen und kicherte. „Nur ein bisschen kleiner, hm?"

„Viel kleiner." Aber das machte überhaupt nichts. Der sonnendurchströmte Marktplatz war eine gelungene Imitation. Als wir die Straße runter schlenderten, fiel mein Blick auf einen kleinen Stand mit allerlei T-Shirts, Shorts und auch ein paar Sweatern. Es waren wunderschöne, samtig weiche Stückte darunter. Es juckte mich beinahe in den Fingern, mir ein oder zwei Tops zu stibitzen. War wohl eine alte Gewohnheit. Doch ich schob meine Hände tief in die Hosentaschen. Mit Maries großzügiger Spende brauchte ich mich um neue Kleider nun wirklich nicht mehr zu sorgen.

Nichtsdestotrotz bot sich mir auf diesem öffentlichen Marktplatz gerade eine ganz andere Gelegenheit. Ich könnte ein wenig langsamer gehen, falsch abbiegen und mich blitzschnell aus dem Staub machen. Marie und Julian würden mich in diesem Getümmel niemals finden.

Tja, gestern hätte ich den Plan wahrscheinlich sogar in die Tat umgesetzt, um meiner Strafe namens *Familie* zu entkommen. Doch heute Morgen hatte ich eine Entscheidung getroffen und für den Moment würde ich auch dazu stehen.

Julian überraschte mich, als er sich plötzlich näher in meine Richtung lehnte und leise in mein Ohr sagte: „Sollte ich ein Auge auf dich haben, nur für den Fall, dass du uns in der Menge noch verloren gehst?“

Ich knirschte mit den Zähnen. Der konnte echt sein Geld auf einem Jahrmarkt mit Gedankenlesen verdienen. „Wenn du dir solche Sorgen um mich machst, hättest du wohl besser Quinns Handschellen mitnehmen sollen.“

Julian legte seinen Arm um meine Schultern und zog mich an sich heran, als wir weitergingen. „Vielleicht hab ich sie sogar dabei“, sagte er mit einem Schmunzeln und zog mit seiner freien Hand etwas aus seiner Hosentasche. Der blanke Stahl der Handschellen funkelte boshaft im Sonnenlicht.

Fassungslos stieß ich Julian weg. „Du meine Güte! Wer bist du? Abes böser Zwillingsbruder? Du wirst mir die ganz sicher nicht anlegen!“

Julian ließ die Handschellen wieder in seiner Tasche verschwinden. „Entspann dich, Jona. Das hatte ich auch nicht vor.“ Mit erhobenen Händen kam er aber dann wieder näher und grinste mich schief an. „Solange du versprichst, nicht abzuhauen.“

Solange er dieses nette Lächeln beibehielt, würde ich wahrscheinlich alles tun, worum er mich bat. Das kleine Mädchen in mir seufzte verträumt. Nach außen hin bemühte ich mich jedoch, cool zu bleiben. „Okay, *Daddy*.

Möchtest du vielleicht auch noch meine Hand halten?"

Er biss sich auf die Unterlippe. Oh mein Gott, dachte er tatsächlich darüber nach? Ein entrüstetes Stöhnen entfuhr mir. „Das ist nicht dein Ernst!"

Seine linke Augenbraue schob sich andeutungsweise nach oben.

„Ich werd schon nicht abhauen, okay?", protestierte ich. Dann musste ich aber selber lachen. Das war sicher eine der dümmsten Unterhaltungen, die ich in meinem Leben geführt hatte. Zumindest mit einer echten Person. Mit den Tauben im Park zu reden zählte hier nicht.

Wir folgten Marie, die bereits ein paar Meter weiter die Straße runter spaziert war und sich gerade in einem Schaufenster verlor. Julian stupste mich noch einmal mit seinem Ellbogen und bot mir dann seinen Arm an.

„Ist das deine Rückversicherung, dass ich nicht doch noch verloren gehe?" Sozusagen eine Alternative zu den Handschellen.

Julian blinzelte langsam und bewegte dabei seinen Arm nicht von der Stelle. „Komm schon. Ich warte nicht ewig."

„Überhaupt nicht aufdringlich, Julian." Ich verdrehte die Augen, schlang aber dann meine Hand um seinen Arm und spürte, wie sein Bizeps zuckte, als er seine Hand in die Hosentasche schob. Hmm. Fühlte sich gut an. Ich könnte mich daran gewöhnen.

Als wir Marie erreichten, schwärmte sie gerade von einem karamellfarbenen Pullover in der Auslage. „Sieh nur, Jona. Der würde dir wunderbar—" Sie unterbrach sich selbst, als sie sich zu uns umdrehte. Ihr Mund formte ein erstauntes, wenn auch freudiges *Oh.*

„Oh, nein, nein, nein! Das ist absolut nicht das,

wonach es aussieht." Verdammt. Der Satz klang irgendwie komisch aus meinem Mund. „Julian fürchtet nur, ich könnte in der Menge" —*untertauchen*— „verloren gehen."

„Ach so." Sie drehte sich wieder zum Schaufenster zurück. In der blank geputzten Fensterscheibe spiegelte sich ihr entzücktes Lächeln. Sie glaubte mir wohl kein Wort. Und ganz offenbar war sie begeistert darüber, dass Julian und ich irgendwie, na ja, verlinkt waren.

Ganz toll. Danke, Julian.

Marie entschied, dass wir in diesem Geschäft mit unserer Shoppingtour beginnen sollten, und lenkte uns durch die breite, automatische Schiebetür.

Julian blieb allerdings davor stehen und ich ließ seinen Arm los. „Ich bin sicher, ihr Ladies braucht mich da drinnen nicht wirklich. Ich werde in der Zwischenzeit schnell zu Pauls Piano-Shop laufen und sehen, ob er etwas Neues für mich da hat. In zehn Minuten bin ich zurück." Sein Blick streifte meinen und seine Stimme wurde tiefer und sanfter. „Viel Spaß." Die Tür ging zu, als er einen Schritt zurück machte und in die Richtung losmarschierte, aus der wir gekommen waren.

Marie legte ihre Hand auf meinen Arm und lächelte sanftmütig. „Das Musikgeschäft ist nur einen Block entfernt. Julian wird bald wieder zurück sein."

Ach du Scheiße, ich hatte wohl etwas zu lange hinter Julian her gestarrt. Mürrisch stapfte ich davon, doch ihr Kichern verfolgte mich.

Binnen Kurzem demonstrierte Marie, wozu eine französische Frau in Einkaufslaune im Stande war. Sie rauschte von einer Ecke des weitläufigen Ladens zur anderen und sammelte dabei Dutzende Kleidungsstücke ein, die sie alle über ihren Arm hängte. Mit ihrer freien Hand zog sie mich am Ärmel in Richtung einer der sieben Umkleidekabinen im hinteren Bereich. „Komm, Chérie. Lass uns die Sachen anprobieren."

Schockiert blieb ich stehen und mit mir auch meine Tante, die meinen Ärmel zu spät losgelassen hatte. Die Wagenladung Kleider rutschte dabei fast von ihrem Arm. „Was ist?", fragte sie. „Ich bin sicher, ich habe überall die richtige Größe für dich herausgesucht. Und es sind so niedliche Sachen darunter." Sie hielt mir den Haufen aus Regenbogenfarben entgegen.

Mit *niedlich* konnte ich nichts anfangen. Und was noch viel wichtiger war: Ich hatte nicht vor, auch nur einen Cent meines hart verdienten Geldes für Kleider auszugeben. Das war mein Ticket nach Hause. Und Klamotten hatte ich ja zurzeit ohnehin genug. „Ehrlich, ich brauche keine neuen Sachen. Was du mir diese Woche geschenkt hast, reicht sicher für die nächsten zehn Jahre."

Sie wischte mein Argument mit einer Hand beiseite. „Unsinn. Kleider kann man doch nie genug haben." Dann schlich plötzlich ein Schimmer von Zweifel in ihre grünen Augen. „Oder geht es dir vielleicht um den Preis? Natürlich musst du für nichts bezahlen, solange du bei uns lebst, Jona. Albert und ich werden alle Kosten übernehmen. Das ist doch klar."

Die Großzügigkeit meiner Tante und meines Onkels kannte offenbar keine Grenzen. „Danke. Aber das wird auf gar keinen Fall nötig sein", murmelte ich. „Ich brauche wirklich nichts."

Maries Mund verzog sich zu einem Schmollen. Na schön. Aber wenn du doch noch etwas findest, das dir gefällt, dann sag es mir bitte."

Das würde zwar nicht passieren, trotzdem nickte ich, nur um sie glücklich zu machen. Eine Sekunde später war sie auch schon in einer der Kabinen mit Schwingtür verschwunden, und ich hatte Gelegenheit, mich ein wenig umzusehen, wenn auch nur zum Spaß. An allen Ecken standen schlanke Schaufensterpuppen, die die neueste Mode zur Schau stellten. Eine von diesen Puppen sah aus wie eine Afrikanerin, nur ohne Haare. Ich blieb stehen und bestaunte ihr kurzes löwenzahngelbes Kleid.

Es war schulterfrei und man musste die Träger im Nacken verschließen. Der tiefe, herzförmige Ausschnitt formte ein tolles Dekolleté. Die Taille war höher angesetzt, im Babydoll-Stil. Es wirkte irgendwie mädchenhaft und gleichzeitig sehr elegant. Die schlanken Beine der Puppe zeichneten sich unter den drei hauchdünnen Lagen von Stoff ab, die den Rock bildeten. Außerdem hatte man ihre Füße in halsbrecherische High Heels gepackt. Das ganze Paket war atemberaubend.

„Du würdest sicher umwerfend in diesem Kleid aussehen. Ein wenig ungewohnt vielleicht, aber bezaubernd."

Ich wirbelte herum und fand Julian lässig ausgestreckt in einem quadratischen Ledersessel neben einer anderen Puppe drei Meter entfernt. Den Kopf nach hinten auf die Rückenlehne gelegt und die Hände über dem Bauch verschränkt, blinzelte er unter seinen langen Wimpern hervor. Seine Mundwinkel zuckten.

Ich lachte laut. „Du spinnst. Ich in dem Kleid? Niemals."

„Was passt dir denn daran nicht?" Er richtete sich auf

und lehnte sich dann, mit den Ellbogen auf die Knie gestützt, vor.

Ich machte einen Schritt zur Seite, um ihm einen besseren Blick auf die Puppe auf dem breiten weißen Podest zu gewähren, und fuchtelte wild gestikulierend vor dem Kleid herum. „Na, es ist knallgelb."

„Ja und?" Geschmeidig wie ein Kater stand er von dem Ledersessel auf, schob die Hände in die Taschen und kam auf mich zugeschlendert. „Ein wenig Farbe würde dir zur Abwechslung mal ganz gut stehen. Warum trägst du eigentlich immer nur Schwarz? Du gehst ja nicht zu einer Beerdigung."

„Noch nicht."

„Jona", sagte er mit tiefer Stimme. „Ich meine es ernst."

Das tat ich auch. Doch dann zuckte ich mit den Schultern. „Keine Ahnung. Mir gefällt Schwarz eben. Damit fällt man am wenigsten auf."

„Was wiederum ganz praktisch ist, wenn die Polizei hinter einem her ist, nehme ich an." Ein Zucken in seinem Kiefermuskel und ein Grübchen verrieten mir, dass er sich gerade wieder ein Schmunzeln verkniff.

Großartig. An mir nagte der Zorn. Die alltäglichen Eskapaden aus meinem Leben schienen ihn ja sehr zu erheitern. „Warum auf den ganzen Spaß verzichten?", konterte ich. „Ein Adrenalinkick, wie man ihn während der Flucht spürt, würde dir und deinem steifen Leben vielleicht auch mal ganz gut tun." Ich setzte ein falsches Grinsen auf und verschränkte die Arme vor der Brust.

„Ooh, Zicke", sagte er affektiert. „Beißt du auch?" Julian biss zweimal die Zähne aufeinander, sodass sie laut klapperten, machte kehrt und spazierte davon.

Ich hörte noch sein heiteres Lachen, woraufhin ich ihm den Mittelfinger zeigte, doch er sah es nicht mehr. Als er verschwunden war, wandte ich mich noch einmal dem Kleid zu. Ich … in knallgelb. Der hatte doch einen Knall.

„Ich denke ich werde diese Hose und die paar Blusen nehmen“, hörte ich Marie etwas weiter hinter mir sagen. Ich drehte mich zu ihr um. Sie hielt gerade eine der Blusen hoch und betrachtete sie mit Skepsis, als wäre sie sich bei diesem Teil doch noch nicht ganz sicher. Schließlich legte sie sie aber zu den anderen über ihren Arm und sah zu mir hoch. „Gefällt dir das Kleid?“

Ich ließ erschrocken den Stoff des Rockes los. „Nein.“

„Warum nicht?“

„Ist nicht meine Farbe.“

Marie bestaunte nun die Puppe von oben bis unten, so wie ich gerade eben. „Ich denke, das Kleid würde dir sehr gut stehen.“

Nein, bitte. Nicht sie auch noch. „Bist du hier fertig? Ich hab vorhin auf der anderen Straßenseite einen netten Laden gesehen. Da können wir nachher noch reinschauen.“ Die Lüge sollte sie ablenken, damit sie das dumme Kleid vergaß und mich nicht auch noch dazu überreden wollte, es anzuprobieren.

„Ja natürlich. Wir können gleich los.“ Sie ging voraus und ich folgte ihr zur Kasse. Nachdem sie die Ladung auf dem Tresen abgelegt hatte, kramte sie in ihrer Tasche nach ihrer Kreditkarte und fragte mich nebenbei: „Ist Julian schon zurück?“

„Er wartet draußen.“

Die Verkäuferin scannte die Etiketten und schlichtete alles fein säuberlich in eine große Plastiktüte. Auf dem

Display der Kasse stand am Ende ein Betrag von hundertneunundzwanzig Euro und siebzig Cent.

„Donnerwetter! So viel für ein Paar Hosen und drei Shirts?“, rief ich bestürzt.

Die Verkäuferin sah mich strafend an, doch meine Tante zuckte bei der Summe nicht einmal mit der Wimper. Als sie bezahlt und den Bon unterschrieben hatte, nahm sie mich bei der Hand und führte mich nach draußen, wo Julian schon auf uns wartete. Er trank gerade aus einer kleinen Flasche Mineralwasser, wischte dann den Rand mit seiner Handfläche ab und hielt mir die Flasche entgegen.

„Danke“, sagte ich und gab sie ihm zurück, nachdem ich einen großen Schluck genommen hatte. Er nickte einmal kurz.

Wir drei machten anschließend eine Tour durch vier weitere Geschäfte. Diese Frau war unersättlich. Sie kaufte Sweater, Blusen, Röcke und Schuhe. Am Ende mussten Julian und ich ihr bereits beim Tragen helfen, damit sie nicht wie ein Packesel die Straße entlanglaufen musste. Mindestens fünfhundert Euro hatte sie an diesem Vormittag ausgegeben, bevor wir uns endlich einen netten Platz auf der Terrasse eines kleinen Bistros suchten. Mein Magen knurrte schon seit einer halben Stunde und ich freute mich auf einen Happen zu essen.

Ich schnappte mir eine der laminierten Speisekarten auf dem Tisch und begann die Gerichte zu lesen. Doch da stand alles nur auf Französisch. Ich drehte die Karte um, doch auf der Rückseite war nur ein dicker Koch abgebildet, der seinen Arm um die Schultern eines mannshohen Baguettes schlang.

Julian sah mich über seine Karte hinweg mit einem

Stirnrunzeln an. „Was ist los?“

Ich lehnte mich weiter zu ihm und flüsterte: „Da steht alles auf Französisch.“

Lächelnd verdrehte er die Augen. „Du bist hier in Frankreich, Jona. Natürlich steht da alles auf Französisch.“ Die metallenen Beine seines Stuhles scheuerten über den Asphalt, als er näher rutschte. „Komm, ich werd's dir übersetzen.“ Er begann erst die Gerichte auf Französisch vorzulesen, wobei jedes Wort sinnlich von seiner Zunge rollte, und übersetzte sie dann in eine Sprache, die auch ich verstand. Am Ende war ich versucht, ihn zu bitten, mir die Karte doch noch einmal vorzulesen. Auf Französisch. Allein bei dem Gedanken daran bekam ich schon heiße Wangen, also ließ ich es lieber sein und entschied mich für ein Nudelgericht.

Als ein Kellner, der verblüffende Ähnlichkeit mit einem Pinguin hatte, an unseren Tisch kam, bestellte Julian für mich. „Möchtest du ein Glas Cola dazu?“, fragte er. Ich nickte und er gab die Bestellung weiter.

Nach zwanzig Minuten bekamen wir unser Essen. *„Pour Mademoiselle“*, sang der Pinguin und stellte mir eine Riesenportion Spaghetti hin.

„Gracias“, erwiderte ich und schenkte ihm ein stolzes Grinsen.

Julian schüttelte seinen Kopf, schmunzelte dabei und begann sein Hühnchen in Weinsauce zu verzehren. Ich war halb am Verhungern, also haute ich ordentlich rein, bis alle Nudeln und auch der letzte Tropfen Sauce verputzt waren.

„Möchtest du noch einen Nachtisch?“, fragte mich Marie und legte dabei ihre Hand auf meine, während der Kellner die Teller abräumte.

Ich tätschelte meinen prallen Bauch. „Ich glaub nicht, dass da noch was reinpasst.“

„Ach was. Ein wenig Eiscreme wird schon noch Platz haben, meinst du nicht?“

Mir lief das Wasser im Mund zusammen.

Ohne auf meine Antwort zu warten, drehte sich Marie zum Kellner und sagte ihm etwas, das ich wieder einmal nicht verstand. Der Kellner nickte. „Möchtest du auch ein Eis?“, fragte sie Julian.

„Für mich nichts mehr, danke.“

Der Pinguin huschte davon und brachte mir und Marie kurz darauf je einen Eisbecher, der so hoch war, wie mein Schuh lang, und bis zum Rand gefüllt mit herrlichem Vanille- und Schokoladeneis. Obendrauf war noch eine Wagenladung Schlagsahne, in der zwei Waffelröllchen steckten. Ich schob einen Riesenlöffel voll in den Mund und wurde augenblicklich mit Hirnfrost gestraft. Dreiviertel des Bechers schaufelte ich daraufhin etwas langsamer leer, doch dann war endgültig Sendepause.

„Bitte“, jammerte ich und warf Julian dabei einen Welpenblick zu. „Kannst du mir nicht helfen, den Monsterbecher aufzuessen? Ist doch schade um das leckere Eis.“

Marie, die bereits mit ihrem Becher fertig war, gab Julian ihren langstieligen Löffel. Abwechselnd löffelten wir den Rest Eiscreme aus dem Glas. Am Ende fischte Julian eine Kirsche von ganz unten heraus. Sie war der krönende Abschluss.

Ich war zum Platzen voll und alles spannte bereits um meinen Bauch, doch diese kleine Kirsche sah verboten lecker aus. Noch nie hatte ich Gelegenheit gehabt, eine zu kosten. Ich fuhr mir mit der Zunge über die Lippen.

Aus Julians Augen grinste der Schalk, als er seinen Löffel mit der Kirsche darauf an seinen Mund führte. Mein Herz sackte nach unten und mein sehnsüchtiger Blick verwandelte sich in ein enttäuschtes Schmollen. Da zwinkerte mir Julian zu und balancierte die Kirsche auf dem Löffel in meine Richtung. Er hielt sie mir direkt unter die Nase.

Ich biss mir auf die Unterlippe. Sollte ich sie ihm wirklich wegschnappen? Schließlich hatte er sie als Erster entdeckt.

„Jetzt mach schon. Sie gehört dir", forderte er mich mit einem Lächeln auf.

Ich öffnete den Mund und Julian fütterte mich mit der kleinen roten Frucht. Dabei waren seine Augen die ganze Zeit auf meine gerichtet. Ich bekam fast eine Gänsehaut. Die Kirsche platzte zwischen meinen Zähnen. Whoa. Den sauren Geschmack hatte ich nicht erwartet. Ich verzog das Gesicht und schluckte das Fruchtfleisch, ließ den Kern aber im Mund. Ich rollte ihn an meinen Zähnen entlang, als wir wenig später das Bistro verließen und zu Maries Wagen zurück spazierten.

Wir legten noch einen kurzen Stopp beim Supermarkt ein, wo meine Tante noch einmal ein kleines Vermögen für Lebensmittel und Säfte ausgab, dann fuhren wir die Landstraße entlang zurück nach Hause.

Mit jeder weiteren Meile, die wir hinter uns ließen, sank meine gute Laune etwas mehr. Der Tag mit Marie und Julian war wunderschön gewesen. Doch bereits in ein paar Minuten würde die Visage meiner Mutter wieder alles zerstören.

Ein Lied für Jona

Zu Hause angekommen, schleppten Julian und ich die schweren Einkaufstüten hinter Marie in die Küche. Kaum hatten wir die Tür geöffnet, stieg mir auch schon der warme Duft von Schokoladenkuchen in die Nase und nahm mich mit auf eine Reise zurück in meine Kindheit. Ganz plötzlich verspürte ich den Wunsch, mich auf den Zehenspitzen zu drehen, bis mir schwindlig wurde. Ein Kichern entwischte mir, ohne dass ich es wollte. Doch der Anblick meiner Mutter, die sich gerade zum Backofen hinunterbeugte und den Kuchen herauszog, half schnell, dieses seltsame Verhalten unter Kontrolle zu bekommen.

„Ihr kommt gerade richtig zum Kaffee", freute sie sich, als wir hereinkamen und die Tüten auf der Theke abstellten. „Ich hab deinen Lieblingskuchen gebacken, Jona."

Wut fuhr spiralartig in mir hoch. Nicht nur, weil sie es wieder einmal gewagt hatte, mit mir zu plaudern, als trennten uns keine furchtbaren zwölf Jahre, sondern weil es eine Erinnerung war, die nur ihr und mir gehörte und die mich gerade zum Lächeln gebracht hatte. Ich kämpfte darum, mich wieder im Hier und Jetzt zu verankern und die Dinge aus meiner Vergangenheit im dunkelsten Verließ meines Gehirns wegzusperren, wo sie auch die letzten paar

Jahre verschlossen waren.

„Und warum genau bist du dir so sicher, dass du auch nur ansatzweise weißt, was ich mag und was nicht? Ist ja nicht so, als hättest du in letzter Zeit mal im Heim vorbeigeschaut, um es herauszufinden." Meine giftige Stimme brachte mir einen kritischen Stoß von Julians Ellbogen in die Rippen ein. Es war mir scheißegal. Schließlich tat der Stoß ja nicht so weh wie der Stich, den ich vor einer Minute in meiner Brust gespürt hatte. Ich sah Julian nicht einmal an, sondern drehte mich um und suchte mir einen Platz am Tisch.

Marie brachte kurz darauf die Kaffeekanne und füllte unsere Tassen, während Charlene den Kuchen aufteilte. Sie reichte auch mir ein Stück auf einem weißen Teller.

Der Teufel sollte mich holen, wenn ich auch nur einen Bissen von dem verdammten Kuchen essen würde. Ich sah ihr fest in die Augen, hatte all die alten Erinnerungen wieder vergraben und sagte dann gefühllos: „Nein danke. Ich verzichte auf deinen beschissenen Kuchen." Die Temperatur um mich herum hatte gerade den Nullpunkt erreicht.

Meine Tante und mein Onkel tauschten daraufhin unbehagliche Blicke aus, doch keiner der beiden sagte ein Wort. Aber natürlich konnte einer seinen Mund wieder einmal nicht halten. Julians zarte Finger griffen nach meinem Kinn und er drehte mich mit dem Gesicht zu sich. „Hat dir schon mal jemand gesagt, was für ein rotzfreches Kind du bist?"

Kind? Ich war kein Kind mehr! Kinder hatten Mütter. Ich hatte keine.

Doch *was* er sagte, war gar nicht so wichtig. Es war

sein enttäuschter und vielleicht sogar verletzter Blick, der mich wirklich traf. Ich starrte immer noch sprachlos in seine Richtung, als er bereits Zucker in seinen Kaffee löffelte, umrührte und sich dann in seinem Sessel zurücklehnte, ohne einen Schluck zu trinken. Unglaublich, wie er es geschafft hatte, dass ich mir plötzlich wünschte, ich hätte nichts zu meiner Mutter gesagt.

Es jagte mir eine Heidenangst ein, wie viel mir seine Meinung plötzlich wert geworden war. Es war mir doch sonst immer egal gewesen, was Leute über mich dachten. Was war diesmal anders?

Ich schlürfte meinen Kaffee schwarz und schnell, um den grausigen Geschmack von schlechtem Gewissen runterzuspülen. Dann entschuldigte ich mich von der Runde, die gerade genüsslich ihren Kuchen aß, und machte mich aus dem Staub. Ich brauchte etwas Zeit für mich. Den ganzen Tag so viele Leute um mich zu haben strengte auf Dauer ganz schön an. Im Jugendheim hatte ich drei Viertel meiner Zeit alleine in meinem Zimmer verbracht. Das war hier unmöglich.

Umso überraschter war ich, als ich mich plötzlich in den Weinbergen wiederfand und nicht, wie erwartet, zusammengerollt und schmollend auf meinem Bett.

Dieser Ort war mir in den letzten Tagen so sehr ans Herz gewachsen, dass mir die Arbeit hier draußen heute richtig fehlte. Ich blieb auf dem Kiesweg stehen und massierte die Stelle zwischen meinen Augen mit Daumen und Zeigefinger. Ein zögerlicher Blick zurück zum Haus und nach oben zu meiner offenen Balkontür bestätigte meine beängstigende Vermutung. Ich war dabei, mich in diesen gottverdammten Ort zu verlieben. Scheiße noch mal.

Ich drehte mich um und fuhr mir verzweifelt mit den Fingern durchs Haar, doch mein Blick schweifte zurück zu Julians und meinem Balkon. Ein langes Seufzen verließ meine Lippen.

Was würde Quinn jetzt sagen, wenn er mich hier sehen könnte? Mir fehlte mein Freund. Sein Schimpfen, wann immer ich wieder auf dem Polizeirevier aufgetaucht war, genauso sehr wie unsere frechen Unterhaltungen, wenn er mich vor dem Ausliefern an die Heimleitung noch schnell zu McDonald's auf einen Cheeseburger und eine Cola entführt hatte.

Er würde wollen, dass ich glücklich war. *Wenn du etwas nicht ändern kannst, dann mach das Beste draus.* Das waren immer seine Worte gewesen. Vielleicht sollte ich endlich einmal auf ihn hören.

Ich kickte ein paar Steine aus dem Weg und konnte dadurch etwas Dampf ablassen. Doch die Zweifel und die Verwirrung ließen sich nicht so einfach wegpfeffern. Ich war in meinem Leben schon so oft weggelaufen, wenn ich wieder etwas Kleingeld oder ein paar neue Klamotten gestohlen hatte. Zweimal war ich sogar aus dem Heim abgehauen. Doch ich hatte es als blinder Passagier im Zug nie weiter geschafft als bis Gatwick oder Chelmsford. Ein Schaffner hatte mich jedes Mal erwischt und die Behörden verständigt.

Ich war es ziemlich leid geworden, immer nur vor etwas oder jemandem wegzulaufen. Vielleicht konnte ich—wenn auch nur für eine kurze Weile—die Vorteile dieses hübschen Hauses genießen, ohne mir den Kopf zu zerbrechen, was der nächste Tag für mich bringen würde.

Umgeben von all dem Grünzeug in den Weinbergen

hob ich meinen Kopf und sah zum Himmel. „Was ist dein verdammter Plan für mich, heh?“ Ein paar Sekunden lang betrachtete ich die vorbeiziehenden Wolken, doch als klar war, dass es für mich keine Antwort gab, außer dass mir vielleicht ein Vogel ins Gesicht kacken würde, steckte ich die Hände in die Taschen und schleppte mich zurück zum Haus.

In der Küche war niemand mehr, doch ich hörte Stimmen aus dem Wohnzimmer. Ich erkannte Charlene an ihrem gedämpften, verzweifelten Ton. Auf gar keinen Fall wollte ich lauschen. Schließlich interessierte mich der Drache ja auch kein Stück. Doch als ich bereits die zweite Stufe der Treppe nach oben erreicht hatte, erwähnte sie plötzlich meinen Namen, und da änderte ich meine Meinung. Vielleicht sollte ich doch lieber kurz zuhören.

Ich schlich zurück nach unten und lauschte vor der angelehnten Wohnzimmertür.

„Sie wird ihre Meinung schon noch ändern, vertrau mir.“

Ich hatte eine unangenehme Vorahnung, was Julian damit meinte.

Meine Mutter klang den Tränen nahe, als sie antwortete: „Aber was ist, wenn sie mir niemals vergeben kann? Du siehst doch selbst, wie sehr sie mich hasst.“

Oh ja, ich lag goldrichtig mit meiner Vorahnung. Was mich allerdings überraschte, war, dass sich der Drache eher Julian anvertraute, als jemandem, der ihr doch viel näher stand, so wie Marie. Julian war schließlich nur ihr Pfleger und gehörte nicht zur Familie.

„Gib ihr einfach etwas mehr Zeit“, erwiderte Julian in dieser ruhigen Stimme, die auch ich schon öfter zu hören bekommen hatte. Zum Beispiel letzte Nacht, als er mich hinaus auf den Balkon gezogen hatte.

„Von allen hier weißt du doch am allerbesten, dass ich keine Zeit mehr habe!“

So hart es auch war, dies zuzugeben, aber der Kummer meiner Mutter schien wirklich aufrichtig zu sein. Sie so zu hören gab meinem Herz einen seltsamen Stich. Und das war nun schon der zweite innerhalb einer Stunde.

„Hab Geduld“, beschwichtigte sie Julian. „Ruh dich aus. Und spar deine Kräfte. Ich werde mich um alles Weitere kümmern.“ Dann wurde es plötzlich still im Zimmer.

Am liebsten hätte ich mich um die Ecke gelehnt, um zu sehen, was da drin vor sich ging. Doch ich durfte mich nicht verraten. Es fröstelte mich, als ich mich gegen die kalte Mauer hinter mir lehnte, zum Dach hochblickte und darauf wartete, dass einer der beiden etwas sagte.

Unharmonische Noten kamen vom Klavier, so als ob jemand im Vorbeigehen wahllos ein paar Tasten drückte. Dann räusperte sich meine Mutter. „Du hast dich verändert.“ Sie sprach viel leiser als zuvor.

Mit einem Hauch von Arroganz in der Stimme antwortete Julian: „Ach so?“

Mir war nichts an ihm aufgefallen. Er wirkte auf mich wie immer. Doch dann lag es wohl auch daran, dass ich ihn erst seit ein paar Tagen kannte. Vielleicht war die Veränderung, von der Charlene sprach, ja schleichend über die vergangenen Monate gekommen. Meine Neugier brachte mich beinahe um. Konnte dieses Weib vielleicht auch etwas präziser sein?

„Ich kenne diesen Blick“, fuhr sie endlich fort und

klang dabei alles andere als freundlich. „Doch gerade du solltest wissen, dass es keine Möglichkeit für dich gibt."

„Ich weiß nicht, wovon du sprichst." Knapp und kalt. Oh ja, er wusste genau, wovon sie redete. Aber sollte ich es auch wissen? Was meinte sie mit *Möglichkeit*? Und wer war sie überhaupt, dass sie ihn belehren wollte?

Ich versuchte meine Gedanken zu beruhigen, damit ich mehr von ihrer Unterhaltung hören konnte, als Charlene schon beinahe fauchte: „Das weißt du sehr wohl! Halt mich nicht für dumm, nur weil du so viel älter bist."

Als wer? Als *sie*? Hah, die hatte wohl heute ihre Tabletten noch nicht genommen.

Dann seufzte sie schwer. „Du kannst ihr doch niemals geben, was sie braucht. Am Ende wirst du sie nur verletzen."

Sie? Halt mal. *Über wen redeten die hier eigentlich?* Ein glühend heißer Schwall von Eifersucht stieg plötzlich in mir hoch. Charlene sprach von einer anderen Frau? Kein Wunder, dass sie plötzlich so zickig wurde. Ich hatte also von Anfang an recht gehabt. Die beiden hatten was miteinander. Oder vielleicht wünschte sich Charlene das auch nur und nun war sie eifersüchtig ... so wie ich.

Aber Julian hatte mir gestern gesagt, dass es in seinem Leben keine andere Frau gab. Und meine Mutter war auch aus dem Rennen. Was also—? Verdammt! Ich wollte mir einfach nicht vorstellen, dass er ein anderes Mädchen so im Arm halten würde, wie er mich gestern gehalten hatte. Das konnte ... Er durfte nicht ... *Ach, halt einfach die Klappe Jona.*

„Ich habe nicht vor, ihr oder sonst jemandem weh zu tun", hörte ich Julian gereizt sagen. „Du kannst also ganz beruhigt sein, Charlene. Ich kenne meinen Platz. Meine oberste Priorität bist immer noch du. *Jona*—" Er setzte kurz ab und sprach dann etwas heiser weiter: „Kommt erst an zweiter Stelle."

Die Hände über den Mund geschlagen, versuchte ich das Geräusch zu ersticken, als ich scharf nach Luft schnappte.

Jemand kam zur Tür; ich hörte die Schritte im Zimmer. Für den Moment schluckte ich meine Verwunderung hinunter und raste die Treppe hinauf. Auf halber Höhe machte ich kehrt, damit es so aussah, als käme ich gerade erst aus meinem Zimmer herunter. Niemand sollte wissen, dass ich die letzten paar Minuten gelauscht hatte. Aber mein Herz klopfte wild vor Aufregung.

Als sie mich auf der Treppe sah, blieb meine Mutter kurz im Flur stehen. Für eine Schrecksekunde tat ich das auch, und ich fühlte mich, als hätte man mich trotz allem erwischt. Ein lila Schal war um ihre Schultern gewickelt und ließ ihr müdes Gesicht noch blasser wirken. Ohne ein Wort zu sagen, huschte sie weiter in ihr Zimmer und machte leise die Tür zu.

Ich war noch immer in meiner Schrecksekunde gefangen, die mittlerweile schon fast eine halbe Minute dauerte, und blickte auf den leeren Platz im Flur, wo meine Mutter gerade noch gestanden hatte. Ich hätte es nicht für möglich gehalten, doch ihr Schmerz hinterließ auch eine wunde Stelle in mir.

Weil ich das furchtbare Gefühl nicht abschütteln konnte, knirschte ich mit den Zähnen und machte mich wieder auf den Weg nach oben. Doch da hörte ich Musik aus dem Wohnzimmer kommen und blieb wie angewurzelt auf den Stufen stehen. Julian spielte auf dem Klavier.

Fasziniert von der lieblichen Melodie, wunderte ich mich, ob das vielleicht die Noten sein konnten, die er heute von Pauls Piano-Shop geholt hatte. Noch einmal schlich ich nach unten und schielte vorsichtig um die Ecke. Die Tür stand nun weit offen und ich konnte Julian am Klavier sitzen sehen, mit dem Rücken zu mir.

Gut, denn im Moment hätte ich ihm nicht in die Augen sehen wollen. Nicht nach allem, was ich vorhin gehört hatte.

Die harmonischen Akkorde hingen leicht im Raum und erfüllten mich mit seltsamer Ruhe. Obwohl ... es ging hier um Julian, da sollte mir doch eigentlich nichts mehr wirklich seltsam vorkommen. Oder zumindest nicht mehr als sonst.

Ich lehnte mich mit der Schulter gegen den Türrahmen und lauschte seinem Spiel. Bald neigte ich auch meinen Kopf gegen das Holz und blickte verträumt zum weiten Fenster hinaus, vor dem gerade die feurige Sonne im Westen versank. Dabei merkte ich gar nicht, wann das erste Stück zu Ende war und Julian ein neues begann. Doch plötzlich zuckte ich zusammen. Er spielte mein Lied! Die Melodie, die ich so oft summte und von der ich nicht einmal wusste, ob ich sie jemals irgendwo gehört oder nur frei erfunden hatte.

Nur spielte er das Lied nicht eintönig, so wie ich es pfeifen oder summen würde. Seine Hände schwebten über die Elfenbeintasten und jubilierten dabei geradezu über die kleine Melodie.

Es dauerte nicht lange, da blickte Julian über seine Schulter und schenkte mir ein Lächeln, das größtenteils von seinen Augen ausging. Dann zwinkerte er mir zu.

Erwischt.

Mein Herz trommelte gegen meine Rippen. Wenn es noch ein klein wenig lauter schlagen würde, könnte es ihm als Metronom dienen.

Julian lud mich mit einem Kopfnicken ein, mich zu ihm auf die kleine schwarze Lederbank zu setzen. Zögerlich ging ich auf ihn zu. Hoffentlich hatte ich seine Geste nicht missverstanden. Doch als ich bei ihm ankam, rutschte er an ein Ende der Bank und vertrieb damit all meine Zweifel. Langsam sank ich neben ihn.

Er lehnte sich zu mir und sein vertrauter Duft hüllte mich ein. Seinen Kopf nur leicht in meine Richtung gedreht, berührten sich unsere Wangen flüchtig, als er flüsterte: „Kannst du die Seite für mich umblättern?"

Auf dem Notenständer war ein Heft mit Zeilen und einer Unzahl von schwarzen Punkten mit und ohne Striche, Rautezeichen und kleine Buchstaben. Ich verstand nicht einmal im Ansatz, was all das Zeug bedeutete. Aber eins war klar. Er war heute nur wegen mir mit in die Stadt gekommen.

Mit kalten, zittrigen Fingern blätterte ich für ihn um, dann saß ich so still, dass man mich leicht für einen Teil der Einrichtung hätte halten können. Seine Hände hielten niemals still. Manchmal streichelte er nur die Tasten, im nächsten Moment drückte er sie energisch nieder. Es wirkte beinahe so, als würde er die Tasten auf seine ganz eigene Art und Weise liebkosen. Für einen kurzen Augenblick stellte ich mir vor, wie es wohl wäre, wenn er mich auf diese Weise berühren würde.

Mein Blick schweifte zu seinem Gesicht und ich biss

mir auf die Unterlippe, denn ich wollte diesen Gedanken um Himmels willen nicht weiterspinnen.

Zwei weitere Male stupste er mich sanft mit seinem Ellbogen an und flüsterte: „Nächste Seite, bitte." Dabei konzentrierte er sich die ganze Zeit auf die Noten vor sich.

Plötzlich war das Stück zu Ende. Die letzten Akkorde verstummten und es war totenstill. Händeringend saß ich da und wartete, bis er mich ansah. „Woher wusstest du ...", stammelte ich und machte dabei schmale Augen. „Ich meine ... Dieses Lied. Woher hast du gewusst, dass es eine besondere Bedeutung für mich hat?"

Julian seufzte leise. „Wie hätte ich das nicht merken sollen, Jona? Du hast es gestern den ganzen Tag in den Weinbergen gesungen." Er streifte mir eine Haarsträhne hinters Ohr und streichelte mir sanft mit den Fingerspitzen über die Wange, als er seine Hand wieder zurückzog. Ein sinnlicher Schauer durchzuckte mich und ich nahm meine Gedanken von vorhin wieder auf.

Zwischen uns herrschte eine seltsame Stille. Mein Hals war so trocken, ich musste zweimal schlucken, bevor ich meine Stimme wiederfand. „Wie heißt das Lied?", fragte ich heiser.

Julian lächelte in sich hinein, als wäre das ein Scherz, den nur er verstünde. Im nächsten Moment lag plötzlich seine Hand auf meiner in meinem Schoß. Ich blickte nach unten, meine Knie zitterten, doch wie immer, wenn Julian mich berührte, breitete sich schnell ein Gefühl der Wärme und absoluten Glückseligkeit in mir aus.

„Es heißt *Hallelujah*", antwortete er.

Hallelujah! Mein Lied hatte einen Namen.

Und welche Ironie der Titel doch im Vergleich zu

meinem traurigen Leben bot. Meine Hand wurde warm unter seiner und doch zitterten meine Finger ein wenig, genau wie meine Knie. Es störte mich ungemein, dass auch mein Herz schneller klopfte und ich viel schneller atmete als sonst.

Julian sollte nicht merken, wie nervös mich seine Berührung machte, also räusperte ich mich kräftig und fragte ihn dann: „Kannst du es noch mal spielen?“

Beinahe zärtlich rieb er mit seinem Daumen über meine Fingerknöchel, bevor er langsam seine Hand wegzog und nickte. Er blätterte zurück zur ersten Seite und las dann erneut seinen Weg durch das Wirrwarr von Noten, wobei er dem Klavier dieses wunderbare Lied entlockte.

Mein Blick schweifte hin und her zwischen seinem ernsten Gesicht und seinen Fingern auf den Tasten. Als er mich sachte mit seinem Ellbogen anstieß, wusste ich, dass es Zeit war umzublättern. Doch irgendwann legte ich einfach meinen Kopf an seine Schulter, machte die Augen zu und lauschte der Musik.

Ich war mir sicher, dass er nicht einmal pausierte, um auf die nächste Seite zu blättern. Wie konnte er dieses komplizierte Lied nur so schnell auswendig lernen? Aber eigentlich war mir das auch egal, solange er nur nicht aufhörte zu spielen.

Als die letzten Akkorde ausklangen und uns wie ein Schleier bedeckten, wollte ich mich nicht von Julian wegbewegen. Ich blieb einfach still sitzen, mit meinem Kopf an seiner Schulter und geschlossenen Augen. Julian saß so still wie ich, nur sein Kopf drehte sich leicht in meine Richtung; ich spürte seine Wange an meiner Stirn.

„Spiel es noch mal“, bat ich ihn leise.

Julian gab mir keine Antwort, doch nur einen Augenblick später spürte ich, wie seine Hände erneut zu tanzen begannen und meine liebliche Melodie erfüllte den Raum. Hätte er mir nur das kleinste Anzeichen mit einem Schubs oder einem Zucken gegeben, dass ich an seiner Schulter nicht willkommen war, hätte ich mich auf der Stelle verkrümelt. Doch er ließ mich Stunde um Stunde an ihm lehnen.

Und immer, wenn das Lied zu Ende ging, brauchte ich ihn nur ganz leicht anzustupsen, und er begann von vorn.

Noch einmal.

Und noch einmal.

Bis tief in die Nacht.

Der Kuss, der keiner war

Ich öffnete die Augen in meinem persönlichen Fleckchen Himmel und blickte glücklich an die Decke über meinem Bett. Die sanfte Melodie von *Hallelujah* spielte immer noch in meiner Erinnerung. Wie jeden Morgen begrüßten mich die Vögel mit ihrem Gezwitscher vor meinem Fenster und die hereinflutende Sonne. Ich zog mir die Bettdecke noch einmal hoch bis zum Kinn, vergrub meine Wange tiefer im Kissen und versank im Nachklang von letzter Nacht.

Ich hatte aufgehört zu zählen, wie oft Julian das Lied für mich gespielt oder wie viele andere Lieder er dem Klavier noch entlockt hatte. Irgendwann nach elf Uhr nachts gingen wir schließlich gemeinsam nach oben. Er wünschte mir eine gute Nacht und stupste dabei mein Kinn mit seinem Fingerknöchel.

Obwohl ich heute Morgen nicht mehr sagen konnte, was genau ich geträumt hatte, wusste ich doch mit ziemlicher Sicherheit, dass Julian darin vorgekommen war.

Beim Gedanken an ihn seufzte ich leicht. Ich rollte mich wieder auf den Rücken und verschränkte die Arme hinter meinem Kopf. Das von der Fensterscheibe reflektierte Sonnenlicht tanzte an der Decke. Es war neu für mich, dass jemand diese starken Gefühle in mir weckte. Mein

Schutzwall drohte einzustürzen. Und ich stand machtlos dahinter.

Der Gedanke, vielleicht sogar etwas länger als nur noch eine weitere Woche hierzubleiben, schlich sich in meinen Kopf. Ich schloss meine Augen und rieb meine Hände über mein Gesicht. Diese Idee war einfach zu absurd. Und viel zu gefährlich.

Ich wollte den Apfel, nicht die Trauben. Oder zumindest sollte ich ihn wollen. Dabei mochte ich Äpfel noch nicht einmal ... Aah, was hatte Julian mir da nur für einen idiotischen Vergleich aufgezeigt. Das machte doch alles gar keinen Sinn. Und ich musste hier weg. Früher oder später würde es sowieso dazu kommen, also warum den Abschied länger als nötig hinausziehen?

Aber genau wie dieses Zimmer und die Weinberge wuchsen mir langsam auch die Leute hier ans Herz. Marie ... Albert ... Und ganz besonders Julian.

Mein Blick fiel auf seine graue Kapuzenjacke, die immer noch über meinem Sessel hing. Ich schwang meine Beine aus dem Bett und lief barfuß rüber. Der Duft von warmem, wilden Wind hing immer noch an dem Sweater. Wie konnte ein gewöhnlicher Mann nur so gut duften?

Aber was war an Julian schon gewöhnlich?

Ich schlüpfte mit den Armen durch die Ärmel, schob diese hoch, bis meine Hände zum Vorschein kamen und zog den Reißverschluss zu. Das Teil war drei Nummern zu groß für mich und hing mir bis zur Mitte der momentan nackten Oberschenkel. Die Bündchen fest umklammert, brachte ich den Stoff an mein Gesicht und atmete eine extra Dosis *Julian* ein.

Im selben Moment schreckten mich Schritte auf dem

Balkon auf. Panisch wirbelte ich herum. Was sollte ich tun? Gleich würde mich Julian erwischen, wie ich in seinem wunderbaren Duft verging. Oh nein, da klopfte er auch schon an meine offene Balkontür und steckte seinen Kopf durch den seidigen Vorhang. Schnell verschränkte ich die Hände hinter meinem Rücken und präsentierte das unschuldigste Lächeln, das ich in diesem Moment zu Stande brachte.

„Hi“, rief ich wohl etwas zu laut.

„Guten Morgen.“ Als er merkte, was ich gerade anhatte, verzog Julian seinen Mund zu einem verschmitzten Grinsen. Er wischte den Vorhang zur Seite und kam mit einem Tablett in der Hand in mein Zimmer. Darauf standen zwei dampfende Becher und ein Teller mit Marmeladentoast. „Du hast schon wieder das Frühstück verpennt. Und da wir auch beim Abendessen gestern gefehlt haben, dachte ich, du hast vielleicht Hunger.“ Er schwenkte das Tablett gekonnt vor meinem Gesicht hin und her.

Der Duft von heißer Schokolade stieg mir in die Nase und sogleich gab mein Magen ein lautes Knurren von sich. Doch Julian zog das kleine Frühstück aus meiner Reichweite, sobald ich nach einer Tasse greifen wollte, und ging rückwärts raus auf den Balkon. „Ich dachte, wir könnten heut mal hier draußen essen.“

Oh, diese Schlange. War das nun Teil zwei seines Kurses zum Thema *Wie überwinde ich meine Höhenangst*?

„Wir?“, fragte ich und blieb im Türrahmen stehen, während er bereits am Geländer lehnte und das Tablett neben sich abstellte. „Ich dachte, du isst morgens normalerweise nichts?“

„Für dich mach ich heute mal eine Ausnahme.“ Er

nahm eine Tasse und hielt sie mir entgegen. Um sie zu erreichten, musste ich schon auf den Balkon rausgehen.

„Weißt du was?“, murmelte ich. „Ich glaub ich hab gar keinen Hunger. Ich werd einfach bis zum Mittagessen warten. Jap, das ist eine gute Idee. Kann ja nicht mehr allzu lange dauern.“

Julian sah auf seine Armbanduhr. „Neun Uhr dreißig. Da wirst du wohl noch ein Weilchen warten müssen.“ Ohne den Kopf wieder hochzuheben, sah er mich durch seine langen Wimpern an. Sein Mundwinkel schob sich zu einem schiefen Lächeln nach oben.

„Dann warte ich eben.“

„Bist du sicher? Ich hab dir sogar Toast mitgebracht.“

Mit einem finsteren Blick erklärte ich ihm, wo er sich den Toast hin stecken konnte. Ich würde da nicht noch mal rausgehen. Und wenn er nicht reinkommen wollte, dann sollte er bleiben, wo er war. Ich drehte mich im Stand um und marschierte Richtung Badezimmer.

„Jona?“ Er sagte meinen Namen so auffordernd, dass ich stehenblieb, die Augen zur Decke verdrehte, seufzte und mich dann doch zu ihm umdrehte. „Du hast immer noch meine Jacke.“

Ja, weil sie seit vorgestern mir gehörte. Die würde ich nie wieder rausrücken. Das konnte er vergessen. Ich verschränkte die Arme vor der Brust. „Und?“

„Und?“, wiederholte er und lachte dabei erstaunt. „Ich schlage vor, wenn du sie behalten willst, dann schuldest du mir was.“

Hmm. Er war bereit zu tauschen? Könnte interessant werden. „Was willst du dafür haben?“

Die Tasse demonstrativ erhoben, wackelte er mit den

Augenbrauen. „Ich will, dass du mit mir frühstückst."

Ich grinste verschlagen. „Geht klar. Bring das Zeug rein und wir können auf meinem Bett essen."

„Hier draußen." Diesmal war es, als würden seine Augen allein die Worte sprechen, nur unterstrichen von einem sinnlichen Knurren. Wie könnte ihm je ein Mädchen widerstehen?

Ich konnte es im Moment jedenfalls nicht. „In Gottes Namen", rief ich und warf dabei die Arme in die Luft. „Dann gib mir schon die verdammte Tasse." Schneller, als mein Verstand mir folgen konnte, stürmte ich nach draußen in die warme Sonne. Doch bereits nach dem ersten Schritt hatte mich mein Verstand eingeholt und zwängte mir die altvertraute Panik auf. Ich ignorierte sie und lief einfach weiter.

Julian sah für eine Millisekunde genauso erschrocken aus wie ich. Er hatte kaum noch genügend Zeit, die Tasse zur Seite zu halten, bevor ich, ohne zu zögern, in ihn hinein krachte. „Immer langsam, Prinzessin." Sein freier Arm schlang sich fest um mich und gab mir Sicherheit.

Ich presste meine Augen zu und vergrub mein Gesicht mit einem Wimmern in seiner Schulter. Julians Bauchmuskeln zuckten, als er vor Staunen leise lachte. „Du überraschst mich immer wieder."

Ich überraschte mich in diesen Tagen sogar immer wieder selbst. Was machte ich denn eigentlich hier? Julian umarmen—ich war wohl total übergeschnappt. Doch plötzlich wurde ich mir über jeden Quadratzentimeter seines Körpers bewusst, der sich fest gegen meinen drückte. Ich blickte ratlos hoch in seine Augen. Seine Nasenspitze berührte meine, als er seinen Kopf leicht zu mir nach unten neigte. Mein Herz hätte in diesem Moment wohl wie verrückt schlagen müssen. Doch stattdessen setzte es komplett aus.

Julians Umarmung lockerte sich. Seine Hand kam langsam nach oben und legte sich sacht auf meine Wange und meinen Hals. Dabei streichelte sein Daumen über meinen Wangenknochen. Er blinzelte langsam und dazwischen starrte ich die ganze Zeit in seine funkelnd blauen Augen.

Der Balkon, das Haus, ja die ganze Welt um mich herum verschwand in den Hintergrund. In diesem Moment hätte ich sogar auf dem Eifelturm stehen können und hätte mich dabei kein bisschen gefürchtet.

Von innen heraus stieg eine blubbernde Wärme in mir auf. Meine Finger verkrallten sich in seinem orangen Hemd. Ich zwang mich loszulassen und legte meine Hände flach auf seine Brust, damit ich ihm nicht versehentlich den obersten Knopf abriss. Als er seinen Kopf langsam weiter zu mir herunter neigte, leckte ich mir über die Unterlippe. Schon wieder atmete ich viel zu schnell.

Ich wollte Julian kosten, wollte wissen, wie er schmeckte und wie seine Lippen sich anfühlten. Doch in dem Augenblick, als unsere Lippen sich berührten, spürte ich, wie sich jeder Muskel in Julians Körper verkrampfte, und er machte einen unerwartet plötzlichen Rückzieher. Auf meiner Wange blieb eine kalte Stelle zurück, als er seine Hand fallen ließ.

Er hüstelte trocken und überreichte mir dann die Tasse mit der heißen Schokolade. „Du solltest den Kakao trinken, solange er noch warm ist."

Seine kühle Stimme riss mich zurück in die Realität.

Völlig durcheinander blinzelte ich ein paar Mal. Beschämung legte sich wie ein Würgegriff um meinen Hals, als ich die Reue in seinen Augen sah.

Ein Kuss. Was für ein fantastischer Einfall.

Ich hätte es besser wissen sollen. Hier waren wir wieder einmal. Der Punkt, an dem ich weggestoßen wurde. Ging diesmal sogar etwas schneller als sonst. Was war nur in mich gefahren, dass ich mich so derart hatte gehen lassen? Ich kämpfte darum, meine Kontrolle wiederzuerlangen. Dann nahm ich die Tasse aus seiner Hand und setzte mich mit meinem Rücken gegen die Hausmauer gelehnt auf den Boden.

Kleine Schlucke von der heißen Schokolade wärmten meinen Bauch. Aber sie konnten nichts gegen die Kälte in meinem Herzen ausrichten.

Julian stand immer noch wie angewurzelt da und studierte mich von oben. Wahrscheinlich verfluchte er gerade den Moment, in dem er mich aus meinem Zimmer locken wollte. Noch vor ein paar Sekunden hätte ich geschworen, dass er dasselbe Kribbeln verspürt hatte wie ich, bevor er sich zu mir herüber gelehnt hatte, um mich zu küssen. Tja, wie schnell sich die Dinge doch änderten.

„Warum hast du es dir anders überlegt?“, fragte ich ihn heiser.

„Wie bitte?“ Auf unglaublich süße Weise zogen sich seine Augenbrauen zusammen, und er sah aus, wie ein Erstklässler, der keine Ahnung hatte, was der Lehrer von ihm wollte. Das war vermutlich genau der Blick, den Julian so oft von mir bekam.

„Frühstück?“ Ich hob meine Tasse und machte ein hoffnungsvolles Gesicht. „Du hast gesagt, du machst eine

Ausnahme für mich. Willst du jetzt doch nichts mehr?“

Was ihm auch immer gerade durch den Kopf gegangen war, es verschwand aus seinem Gesichtsausdruck, als er zweimal blinzelte und leicht den Kopf schüttelte. Er stellte den Teller mit dem Toast zwischen uns und setzte sich dann mir gegenüber auf den Boden.

In den nächsten paar Minuten verputzte ich zwei Scheiben Toast mit Erdbeermarmelade. Julian aß nichts. Er trank nur in langsamen Schlucken von seiner Tasse Kaffee. Keiner von uns beiden sagte ein Wort. Als ich mit meinem Getränk fertig war, nahm Julian mir die Tasse ab und trug sie mit dem anderen Geschirr auf dem Tablett in sein Zimmer.

Zurück kam er nicht mehr.

Ich stieß den Seufzer aus, der mir in den letzten zehn Minuten die Luft abgeschnürt hatte, kroch in mein Zimmer und lief dann ins Bad. Vielleicht half eine Dusche ja gegen die Enttäuschung, mit der ich gerade zu kämpfen hatte. Doch nicht einmal der heiße Wasserstrahl, der auf mich herab prasselte, konnte mein wachsendes Verlangen nach diesem Mann von mir fortschwemmen.

Wahrscheinlich sollte ich sogar froh sein, dass er mich nicht wirklich geküsst hatte. Solche Dinge verkomplizierten einfach alles. Und kompliziert war meine Situation nun echt schon genug.

Als der Tag voranschritt, wurde mir klar, dass mir Julian aus dem Weg ging. Während ich Marie in der Küche half, begleitete er meinen Onkel hinaus in die Weinberge, und als ich sie am frühen Nachmittag dort aufstöberte, weil mir langweilig war und ich gerne wieder mit Alberts Bodenscanner spielen wollte, machte sich Julian umgehend aus dem Staub. Von Weitem sah ich, wie er mit hängenden Schultern und den Händen in den Hosentaschen zurück zum Haus wanderte.

Kleine Nadeln stachen mir permanent ins Herz, wenn ich an ihn dachte, und mit jeder Stunde, die wir nicht zusammen verbrachten, fühlte sich mein Magen flauer und leerer an. Die Schmetterlinge der letzten paar Tage hatten sich wohl ein anderes Zuhause gesucht. An diesem Abend ging ich zum ersten Mal ins Bett, ohne dass Julian mir eine gute Nacht gewünscht hatte.

Doch das Ganze hatte wohl auch etwas Gutes. Meine Mutter hielt sich ebenfalls von mir fern. Das ganze restliche Wochenende hatte sie nicht einmal versucht mit mir zu reden und schlich auch nicht wie sonst immer um mich herum. Ich versuchte mich zumindest *darüber* zu freuen.

Als die neue Woche begann, gab ich mein Bestes in den Weinbergen. Ohne Julian war es zwar todlangweilig auf dem Feld, doch ich fand bald eine Ablenkung in Gesprächen mit Valentine. Sie begannen Dienstagnachmittag und wurden schnell zu meinem Highlight des Tages. Zusammen mit Marie knieten wir am Boden und gruben die Erde um die Wurzelstöcke um. Valentine schwätzte ununterbrochen auf Französisch und meine Tante gab hin und wieder ihren Senf dazu. Irgendwann stand meine Tante auf und ging rüber zu Albert, der ihre Hilfe benötigte. Der quasselnde Teekessel hatte davon nichts mitbekommen.

Hilflos blickte ich hinter Marie her, während Valentine ihren französischen Monolog fortsetzte. Es dauerte ganze fünf Minuten, bis sie endlich bemerkte, dass ihr gar keiner mehr antwortete. Verwundert blickte sie nach allen Seiten.

Plötzlich fasste sie mich ins Visier und das glückliche Lächeln einer Farmersfrau schlüpfte auf ihre Lippen.

Zu meiner völligen Überraschung kehrte sie dann einfach zu ihrer Arbeit zurück und erzählte weiter, als verstünde ich auch nur ein Wort von dem, was sie sagte. Aus Langeweile und vielleicht auch, weil ich nett zu dem Teekessel sein wollte, begann ich nach einiger Zeit ihre kurzen Atempausen mit *Ahas* und einem gelegentlichen *Ach wirklich?* zu füllen. Doch sie verstand mich bestimmt genauso wenig wie ich sie.

Als sie dann irgendwann aufhörte zu schnattern, kam mir die Stille richtig komisch vor. Also dachte ich mir, was soll's, und begann von London und dem Jugendheim zu erzählen. Ich ließ nichts aus. Weder wie ich Quinn kennengelernt hatte, noch den Tag, an dem uns Miss Mulligan erlaubt hatte, bei Prinz Williams und Kates Hochzeit mit dem Volk auf der Straße zu feiern. Valentines wiederkehrende *Ahs* und *Ohs* brachten mich zum Schmunzeln und hielten mich an, mit meiner Geschichte fortzufahren.

Von dem vielen Erzählen wurde mein Mund ganz trocken. Die kleinen dunkelblauen Weintrauben vor mir sahen verlockend aus. Ich pflückte mir eine, als keiner hersah, und schob sie schnell in den Mund.

„Bäh!" War die sauer! Die schmeckte ja noch grausiger als ein Apfel. Ich spuckte die kleine, halb zerkaute Frucht auf den Boden unter eine Weinrebe, vergrub sie schnell unter einem Haufen Erde und wischte mir mit dem Handrücken über den Mund.

„Es ist noch viel zu früh. Die brauchen noch ein paar Wochen bis sie süß werden."

Beim Klang der sanften, mit einem Schmunzeln durchzogenen Stimme hinter mir rutschte ich auf den Knien herum und blickte nach oben gegen die Sonne. Julian stand über mir. Er hatte seinen Kopf leicht geneigt, und das Lächeln, das ich gerade herausgehört hatte, erschien in seinem Gesicht. Ich hatte gar nicht bemerkt, dass er überhaupt in der Nähe gewesen war.

Ich wusste nicht, was ich sagen sollte, denn mir zog es immer noch den Mund vom sauren Geschmack der Traube zusammen. Julian wartete auch gar nicht auf eine Antwort. Er drehte sich um und schlenderte den Pfad zwischen den Reihen von Weinstöcken hinunter. Das war alles, was ich heute an Aufmerksamkeit von ihm bekam.

Auch an den nächsten beiden Tagen hielt er sich immer noch gezielt an den Orten auf, an denen ich gerade nicht war. Egal, wie sehr ich mich darum bemühte, in seiner Nähe zu sein. Allerdings fiel mir immer wieder mal auf, wie er mich aus der Ferne beobachtete. Wenn ich meinen Kopf hob und unsere Blicke sich über die Entfernung trafen, sah er entweder auf der Stelle weg oder er starrte mich für ein paar Sekunden einfach nur an. Nie sagte er etwas.

Irgendwann hatte ich die Schnauze voll von seinem kindischen Verhalten. Ich beschloss ihn später in seinem Zimmer aufzusuchen und die Sache zwischen uns ein für allemal aus der Welt zu schaffen. Schließlich war ja gar nichts passiert.

Am späten Nachmittag begann es unerwartet wie aus Kübeln zu schütten. Damit waren unsere Arbeitspläne zunichte geworden und wir alle liefen zurück ins Haus. Ich hüpfte schnell unter die Dusche und zog mir anschließend ein Paar ausgewaschene Jeans und ein dunkelblaues T-Shirt an, dann warf ich einen kurzen Blick raus auf den Balkon.

Tapp-tapp-tapp. Fette Regentropfen trommelten einen romantischen Rhythmus auf dem Holzboden. Am Himmel hingen dicke graue Wolken und verfinsterten ihn, als wäre es bereits Nacht. Dabei war es noch nicht mal sieben Uhr.

Ich schielte um die Ecke und erkannte Licht in Julians Zimmer, das durch die offene Tür auf den Balkonboden fiel. Aber von Julian war nichts zu sehen.

„Julian?“, rief ich zaghaft, doch durch den Regen konnte er mich wohl kaum hören. Falls doch, zog er es vor, mich zu ignorieren, denn er kam nicht heraus.

Sturer Bock! Wir mussten uns wirklich unterhalten. Und zwar jetzt gleich.

Mit dem Rücken gegen den Türrahmen gepresst, schob ich langsam einen Fuß nach draußen. Das Holz knarrte unter meinem Gewicht. Panik überfiel mich wie ein Baseballschläger aus dem Hinterhalt. Schnell schickte ich noch ein letztes Stoßgebet nach oben.

Dann biss ich die Zähne zusammen, schloss die Augen, atmete tief durch die Nase ein und machte einen weiteren Schritt in die Richtung von Julians Zimmer. Ich hangelte mich an der Mauer entlang, als wäre vor mir ein zweihundert Meter tiefer Abgrund. Na ja, in gewisser Weise fühlte es sich für mich ja auch so an.

Es wäre wohl leichter gewesen, einfach über den Flur zu laufen und an Julians Tür zu klopfen, doch irgendwie schien es wichtig zu sein, ihn auf diesem Weg zu erreichen. So als würde ich mich mit dieser Mutprobe vor ihm beweisen. Dann musste er doch endlich wieder mit mir reden.

Als ich mich Zentimeter für Zentimeter vorwärts

kämpfte, verfing sich mein Haar an dem rauen Verputz der Mauer. Das ziepte ganz schön. Aber es hielt mich nicht zurück. Durch die dünnen Spalte zwischen den Bodenlatten konnte ich den Kiesweg rund ums Haus erkennen. Wenn diese klapprige Illusion eines Balkons unter mir zusammenbrach, würde ich unweigerlich in den Tod stürzen.

Was für tolle Aussichten.

„Julian“, jammerte ich. Doch als ich meinen Kopf nach links drehte, verhöhnte mich seine leere Tür aus meilenweiter Entfernung. „Bitte Herr, lass mich das überleben.“ Ich versuchte, meine Angst hinunterzuschlucken und machte einen weiteren Schritt nach links. Und noch einen.

Durch den dicken Regenvorhang erkannte ich in einiger Entfernung einen kleinen schwarzen Ball, der sehr schnell auf mich zuschoss und dabei immer größer wurde. Wie angewurzelt blieb ich stehen. Was war das? Da flatterte plötzlich ein fetter Rabe unter das schützende Dach und landete auf dem Geländer vor mir. Ich schrie laut auf vor Schreck und schlug die Arme über den Kopf.

„Herrgott noch mal! Du dämliches Vieh!“ Ich musste ein paar Mal tief einatmen, bevor ich die Arme wieder runternehmen konnte. Mein ganzer Körper zitterte wie Espenlaub.

Der verdammte Vogel drehte nur seinen Kopf zur Seite, sodass er mich mit seinem Teufelsauge anstieren konnte, und plusterte dabei sein nasses Gefieder auf. Mit heiseren Lauten versuchte ich, den Raben zu verscheuchen, was mir letztendlich auch gelang. Er breitete seine Flügel aus und flatterte wild davon, was mich erneut zusammenzucken ließ.

Für einen kurzen Moment kniff ich die Augen zu. Dabei stellte ich mir vor, wie Julian gerade sicher und vergnügt ausgestreckt auf seinem Bett lag, während ich hier durch meine persönliche Hölle ging. „Ich hoffe nur, du weißt, was ich hier für dich riskiere“, meckerte ich leise und konzentrierte mich wieder auf das Ende meines Weges.

Und da stand er plötzlich wie ein schwarzer Ritter in einem Zirkel aus sanftem Licht.

In dunkelgraue Skater-Hosen und einen noch dunkleren Sweater gekleidet, lehnte er mit einer Schulter gegen den Rahmen seiner Balkontür. Er hatte die Arme vor der Brust verschränkt und seine Augen standen vor Verwunderung weit offen.

„Hi“, sagte ich. Ein erleichtertes Lächeln kam mir dabei über die Lippen. Mein Herz klopfte zwar immer noch viel zu schnell, doch nicht mehr aus Panik vor einem Absturz, sondern aus Freude ihn zu sehen. Gleich würde er rüberkommen und mich holen und alles wäre gut.

Aber Julian bewegte sich nicht. Er beobachtete nur jede meiner Bewegungen, was im Moment nicht gerade besonders viele waren. Beinahe hätte er mich ein verzweifeltes Lachen gekostet.

„Was um alles in der Welt machst du hier?“, fragte er schließlich und betonte dabei jedes einzelne Wort.

„Ich komme. Reden.“ Leider war gerade nicht genug Luft in meiner Lunge für eine ausführlichere Antwort.

„Es gibt auch einen einfacheren Weg in mein Zimmer.“

„Ich weiß.“

Eine seiner blonden Augenbrauen wölbte sich nach oben. „Warum hast du ihn dann nicht benutzt?“

Fragen, Fragen! Sah er denn nicht, wie verzweifelt ich ohnehin schon war? „Ich weiß es nicht, okay?“

„Möchtest du reinkommen?“ Er machte eine einladende Geste mit seinem Arm.

„Mm-hm.“ Oh bitte, musste ich auf meine Knie fallen und um seine Hilfe betteln? Das konnte er haben. Meine weichen Knie würden sowieso nicht mehr lange durchhalten.

Endlich machte Julian einen Schritt auf mich zu und streckte mir seine Hand entgegen. Es kostete mich eine unglaubliche Überwindung, die Mauer hinter mir loszulassen und meine zitternde Hand stattdessen in seine zu legen.

Sofort durchflutete mich ein Gefühl der Stärke und des Selbstvertrauens, das ich noch vor wenigen Sekunden nirgends in mir hatte finden können. Julian zog mich in seine schützenden Arme und sah auf mich herab. Seine beiden Hände lagen fest auf meinem Rücken. Nur wenige Zentimeter trennten sein Gesicht von meinem. Ich konnte seinen Atem auf meiner Haut spüren und sehen, wie sich das Licht von drinnen in seinen dunklen Augen spiegelte.

Einen Moment später schob er mich durch die Tür in sein Zimmer.

In Julians Zimmer

Leise Musik von OneRepublic tönte aus Julians iPod. Meine Stiefel standen verlassen auf dem Steinfliesenboden vor seinem Bett, auf dem ich gerade saß und meine Arme um meine angezogenen Beine schlang. Sein Bett war beinahe doppelt so groß wie meins und stand mit dem Kopfende an der Wand. Der Rest ragte in den Raum mit Blick auf eine kleine Couch an der gegenüberliegenden Wand gleich neben der Badezimmertür. Die kleine Lampe auf seinem Nachttisch tauchte den Raum in weiches, gedämpftes Licht. Vor dem Fenster, das zum Balkon hinausführte, stand ein heller Schreibtisch so wie meiner. Julian lehnte sich gerade dagegen und stützte sich mit beiden Hände auf die Kante.

Ich legte meine Wange auf meine Knie und sah zu, wie hinter ihm dicke, schwere Tropfen an der Fensterscheibe herunterliefen.

„Ich bin beeindruckt", sagte Julian schließlich leise. „Es muss dich ja eine Höllenüberwindung gekostet haben, hier herzukommen. Worüber willst du also reden?" Seine Augen waren warm und freundlich, doch in seiner Stimme lag ein Hauch von Ungeduld.

Ich zuckte mit den Schultern. Jetzt wo er mich hereingebeten hatte und wir uns so nah gegenübersaßen, wusste ich plötzlich nicht mehr, wie ich anfangen sollte. Ich ließ meinen Blick an ihm vorbei über den Kleiderschrank mit eingekerbtem Muster bis hin zur Tür auf der anderen Seite gleiten. „Du hast ein hübsches Zimmer."

„Es sieht deinem ziemlich ähnlich. Aber du bist wohl kaum gekommen, um mir ein Kompliment für mein Zimmer zu machen, oder?"

Ich studierte seine Gesichtszüge, die im Moment leider so gar nichts von ihm preisgaben. Also schön, es war Zeit die Karten auf den Tisch zu legen. „Was ist vergangenes Wochenende zwischen uns passiert, dass du mich plötzlich nicht mehr in deiner Nähe haben willst?" Ich zog meine Augenbrauen tiefer und sah ihn mit schmalen Augen an. „Ich meine, es ist ja nicht *wirklich* etwas passiert."

Julian presste die Lippen aufeinander und schnaubte abfällig durch die Nase. „Nein. Es ist nichts passiert." Für einen kurzen Moment senkte sich sein Blick und ein Muskel zuckte in seinem Kiefer.

„Warum gehst du mir dann aus dem Weg?"

Er verzog das Gesicht zu einer angestrengten Grimasse. „Es ist kompliziert."

„Kompliziert?", wiederholte ich in einem zynischen Ton. *Warte. Lass mich schnell eine Schüssel voll Buchstabensuppe essen und ein besseres Argument auskotzen als das.*

Julian stieß sich von der Tischkante weg, schob die Hände in die Taschen und begann im Zimmer auf und ab zu laufen.

Ich ließ meine Beine los, setzte mich im Schneidersitz hin und stützte mich mit den Ellbogen auf die Schenkel. Meine Hände verschränkte ich dabei. „Julian ... Ich wurde in ein Kinderheim gesteckt, da war ich erst fünf. Meine Mutter wollte mich nicht und offenbar auch sonst keiner. Im Winter hab ich mit drei Paar Socken übereinander geschlafen, nur damit meine Zähne nachts nicht zu laut klapperten.“ Mit jedem weiteren Wort klang meine Stimme energischer. „Letzte Woche hab ich’s versaut und wurde beim Stehlen eines verfluchten Sweaters erwischt. Und der Kinderhasser von Richter fand es wohl witzig mich daraufhin aus dem Land zu verbannen. Ich wurde wie ein Sklave hierher verschifft, wo ich mit Leuten unter einem Dach leben muss, die ich kaum kenne, und einer Mutter, auf die ich gerne verzichten würde. Und du willst mir allen Ernstes was von *kompliziert* erzählen?“

Der Drecksack wandte sich nicht einmal zu mir.

„Verdammt, Julian, sieh mich wenigstens an!“

Erst bewegten sich nur seine Augen in meine Richtung, dann neigte er schließlich seinen Kopf und blickte mir direkt ins Gesicht. Seine Lippen blieben allerdings versiegelt. Der machte mich fertig.

„Können wir nicht einfach vergessen, was passiert ist?“ Ich seufzte tief und rieb mir die Hände übers Gesicht, wobei ich meine Lippen kurz zu einem Fischmaul zusammenpresste. „Ich könnte hier echt einen Freund gebrauchen.“

Meine Worte schienen endlich bei ihm anzukommen, denn sein Körper entspannte sich ein wenig, genauso wie die Atmosphäre zwischen uns. Langsam kam er ums Bett herum und ließ sich neben mich auf die Matratze fallen. Die Arme über der Brust verschränkt und die Knöchel gekreuzt, lehnte er sich gegen das hölzerne Brett des Kopfendes. Er blickte starr auf die Wand gegenüber. „Ich hab's dir wohl ziemlich schwer gemacht, dich hier wohlzufühlen, hm?" Seine Füße wippten am Bettrand hin und her.

Über meine Schulter blickte ich ihm ins Gesicht, bis auch seine Augen zu mir wanderten. „Du warst großartig ... bis Sonntagmorgen."

„Ist es zu spät, um mich zu entschuldigen?"

Ein verschlagenes Grinsen huschte schneller auf meine Lippen, als ich es hätte stoppen können. „Eine Entschuldigung von dir wäre ja mal eine interessante Abwechslung. Ich warte."

„Oh, Gott behüte. Ich werd's nicht noch mal sagen!" Sein spitzbübisches Lachen erfüllte den Raum und auch mich mit Freude. Dann fasste er mir plötzlich an den Nacken und zog mich zu sich runter. Überrascht, jedoch ohne zu zögern, gab ich nach und legte meinen Kopf auf seine Brust. Sein Arm lag locker um meine Schultern.

Oh. Mein. Gott.

Okay, offenbar war er damit einverstanden, dass wir wieder Freunde waren. Und Körperkontakt zwischen Freunden war ja wohl völlig normal. Kein Grund deshalb durchzudrehen. *Tief einatmen, Jona! Und*—oh Mann, er roch so verdammt gut.

Krampfhaft versuchte ich ruhig zu bleiben. Doch mit dem lauten Pochen meines Herzens konnte ich kaum noch die Musik hören, die aus dem iPod kam.

„Kann ich dich was fragen?" Sein Kinn streifte beim Reden meine Stirn.

„Klar." Sogar bei diesem kurzen Wort war das nervöse Zittern in meiner Stimme zu hören.

„Worüber hast du in den Weinbergen mit Valentine

gesprochen?“ Er betonte jedes Wort, als wäre dies das letzte Geheimnis des Universums für ihn.

Ich lachte, was angenehm befreiend wirkte. Langsam verebbte auch das Beben in mir. Dann drehte ich mich so in seinem Arm, dass ich ihm in die Augen sehen konnte. „Das willst du nicht wissen.“ Und selbst wenn, ich hätte es ihm nicht sagen können, weil ich doch die Hälfte selbst nicht verstanden hatte.

Zwar linste er neugierig unter seinen langen Wimpern hervor, doch er akzeptierte meine Antwort. Sein rhythmisch langsamer Herzschlag pochte unter meiner flachen Hand. Er war es wohl gewohnt, Mädchen im Arm zu halten, denn ich machte ihn offensichtlich nicht im Geringsten nervös. Was man von mir gerade nicht sagen konnte. Wenn ich mich fühlte wie eine wandelnde Sternschnuppe, dann war er so etwas wie das ruhige Zentrum meiner Galaxie. Mit mindestens genauso vielen Geheimnissen.

Mir kam die glorreiche Idee, dass ich heute Abend vielleicht einige davon lüften könnte. Mit der entspannten Atmosphäre, wäre das vielleicht die Gelegenheit. Also sagte ich: „Hab ich auch eine Frage frei?“

„Sicher.“

„Hast du dich immer schon um Leute wie meine Mutter gekümmert?“

„Mm-hm.“

„Und bist du bei allen geblieben, bis sie gestorben sind?“

Er blinzelte ein paar Mal, so als würde er seine Antwort abwägen. „Mit einigen. Andere hab ich nur ein paar Wochen lang begleitet.“

„Bis sie sich von ihrer Krankheit erholt haben?“

„Bis sie sich mit ihrer Situation abgefunden haben." Julian stellte ein Knie auf und legte seinen freien Arm hinter seinen Kopf. „Ich mache nicht ausschließlich Sterbebegleitung. Genau genommen sind Fälle, wie der deiner Mutter, eher die Ausnahme.

„Wie heißt dieses Institut, für das du arbeitest?" Vielleicht konnte ich ja später ein paar Nachforschungen im Internet darüber anstellen. Auf dem uralten Computer im Heim hatte ich gelernt, wie man Dinge ganz einfach googeln konnte.

Sein linker Mundwinkel kurvte nach oben, und er zuckte einmal kurz mit den Augenbrauen, so als wollte er sagen: *Das möchtest du wohl gerne wissen, wie?*

„Also?", drängte ich.

„Also ... es ist nicht wirklich ein Institut. Oder vielleicht ist es das sogar ... irgendwie ... ich weiß nicht. Ich würde es wohl eher als einen Verein bezeichnen. Wir nennen uns selbst gern *Helfer.*"

„Der Verein der Helfer. Ich finde, der Name passt sogar, wenn man bedenkt, wie du den Engel für kranke Leute spielst."

Nun hob sich auch sein zweiter Mundwinkel und Julian verdrehte niedlich die Augen. Etwas an meiner Antwort schien ihn sehr zu amüsieren.

„Kommst du mit deinem Boss gut klar?" Irgendwie stellte ich mir das Oberhaupt dieses Vereins als alte Nonne vor, ganz in Schwarz gekleidet, mit einem strengen Blick und tausenden Falten im Gesicht.

„Er ist ein sehr sympathischer Kerl."

„Und ist dieser Verein in Frankreich?"

„Du stellst eine Menge Fragen, junge Lady." Sein

neckischer Unterton löste bei mir einen kribbeligen Schauer aus, der mir den Rücken runter kroch.

„Ja, ich weiß. Tut mir leid." Ich präsentierte mein süßestes Grinsen. „Also, wo ist euer Sitz?"

Julian schmunzelte über meine Ungeduld, und ich spürte, wie seine Bauchmuskeln dabei leicht zuckten. „Der Sitz ist nicht in Frankreich. Er liegt weiter ... nördlich."

Norden? „In England?"

Er schüttelte den Kopf. „Viel weiter oben."

„Das kann alles Mögliche sein, einschließlich des Nordpols. Wo ist der Verein denn nun?"

„Du gibst wohl nie auf, oder?"

„Und du gibst niemals direkte Antworten. *Oder?*" Es war nett, wie er daraufhin lachte und ich mit ihm geschüttelt wurde. Doch dass er ständig meinen Fragen auswich, begann mich zu frustrieren. Was war denn so geheim an dem Standort seines Arbeitgebers? Vielleicht sollte ich es wirklich googeln. Falls es in diesem Haus überhaupt einen Internetanschluss gab.

Weil wir beide still geworden waren und ich bereits den Klang seiner Stimme vermisste, ließ ich mir eine andere Frage einfallen. „Was hast du gemacht, bevor du dem Verein beigetreten bist?"

Julian räusperte sich. „Das Übliche."

Und das war bitteschön was? „So wie Schule und College und so Zeug?"

„Und so Zeug. Genau."

Irrte ich mich oder versuchte er gerade mich in meinem Frage- und Antwortspiel aufzuhalten? Es nervte, wo ich doch so gerne mehr über ihn erfahren wollte. „Wie alt bist du eigentlich?"

„Was schätzt du?“

„Hmm.“ Ich betrachtete sein Gesicht ganz genau. „Einundzwanzig?“

Julian hielt meinen Blick für ein paar Sekunden, dann blitzte ein verwegenes Grinsen auf. „Gut geraten.“

Das war dann wohl ein *Ja*. Ich legte meine Wange wieder auf seine Brust und sein Arm schlang sich etwas fester um meine Schultern. Das fühlte sich wunderbar an. „Gab es in deinem Leben je einen Moment, in dem du absolut und rundum glücklich warst? Wo du einfach nicht daran gedacht hast, was morgen auf dich zukommt?“

„Sogar viele“, antwortete Julian. „Was ist mit dir? Hattest du je so einen Moment?“

Abgesehen von jetzt gerade? „Ja. Einen.“ Das Geräusch von Wellen, die an den Strand rollten, holte mich ein. Ich rieb meine Füße leicht aneinander bei der Erinnerung daran, wie ich damals barfuß durch den Sand gelaufen war. Der Wind, der mir das Haar ums Gesicht geweht hatte, trug den Schrei einer Möwe mit sich, die hoch über meinem Kopf hinweg gesegelt war.

Wie das Echo der Wellen brach Julians Flüstern durch meine Gedanken. „Möchtest du mir davon erzählen?“

„Es war, als ich zum ersten Mal aufs offene Meer hinaussah. So unendlich weit.“ Ich seufzte leise. „Miss Mulligan hatte uns einmal mit an den Strand von Brighton genommen.“

„Die Heimleiterin?“, fragte Julian nicht viel lauter als vorhin.

„Ja. Die mit dem Mausgesicht. Sie war letzte Woche bei der Anhörung.“

„Tja, ich hab mich wohl weniger auf sie konzentriert

als auf dich."

„Ach, ist das so?"

„Ist so." Julian lachte. „Dein Kampf mit den Wachmännern war sehr unterhaltsam."

„Ja, die Bullen hab ich ganz gut im Griff", erwiderte ich mit einem selbstgefälligen Grinsen. „Es sind die Handschellen, die mich immer etwas irritieren."

Er zerraufte mein Haar mit sanften Fingern. „Du hast nicht gerade glücklich ausgesehen, als ich dich von den Handschellen befreit hab", gab er scherzhaft zu bedenken. Dann legte er seinen Arm wieder um mich.

Ich tauchte in eine rosa Wolke aus Erinnerung an ihn, mich und die Schlüssel für die Handschellen. „Es war ganz schön leichtsinnig von dir, mich da im Korridor ganz allein zu lassen. Ich hätte ohne Probleme abhauen können."

„Bist du aber nicht."

„Ich hab aber mit dem Gedanken gespielt. Und dann hätte Quinn dir die Hölle heiß gemacht."

„Du hättest mich nicht in Schwierigkeiten gebracht."

„Warum bist du dir da so sicher?"

„Weil ich dir unsichtbare Fesseln auferlegt hatte."

Ja, so hatte es sich damals auch angefühlt. „Was meinst du damit?"

„Vertrauen ist eine mächtige Waffe, Jona. Besonders bei einem verschreckten Kätzchen wie dir."

Kätzchen? Bei dem Wort musste ich lächeln. Ich neigte meinen Kopf etwas tiefer und hoffte, dass Julian es nicht sah. „Du denkst, mein schlechtes Gewissen hätte mich zurückgehalten?"

„Was sonst?"

Ich zuckte mit der Schulter, auf der Julians Hand lag,

und er drückte mich ein klein wenig fester.

„Siehst du? Ich hatte recht“, sagte er mit einem heiteren Ton. „Und außerdem wolltest du mich ja auch unbedingt wiedersehen.“

„Wie bitte?!“ Ich lachte laut auf und drehte mich wieder so, dass ich ihn ansehen konnte. Mein Kinn bohrte sich dabei zwischen seine Rippen. „Ich glaube, du spinnst wohl!“

Julian war an der Stelle wohl kitzlig, denn er zuckte unter mir und kicherte. „Lass das!“ Er schob seine Finger sanft unter mein Kinn und drehte meinen Kopf zurück zur Seite. „Auf jeden Fall bin ich sehr froh, dass du immer noch da warst, als ich zurückgekommen bin.“

Hmm. Irgendwie war ich das in diesem Moment auch. Ich ließ mich von seinem angenehmen Duft hypnotisieren und lauschte eine Weile nur dem Schlagen seines Herzens. Die Minuten verstrichen und mir war plötzlich gar nicht mehr nach Geheimnislüfterei oder nach Reden überhaupt. Langsam verfiel ich in einen traumartigen Zustand, und als Julian dann auch noch begann, mit seinen Fingern zarte Kreise auf meiner Schulter zu ziehen, war ich total verloren.

Meine Muskeln wurden träge und mein Atem verlangsamte sich zu einem ruhigen, tiefen Rhythmus. Irgendwann hörte ich Julian meinen Namen sagen. Er bewegte sich auch leicht unter mir, doch ich krallte nur meine Finger in seinen Sweater und kuschelte mich etwas fester an ihn. Er durfte mich nicht zurück in mein Zimmer schicken. Ich wollte jetzt noch nicht gehen.

„Jona, du schnürst mir den Arm ab“, flüsterte er mir wenig später ins Ohr.

Das tat mir leid für ihn. Aber ich lag wunderbar

bequem und nichts in der Welt hätte mich in diesem Moment von ihm wegbewegen können. Schließlich gab er auf und rutschte etwas tiefer in eine liegende Position, sodass sein Kopf in das Kissen sank. Gezwungenermaßen rutschte ich mit ihm, doch das war auch schon das Maximum an Komfort, das ich ihm zugestand.

Vage spürte ich, wie eine Decke über meine Beine gezogen wurde, rauf über meine Hüften. Auch die Musik wurde leiser. Wie Julian das geschafft hatte, ohne aufzustehen, war mir ein Rätsel, denn der iPod lag auf seinem Schreibtisch. Doch ich war bereits zu schläfrig, um tiefer darüber nachzudenken, und sickerte ins Land der Träume.

Ich wusste nicht, wie spät es war, als ich wieder aufwachte. Es war dunkel im Zimmer und nur der Mond schien von draußen durch einen Schleier aus stetem Regen herein, zu dunkel, um die Zeiger meiner Armbanduhr zu erkennen. Doch mein Arm war sowieso unter mir eingeklemmt, und ich weigerte mich, ihn rauszuziehen, denn ich wollte keinesfalls Julian aufwecken. Meine linke Hand lag auf seiner Brust und war unter seiner gefangen. Er hatte immer noch seinen anderen Arm um mich gelegt, doch seine Finger waren nach oben gewandert und hatten sich sanft in meinem Haar vergraben.

Ich atmete tief ein und kämpfte dabei gegen ein wonniges Lächeln an. Nein, nicht um alles in der Welt hätte ich mich auch nur einen Zentimeter bewegen wollen.

Was mich ein wenig stutzig machte, war, dass das Licht aus war. Offenbar hatte Julian sich nicht unter mir freigegraben, nachdem ich eingeschlafen war, und die kleine Lampe stand auf der anderen Seite des Bettes. Wie war er da nur rangekommen?

Ist doch ganz egal, versuchte ich mir einzureden. *Genieß einfach den Moment und schlaf weiter.* Und wie auf Kommando begann Julian plötzlich mit seinem Daumen wieder kleine Kreise auf meinem Handrücken zu zeichnen. Seine Berührung war so sanft und liebevoll, dass ich nichts anderes tun konnte, als jegliche Gedanken von vorhin loszulassen. Alles was jetzt noch zählte, war seine Nähe zu mir. Ich machte die Augen zu und hoffte, dass es noch lange nicht Morgen werden würde.

Als ich das nächste Mal wach wurde, schien bereits die Sonne in Julians Zimmer. Ich lag zur Seite gerollt und blickte auf die offene Balkontür. Obwohl es unter der Decke kuschelig und warm war, vermisste ich die starken Arme, die mich nachts gehalten hatten.

Ich streckte mich und gähnte laut. Dabei rutschte mir die Decke von den Schultern.

„Du schläfst wohl gerne lang, nicht wahr?"

Blitzartig drehte ich mich um und entdeckte Julian auf der niedrigen Couch. Statt des dunklen Sweaters von gestern Nacht trug er heute ein weißes Hemd mit kurzen Ärmeln und ausgewaschene Jeans. Seine Beine hatte er vor sich ausgestreckt und dabei die Knöchel gekreuzt. Die Hände verschränkte er hinter seinem Kopf. Im Gegensatz zu meinen weit aufgerissenen Augen saß auf seinem Gesicht nur ein schiefes Lächeln. „Hi."

„Ich hab gar nicht gemerkt, wann du aufgestanden bist", murmelte ich.

„Ah, ja ... ich musste dich leider zur Seite rollen." Seine perfekten weißen Zähne blitzten hervor, als sein Grinsen breiter wurde. „Morgens sehe ich immer nach deiner

Mutter. Und außerdem musste ich ganz, ganz dringend auf die Toilette."

Ich rutschte im Bett nach oben und lehnte mich an das Kopfende. Die Decke klemmte ich dabei unter meinen verschränkten Armen ein. Dass er mich in seinem Zimmer alleine ließ, nur um wieder einmal zum Drachen zu laufen, nagte an meinem Gemüt. Doch das Problem mit der Toilette konnte ich gut nachvollziehen.

„Warum hast du mich nicht geweckt?" Ich hätte ihn dann bestimmt nicht einfach so abhauen lassen.

„Ich konnte es nicht. Du hast so glücklich ausgesehen im Schlaf."

Bestimmt nur, weil Julian die halbe Nacht durch meine Träume getanzt war. Ich neigte meinen Kopf und warf ihm seitwärts einen prüfenden Blick zu. „Wie lange hast du mich denn schon beobachtet?"

„Mm. Eine halbe Stunde?" Er zuckte belanglos mit einer Schulter. „Vielleicht auch etwas länger."

Guter Gott, hoffentlich hatte ich geschnarcht. Verlegen senkte ich schnell meinen Blick. Von draußen kam eine angenehm kühle Brise herein, doch nicht einmal die konnte meine glühenden Wangen abkühlen.

„Wie spät ist es eigentlich?", fragte ich.

„Zeit aufzustehen und zu den anderen nach unten zu sausen, falls du vor der Arbeit noch einen kleinen Bissen essen willst."

Es war wohl kaum später als sieben, wenn Marie und Albert noch beim Frühstück saßen. Ich schlug die Decke zur Seite und schwang meine Beine aus dem Bett. Auf der Suche nach meinen Stiefeln drehte ich mich im Kreis. Julian nickte schließlich rüber zu seinem Schreibtisch. Er musste sie heute Morgen aus dem Weg geräumt und dort hingestellt haben.

Ich zog sie schnell an, winkte ihm noch einmal kurz zu und huschte auf den Balkon hinaus. Na ja, fast. Gerade noch rechtzeitig fing ich mich mit beiden Händen im Türrahmen ab und schnappte entsetzt nach Luft.

„Um Himmels willen, wo hab ich nur meinen Kopf?", murmelte ich und machte einen Schritt zurück in Sicherheit.

„Ja, wo nur?", zog mich Julian auf.

Ich drehte mich zu ihm, streckte ihm meine Zunge raus und stapfte zur gegenüberliegenden Tür. Julian sank etwas tiefer in die Couch und lächelte. „Ich seh dich dann draußen."

Als Antwort darauf ließ ich die Tür hinter mir etwas lauter zufallen, doch dann musste ich über mich selbst lachen. In meinem Zimmer zog ich mir schnell ein paar frische Kleider an, wusch mir den Schlaf aus dem Gesicht und huschte nach unten. Das letzte Croissant auf dem Teller in der Mitte des Tisches hatte offenbar gerade auf mich gewartet. Ich stibitzte es mir schnell und schob mir einen großen Brocken in den Mund. „Guten Morgen zusammen", murmelte ich um den Bissen herum.

Leider fiel mir erst hinterher auf, dass neben Marie und Albert auch meine Mutter am Tisch saß. Nie hätte ich sie absichtlich in meine Begrüßung miteinbezogen. Ich schluckte das Croissant runter und schüttete mir etwas Orangensaft in ein Glas, das ich dann auf ex austrank, wobei ich mit dem Rücken zu meiner Familie stand.

„Warum bist du denn heute so in Eile, *Chérie*?", fragte meine Tante. „Komm doch und setz dich zu uns."

Nicht einmal ihre lieb gemeinte Einladung hätte mich dazu gebracht, mich an diesem Morgen neben den Drachen zu setzen. Dazu hatte der Tag zu schön angefangen.

„Verschlafen. Ich warte draußen auf euch." Ich beugte mich zu Marie hinunter und drückte ihr einen Kuss auf die Wange. „Danke für das letzte Croissant."

Drei Paar verwunderte Augen richteten sich in diesem Moment auf mich. Oh nein, was hatte ich getan? Meine Muskeln erstarrten und mein Mund ging auf und zu wie der eines gestrandeten Fisches. Kein Ton kam raus.

Aber jetzt mal ehrlich ... wie konnte man auch einen Kuss zurücknehmen?

Ich runzelte die Stirn und schüttelte den Kopf beim Rausgehen. Das war alles so verwirrend. Wieso war ich eigentlich so glücklich?

Die Antwort war so einfach wie erschreckend. Julian. Er hatte mir ganz schön den Kopf verdreht. Und aus irgendeinem Grund hatte ich an diesem Tag einfach keine Lust, weiter gegen die Schmetterlinge in meinem Bauch anzukämpfen. Sollten sie doch rauskommen und spielen. Ich war bereit.

Die tote Ente

Nicht die kleinste Wolke trübte an diesem Freitagmorgen den stahlblauen Himmel. Mit jeder Stunde, die verstrich, schien die Sonne heißer herab auf meinen Kopf, und Schweiß begann auf meiner Stirn zu perlen. Ich wischte mir das Gesicht an meinem T-Shirt ab. Julian war gerade mal wieder zurück ins Haus gelaufen, um nach dem Drachen zu sehen. Er war heute sehr viel öfter drinnen als sonst. Auch Marie und Valentine waren nicht hier, um mir mit einem Schwätzchen die Zeit zu vertreiben. Sie waren gemeinsam in die Stadt gefahren, um Einkäufe für eine bevorstehende Feier zu erledigen.

„Was ist das für ein Fest?“, fragte ich Julian, als er wieder zurück in die Weinberge geschlendert kam.

„Nichts Besonderes. Nur ein netter Abend, an dem ein paar Freunde eingeladen werden. Es gibt Musik und gutes Essen. Und dann wird wahrscheinlich auch noch der Wein des Vorjahres gekostet.“

„Und wann findet die Party genau statt?“ Ich musste wissen, wann ich anfangen sollte, Kopfschmerzen vorzutäuschen, damit ich bei dieser Feier nicht anwesend sein musste.

„Morgen.“

„Oh, schon so bald?“ Aber es war immer noch Zeit

genug. Samstagnachmittag würde ich dann langsam anfangen zu schwächeln. Ja. Das war ein guter Plan. Schließlich wollte ich nicht auf einer Party aufkreuzen, wo mich jeder angaffen würde. Mich, die wiedergefundene Tochter aus England. Sollten sich die Leute doch über jemand anderen das Maul zerreißen.

„Mach dir keine Sorgen. Wie ich schon sagte, es wird nichts Großes." Julian lächelte, aber seine Augen blieben davon unberührt. Die Sache hatte einen merkwürdigen Beigeschmack. Ohne ein weiteres Wort drehte er plötzlich um und ging wieder zurück zum Haus—von wo er gerade erst gekommen war! Was war denn heute nur mit ihm los?

Ich starrte ihm perplex hinterher und warf dann die Arme in die Luft. „Na schön. Hau einfach ab. Ist mir doch egal", meckerte ich und machte schmollend meine Arbeit zu Ende. Die war übrigens scheißlangweilig ohne Julian.

Abends nach dem gemeinsamen Essen schaffte es ausgerechnet Albert mich schließlich aus meiner Trübsal zu reißen. Ich war gerade vom Tisch aufgestanden und wollte nach oben gehen, da legte er mir seine Hand auf die Schulter. „Hast du nicht etwas vergessen, Jona?"

„Ähm …" Mit einem kurzen Blick hinter ihn vergewisserte ich mich, dass der Tisch abgeräumt war. Ich hatte meinen Teller in den Geschirrspüler geräumt und auch mein Glas war weggestellt. „Nein?"

Ein breites Grinsen vertiefte die Lachfältchen um seinen Mund und seine Augen. „Es ist Freitag. Oder in deinem Fall: Zahltag." Und plötzlich hielt der Mann zwei strahlend grüne Hunderter in der Hand.

Oh Mann, waren die wirklich für mich? Mein Herz begann zu rattern. Ganz langsam streckte ich die Finger danach aus. Auf einmal kniff mich jemand von hinten in die Seiten. Kreischend machte ich einen Satz nach vorn.

Julian lachte lauthals hinter mir. „Das ist nur Geld, Jona. Es beißt nicht.“

„Aber ich vielleicht, wenn du das noch mal machst!“ Mit einem Todesblick versuchte ich ihn von mir fernzuhalten, doch das hatte eher den entgegengesetzten Effekt.

„Was? Du meinst das hier?“ Julian kniff mich erneut und ich sprang mit einer Mischung aus Kichern und Quietschen zurück.

„Na warte!“, rief ich. Er hatte genau eins Komma sechsundzwanzig Sekunden Zeit, um die Küche zu verlassen, bevor ich hinter ihm her hetzte. Sein ausgelassenes Lachen hallte durchs ganze Haus, als er die Treppe hochlief, wobei er je zwei Stufen auf einmal nahm. „Wenn du mich kriegen willst, musst du schon über den Balkon kommen!“ Er war nur einen Moment vor mir in seinem Zimmer angekommen, doch der Vorsprung reichte aus, um mir die Tür vor der Nase zuzuschlagen. Ich donnerte voll dagegen. Ehe ich den Türgriff in die Hand nehmen konnte, hörte ich gerade noch, wie er von innen absperrte. Verdammt.

Ich schlug mit der flachen Hand gegen das Holz und versuchte dabei nicht zu lachen. „Irgendwann musst du da auch wieder rauskommen. Und dann krieg ich dich!“

„Meine Balkontür steht dir jederzeit offen!“

Eine Sekunde dachte ich darüber nach, über den Balkon in sein Zimmer zu gelangen. Doch die Genugtuung wollte ich ihm nicht geben. Und noch mal da rausgehen? Nein danke. Gestern Abend hatte ich mir eine

Adrenalinspritze fürs ganze restliche Jahr geholt.

Ich kaute auf meiner Unterlippe und ging in mein Zimmer, wo ich die nächste Viertelstunde auf meinem Bett lag und die Fugen an der Holzdecke zählte. Dabei schmiedete ich Rachepläne, die ich wohl nie in die Tat umsetzen konnte. Dann fielen mir plötzlich Albert und die zweihundert Euro wieder ein. Oh mein Gott! Wie konnte ich die nur vergessen?

Ich machte mir nicht die Mühe meine Schuhe anzuziehen, sondern lief einfach barfuß die Treppe hinunter. Aus der Küche kamen Stimmen. Ich hörte Julian heraus, doch worüber er und Marie sprachen, war nicht zu erkennen. Das war die perfekte Gelegenheit, um Rache zu üben, dachte ich und schlich mich leise an die Tür heran.

„Aber ist es nicht gemein, ihr nicht die Wahrheit zu sagen?", meinte Marie gerade.

Überrascht blieb ich im Schatten neben der Küchentür stehen. Wieder einmal konnte ich es nicht lassen zu lauschen.

„Du wirst ihr nichts sagen, hörst du?" Julian musste gleich um die Ecke stehen, denn seine Stimme war viel lauter, als die von Marie. Ich machte einen erschrockenen Schritt rückwärts. Trotz seiner Bestimmtheit klang er immer noch freundlich. Doch an seiner Anweisung gab es kein Rütteln, soviel war klar.

Nun stellte sich die Frage, was Marie wem nicht erzählen durfte. Der Gedanke an Rache verpuffte in meinem Kopf. Zurück blieb reine Neugier. Ich spazierte kurzerhand durch die Tür und fragte in einem unschuldigen Ton: „Redet ihr über Charlene?"

Julian sah mich scharf an. Seine Knöchel wurden ganz

weiß, so fest hielt er die Türklinke in der Hand. Seine Augenbrauen formten ein tiefes V.

Au Backe. Hatten sie etwa gerade über *mich* gesprochen?

Marie stand von ihrem Stuhl auf. Ein wenig zu schnell, wie ich feststellte. „Gut, dass du noch mal runter gekommen bist. Du hast vorhin deinen Lohn vergessen." Sie holte die beiden Geldscheine aus einer Lade, die sie dann mit einem Schubs ihrer Hüften wieder zustieß. Sie legte mir die Hand auf die Wange. „Nun trag das Geld rasch nach oben und steck es weg. Niemand sollte so viel Geld in der Hosentasche mit sich rumtragen."

Ich nickte. „Danke." Doch warum wollte sie mich plötzlich so schnell aus der Küche haben? Dieses Verhalten sah ihr überhaupt nicht ähnlich. Andererseits ... wen interessierte das im Moment? Ich hielt gerade zweihundert Euro in der Hand. Oh Junge, oh Junge!

Ich drehte mich um zu Julian. Das Grinsen ließ sich im Augenblick leider nicht unterdrücken. „Sehen wir uns oben?"

„Später. Ich hab deiner Mutter noch einen Spaziergang durch die Weinberge versprochen." Er verzog seine gespitzten Lippen auf eine Seite. „Hmm, du könntest aber auch mitkommen, wenn du möchtest."

Ich stieß ein erstauntes Lachen aus. „Vergiss es!" Er konnte ja gerne so tun, als wäre er der verlorene Sohn, doch es würde ihm nie gelingen, mich und den Drachen wieder zu versöhnen. Oh nein. Daran würde er sich die Zähne ausbeißen. Enttäuscht stapfte ich zurück in mein Zimmer.

Mit meinem Lohn der letzten Woche in der Hand lief ich durchs Zimmer und suchte ein geeignetes Versteck für meinen immensen Reichtum. Ich besaß ja nicht einmal eine Geldbörse. Wozu denn auch? Bisher hatte ich noch nie mehr als zwei Pfund auf einmal gehabt.

Ich holte auch noch den Hunderter vom letzten Wochenende aus dem zweiten Teil von *Der Herr der Ringe*—ich hatte Anfang der Woche damit begonnen, das Buch zu lesen, als Julian sich mir gegenüber plötzlich so rar gemacht hatte—und versteckte meinen Schatz schließlich im Kleiderschrank unter den vielen bunten T-Shirts. Da würde bestimmt niemand nach dem Geld suchen. Und selbst wenn ... Marie hatte mir das Geld gegeben. Warum sollte sie es mir wieder stehlen? Er war wahrscheinlich immer noch das vorsichtige Heim-Denken, das mich hier anstiftete. Ich musste erst lernen, es abzulegen.

Zufrieden mit mir selbst, rieb ich mir die Hände. In wenigen Tagen würden sich die Scheine in ihrem Versteck auf wunderbare Weise vermehren. Ich konnte es kaum glauben. Bald gehörte ich zu den ganz Reichen.

Ich lehnte mich mit dem Rücken gegen die offene Balkontür, drehte meinen Kopf zur Seite und blickte verträumt hinaus auf die Weingärten. Da hörte ich plötzlich die Stimme meiner Mutter unten im Garten. Sie vertrieb jedes Gefühl von Zufriedenheit in mir. Meine Zehen krallten sich gegen das Parkett, als mir ein bitterer Schauer den Rücken hinunterlief.

Sie begannen also ihren Spaziergang. Und ich bleib alleine in meinem Zimmer zurück. Julian hätte *mich* fragen sollen, ob ich spazieren gehen wollte. Mich allein und nicht den Drachen.

Auf Zehenspitzen stehend versuchte ich einen Blick auf die beiden zu erhaschen, als sie gemächlich losgingen.

Hinter mir tönte ein kratzendes Geräusch an der Tür, doch ich wollte erst noch Julian sehen, bevor ich rüberging, um nachzusehen, was es war. Das Kratzen wurde heftiger und dazu kam nun auch noch das Winseln eines Hundes.

„Na schön, Lou-Lou! Ich komm ja." Meine anfängliche Angst vor dem Monstrum so gut wie unter Kontrolle, warf ich nachgebend die Hände in die Luft und ging zur Tür. Lou-Lou war noch nie hier oben gewesen. Zumindest nicht, seit ich hier eingezogen war. Seltsam kam mir die Sache schon vor. Doch bisher hatte sie nicht versucht, mir ein Bein oder den Kopf abzubeißen. Was konnte also schon Schlimmes passieren?

Ich öffnete die Tür und blickte nach unten. Riesen Tatzen. Scharfe Zähne. Und so viel Blut. Etwas hing aus ihrem Maul. Etwas Grausames, Totes. In diesem Moment verlor ich jegliche Gewalt über meinen Körper und stolperte rückwärts auf den Boden. Meine Höllenangst schnürte mir den Hals zu, sodass weder Luft rein noch raus konnte. Doch nach ein paar qualvollen Luftschnappern kam endlich der erste Ton aus meiner Kehle und der war ohrenbetäubend.

Ich kroch ein paar Meter rückwärts über das Parkett und rappelte mich schließlich auf die Beine. Mein schrilles Kreischen hörte dabei nie auf.

Flapp. Flapp. Hinter mir rumpelte es. Dann packten mich plötzlich zwei starke Hände und zogen mich in eine schützende Umarmung.

Julian musste über den Balkon gekommen sein. Was sonst?

Er hielt mich fest, als fürchtete er um mein Leben. Ich schlang meine Arme um ihn und vergrub mein Gesicht in seinem Hemd, wobei ich gegen ein Wimmern ankämpfte und versuchte wieder zu Atem zu kommen. Seine sanften Finger streichelten mir übers Haar. „Was ist passiert?“

Ich zeigte zur Tür, ließ Julian aber nicht los. „Sie hat jemanden umgebracht.“

Er fasste mich an beiden Schultern und hielt mich eine halbe Armlänge weg von sich, um mir in die Augen sehen zu können. „Was?“ Dann wanderte sein Blick hinter mich und erst jetzt schien er den Hund überhaupt zu bemerken. „Oh nein.“ Julian ließ mich los und kniete sich vor Lou-Lou auf den Boden.

Ich blieb wie angewurzelt stehen und folgte ihm nur mit meinem Blick. Lou-Lou saß ganz ruhig vor ihm, so als wartete sie geduldig darauf, dass der ganze Tumult endlich ein Ende fand und sie stolz ihren Fang präsentieren konnte. Eine Ente. Sie war tot. Ihr Kopf hing nach unten und baumelte an dem dünnen, aufgeschlitzten Hals. Ihr Schnabel stand offen. Blut tropfte heraus.

Julian nahm Lou-Lou das tote Tier aus dem Maul und hielt es an seine Brust. Der Hund leckte sich genüsslich die Schnauze sauber und dann auch noch den Boden.

Tränen aus Schock und auch Mitleid für die arme Ente sammelten sich in meinen Augen und nahmen mir die Sicht. Ich konnte nur vage erkennen, wie Julian aufstand und dabei das zerrupfte Gefieder des Vogels streichelte. Er ging an mir vorbei, rüber zur Balkontür. Dann hörte ich plötzlich ein gequältes, krächzendes Geräusch.

Ein Quaken?

Nein. Konnte nicht sein. Der Vogel war tot.

Wind streichelte um meine Beine. Er fuhr höher, bis mein ganzer Körper in einer watteweichen Atmosphäre eingepackt war, so als würde mich eine Welle der Ruhe sanft aufheben und mit sich tragen. Was geschah hier?

Stocksteif stand ich mitten in meinem Zimmer und hörte zu, wie das Quaken lauter würde. Flatternde Flügel und ein aufgeweckter Schnabel erschienen über Julians linker Schulter, als er hinaus auf den Balkon trat. Im nächsten Moment gab er der Ente einen starken Schubs mit auf den Weg und sie flog über die Weinberge davon.

Was um alles in der Welt—? Julian hatte gerade die Ente zu neuem Leben erweckt.

So wie er es mit meiner Mutter gemacht hatte, als er dachte, es würde ihm niemand dabei zusehen.

Aber das war doch völlig unmöglich. Wo war hier der fehlende Teil des Puzzles?

Voll Misstrauen machte ich einen Schritt zurück, als Julian sich umdrehte und zurück in meine Zimmer kam. Meine Knie schlotterten und alles in mir fühlte sich taub an. Nichts ergab mehr einen Sinn. Bevor mich Julian erreichte, griff ich nach der Rückenlehne meines Drehstuhls und zog ihn als Barriere zwischen uns. „Was hast du mit der Ente gemacht?“, krächzte ich. Ich hatte das Anfangsstadium von Hysterie bereits längst überschritten.

Julian zuckte mit den Schultern, doch sein argwöhnischer Blick wich dabei keine Sekunde von meinen Augen. „Ich hab sie freigelassen.“

„Sie war tot.“

„Nein, war sie nicht.“ Er versuchte um den Schreibtischstuhl herumzugehen und mir eine beschwichtigende Hand auf die Schulter zu legen.

Ich trat zur Seite und rollte den Stuhl erneut zwischen uns. „Lou-Lou hat die Ente getötet, bevor sie damit nach oben gekommen ist. Ich hab den zerfledderten Hals gesehen. Dein Hemd ist blutig. Und wie erklärst du dir Lou-Lous blutverschmierte Schnauze?“ Ich zeigte zur Tür und wir beide blickten hinüber zu Lou-Lou, doch ihre Schnauze war wieder sauber und ihre Zunge wippte entspannt in der Luft, als sie zufrieden hechelte.

„Lou-Lou hat nur mit der Ente gespielt. Sie hat dem Vogel nichts getan. Wahrscheinlich wurde die Ente vor Schock ohnmächtig.“

Ich atmete tief ein. Langsam. „Okay.“ *Okay.* Das könnte eine plausible Erklärung dafür sein, dass der Vogel sich wieder gefangen hatte und davongeflogen war. Ohnmächtig. Alles klar. Und Julians Streicheln hatte sie dann eben aufgeweckt.

Zum Leben erweckt.

Mir gefror das Blut in den Adern.

Jetzt reiß dich aber mal zusammen, schimpfte ich mich selbst. *Julian ist kein Voodoopriester.* Vor drei Jahren waren mir selbst mal die Lichter ausgegangen, nachdem mir Elizabeth Morgan versehentlich die Tür ins Gesicht geknallt hatte. So war das eben, wenn man einen Schlag auf den Kopf bekam. Man wurde bewusstlos.

Na schön.

„Julian! Geht es Jona gut? Was ist mit ihr?“, rief meine Mutter besorgt vom Garten zu uns herauf.

Vom Garten ... wo eigentlich auch Julian gerade sein sollte.

Mein Herz setzte aus und ebenso mein Atem. Aus weniger als einem Meter Entfernung blickte mir Julian starr in die Augen. Es war unmöglich zu erkennen, was er gerade dachte. Meine Fingernägel gruben sich so fest in die

Rückenlehne des Drehstuhls, dass ich Angst hatte, der Stoff würde jeden Moment reißen.

„Was machst du hier?“, fragte ich ganz langsam und betonte jedes einzelne Wort.

Sein Gesichtsausdruck veränderte sich kein bisschen. Er sah mich immer noch mit diesen eindringlich blauen Augen an, hatte das Kinn gesenkt und presste die Lippen aufeinander. Schließlich antwortete er ruhig und bedacht: „Du hast geschrien. Und ich bin dir zu Hilfe gekommen.“

„Nein. Ich meinte: Wie zum Geier hast du es so schnell hier rauf geschafft?“, schrie ich schon beinahe.

Julian ließ sich ein paar Sekunden mit seiner Antwort Zeit. „Ich ... bin gerannt.“

Ja, genau. Und ich war die Enkeltochter vom Weihnachtsmann.

Egal, wie schnell er gelaufen wäre, er hätte es niemals in nur zwei Sekunden zurück ins Haus und die Treppen herauf geschafft, also dachte er zur Abwechslung wohl, er könnte einfach mal kurz nach oben auf den Balkon springen.

Er konnte eigentlich gar nicht hier sein. Und das wussten wir beide.

Nur Freunde

Der Stuhl drehte sich um seine eigene Achse zwischen Julian und mir. Ich fuhr mir mit beiden Händen durchs Haar und dann über das Gesicht. Hinter mir hörte ich Lou-Lous Pfoten auf dem Gang, wie sie gemütlich nach unten trottete. Dann wurde es unangenehm still in meinem Zimmer.

„Du bist über den Balkon hereingekommen. Nicht durch diese Tür." Ich deutete hinter mich, wo der Hund bis gerade eben gesessen hatte.

Julian schnappte eine Armlehne des Drehsessels und schubste ihn aus dem Weg. Weit genug weg, dass er nicht länger als Barriere zwischen uns diente. Dann kam er auf mich zu, die Arme erhoben, Handflächen zu mir. Seine Augen waren ständig auf meine gerichtet, als wollte er mich dadurch irgendwie festhalten. Ich wusste, er würde mir nichts tun, doch Angst machte mir die Situation trotzdem.

Vorsichtig legte er mir die Hände auf die Wangen und neigte meinen Kopf nach oben, sodass ich seinem Blick nicht ausweichen konnte. „Ich bin die Mauer über das Rankengitter hochgeklettert. Dann hab ich mich über das Geländer gezogen. Du hast mir eine Höllenangst eingejagt, Jona. Ich schätze, da hab ich einfach nicht auf Details geachtet."

Seine Berührung war wundervoll. Entspannend. Ich konnte langsam wieder normal atmen. Ruhe kehrte in meinen Gedanken ein. Seltsame, euphorische Ruhe. Unnatürlich für diese Welt. Jeder Hauch von Misstrauen verschwand und übrig blieb nur noch die Verlockung, Julian zu glauben.

Ich gab meinen Widerstand auf und ließ mich bedingungslos auf ihn ein, als er mich an seine Brust zog und die Arme um mich legte. Er stützte sein Kinn sanft auf meinen Kopf und seufzte dabei. „Ich bin nur froh, dass es dir gut geht."

„Ich auch. Lou-Lou hat mich ganz schön erschreckt." Ich schlang meine Arme um seine Taille und ließ Julians Duft seine besondere Wirkung tun. Der Schock der vergangenen fünf Minuten verebbte in einen Zustand der vollkommenen Lethargie. „Hoffentlich bringt sie mir nicht noch mehr tote Tiere."

„Mit der Ente wollte sie dir zeigen, dass sie dich gern hat. Das ist ihr natürlicher Instinkt."

Mit einem Unverständnis ausdrückenden Stirnrunzeln blickte ich zu ihm hoch. „Wenn ich also jemals einen Mann finde, der mich heiraten will, dann bringt mir der tote Enten mit nach Hause?"

Sein melodisches Lachen erfüllte den Raum. Er zerraufte mein Haar und streifte es dann wieder glatt. „Irgendwie kann ich mir das nicht so recht vorstellen." Sachte blieben seine Finger auf meinem Hals liegen.

Eine angenehme Wärme wanderte von meinem Nacken aus bis hinunter zu meinen Zehen. Ich fragte mich, ob Julian zu der Art Mann gehörte, die ihren Freundinnen kleine Geschenke als Liebesbeweise machte. Sicherlich keine toten Enten, aber vielleicht—

Einen Sweater?

Ich schloss die Augen und lehnte meine Stirn gegen seine Brust. Dabei gestattete ich mir selbst einen Moment davon zu träumen, dass ich ihm vielleicht doch ein kleines bisschen wichtig war. Wichtiger als andere. Ich ließ den Gedanken sofort wieder fallen. Schließlich war das genau der Quatsch, den ich bereits mit Marie durchmachte und der mich permanent verwirrte und verletzlich machte. Über zwölf Jahre lang hatte ich in einer Welt ohne Liebe gelebt und mich sehr gut angepasst. Ich musste jetzt endlich meinen Kopf wieder frei bekommen und in diese Welt zurückkehren, wo mir niemand mehr weh tun konnte. Nur dort war ich sicher.

Ich befreite mich aus Julians Umarmung. „Charlene wartet auf dich. Du solltest dich beeilen, damit ihr endlich losgehen könnt." Es war unmöglich, die Abscheu oder auch die Eifersucht aus meiner leisen Stimme fernzuhalten.

Julians Blick wurde härter. Er nickte. „Du hast recht." Er ging an mir vorbei hinaus in den Flur und schloss die Tür leise hinter sich.

Ich ließ meine Finger über meine Wange gleiten, wo er mich gerade eben berührt hatte, und versuchte mich daran zu erinnern, welches Gefühl ich dabei hatte. Ich wusste, wie es sich angefühlt hatte, doch ich konnte es nicht wieder heraufbeschwören. Was stimmte nicht mit diesem Mann? Und was noch wichtiger war: Was machte er mit mir?

Mir kam der Gedanke, dass ich eigentlich Angst vor ihm haben sollte. Er war anders. Geradezu unheimlich. Die Dinge, die er anstellen konnte ... das grenzte schon an Übernatürliches. Und wieso war ich die einzige, die merkte, dass an ihm etwas faul war?

Ich kniff mich in den Nasenrücken und drückte die Augen fest zu. All seine Erklärungen waren so fadenscheinig. Das Rankengitter, ha! Wem wollte er damit was vormachen?

Kopfschüttelnd schob ich meinen Stuhl zurück zum Schreibtisch, setzte mich hin und holte die Liste, die ich letzten Samstag über ihn begonnen hatte, aus der Lade. Der Titel war *Julians gruselige Fähigkeiten*. Das Wiederbeleben der Ente und sein Sprung fünf Meter hoch auf unseren Balkon ergaben zwei weitere Punkte auf der Liste. Ich sah einen Moment aus dem Fenster und biss dabei in das hintere Ende meines Bleistifts. Ein holziger Geschmack breitete sich auf meiner Zunge aus. Ich nahm den Stift heraus und stützte mein Kinn in eine Hand. Da erkannte ich draußen auf dem Weinfeld zwei Personen, die gerade den Weg entlangschlenderten.

Meine Mutter hatte ihren Arm um Julians gebeugten Ellbogen geschlungen und alle paar Meter drehte er seinen Kopf kurz in ihre Richtung. Sie waren wohl in eine angeregte Unterhaltung vertieft.

Wenn ich doch nur hören könnte, was sie sagten. Er hauchte meiner Mutter jeden Tag neues Leben ein, da war wohl anzunehmen, dass sie sein Geheimnis kannte. Falls er wirklich eines hatte und ihr nicht nur jeden Tag irgendwelche Drogen einflößte ...

Ich ließ den Bleistift durch meine Finger tanzen und sah zu, wie langsam die Dunkelheit über Fontvieille hereinbrach. In diesem Moment beschloss ich, dass ich heute Nacht nicht auf Julian warten würde. Ich versteckte die Liste unter ein paar Büchern auf meinem Schreibtisch und stand auf. Die Balkontür knarrte, als ich sie zumachte und verriegelte.

Ich konnte an diesem Abend ewig nicht einschlafen. Jedes Mal, wenn ich auf die Uhr sah, war der Zeiger nur um wenige Minuten weitergewandert, doch mir kam es vor wie Stunden. Leise Schritte waren irgendwann auf dem Gang zu hören. Julian musste wohl von seinem Spaziergang mit dem Drachen zurückgekommen sein. Minuten später drangen seine Schritte vom Balkon an mein Ohr. Durch die zugezogenen Vorhänge konnte ich nur einen schwachen Schimmer des Außenlichtes erkennen, das er angeknipst hatte. Vermutlich wollte er mir noch einen kurzen Gute-Nacht-Besuch abstatten. Ich bewegte mich nicht aus dem Bett, doch an etwas anderes als ihn konnte ich auch nicht denken.

Übel gelaunt zog ich mir die Decke bis unters Kinn, drehte mich zur Seite und starrte auf die blanke Wand. Meine wachsende Sehnsucht nach Julian zu erforschen war ein viel zu gefährliches Unterfangen. Da würde nichts Gutes dabei rauskommen. Also schloss ich die Augen und konzentrierte mich darauf, in Gedanken Schafe über einen Zaun springen zu lassen.

Zweitausendsechshundertsiebenundachtzig ... sechshundertachtundachtzig ... sechshundertneunundachtzig ...

Als ich die Augen wieder aufmachte, schwappte bereits Tageslicht durch den Spalt zwischen den Vorhängen. Ich musste wohl irgendwann doch eingenickt sein. Meine Decke lag am Boden, mir war kalt und ich zitterte. Ich musste mich im Bett herumgewälzt haben, nachdem ich eingeschlafen war. Kein Wunder, wenn mich doch eine mordlustige Lou-Lou die ganze Nacht im Traum durch die

Weinberge gejagt hatte.

Die Sonne blendete mich, als ich die Vorhänge zur Seite zog und sämtliche Fenster und auch die Balkontür öffnete. Samstagmorgen, was für ein Segen. Achtundvierzig Stunden keine Schufterei in den Weingärten. Meine Muskeln und Gelenke wussten dies durchaus zu schätzen. Ein tiefer Atemzug und ich fühlte mich gleich wieder wie neu. Der aromatische Duft von frischem Bohnenkaffee stieg mir dabei in die Nase. Laut gähnend streckte ich meine Arme in die Luft und meinen Rücken durch.

„Jona, bist du das?", klang die Stimme meiner Tante über den Balkon herauf.

„Guten Morgen!", rief ich zurück. Auf Zehenspitzen versuchte ich einen Blick hinunter in den Garten zu werfen, doch das einzige, das ich sah, war der Eingang zum Weinberg.

„Komm runter!", forderte sie mich auf. „Wir frühstücken heute im Garten."

Bei dem Gedanken an Marmeladentoast und Orangensaft gab mein Magen ein freudiges Knurren von sich. „Bin gleich da!"

Ich schlüpfte in die abgeschnittenen Jeans, die ich von Marie bekommen hatte, und zog mir das schwarze T-Shirt mit dem V-Ausschnitt über den Kopf, dann lief ich barfuß nach unten und hinaus in den Garten. Das taufeuchte Gras kitzelte mich zwischen den Zehen.

Alle saßen bereits um den großen ovalen Glastisch, auf dem ein farbenprächtiges Frühstück aufgedeckt war. Albert stand geschwind auf und holte mir einen hölzernen Gartensessel, den er zwischen sich und Marie stellte.

„Morgen ...", murmelte ich noch einmal in die Runde,

bevor ich mich hinsetzte.

Marie schüttete mir sogleich Kaffee in meine Tasse. Über ihren Arm hinweg fiel mein Blick auf Julian, der mir gegenüber saß und sich lässig in seinem Gartensessel zurückgelehnt hatte, mit den Händen über dem Bauch verschränkt. Seine Augen hingen an mir und auf seiner linken Wange machte sich ein Grübchen bemerkbar. Er fand meinen Morgen-Look wohl sehr amüsant.

Den Blick gesenkt, fuhr ich mir schnell mit den Fingern durch mein Haar. Ich hätte mich wohl vorher noch kämmen sollen. Mist, nun war es zu spät und ich sah vermutlich aus wie eine Vogelscheuche.

Als ich wieder hochsah, hatte er mich immer noch im Visier, und nun versuchte er auch gar nicht mehr sich sein schiefes Lächeln zu verkneifen. In dem Moment fragte ich mich allen Ernstes, warum ich gestern die Balkontür zugemacht und auf eine nette Unterhaltung mit ihm vorm Schlafengehen verzichtet hatte. Ich musste vollkommen verrückt gewesen sein.

Doch dann fiel es mir wieder ein, denn neben ihm saß meine Mutter und ihr Anblick brachte dieses grausame Gefühl von Eifersucht und Frustration wieder hoch. Vielleicht war es auch nur ein Schmollen, wer wusste das schon?

Mittlerweile hatte ich gelernt, den Drachen bei gemeinsamen Mahlzeiten einfach zu ignorieren. Natürlich war das sehr viel einfacher, wenn sie nicht versuchte, ein Gespräch mit mir anzufangen, was sie seit letztem Wochenende—genauer gesagt seit dem Tag, an dem ich mich geweigert hatte, ihren verdammten Kuchen zu essen—nicht mehr getan hatte.

Ich stibitzte eine Scheibe Toast vom Teller in der Mitte des Tisches und schmierte Butter und Marmelade drauf. Extra Zucker nahm meinem Kaffee den bitteren Geschmack. Während ich noch einen Tropfen Milch dazu schüttete, schaufelte mir Marie etwas Rührei auf meinen Teller. Dann nahm sie sich selbst auch eine Scheibe Toast und sagte: „Heute Abend werden ein paar Gäste kommen, *Chérie*. Wir veranstalten ein kleines Fest."

„Ja, ich weiß. Julian hat gestern schon so etwas in der Richtung angedeutet." Und es tat mir schrecklich leid, dass ich bei der Feier nicht dabei sein konnte, doch so wie es aussah, überfiel mich gerade in diesem Moment ein Anflug von Kopfschmerzen, die im Laufe des Tages wohl zweifellos noch sehr viel stärker werden würden. Ich verkniff mir ein zufriedenes Grinsen und knabberte an meinem Toast.

Julians Blick wurde auf einmal penetrant. Er zog die Augenbrauen tiefer und musterte mich für eine lange halbe Minute. Was hatte er denn plötzlich? War er mit meinem hervorragenden Plan etwa nicht einverstanden? So sah er nämlich aus. Aber er konnte doch gar nicht wissen, was ich dachte.

„Albert und ich werden heute wohl sehr beschäftigt sein und nur wenig Zeit für dich haben", erklärte Marie weiter.

„Kann ich euch bei irgendetwas helfen?"

„Du hast diese Woche wirklich schon genug gearbeitet. Du solltest dir auch die schönen Dinge Frankreichs ansehen, solange du hier bist."

Ich hatte gerade Aussicht auf das hübscheste Ding von ganz Frankreich, wenn ich nur quer über den Tisch blickte.

Julian studierte mich immer noch eindringlich. Doch

seine Augen leuchteten plötzlich etwas heller, so als wüsste er genau, was als Nächstes kommen würde, und wartete gespannt meine Reaktion ab.

„Julian hat vorgeschlagen, dich auf einen Ausflug mitzunehmen, um dich ein wenig zu" —sie machte eine kurze Atempause und verzog nachdenklich den Mund, als würde ihr gerade das richtige Wort nicht einfallen— „verderben."

In diesem Moment spuckte meine Mutter, die gerade einen Schluck von ihrem Orangensaft genommen hatte, die volle Ladung über den Tisch. Sie hustete, als wäre sie kurz davor abzukratzen.

Ich selbst war ebenfalls erstaunt über Maries Wortwahl, doch Julian formte schnell das Wort „verwöhnen" mit seinen Lippen.

Meine Tante war inzwischen aufgesprungen und presste eine Hand auf ihr Herz. „Um Himmels willen, Charlene! Fehlt dir etwas?" Sie griff rasch nach ein paar Servietten und begann, die Schweinerei aufzuwischen.

„Und ich dachte, so was kriegt man nur im Fernsehen zu sehen." Voll Abscheu verdrehte ich die Augen. Ekelhafte Spuckespritzer vom Drachen hafteten nun an meinem Glas. Mit zwei Fingern schob ich es von mir weg.

Meine Mutter nahm Marie die Servietten aus der Hand und wischte selbst weiter. „Es tut mir so leid. Ich weiß nicht, was in mich gefahren ist", murmelte sie mit hochrotem Kopf. Durch einen Vorhang aus ihrem offenen Haar, sah sie mich verlegen an, setzte sich dann wieder hin und wich Julians missfälligem Blick aus.

Als sich alle wieder einigermaßen beruhigt hatten, schaute ich zwischen meiner Tante und Julian hin und her.

„Es gibt wirklich keinen Grund mich zu beschäftigen—oder zu verwöhnen. Ich komm ganz gut alleine klar."

„Du bist unser Gast, Jona. Und solange du bei uns bist, möchte ich nicht, dass du dich langweilst oder gar ausgeschlossen fühlst." Marie legte ihre zarte Hand auf meinen Arm. „Und außerdem hat Julian darauf bestanden."

„Hat er das?" Ich drehte meinen Kopf in seine Richtung und zog eine provokante Augenbraue hoch. Dann spiegelte ich sein Grinsen, jedoch eher zynisch als amüsiert. „Wie nett von ihm."

Julian lehnte sich daraufhin nach vorn und stützte sich mit den Ellbogen auf dem Tisch ab, wobei er die Arme verschränkte. Sein Vergnügen über meine Reaktion verschwand und zurück blieb ein warmes Lächeln. „Es gibt da etwas, das ich dir gerne zeigen möchte. Ich denke, es wird dir gefallen. Marie leiht uns ihren Wagen. Wenn du also Lust auf ein kleines Abenteuer hast, werde ich mich heute um dich kümmern."

Meine Mutter brach erneut in einen kläglichen Hustenanfall aus, doch dieses Mal hatte sie Gott sei Dank noch nichts von dem Glas in ihrer Hand getrunken. Julian rollte mit den Augen, sodass nur ich es sehen konnte, was mich merkwürdig amüsierte.

„Wir *fahren*? Wo genau geht's denn hin?"

„Das ist eine Überraschung." Die Beine seines Stuhls scheuerten über die quadratisch ausgelegten Steinfliesen unter dem Tisch, als er nach hinten rutschte und aufstand. „Wenn du mit deinem Frühstück fertig bist, komm in die Garage." Er machte sich auf den Weg rüber zum Haus, doch auf halbem Weg sah er über seine Schulter zurück und meinte: „Ach ja, und bring ein Handtuch mit."

Ich runzelte verwundert die Stirn, doch Julian verriet nicht mehr. Marie und Albert versuchten zwar die Ahnungslosen zu spielen, als ich in ihren Gesichtern nach Antworten suchte, doch sie waren schlechte Schauspieler. Die beiden wussten genau, was Julian mit mir vorhatte. Leider war aus ihnen kein Sterbenswörtchen herauszukriegen.

Nun war ich aber echt neugierig. Schnell schob ich noch den letzten Bissen Toast in meinen Mund und leckte mir dann die klebrigen Finger ab. „Na, dann werd ich mich wohl besser mal beeilen", sagte ich fröhlich zu meiner Tante und meinem Onkel und erhob mich von meinem Stuhl. Die Vorfreude stand mir wohl ins Gesicht geschrieben, denn die beiden grinsten mich an, als wäre ich ein hell erleuchteter Weihnachtsbaum.

Auf dem Weg zurück ins Haus kam ich an dem Rankengitter unter unserem Balkon vorbei. Maries Efeu kletterten daran nach oben. Mit nur zwei Fingern konnte ich das filigrane Holzgerüst ganz leicht von der Hausmauer wegziehen. Meine Vermutung stimmte also. Dieses Teil konnte vielleicht dem Gewicht einer wachsenden Bohnenranke Stand halten, doch niemals dem eines ausgewachsenen Mannes.

Ich kratzte mich am Kopf und spitzte dabei die Lippen. Das war ja eine nette Lüge, die er mir da über das Gitter erzählt hatte. Tja, zumindest hatte ich heute den ganzen Tag Zeit, mehr über sein Geheimnis herauszufinden, wenn wir alleine unterwegs waren.

Nachdem ich schnell ein Handtuch aus meinem Badezimmer geholt hatte, schlitterte ich noch einmal zurück und kämmte rasch mein Haar. Dann schlüpfte ich in meine

Stiefel und lief zurück nach unten und raus in die Garage. Ich war noch nicht einmal um die Ecke gebogen, da hörte ich jedoch schon die Stimme des Drachens und blieb abrupt stehen.

„Ich denke nicht, dass das eine gute Idee ist, Julian."

Ärgerlich biss ich die Zähne aufeinander. Hatte er etwa versucht mich in eine Falle zu locken?

„Ich habe dich nicht nach deiner Meinung gefragt", antwortete Julian meiner Mutter. Oh Junge, sein schnippischer Tonfall brachte selbst meine kleinen Härchen zum Stehen.

Doch wenn er wirklich dachte, ich würde einen kleinen Familienausflug mit meiner Mutter machen, dann hatte er eine Schraube locker. Ich zog meine Schultern zurück und trat selbstbewusst durch die Tür in die Garage. „Kommt sie mit? Denn dann bleibe ich zu Hause."

Julian seufzte schwer, als seine Augen nach oben in Richtung Decke rollten. „Nein, sie kommt nicht mit. Und nein, du wirst nicht hierbleiben. Deine Mutter ist nur gekommen, um dir einen schönen Tag zu wünschen." Er blickte sie wirkungsvoll an. „Ist es nicht so?"

Meine Mutter starrte entsetzt zurück, doch Julian blieb eisern. Schließlich kam sie um das Heck des Wagens herum und blieb vor mir stehen. „Ich wünsche dir viel Spaß heute, Jona." Obwohl Julian sie so offensichtlich zu dieser Äußerung gedrängt hatte, schien das Lächeln, mit dem sie mich bedachte, von Herzen zu kommen. Sogar so sehr, dass ich gegen den Drang, ihr Lächeln zu erwidern, mit aller Kraft ankämpfen musste.

Hoppla. So etwas sollte nicht passieren. Schweigend blickte ich ihr hinterher, als sie aus der Garage verschwand.

„Bist du so weit?“

Julians Stimme so nah an meinem Ohr schreckte mich auf und ich drehte mich ruckartig um. Seine Nasenspitze war nur wenige Zentimeter von meiner entfernt. Sein Mundwinkel zuckte nach oben.

Ich hob das Badetuch, das ich mitgebracht hatte, hoch. „Ich hab alles. Meinetwegen können wir los.“

Er stellte noch einen Picknickkorb in den Kofferraum und schlug dann den Deckel zu. „Na schön, dann steig ein. Wir haben eine lange Fahrt vor uns.“

Aufgeregt kletterte ich auf den Beifahrersitz und schnallte mich an. Julian glitt hinters Steuer, startete den Motor und fuhr den Geländewagen rückwärts aus der Garage.

Die nächsten zwanzig Minuten sprachen wir kaum ein Wort miteinander. Vertieft in die wunderschöne Landschaft, blickte ich einfach nur aus dem Fenster.

Irgendwann hörte ich, wie Julian sich räusperte. „Jona?“

„Hm?“ Ich rollte meinen Kopf zu seiner Seite.

„Gestern—mit Lou-Lou, der Ente und alledem ... Na ja, für einen Moment hast du ziemlich erschüttert ausgesehen.“ Nach einem flüchtigen Blick auf meine Seite konzentrierte er sich wieder auf die Straße. „Hab ich dir Angst gemacht?“

Oh Mann. Und ich hab mich schon die ganze Zeit gefragt, wie ich das Thema wohl am besten anschneiden sollte. Umso besser, dass er mir diese Arbeit abgenommen hatte. „Du—“ Aber was wollte ich ihm eigentlich sagen? Ich stieß einen langen Seufzer aus. „Nein“, musste ich schließlich gestehen. „Hast du nicht. Allerdings solltest du wissen, dass ich dir die Geschichte mit dem Rankengitter nicht eine Sekunde lang abgekauft hab. Ich hab das Ding heute untersucht. Kein verdammtes Eichhörnchen würde es da rauf schaffen, ohne das Gitter zu zerbrechen.

Die Augenbrauen tief ins Gesicht gezogen, wandte er sich rasch zu mir. „Du glaubst mir also immer noch nicht?"

„Nicht ein Wort! Aber ich verstehe nicht, warum du mir nicht die Wahrheit verraten willst. Wie bist du so schnell auf den Balkon gekommen? Und sag jetzt nicht, du hast dich auf Charlenes Schultern gestellt. Die hält nämlich genauso wenig aus wie das dämliche Holzgitter."

Julian lachte. „Sei nicht albern."

„Was dann?", bat ich ihn eindringlich. „Sag mir endlich, wie du auf den Balkon gekommen bist."

Die Lippen gespitzt, holte er durch die Nase tief Luft und sah dann noch einmal kurz zu mir. „Was wäre, wenn ich hochgesprungen wäre und mich dann am Balkon festgeklammert hätte?"

„Was wäre, wenn du endlich aufhören würdest, irgendwelche Ausreden zu erfinden?"

„Und was wäre, wenn ich dir nachher ein Eis spendiere und wir reden nicht mehr darüber?"

„Oh mein Gott, ich kann nicht glauben, dass du dich freikaufen willst!", platzte es aus mir heraus. Aber Eiscreme klang schon verführerisch.

Obwohl Julian so gut wie gar nichts zugegeben hatte, bekam ich das Gefühl, als wäre ich ihm zumindest einen Schritt nähergekommen. Schließlich ließ er es ganz offen im Raum stehen, dass er auf einem Weg in mein Zimmer gelangt war, den er mir einfach nicht verraten wollte. Irgendwas musste also an meiner Vermutung dran sein.

Aber mit Voodoo hatte das wahrscheinlich nichts mehr zu tun. Ich legte mir erschrocken eine Hand auf den Mund. Vielleicht war sein Geheimnis ja noch etwas viel Schlimmeres als das. Und wenn ich es irgendwann doch herausfand, würde ich mir wahrscheinlich vor Angst in die Hose machen.

Julian drehte seinen Kopf zu mir. Seine Lippen waren zusammengepresst, doch in seinen Augen lag ein warmer, hoffnungsvoller Schimmer. Da beschloss ich, dass Julian mir wohl niemals Angst machen könnte, egal was sein Geheimnis war.

„Du vergisst später besser nicht das Eis", warnte ich ihn. Dann blickte ich wieder aus dem Fenster und presste meine Stirn gegen das Glas, damit er ja mein Grinsen nicht sehen konnte.

Wir waren bereits eine knappe Stunde unterwegs und langsam verschwanden die Hügel rings um uns und das Land wurde flacher. Wo wollte er denn mit mir hin. Ich wurde langsam echt neugierig und zappelte in meinem Sitz herum. „Sind wir bald da?", fragte ich bereits zum dritten Mal in den letzten zehn Minuten.

„Sei nicht so ungeduldig."

„Geduld ist was für alte Leute. Ich bin siebzehn, Herrgott!"

„Bist du sicher?", lachte Julian. „Denn gerade benimmst du dich wie eine Dreijährige." Doch wenig später fuhr er an den Straßenrand und stellte den Motor ab.

„Sind wir jetzt endlich da?"

Er verdrehte die Augen. „Ja. Steig aus, kleine Nervensäge."

Es war unmöglich zu sagen, wohin er mich gebrachte

hatte. Wir waren umgeben von einer Reihe hochgewachsenen Fichten, ein paar parkenden Autos und einem Souvenirshop. Die Straße, auf der wir gekommen waren, machte eine Rechtskurve und lief dann unendlich weiter, bis sie am Horizont verschwamm.

Ich stemmte die Hände in die Hüften und beugte mich ein paar Mal nach beiden Seiten, um meinen steifen Rücken aufzulockern. In diesem Moment wehte mir eine frische Brise um die Nase. Sofort verlor ich mich in einem seltsam vertrauten Duft. Wonach roch es hier? Ich schloss die Augen und atmete tief ein. Dann wusste ich es plötzlich. Es roch nach Julian.

Der unverwechselbare Schrei eines Vogels hallte in der Ferne. Obwohl ich das Geräusch erst einmal im Leben in natura gehört hatte, erkannte ich es sofort wieder. Ich drehte mich um und blickte Julian sprachlos an.

Kompliziert beginnt hier

Im Schatten der Bäume überkam mich eine leichte Gänsehaut. Julian holte gerade den Picknickkorb aus dem Kofferraum und bot mir dann seinen freien Arm an. Gemeinsam spazierten wir einen schmalen Pfad entlang. Seine samtweiche Haut fühlte sich warm unter meinen kalten Fingern an.

Julian lachte leise neben mir.

„Was ist?“, fragte ich.

„Das kitzelt.“

„Was kitzelt?“

Er zuckte mit seinem Arm, und erst da fiel mir auf, dass ich unbewusst angefangen hatte mit meinen Fingerspitzen sanft über die weiche Innenseite seines Oberarms zu streicheln. Ich senkte den Blick, als mir die Röte in die Wangen schoss, und zwang meine Finger dazu, still zu liegen. „'Tschuldigung“, murmelte ich. Gott sei Dank schien es Julian nicht allzu sehr gestört zu haben, denn er zog seinen Arm nicht weg. Ich hätte ihn nur ungern losgelassen.

Wir folgten dem Pfad für ein paar hundert Meter. Dabei wurde der Schrei der Vögel lauter und ich konnte sie nun auch in der Ferne am Himmel kreisen sehen. „Möwen?“ Mein Blick blieb an dem verschmitzten Lächeln hängen, das gerade in Julians Gesicht auftauchte.

„Der Ort wäre nicht derselbe, ohne sie“, antwortete er. Im nächsten Moment lichteten sich die Bäume und gaben die Sicht auf einen Abhang vor uns frei.

Es war verrückt, mit meiner Höhenangst einfach drauflos zu laufen, doch drauf gepfiffen, ich musste einfach einen Blick hinunter werfen. Der gewaltige Ozean unter uns rollte in rauschenden Wellen an den Strand und raubte mir mit seiner Schönheit den Atem.

Julian legte mir sanft einen Fingerknöchel unters Kinn und ich schloss meinen weit geöffneten Mund. Ich wandte mich ihm zu und erkannte die Freude über meine Überraschung in seinen Augen.

„Ich werde zuerst den Korb und die Badetücher nach unten bringen, dann komm ich wieder hoch und hol dich ab“, meinte er. „Warte hier. Bin gleich zurück.“

„Beeil dich!“ Ich konnte meine Vorfreude kaum noch im Zaum halten. Julian startete los, den steilen Abhang hinunter. Ich lehnte mich inzwischen gegen einen Baum und sah ihm beim Abstieg zu. Das sah ziemlich gefährlich aus, doch in diesem Moment wäre ich sogar durch brennende Reifen gesprungen, um endlich runter an den Strand zu kommen.

„Bereit?“, fragte er mich, als er leicht außer Atem wieder nach oben kam.

Ich legte meine Hand in seine und wusste dabei vorher schon, dass ich gleich wieder dieses angenehm ruhige Gefühl erfahren würde. Julian enttäuschte mich nicht. Es nahm mir einen Teil der Angst vor dem Abstieg.

Der schlangenartige Weg hinunter war zu schmal, als dass hier zwei Leute nebeneinander hätten gehen können.

Julian ging vor, allerdings lief er rückwärts mit Blick zu mir. Eine Hand gab er mir, damit ich mich an ihm festhalten konnte. Mit der anderen stützte er sich selbst an der felsigen Wand neben uns ab.

An einer steilen Stelle verlor ich den Halt und schlittere auf den Sohlen einen Meter hinunter. Gott sei Dank behielt Julian seine Balance, als ich geradewegs in ihn hineinrutschte. „Whoa!", rief ich. Julian schmunzelte nur. „Hör gefälligst auf zu lachen. Das ist nicht witzig. Und warum mussten wir überhaupt diesen mörderischen Weg wählen? Gibt es hier keine Stufen in der Nähe?"

„Doch, es ist witzig!" Und natürlich hörte er nicht auf zu lachen. „Was die Stufen angeht: es gibt einen einfacheren Weg zu dem öffentlichen Strand ein paar hundert Meter weiter da hinten. Aber dieser Platz hier ist ... Na ja, es kommen kaum Leute her."

Ich verdrehte die Augen. „Ich frag mich nur, warum."

Julian kam näher und legte seinen Arm um mich, um mir über ein paar Felsbrocken zu helfen, die im Weg lagen. Etwas panisch umklammerte ich seinen Hals. Dabei presste ich mich fest an ihn und versuchte ein Wimmern zu unterdrücken. Allerdings war die Nähe zu Julian ein netter Ausgleich.

Er ließ mich los, sobald wir es erfolgreich über die Felsen geschafft hatten—und erfolgreich hieß in diesem Fall, dass ich nur zweimal beinahe aus meinem Stiefel geschlüpft, aber nicht gestürzt war und mir auch nicht das Genick gebrochen hatte.

„Warum bindest du dir eigentlich nie die Schnürsenkel? Manchmal wäre das sehr hilfreich, weißt du?", meinte Julian hinterher und gab mir wieder seine

Hand.

„Es geht nicht. Ein Schuhband ist schon völlig durchgescheuert." Ich rutschte vorsichtig ein paar Schritte weiter. „Und wie blöd würde ich wohl aussehen, wenn ich mir nur einen Schuh binden würde?"

„Ach, du meinst abgesehen von der Sicherheitsnadel in deinen Jeans?"

Kleine Steine sprangen und rollten den Weg hinunter, als ich abrupt stehen blieb und Julian böse anfunkelte. Doch Julian zwinkerte mir nur zu und ganz von allein bog sich mein Mund zu einem Lächeln.

Wir hatten nicht mehr weit. Er führte mich sicher bis ans Ende des steilen Weges und schließlich sanken meine Stiefel in den weichen, hellen Sand am Strand.

Ich atmete tief durch und der Geruch von Ozean und warmem Wind stieg mir in die Nase.

So vertraut.

Mein Blick wanderte zu Julian. Seine Augen waren geschlossen. Er holte selbst gerade tief Luft, als wäre er endlich zu Hause angekommen. Dann öffnete er die Augen, verengte sie zu Schlitzen und sah mich durch seine langen Wimpern hindurch seitwärts an. „Komm schon. Suchen wir uns einen Platz im Schatten."

Unter zwei palmenartigen Bäumen breitete Julian unsere Badetücher aus. In der Zwischenzeit zog ich meine Stiefel aus und konnte es gar nicht mehr erwarten, endlich den weichen Sand zwischen meinen Zehen zu spüren. Mit wildem Gelächter lief ich über den Strand zu den Wellen. Doch als ich einen Fuß in das kalte Wasser setzte, sprang ich erschrocken zurück. Starke Arme umfassten mich von hinten, als ich dabei gegen Julian stieß.

„Es ist arschkalt," sagte ich über meine Schulter zu ihm.

„Wenn du dich erst daran gewöhnt hast, ist es halb so schlimm." Er nahm meine Hand und drehte mich wie eine Ballerina im Kreis. Dabei tanzte mein Haar im Wind. „Möchtest du ein Stück spazieren gehen?"

„Mm-hm."

Julian gab den Weg vor. Er hatte recht mit der Kälte. Je länger ich durch die flachen Wellen spazierte, umso weniger machte sie mir etwas aus. Ich sank mit jedem meiner Schritte im Sand ein und das gab mir das Gefühl, als würde ich auf Wolken laufen. Dabei gaben die Möwen über uns ein Konzert, extra für uns.

Wassertropfen spritzten in alle Richtungen und glänzten in der Sonne, als die heranrollenden Wellen auf meine Beine trafen. Julian bekam ebenfalls eine Ladung ab. Er verzog das Gesicht zu einer Grimasse. „Stimmt. Es ist arschkalt."

Das hinderte mich nicht daran, weiter wie wild mit Wasser um mich zu spritzen. „So ein bisschen kaltes Wasser wird doch einen harten Burschen wie dich nicht unterkriegen, oder?" Ich bückte mich und spritzte ihn mit beiden Händen von oben bis unten nass.

Ein ernstzunehmendes Knurren kam aus seiner Kehle. Seine Augen funkelten übermütig.

Oh oh!

Mit einer schnellen Bewegung zog er sich das Hemd über den Kopf und warf es hinter sich an den Strand. Unter seiner glatten Haut zuckten und spannten sich seine Muskeln. Aus irgendeinem Grund lief mir bei diesem Anblick das Wasser im Mund zusammen. Doch ich hatte nicht lange Zeit, ihn zu betrachten. Grinsend machte er einen Satz auf mich zu, beugte sich runter und schwang mich über seine Schulter.

Mein mädchenhaftes Quietschen und sein Lachen hallten über die Wellen hinweg, als ich wie ein Sack Mehl über seiner Schulter hing. Schnell merkte ich, was er als Nächstes vorhatte, denn ohne Rücksicht darauf, dass seine Shorts klitschnass wurden, ging er weiter ins tiefere Wasser.

„Wag es ja nicht!“, schrie ich. Meine Haarspitzen hingen bereits ins Meer. „Ich hab nichts zum Umziehen mit!“

„Dann betest du lieber darum, dass deine Kleider nicht aus Zucker sind“, schallte er und stapfte unaufhaltsam weiter. Seine Hand lag dabei gespreizt auf der Rückseite meiner Oberschenkel, was in meinem Bauch, abgesehen von der Panik vor einem bevorstehenden Tauchgang, ein prickeliges Gefühl auslöste.

Ich begann mit den Beinen zu strampeln, doch dem setzte Julian sogleich ein Ende indem er meine Unterschenkel mit dem zweiten Arm festhielt.

„Halt still! Es ist ja gleich vorbei!“, hörte ich seine verspielte Stimme.

„Wenn du das machst, bist du tot!“, kreischte ich als Antwort. „Lass mich sofort runter!“ Ich bereute meine Worte in dem Moment, als sie über meine Lippen kamen.

„Wie du willst.“ Julian ließ meine Beine los und gab mir dabei noch einen kleinen Schubs, sodass ich hinter ihm kopfüber in die Wellen tauchte.

Ich purzelte ein paar Sekunden lang wild herum und spuckte dann Wasser, als ich festen Boden unter meinen Füßen hatte und wieder an die Oberfläche kam. Durch einen Schleier aus tropfnassem Haar sah ich, wie Julian bereits zurück an den Strand watete und dabei über seine Schulter grinste. Lachend kämmte ich mir mit den Händen die Haare aus dem Gesicht und rief ihm nach: „Na warte! Ich krieg dich schon!"

Ich kämpfte mich durch die hüfthohen Wellen, doch das kristallklare Wasser gab die Sicht auf unzählige Muscheln und hübsche bunte Steine unter mir preis, sodass ich auf halbem Weg meine Absichten vergaß und einfach stehen blieb. Parallel zum Strand spazierte ich dann einige Zeit auf und ab und sammelte dabei ein paar wundersame Prachtstücke ein. Einige der Muscheln sahen aus wie Schmetterlingsflügel. Andere waren geformt wie kleine Pyramiden. Völlig eingenommen von meiner Beschäftigung, stakste ich lange Zeit einfach nur durchs Wasser und ließ mir die Sonne dabei auf den Kopf scheinen.

Mein Haar und meine Kleider waren schon lange getrocknet, als ich zum ersten Mal wieder rüber zu Julian blickte, der im Schatten gemütlich gegen eine der Palmen lehnte. Er hatte einen Arm auf sein aufgestelltes Knie gelegt und beobachtete mich stillschweigend.

Ich joggte über den Strand zu ihm, wobei mehr und mehr Sand an meinen nassen Füßen kleben blieb. Julians Augen folgten meinen Bewegungen, doch ich war mir nicht sicher, ob er mich wirklich sah, so tief in Gedanken wirkte er. Es war, als würde er durch mich hindurch sehen.

Oder in mich hinein.

Etwas unsicher wurde ich langsamer und spazierte die letzten paar Meter. Ich hatte meinen Kopf geneigt und Julian blickte zu mir nach oben, doch ich hatte immer noch nicht das Gefühl, dass er ganz in der Realität angekommen war. Also kniete ich mich vor ihm auf das ausgebreitete Badetuch, stützte meine Hände auf meine Oberschenkel und fragte vorsichtig: „Was geht dir gerade durch den Sinn?“

Er blinzelte. Und da wusste ich, erst jetzt sah er mich richtig. Er streichelte mir zärtlich über die Wange und sagte leise: „Du.“

Dieses eine Wort sprengte alle Gedanken aus meinem Kopf. Seine Finger rutschten weiter bis in meinen Nacken und mit seinem Daumen strich er liebevoll an meinem Kinn entlang bis zu meinem Ohr. Mein Mund wurde ganz trocken. Julian sah mir tief in die Augen und gab mir eine Sekunde Zeit, um die Situation abzuschätzen und eine Entscheidung zu treffen. Würde ich einen Rückzieher machen oder mich auf ihn einlassen?

Ich bewegte mich keinen Millimeter von der Stelle.

Und dann drehte sich die Welt plötzlich langsamer. Julian zog mich sachte zu sich heran. Mein Atem kam dabei stoßweise. Alles, was ich sehen konnte, war sein Mund, der näher kam und den ich so gerne kosten wollte. Schließlich sanken meine Augenlider nieder und ich folgte nur noch seiner Führung. Zärtlich drückte er seine Lippen auf meine. Sie waren weich wie Zuckerwatte und sie schmeckten auch mindestens genauso gut.

Ich stützte meine Hände in den Sand und lehnte mich weiter zu Julian. Den Kopf leicht geneigt, hauchte er erst federleichte Küsse gegen meine Lippen, dann glitt seine Zunge langsam über meine Unterlippe. Ein Kribbeln breitete sich über meinen gesamten Körper aus und zentrierte sich in meinem Bauch. Mir wurde heiß und kalt gleichzeitig und alles nur, weil Julians Zunge begonnen hatte mit meiner zu spielen. Seine Finger krallten sich in mein Haar, seine langen, tiefen Atemzüge liebkosten die Haut meiner Wangen.

Das stete Rollen der Wellen hinter mir schien um ein Vielfaches langsamer geworden zu sein. Die Rufe der Möwen waren unnatürlich lang gezogen und kamen von weit weg. Selbst der Wind hatte einen Gang runtergeschaltet und blies nun mit einer hypnotischen Gemütlichkeit. Die Zeit war nicht mehr dieselbe.

Ich versank in Julians Umarmung. Voll und ganz und ohne zurück.

Zärtlich biss er mich in die Unterlippe und ich spürte, wie er dabei grinste. Ich lehnte mich ein paar Zentimeter zurück und sah ihm in die Augen. „Heißt das, wir sind jetzt über *kompliziert* hinaus?"

Er überlegte kurz, wobei er die Lippen aufeinanderpresste. „Kompliziert", seufzte er und streifte mit einem Lächeln eine Haarsträhne hinter mein Ohr, „beginnt in diesem Moment."

Ich verstand die Schwermut in seinem Blick nicht ganz, doch bevor ich ihn fragen konnte, was er damit meinte, zog er mich wieder näher zu sich heran und küsste mich noch einmal. Langsam. Sinnlich. So, dass mir beinahe das Herz stehen blieb.

Dann nahm er meine beiden Hände in seine und drehte mich so herum, dass ich mit dem Rücken gegen seine Brust lehnte und wir beide unsere Arme über meinem Bauch verschränkt hatten. Julian hielt mich fest, als hätte er Angst, es könnte mich jeden Moment jemand aus seinen Armen reißen.

„Du kannst ruhig locker lassen. Ich werd nicht

weglaufen“, neckte ich ihn über meine Schulter.

Ich spürte seinen Atem in meinem Nacken. „Versprochen?“ Die Frage klang viel trauriger, als sie vermutlich klingen sollte.

Nichts in der Welt hätte mich in diesem Moment von ihm trennen können. Zum ersten Mal seit ich nach Frankreich und in das Haus meiner Tante gekommen war, wusste ich mit überwältigender Sicherheit, dass ich bis zum Ende bleiben wollte. „Ja, versprochen.“

Selbst nach meinem Nicken dauerte es noch eine halbe Minute, bis er sich entspannte. Unsere Finger waren ineinander verschlungen und ich blickte hinaus auf den seltsam ruhigen Ozean. Wenn ich es mir recht überlegte, hätte ich eigentlich durch die Aufregung, Julian endlich so nahe zu sein, völlig verkrampft sein müssen—nervös und zittrig. Doch ich war nichts dergleichen.

Durch seine zärtliche Umarmung drang wie immer diese Gelassenheit in mich ein, die alles um mich herum unwirklich werden ließ. Ich legte meinen Kopf zurück auf seine Schulter. In diesem Moment dachte ich an nichts, außer daran, wie schön es war, in seinem Armen zu liegen und seinen Atem in meinem Haar zu spüren.

Julian protestierte, als ich unsere Finger voneinander löste. Doch als ich begann, seine Hand zu erforschen, entspannte sich sein Handgelenk wieder. Ich zog kleine Kreise auf seiner Handfläche, strich seine Finger entlang, rollte sie ein und streckte sie wieder. Ich tastete jeden Quadratzentimeter seiner Hand ab und inspizierte jede der feinen Linien.

Wenn ich meine Handfläche gegen seine drückte, überragten seine Finger meine um ein ganzes Gelenk. Ich wusste nicht, was es war, doch etwas pulsierte in seiner Hand. Meine Finger kribbelten, wenn ich ihn berührte, so als würden sie mit einem sanften elektrischen Impuls stimuliert.

„Ich mag deine Hände", murmelte ich etwas verlegen.

„Ist mir aufgefallen." Mit seiner Nasenspitze liebkoste er meine Schläfe und meinen Wangenknochen. Sein warmer Atem kitzelte angenehm an der empfindlichen Stelle hinter meinem Ohr.

Gefährlich nahe daran, mich in seinem zärtlichen Spiel zu verlieren, versuchte ich bei der Sache zu bleiben. „Sie fühlen sich an, als wären sie mit etwas geladen."

„Geladen?" Julian küsste sanft meinen Nacken und legte mir dabei seine freie Hand auf die Wange. Mit kaum spürbaren Berührungen streichelte er meinen Hals hinunter und wieder hinauf. „Womit?"

Mit Energie.

„Ich weiß nicht", log ich, denn meine Vermutung hörte sich zu albern an. Mehr und mehr verfiel ich seiner Berührung. In meinem Bauch fuhren die Schmetterlinge Achterbahn und lachten auch noch wild dabei.

Schließlich legte er seine Finger unter mein Kinn und drehte meinen Kopf sanft zu sich. Seine flammenden Augen erweckten einen sinnlichen Hunger in mir und nur allzu gern schob ich alle Gedanken beiseite, als er meine Unterlippe zwischen seine Zähne nahm und verspielt daran knabberte.

Ich drehte mich in seinen Armen und stützte mich gegen seinen nackten Oberkörper. Seine Brustmuskeln zuckten unter meinen Händen. Ich krallte die Finger ein und zog sanfte Linien mit meinen Fingernägeln über seine

Haut. Ein leises Stöhnen entwich seiner Kehle und verebbte zwischen unseren Lippen. Julian küsste mich daraufhin tiefer, leidenschaftlicher, aber immer noch berauschend langsam.

Das aufsteigende Verlangen in mir gab mir kaum Gelegenheit Luft zu holen. Die Erde schwankte um mich herum. Ich hatte das Gefühl, ich wäre gerade dabei, mit Julian zu verschmelzen. Körper und Seele. Und er spürte es vermutlich ebenso.

Julian unterbrach den Kuss abrupt. Erst wollte ich meine Augen gar nicht öffnen, doch als ich ihn dann doch ansah, entdeckte ich in seinem Gesicht dieses süße schiefe Lächeln, das ich mittlerweile als mein Lieblingsgrinsen eingestuft hatte.

„Du siehst aus, als würde dir das hier gefallen," flüsterte er.

Er hatte ja gar keine Ahnung wie sehr.

„Küss mich noch mal", bat ich verträumt und kippte dabei bereits nach vorn, um meinen Mund auf seinen zu pressen.

Dieses Mal zeigte Julian keine Zurückhaltung. Er eroberte mich auf eine verruchte Art, die mir beinahe den Verstand raubte. Der Kuss wurde tiefer und tiefer. Ich gab alles und bekam dafür alles. Seine zarten Finger glitten über meine Schultern und meine Arme hinunter. Plötzlich packte er mich bei den Hüften und zog mich auf sich, sodass ich mit gespreizten Beinen auf seinem Schoß saß. Mein T-Shirt bildete schon lange keine Barriere mehr zwischen seinen Händen und meiner Haut. Er streichelte meinen Rücken, meine empfindlichen Seiten und auch die Stelle knapp über meinem Hintern. Sein erbarmungsloses Spiel mit seiner

Zunge entlockte mir ein hingebungsvolles Raunen, für das ich mich vielleicht hätte schämen sollen, doch es war mir egal.

Nach einer langen Minute unterbrach Julian unseren innigen Kuss. „Jona, wir sollten wirklich—"

Ich ließ ihn nicht ausreden, sondern schob meine Finger in sein samtweiches Haar und setzte fort, was er nicht hätte stoppen dürfen. Es interessierte mich nicht, was er zu sagen hatte. Im Moment konnte ich einfach nicht genug von ihm bekommen.

Julians Hände umfassten meine Hüften, und obwohl er sanft versuchte, mich etwas weiter von sich zu schieben, antwortete er auf meinen feurigen Kuss mit der gleichen Leidenschaft. „Bitte, Jona, es ist nicht—", stöhnte er zwischendurch. Er klang dabei beinahe verzweifelt.

Was sollte ich tun? Ich war noch nicht bereit, ihn loszulassen. Ein kleiner Teil von mir wusste, dass es etwas mit diesem überschwänglichen Glück zu tun haben musste, das mich jedes Mal durchdrang, wenn Julian mich berührte. Doch es war zu einfach, sich diesem Gefühl hinzugeben. Ich war wie berauscht. Und ich wollte immer mehr davon.

Julians Bauchmuskeln spannten sich kurz an und plötzlich lag ich unter ihm im Sand. Er sah mit wolfshungrigen Augen aus wenigen Zentimetern Entfernung auf mich herab. „Jona", flüsterte er heiser. „Es tut mir leid. Wir müssen damit aufhören, bevor ich noch etwas—sehr *Dummes* mit dir anstelle."

Meine Hände lagen immer noch auf seiner Brust. Ich rollte meinen Kopf etwas zur Seite und blickte ihn aus dem Augenwinkel an. „Egal, was es ist, ich werde nichts bereuen."

Mit seiner Nasenspitze strich er über meine Wange und hauchte dann einen Kuss hinter mein Ohr. „Ich befürchte, in diesem Fall doch."

Ein Anruf von der Polizei

Eine leichte Sommerbrise raschelte in den Blättern über mir. Der Wind trug den Duft von Meerwasser und Sand mit sich. Ich lag auf dem Rücken und versuchte zu verstehen, warum Julian mich allein gelassen hatte. Ich war bereit gewesen, das Risiko einzugehen, zu bereuen, was auch immer sein sinnlicher Kuss mit sich gebracht hätte. Doch Julian war es nicht.

Das aufgeregte Kribbeln in mir hielt noch eine Weile an, doch langsam flaute auch dieses Gefühl ab. Ich stand auf und klopfte mir den Sand vom Hintern.

Julian hatte mir den Rücken zugewandt und die Hände tief in die Taschen seiner Shorts gesteckt. Die heranrollenden Wellen berührten seine Knöchel jedes Mal nur kurz und zogen sich dann wieder zurück. So stand Julian minutenlang da und blickte hinaus aufs Meer.

Ich ging langsam über den Strand auf ihn zu, doch ein paar Meter hinter ihm blieb ich stehen, denn ich hatte Angst, ihn in seinen Gedanken zu stören.

„Vermisst du London?“, fragte er mich nur einen Augenblick später ruhig, ohne sich zu mir umzudrehen. Der sanfte Wind spielte mit seinem Haar.

Zögerlich ging ich die letzten zwei Schritte zu ihm. „In diesem Moment? Überhaupt nicht.“ Wie konnte ich auch, an diesem wunderbaren Tag? Meine Mutter war meilenweit weg und konnte mir die Laune nicht verderben. Und der aufregendste junge Mann, der mir je begegnet war, hatte mich gerade an einem Platz geküsst, der mein Herz beflügelte. Ich war gefangen in einer Blase aus Glück und Zufriedenheit.

„Denkst du, du wirst deiner Mutter jemals vergeben?"

Seltsam. Warum fing er gerade jetzt damit an? „Ehrlich gesagt kann ich es mir nicht vorstellen." Ich folgte der Flugbahn einer Möwe mit meinen Augen und stellte dabei fest, wie absonderlich losgelöst ich klang. Der gewohnte Ärger, wie wenn ich sonst von meiner Mutter sprach oder nur an sie dachte, blieb völlig aus. „Es gibt so vieles an Charlene, das ich nicht verstehe. Sie hat mir weh getan und sich einen Dreck um mich gekümmert. Wie sollte ich so etwas jemals vergessen?"

Julian sagte lange Zeit nichts und blickte einfach weiter auf den ruhigen Ozean hinaus. Ich streifte mit meinen Fingern über seinen Oberarm, als ich den letzten Schritt machte und mich neben ihn stellte. „Möchtest du gerne, dass ich ihr vergebe?"

Sein Blick wanderte zu mir, doch sein Gesichtsausdruck blieb unverändert kühl. Ich hätte gern meine Arme um ihn geschlungen und versucht, das zauberhafte Lächeln wieder aus ihm herauszulocken. Doch seine distanzierte Körperhaltung hielt mich davon ab. Plötzlich trat eine Traurigkeit in seine Augen, die mir den Hals zuschnürte. „In einem Moment wie diesem wünschte ich, du würdest ihr niemals verzeihen", sagte er.

„Ich verstehe nicht."

Julian drehte sich nun ganz zu mir um und streifte mir

die luftgetrockneten Locken hinters Ohr. „Musst du auch nicht."

„Aber warum—"

Sein Daumen strich über meine Unterlippe und schnitt mir das Wort ab. Julian schüttelte nur langsam den Kopf. Dann nahm er meine Hand, legte sie auf seinen gebeugten Arm und führte mich zurück zu unserer kleinen Picknick-Oase. „Wir sollten lieber etwas essen, sonst müssen wir das ganze Zeug wieder mit nach Hause nehmen."

Wow. Was für ein feinsinniger Themenwechsel.

„Na und?" Mich störte es nicht. Ich wollte viel lieber wissen, was er vorhin gemeint hatte.

„Tja, du musst den Korb ja auch nicht wieder da hinaufschleppen." Julian nickte rüber zu dem steilen Weg, den wir heruntergekommen waren und lächelte dabei.

Ich mochte den gutgelaunten Julian viel lieber als den traurigen. Das war der einzige Grund, warum ich schließlich nachgab und nicht mehr weiter nach Antworten bohrte. Für den Moment ...

Auf der Heimfahrt sprachen wir nur sehr wenig miteinander, doch hin und wieder griff Julian zu mir rüber und schlang seine Finger durch meine, bis er wieder in einen anderen Gang schalten musste und mich losließ. Ich lehnte entspannt in meinem Sitz und betrachtete die feinen Züge seines Gesichts, während er sich auf die Straße konzentrierte.

Irgendwann zuckte sein Mundwinkel nach oben. „Beobachtest du mich?"

„Mm-hm. Stört dich das?"

Er schmunzelte. „Nicht, wenn dir gefällt, was du siehst."

Oh, und wie mir das gefiel. Aber irgendwie war Ansehen alleine nicht mehr genug für mich. Ich sehnte mich danach, ihn noch einmal zu küssen und dabei seine beschützenden Arme um mich zu spüren. Das wäre ein viel netterer Ausklang für einen wundervollen Tag wie diesen, als später auf der Feier meiner Familie zu erscheinen. Womit wir auch gleich beim Thema wären ...

„Ich glaube, ich bekomme Kopfschmerzen. Ich war heute wohl zu lange in der Sonne."

Julian warf mir einen seitlichen Blick zu. Um mein Unwohlsein perfekt vorzutäuschen, rieb ich mir die Schläfen und machte dabei eine schmerzverzerrte Grimasse.

„Wenn das ein Versuch ist, dich vor der Party zu drücken, dann lass mich dir sagen: Es funktioniert nicht."

Meine Hände sackten in meinen Schoß. „Wie machst du das?!"

„Wie mach ich was?"

„Wie liest du ständig meine Gedanken?"

„Ich lese deine Gedanken nicht. Du bist nur eine miserable Schauspielerin." Etwas in seiner ruhigen Stimme verriet mir, dass er gerade wieder nicht die ganze Wahrheit sagte. „Außerdem wirst du sicher Spaß auf der Feier haben, wenn du dir selbst nur endlich die Erlaubnis zum Glücklichsein gibst."

„Was soll das denn bitte heißen?"

„Dass du nicht von vornherein schon entscheiden sollst, dass dir etwas sowieso keinen Spaß machen wird. Ich hab dich in den letzten zwei Wochen ziemlich gut kennengelernt, Jona. Und ich kann mittlerweile ganz genau sagen, wann du wieder diesen Schalter in deinem Kopf umlegst, der den Spaßfaktor abschaltet, nur weil deine

Mutter ins Spiel kommt.“

„Das mach ich gar nicht!“ Stur verschränkte ich die Arme vor der Brust. Und wie konnte er mich überhaupt in so kurzer Zeit durchschauen?

„Tust du nicht?“, neckte er mich ungeniert und sah zu mir rüber. „Warum täuschst du dann lieber Kopfschmerzen vor, wo du stattdessen auf der Party mit mir tanzen könntest?“ Mit seinem schiefen Lächeln brachte er mein Herz zum Schmelzen. So etwas sollte verboten werden.

„Ich tanze nicht“, murmelte ich, obwohl ich ja doch gern wieder einen Grund gefunden hätte, um meine Arme um ihn schlingen zu können. Tanzen schien da eine Möglichkeit zu sein.

„Warum nicht?“, wollte Julian wissen.

Weil ich keine Ahnung hatte, wie das ging. „Ich mag es einfach nicht.“

„Wann hast du jemals getanzt?“

„Noch nie.“ Ich biss die Zähne aufeinander und richtete meinen Blick auf meine Knie, die leicht nach links kippten, als Julian eine Rechtskurve fuhr.

„Und wieder hat sie den Schalter umgelegt ...“, sagte er mit einem Seufzen. Er griff nach meiner Hand und hielt sie fest, selbst als er wieder einen Gang hochschalten musste, was so zwar etwas umständlich, aber irgendwie süß war. Seine Finger gruben sich in meinen Handrücken, als er fester zudrückte. „Würdest du es dir vielleicht noch mal überlegen, wenn ich bitte sage?“ Er wackelte dabei mit den Augenbrauen und brachte mich damit zum Lachen.

Mit der freien Hand gab ich ihm einen leichten Klaps auf die Schulter. „Na schön, ich werd darüber nachdenken. Und jetzt lass mich in Ruhe.“

Julian nickte zufrieden.

Er parkte den Geländewagen in der Garage und holte den leeren Picknickkorb und die Handtücher aus dem Kofferraum. Als er mir seine Hand reichte, zögerte ich.

Julian neigte fragend seinen Kopf.

Ich holte tief Luft und atmete dann langsam aus. „Sie sollen nicht sehen, dass ich ... dass du ... wir ... na, du weißt schon."

Er bog eine Augenbraue nach oben. „Und mit *sie* meinst du—?"

„Den Drachen", grummelte ich. Charlene gefiel es nicht, dass Julian und ich uns näherkamen, so viel war klar. Wahrscheinlich wollte sie ihn immer noch für sich allein haben und hasste mich dafür wie die Pest. „Ich hab euch neulich reden gehört." Erst erwartete ich von Julian dafür gerügt zu werden, dass ich gelauscht hatte, doch als er mich nur schweigend ansah, erklärte ich weiter: „Ich wollte gar nicht lauschen. Echt nicht. Aber dann hast du meinen Namen gesagt und ich konnte einfach nicht weitergehen. Ich weiß, was Charlene darüber denkt, wie du mich ansiehst."

Julian ließ betrübt den Kopf hängen. „Das hast du also gehört." Er klang eher traurig als böse.

Ich nickte. „Sie findet es nicht gut."

Sein Blick traf zögerlich auf meinen. „Würdest du mir glauben, wenn ich dir sage, dass sie es aus einem ganz anderen Grund nicht gut findet, als du jetzt wahrscheinlich denkst?"

„Vielleicht. Wenn du es mir erklären würdest."

„Das kann ich leider nicht."

Tja, das überraschte mich jetzt nicht wirklich. „Julian,

du bist ein wandelndes Rätsel für mich. Und solange ich nicht dahinter steige, was hier eigentlich los ist, wäre es mir lieber, wenn wir alles beim Alten lassen und niemandem da drin" –ganz besonders nicht meiner Tante, die ja ohnehin eine heimliche Hoffnung in Bezug auf Julian und mich hegte— „ein falsches Bild vermitteln würden."

Er ließ sich eine Ewigkeit Zeit, bis er endlich nickte. „Wie du willst." Dann zog er mich plötzlich zu sich und drückte mir mit einem Grinsen einen Kuss auf die Stirn. „Aber einen Tanz schuldest du mir trotzdem."

„Hah!" Ich stieß ihn spielerisch weg. „Ich schulde dir gar nichts."

„Na schön, dann eben anders: Wenn du mir einen Tanz versprichst, hab ich eine Überraschung für dich."

Die Arme über der Brust verschränkt, sah ich ihn skeptisch aus dem Augenwinkel an. „Was ist das für eine Überraschung?"

„Oh nein." Er schüttelte den Kopf. „Erst versprichst du, später mit mir zu tanzen."

Vorfreude strahlte in seinen Augen. Da konnte ich doch gar nicht Nein sagen. „Also gut, ich versprech's. Und jetzt sag schon, was ist es?"

„Du siehst es noch früh genug." Er zwinkerte mir zu, nahm mich bei der Hand und zog mich ins Haus. Als Marie um die Ecke gebogen kam, ließ er mich jedoch los, ehe sie etwas bemerkte.

„Ah, ihr seid zurück. Hattet ihr einen schönen Tag?", fragte sie uns.

Ich nickte und musste bei dem Gedanken an Julians Kuss am Strand lächeln.

„Wunderbar. Ich habe gerade den Kuchen aus dem

Backofen geholt und die ersten Gäste sollten auch bald hier sein. Ach ja, und dann war da noch ein Anruf für dich, Jona." Sie holte einen kleinen rosa Zettel mit einer Telefonnummer aus ihrer Kochschürzentasche und runzelte dabei die Stirn. „Von der Polizei."

Meine Kinnlade klappte nach unten. Ich drehte mich zu Julian, der gerade sehr skeptisch in meine Richtung schielte. „Ich schwöre, ich hab nichts angestellt!", verteidigte ich mich schnell. „Kein Stehlen und auch sonst nichts. Wie hätte ich das auch tun können, wo wir den ganzen Tag zusammen waren?"

Julians Miene entspannte sich. „Gutes Argument."

Meine Tante gab mir den Zettel. „Der Mann sagte, sein Name sei Officer Madison und dass du ihn bei Gelegenheit vielleicht zurückrufen möchtest."

„Quinn?" Oh, mein Freund hatte mich nicht vergessen! „Wahrscheinlich wollte er nur fragen, wie es mir geht." Ich strahlte Julian an, der im Moment irgendwie gar nicht so begeistert aussah. Sein Blick wurde kühl und er steckte die Hände in die Taschen.

„Du kannst jederzeit das Telefon benutzen, wenn du diesen Officer zurückrufen möchtest", bot mir Marie an, obwohl sie nicht ganz zu verstehen schien, warum ich mich über einen Anruf von der Polizei so freute.

„Ist gut. Danke." Ich wollte erst noch unter die Dusche und den Sand und das Meersalz von meiner Haut loswerden, bevor ich Zeit für Quinn hatte. Auf dem Weg die Treppe hinauf fragte ich Julian, der für meinen Geschmack viel zu ruhig geworden war: „Ist mit dir alles in Ordnung?"

„Sicher."

Oh mein Gott, war er etwa trotzig? Wegen meinem Freund in London? Ich blieb verblüfft auf der Treppe stehen und Julian mit mir. „Als du und Charlene nach England gekommen seid, schienst du dich ganz gut mit Quinn zu verstehen. Ich dachte, du kannst ihn gut leiden?“

„Kann ich auch.“ Er lehnte sich ganz langsam näher, bis sich unsere Nasenspitzen berührten. „Deine Reaktion auf seinen Anruf hat mich nur ein wenig ... überrascht.“

Wohl eher aus der Bahn geworfen. Ich konnte es kaum glauben, doch Julian machte tatsächlich einen Schmollmund. „Eifersüchtig?“, zog ich ihn auf.

Er zuckte lässig mit einer Schulter und grinste dann. „Vielleicht.“

„Ha! Du spinnst!“ Ich lachte laut und lief nach oben in mein Zimmer.

Nachdem ich wieder sauber und frisch gekleidet war, hopste ich aufgeregt nach unten und wählte die Nummer von dem Zettel mit dem Schnurlostelefon, das im Flur in der Ladestation steckte. Den Hörer an mein Ohr gedrückt, ging ich ungeduldig auf und ab.

„Hallo.“

Als ich Quinns Stimme hörte, schlug mein Herz einen Salto in meiner Brust. Ich wollte gerade losplappern, da hörte ich ihn sagen: „Das ist der automatische Anrufbeantworter von Quinn Madison. Ich bin leider im Moment nicht zu Hause. Bitte hinterlassen Sie mir eine Nachricht nach dem Piep.“ Dann pfiff mir das dämliche Ding ins Ohr.

Mit hängenden Schultern lehnte ich mich an die Wand und sagte: „Hi Quinn. Ich bin’s. Jona. Ich hätte dir gerne erzählt, wie toll es hier ist, aber du bist ja leider nicht—“

Ein Knistern am anderen Ende unterbrach mich. Dann rief Quinn plötzlich: „Hey Jona, leg nicht auf! Ich bin hier!"

Ein warmes Gefühl der Freude schwappte über mich. „Hallo Quinn!"

„Hey." Diesmal klang er ruhiger und erleichtert. „Es tut mir leid, ich bin eben erst reingekommen. Wie geht's dir, Kleine?"

„Ganz gut. Wer hätte das jemals gedacht, heh?" Mit dem Grinsen, das gerade meine Lippen spannte, fiel mir sogar das Sprechen schwer."

„Ich natürlich. Es gefällt dir also drüben in Frankreich?"

„Das Haus und die Weinberge sind wunderschön. Schade, dass du es nicht sehen kannst. Ich hab sogar mein eigenes Zimmer im ersten Stock. Und alle hier sind ziemlich freundlich."

„Na, das klingt doch großartig. Siehst du, ich wusste, du würdest deine neue Familie mögen."

Ich sah mich kurz nach beiden Seiten um und senkte dann meine Stimme. „Na ja, alle bis auf den Drachen halt. Aber ich versuche ihr so gut wie möglich aus dem Weg zu gehen. Dafür sind meine Tante und mein Onkel super nette Leute."

„Schön, das zu hören. Aber jetzt sag mal ehrlich, wie oft hast du denn schon daran gedacht abzuhauen?"

„Gar nicht!", rief ich gespielt geschockt.

Quinns Lachen schallte durch die Leitung. „Wirklich? Und wieso kaufe ich dir das nicht ab?"

Ich kaute verlegen auf der Innenseite meiner Wange herum. „Na schön. Vielleicht hab ich ja einmal drüber nachgedacht. Vielleicht auch zweimal. Aber wenn du es unbedingt wissen willst, die Situation hat sich ein wenig geändert. Ich find's im Moment ganz gut hier und vielleicht bleib ich sogar bis zu meinem Geburtstag."

„Und ob du das wirst!" Sein Ton war streng. Ganz der Bulle eben. „Aber was war denn ausschlaggebend, dass du nun doch deine Meinung geändert hast?"

Was? Oder *wer*? Der Gedanke an Julian öffnete blitzartig die Tür zum Schmetterlingskäfig in meinem Bauch und alle kamen sie frei. Als wäre das sein Stichwort gewesen, kam Julian in diesem Moment lässig die Treppe herunter geschlendert. Eine Hand glitt dabei am Geländer entlang. Er warf mir einen anziehenden Blick zu.

„Um's kurz zu machen", sagte ich ins Telefon, „ich hab hier einen Freund gefunden."

„Jules?" Ein spitzbübischer Ton kroch in Quinns Stimme, der so gar nicht zu seinem Alter passte.

Julian kam mit gesenktem Kinn auf mich zu und hielt seinen Blick dabei fest auf meine Augen gerichtet. Er lehnte sich zu meinem freien Ohr hinüber und flüsterte: „Deine Überraschung ist oben in deinem Zimmer."

„Ja", antwortete ich Quinn, doch meine Aufmerksamkeit wanderte gerade mit Julian zur Tür hinaus. Einen Moment lang hielt ich meine Hand über das Telefon, sodass Quinn mein mädchenhaftes Seufzen nicht hören konnte.

„Ich wusste, du würdest ihn mögen, wenn du ihm nur eine Chance gibst", meinte Quinn begeistert. „Er machte auf mich einen wirklich netten Eindruck."

„Ja ... nett", stammelte ich und versuchte mich wieder zu konzentrieren. „Und er hilft mir auch dabei, meine Höhenangst zu überwinden. Das Beste weißt du ja noch gar nicht. Ich hab einen tollen Balkon vor meinem Zimmer, mit Blick über die Weinberge. Es ist umwerfend."

„Wow, das muss ja ein richtiger Palast sein, wo du jetzt lebst."

„Manchmal fühlt es sich fast so an", stimmte ich zu. „Heute Abend veranstalten sie hier sogar eine Party und ich soll dabei mit Julian tanzen. Kannst du dir das vorstellen?" Ich kicherte bei dem Gedanken daran, freute mich aber schon auf den Moment, wenn ich Julian wieder so nah wie heute Nachmittag sein konnte.

„Klingt nach Spaß. Dann sollte ich dich wohl besser nicht mehr länger aufhalten. Aber es war nett, wieder einmal deine Stimme zu hören." Er machte eine kurze Pause. „Die Arbeit hier ist ziemlich langweilig geworden, seit meine Lieblingskriminelle fluchtartig das Land verlassen hat. Londons Straßen sind nicht dieselben ohne dich." Quinn lachte sanft, doch es klang erzwungen.

Bei seinen sentimentalen Worten schnürte sich mir die Kehle zu. „Du fehlst mir auch, Quinn. Ich sehe dich dann in ein paar Wochen."

„Ja. Bestell Julian und deiner Familie schöne Grüße von mir."

„Werd ich machen. Und du drückst Abe für mich, wenn du ihn das nächste Mal siehst." Wir lachten beide und verabschiedeten uns dann voneinander. Als ich auflegte, bekam ich einen schweren Anfall von Heimweh. Doch es gab einen guten Grund, warum ich mich freuen sollte, noch ein paar Wochen länger hierzubleiben.

Julian.

Da fiel mir auch die Überraschung wieder ein. Ich flitzte nach oben und stolperte dabei fast über die letzte

Stufe. Die Tür zu meinem Zimmer gab meinem ungeduldigen Drücken nach und knallte auf der anderen Seite gegen die Wand. Ich stolperte hinein und suchte meinen Schreibtisch und mein Bett nach einem Päckchen oder etwas Ähnlichem ab. Aber da war nichts.

Wollte er mich nur veräppeln? Die Hände in die Hüften gestemmt, drehte ich mich rundum und kaute dabei auf meiner Unterlippe herum. Dann stockte mir plötzlich der Atem. Ich taumelte ein paar Schritte zurück, stieß gegen das Bett und plumpste sprachlos auf die Matratze.

Am anderen Ende meines Zimmers, an der Tür zu meinem Kleiderschrank, hing dieses gelbe Wahnsinnskleid.

Verräter

Mein ungewohntes Spiegelbild starrte entsetzt zu mir zurück. Ich sah aus wie eine Sonnenblume. Dem Etikett nach zu urteilen, war dieses Kleid aus chinesischer Seide genäht. Der dreilagige Rock flatterte um meine Knie, als ich meine Hüften hin und her schwang. Das war mit Abstand das schönste Kleid, das ich je gesehen hatte.

Ich konnte mich nicht erinnern, was auf dem Preisschild gestanden hatte, doch Julian musste dafür ein Vermögen bezahlt haben. Und nur aus diesem Grund beschloss ich, das Kleid heute Abend auch wirklich zu tragen. Er sollte nicht denken, dass ich sein Geschenk nicht zu schätzen wüsste. Aber wohl fühlte ich mich in so einem teuren Kleid nicht.

Durch das strahlende Gelb würde ich aus der Menge herausstechen. Alle würden mich sehen, und es gäbe keine Möglichkeit, mich in einer dunklen Ecke zu verkriechen. Oh Mann. Ein Schauer lief mir den Rücken hinunter.

Es klopfte leise an meiner Tür und gleich darauf steckte Marie ihren Kopf herein. „Bist du fertig?“ Als sie mich vor dem Spiegel stehen sah, schnappte sie nach Luft und stieß die Tür ganz auf. „Ach du lieber Himmel, Jona! Du siehst ja wunderschön aus.“ Sie kam auf mich zu und befühlte den Stoff des Rockes. „Ist das nicht das Kleid, das wir neulich in dem Laden gesehen haben?“

„Genau. Julian hat es für mich gekauft“, antwortete ich schnell, ehe sie auf die Idee kam, ich könnte es gestohlen haben. „Er möchte wohl, dass ich es zu dem Fest trage. Aber ich fühle mich nicht gerade wohl damit.“

„Das ist ja so lieb von ihm. Du musst es unbedingt anlassen, *Chérie*. Es ist wie für dich gemacht.“

Seltsamerweise stimmte das sogar. Julian hatte irgendwie die richtige Größe erwischt. Das Kleid passte wie angegossen.

„Und da es ein Geschenk von Julian ist, wäre er sicher enttäuscht, wenn du es nicht trägst.“

Ich stieß einen langen, schweren Seufzer aus. „Also hab ich wohl gar keine Wahl.“

„Komm, beeil dich. Die meisten Gäste sind schon da und die Party hat eben angefangen.“

„Sie sind bereits hier?“ Ich sah zum Fenster raus. „Ich höre gar niemanden im Garten.“

„Wir feiern im Weingarten. Da ist mehr Platz für die Band und die Tische.“

„Oh.“ Eine Band? Und das nur für ein kleines Treffen unter Freunden. Ich sah Marie skeptisch an. Die Party war wohl doch größer, als Julian mir weismachen wollte.

Meine Tante sagte nichts dazu, sondern machte nur eine antreibende Handbewegung, und ich schlüpfte in meine Martens. Da riss sie die Augen weit auf. „*Oh nein!* Du wirst diese ausgelatschten Stiefel doch nicht zu diesem schönen Kleid anziehen?“

„Ich habe keine anderen Schuhe. Und ich kann ja wohl auch schlecht barfuß laufen, oder?“

„Warte hier. Ich bin gleich zurück.“ Sie huschte aus der

Tür und kam nur eine Minute später zurück, wobei sie ein Paar weiße Sandalen in den Händen hielt. „Probier die!“ Als sie mir die Schuhe überreichte, steckte sie mich beinahe mit ihrem Enthusiasmus an.

Ich setzte mich auf mein Bett und machte die kleinen Riemchen um meine Knöchel zu. Nach ein paar Schritten durchs Zimmer stand fest, sie passten perfekt. Der breite niedrige Absatz klackte dabei auf dem Parkett. Ich kam mir vor wie auf einem Laufsteg.

„Danke“, sagte ich zu Marie, die gerade begeistert in ihre Hände klatschte. Gemeinsam gingen wir hinunter, und sie holte eine Torte aus der Küche, über die ein großer, runder Plastikdeckel gestülpt war. Meine Knöchel wackelten ein wenig, als wir durch den Garten rüber zu den Weinbergen spazierten.

Etwa zweihundert Meter vom Haus entfernt, da wo sich die Wege zwischen den Reihen aus Weinreben kreuzten, standen ein paar lange Biertische aus Holz. Einige Gäste saßen bereits auf Bänken drumherum, andere standen in kleinen Grüppchen von zwei oder drei Leuten beisammen. Die Sonne versank gerade im Westen und brachte den Horizont zum Glühen. Dazu leuchteten auch noch unzählige Lampions, die an allen Ecken und Enden rings um uns herum befestigt waren.

Nun konnte ich auch erkennen, was Marie vorhin mit der Band gemeint hatte. Albert stand mit seinem Akkordeon auf einer provisorischen Bühne, begleitet von zwei weiteren Männern mit Gitarren in den Händen. Auf einer Fläche, die mit einfachen Holzbrettern ausgelegt war, tanzten einige Pärchen wild Boogie-Woogie zu den fröhlichen Klängen der Band.

Jemand rief Marie aus der Menge zu. Wir beide drehten uns zu einem großen Mann um, der ein Kleinkind im Arm hielt. Das Mädchen blickte mich mit großen dunkelblauen Augen an. Einen Arm hatte sie um den Hals des Mannes gelegt. Mit der anderen Hand wickelte sie sich eine ihrer engelsblonden Locken um den Finger.

„Bonsoir, Pasqual", sagte meine Tante.

Der Mann nickte und warf gerade einen neugierigen Blick zu mir herüber. Er drehte sich erst von mir weg, als Marie sich auf die Zehenspitzen stellte und ihn und das Mädchen in grünen Latzhosen auf die Wange küsste. Mit dem Kuchen in einer Hand schob sie mich mit der anderen einen Schritt nach vorn. *„C'est ma niece. Jona. Elle est la fille de Charlene."*

Und da ging es auch schon los. Obwohl ich wie immer nur Bahnhof verstand, wenn jemand Französisch neben mir sprach, war ich sicher, dass ich gerade als die verlorene Tochter vorgestellt wurde.

„Das sind mein Cousin, Pasqual, und seine Tochter, Claire", erklärte sie mir dann.

Ich winkte zu dem kleinen Mädchen hoch und schüttelte Pasqual die Hand. Er hatte einen festen Händedruck. *„Bonsoir, Jona. Je suis heureux de vous recountrer."*

Ja. Wie auch immer. Ich lächelte höflich, hielt aber meinen Mund. Marie unterhielt sich noch eine Weile angeregt mit ihm, und weil ich kein Wort verstand, begann ich mich zu langweilen. Ich suchte die Menge nach Julian ab, in der Hoffnung, ich könnte ihn als Ausrede benutzen, um mich von Marie und dem schlanken Mann mit dunklem Haar davonzuschleichen. Mit den Händen hinterm Rücken verschränkt schwenkte ich erst nur meinen Kopf in alle Richtungen, doch als ich ihn nirgends entdecken konnte, drehte ich mich im Kreis.

Als ich seine blonden Haare dann doch in der Menge erblickte, schlug mein Herz einen aufgeregten Purzelbaum. Sein weißes Hemd hob sich gegen Valentine im Hintergrund ab, die ihren runden Bauch in ein Kleid gesteckt hatte, das so rot war, wie der Wein den Albert zum Abendessen trank. Der Drache war auch in ihrer Gesellschaft.

Charlene sah mich von allen als Erste. Ihr fassungsloses Gesicht war echt zum Totlachen. Sie schlug sich eine Hand über den Mund, vertuschte die Geste aber schnell, indem sie sich die braune Bluse glatt strich, die sie zu ihrer schwarzen Hose trug. Aus irgendeinem Grund wirkte sie heute viel lebendiger als sonst. Kupferfarbene Reflexe in ihrem Haar ließen darauf schließen, dass sie es heute hatte färben lassen.

Der Blickrichtung meiner Mutter folgend, sah auch Julian kurz über seine Schulter und drehte sich dann zu ihr zurück. Es dauerte nur einen Bruchteil einer Sekunde, bis er noch einmal herumwirbelte. Dieses Mal blieb sein faszinierter Blick allerdings an mir hängen, sogar auch dann noch, als er etwas zu den beiden Frauen hinter ihm sagte, nickte und dann langsam auf mich zusteuerte.

Mit jedem weiteren Schritt, den er machte, schlug mein Herz lauter, bis es schließlich sogar die Musik der Band übertönte. Ich trat nervös von einem Bein auf das andere.

Weniger als einen Meter von mir entfernt blieb Julian stehen und ließ seinen Blick langsam an mir hinabgleiten—bis zu Maries Sandalen an meinen Füßen und wieder zurück.

„Ich hatte recht“, sagte er dann leise mit einem schmeichelnden Unterton.

„Womit?“

„Du siehst in dem Kleid umwerfend aus.“

Ich wusste nicht, was mir in diesem Moment peinlicher war. Dass ich in diesem Sonnenstrahl von Kleid steckte oder Julians lüsterne Blicke, wo uns doch gerade jeder hier beobachtete. Ich räusperte mich laut und versuchte meine Stimme zu stabilisieren, bevor ich etwas sagte. „Danke für das Kleid. Aber das hättest du wirklich nicht tun—“

„Schh.“ Er schenkte mir ein Lächeln, das mir ein Bauchkribbeln verursachte. Dann hielt er mir die Hand entgegen, mit der Handfläche nach oben. „Bist du so weit?“

Ich traute mich nicht so recht, seine Hand zu nehmen, sondern sah ihn erst mal mit offener Skepsis an. „Was hast du vor?“

„Wenn ich mich nicht irre, hast du mir einen Tanz versprochen.“

„Ach ja, richtig.“ Tanzen in einem Kleid, das so gelb war wie ein Hühnerküken und sämtliche Blicke auf sich zog. Na, das konnte was werden.

Ich stolperte hinter Julian her, der mich an die Hand genommen hatte und mich nun auf die Tanzfläche zog. Die Kieselsteine knirschten unter meinen Absätzen. Vorsichtig warf ich einen flüchtigen Blick um mich und musste feststellen, dass tatsächlich sämtliche Augenpaare auf mich gerichtet waren und die Leute bereits die Köpfe zusammensteckten und tuschelten.

Fantastisch.

In der Mitte der aufgelegten Holzlatten hielt Julian an

und zog mich mit leichtem Schwung so um sich herum, dass ich vor ihm stand. Dann legte er einen Arm um mich. In dem Moment, als ich von seiner Umarmung verschluckt wurde und in seine leuchtenden Augen sah, fiel die ganze Nervosität von mir ab. Von Julian gehalten zu werden war wie in unserer eigenen kleinen Ecke im Paradies zu stehen. Ich schloss die Augen und saugte seinen atemberaubenden Duft ein. In meiner Erinnerung hörte ich wieder, wie die Wellen an den Strand von Südfrankreich rollten.

Die fröhliche Melodie, die Albert und seine Freunde gerade gespielt hatten, klang aus und sie stimmten ein neues Lied an. Dieses war langsamer und ging mir mit den ersten paar Takten bereits unter die Haut. Nun ja, daran konnte auch Julian schuld sein. Er zog mich fester an seine Brust und schwang leicht mit mir hin und her.

Ich ließ meine Fingerspitzen sanft an seinem Arm hoch gleiten. Eine leichte Spur von Gänsehaut zeichnete sich dort ab, wo ich ihn berührt hatte. Schließlich legte ich beide Arme um seinen Hals und genoss das Gefühl seiner Hände auf meinem Rücken. Seine Nasenspitze strich langsam über meinen Wangenknochen. Er küsste mich hinterm Ohr und löste damit ein samtiges Kribbeln gleich unterhalb meiner Brust aus.

„Alle starren uns an“, flüsterte ich etwas verlegen. Doch ich wollte auch nicht, dass er mit seiner Liebkosung aufhörte.

„Das bildest du dir nur ein. Im Moment gibt es nur dich und mich.“ Er griff hinter seinen Nacken und nahm meine Hand zärtlich in seine. Er drehte mich elegant und zog mich dann wieder zu sich, um seine Arme erneut um mich zu schließen. „Hast du plötzlich deine Meinung geändert?“

Ich folgte seiner Führung einen kleinen Schritt nach links und dann zwei noch kleinere Schritte nach rechts. „Worüber denn?“

„Na, über's Tanzen. Du hast heute Nachmittag gemeint, es gefällt dir nicht. Aber ich kann mich nicht erinnern, wann ich dich je so breit grinsen gesehen habe.“

„Na ja, ganz so übel ist es wohl doch nicht“, gab ich zu und versuchte dabei mit aller Kraft meinen freudigen Ausdruck unter Kontrolle zu halten.

Julian zog die Augenbrauen schelmisch zusammen. „Nicht ganz so übel?“ In einer flotten Drehung tanzte er mit mir von einem Ende des Parketts zum andern und kippte mich dann nach hinten, wobei sein Arm immer sicher in meinem Rücken lag und mich stützte. Wow, so was kannte ich nur aus Filmen und mir blieb die Spucke weg.

Laut lachend klammerte ich mich an seinem Nacken fest. „Okay, okay, es ist wirklich nett.“

Julian lehnte sich über mich. Ich konnte mein Freudestrahlen in seinen Augen entdecken. Er beugte sich noch ein kleines Stückchen weiter runter und plötzlich war sein Mund auf meinem. Der Geschmack von Kokos-Sahne hing noch an seinen Lippen; wahrscheinlich hatte er zuvor eine Piña colada getrunken. Mit der Leidenschaft, die sich den ganzen Tag schon in mir aufgebaut hatte, verfiel ich Julian voll und ganz und ließ zu, dass er mich vor all den Leuten hier küsste.

Ganz in der Nähe klirrte plötzlich ein Glas und ein verhaltenes Fluchen folgte. Ich grinste unter Julians Lippen. „Ich fresse einen Besen, wenn meine Mutter nicht gerade ihren Drink hat fallen lassen.“

Er schmunzelte und zog mich hoch. „Sie hat wohl einen Hang zur Dramatik.“

„Du hast einen interessanten Moment gewählt, um uns zu outen. Sie wird total ausflippen.“

„Nein, wird sie nicht. Zumindest nicht heute Abend.“

„Warum? Was ist an diesem Abend denn so besonders?“

Noch bevor Julian antworten konnte, stimmten Albert und seine Freunde einen neuen Song an. Das Lied war auf der ganzen Welt bekannt. Ich drehte mich überrascht zu der Dreimannband um.

„Hast du heute etwa Geburtstag?“, fragte ich Julian.

Er schwieg. Seine Finger schlossen sich fest um meine Hand, und so zog er mich zu einem der langen Tische, an dem bereits einige Leute Platz genommen hatten. Alle sangen sie das Geburtstagslied. Valentine und Henri rutschten etwas zusammen, sodass Julian und ich uns neben sie setzen konnten. Marie drängte in der Zwischenzeit meine Mutter dazu, am Kopfende des Tisches Platz zu nehmen. Dann eilte sie schnell zu der Theke neben der Tanzfläche und holte den Kuchen, den sie vorhin mit hierher genommen hatte. Nur jetzt war kein Plastikdeckel mehr darüber gestülpt. Stattdessen brannten unzählige Kerzen, die in dem Kuchen steckten. Sie stellte ihn vor meine Mutter.

Fuck.

Mir drehte sich der Magen um. Das konnte doch nur ein übler Scherz sein. „Was hast du dir dabei gedacht?!“, fauchte ich Julian an. „Mich auf Charlenes Geburtstagsfeier zu schleppen ... Sag mal, geht’s noch?“

„Hey, komm runter." Unterm Tisch legte er mir seine Hand auf den Oberschenkel. Er wollte mich wohl beruhigen—mit seinem Voodoo-Scheiß außer Gefecht setzen. Und beinahe hätte es auch funktioniert.

Aber diesmal ließ ich mich nicht so leicht einwickeln. Energisch schob ich seine Hand von meinem Bein und funkelte ihn angewidert an. „Wieso hast du mir nicht die Wahrheit gesagt?"

„Es war schon schwer genug, dich überhaupt zu überreden, heute hierher zu kommen", fauchte er zurück. „Wenn du gewusst hättest, dass die Party für deine Mutter ist, hättest du nicht einmal darüber nachgedacht, hier aufzukreuzen."

„Verdammt richtig! Und du hättest mich nicht anlügen sollen!" Nicht heute. Nicht nach dem wunderschönen Tag, den wir zusammen verbracht hatten. „Du bist so ein Arsch!"

Und plötzlich ergab alles einen Sinn. Julian hatte mich heute vom Haus weggelockt, damit ich von den Vorbereitungen nichts mitbekam und keine Nachforschungen anstellen konnte. Ich hatte ihn ja sogar belauscht, wie er Marie verboten hatte, mit mir darüber zu reden. Das war es also. Was für ein Verräter!

Als das Lied zu Ende ging, klatschten alle laut in die Hände und jubelten für Charlene. Ich verschränkte als Einzige die Arme vor der Brust und war still.

Marie forderte meine Mutter auf, die Kerzen auszublasen und sich etwas zu wünschen. Charlenes hoffnungsvoller Blick schweifte dabei zu mir. Es war klar, was sie sich gleich wünschen würde.

Obwohl ihr perfektes Make-up eine Schönheit in ihr

hervorrief, die ich schon lange vergessen hatte, so lag der Beweis für ihre Krankheit doch gleich darunter. Ihre Augen waren tief in die Höhlen zurückgetreten und ihre eingefallenen Wangen erinnerten mich an eine hungernde Frau. Heute Nacht schien sie jedoch nach etwas anderem als Essen zu hungern. Mir wurde bewusst, was für eine machtvolle Waffe ich gegen sie in den Händen hielt. Es war beinahe so, als könnte ich Gott spielen und darüber entscheiden, ob diese Frau glücklich war oder unglaubliche seelische Schmerzen erdulden musste.

Ich hatte keine Ahnung, was der Grund dafür war—ob ich vielleicht einfach schon zu lange in Maries gefühlsduseliger Nähe gewesen war oder ob Julian etwas damit zu tun hatte—doch in diesem Moment wollte ich diese Macht nicht haben. Weder über meine Mutter noch über Marie oder sonst jemanden, der versuchte, mir näherzukommen. Alles, was ich wollte, war in Frieden gelassen zu werden. Zum ersten Mal nach so langer Zeit wünschte ich meiner Mutter nichts Böses. Aber ich war auch meilenweit davon entfernt, ihr zu geben, was sie wollte.

„Ich würde keinen Wunsch damit verschwenden", murmelte ich, als Charlene die Kerzen auspustete.

Julian stieß mich dafür leicht in die Rippen. „Sei nett."

Charlene stand gerade von ihrem Stuhl auf und holte tief Luft. Dann sprach sie so laut, dass selbst die Leute an dem Tisch ganz hinten sie noch hören konnten. „Danke, dass ihr heute alle gekommen seid, um mit mir zu feiern!" Ihr Blick ruhte dabei ausschließlich auf mir. Und dass sie nicht französisch sprach, sodass alle anderen sie auch hätten verstehen können, ließ keinen Zweifel offen, dass ihre Rede für mich bestimmt war. Ich sah sie über den langen Tisch hinweg finster an und knirschte dabei mit den Zähnen. Obwohl sich mein Ärger in diesem Augenblick ja genau genommen gegen jemand ganz anderen richtete.

Als sie begann, den Kuchen aufzuteilen, ergriff ich die Gelegenheit und stand vom Tisch auf. „Wohin willst du?“, fragte Julian, packte mich am Handgelenk und zog mich zurück auf die Bank.

„Egal, wohin. Hauptsache weg von hier. Ich brauche frische Luft“, zischte ich ihn an.

„Wir sind *draußen*. Hier sollte die Luft wohl frisch genug sein.“

Ich lehnte mich weiter zu ihm hinüber, bis wir uns über zehn Zentimeter hinweg düster in die Augen blickten. „Ja vielleicht. Aber ich habe nicht vor, neben einem Verräter sitzen zu bleiben.“ Damit riss ich meine Hand los und stürmte davon—in einen Teil der Weinberge, der nicht von diesen ekelhaften Geburtstagslampions ausgeleuchtet wurde.

Kaum war ich weg von den Lichtern und der feiernden Menge, kroch ein kalter Schauer meine Arme hoch. Im Schein des Mondes stakste ich zwischen den Weinreben zurück zum Haus. Hinter mir rief Julian meinen Namen. Das Ende der Weinberge lag noch gut zwanzig Meter vor mir, als er mich eingeholt hatte, meinen Arm ergriff und mich herumdrehte.

„Fass mich nicht an!“, fauchte ich.

Julian ließ mich augenblicklich los. „Jona, bitte. Es tut mir—“

„Nein! Ich will es nicht hören! Verstehst du? Es interessiert mich nicht!“ Ich fuhr herum und stapfte weiter in Richtung Haus. Sollte er doch zur Hölle fahren. Wenn ich jetzt meinen Ärger nicht rausließ, könnte es leicht passieren, dass ich stattdessen irgendetwas auf dem Weg in mein Zimmer zerbrechen müsste.

Das Kleid schwang unheilvoll um meine Knie, als ich mich noch einmal zu Julian umdrehte. „Du hast mich reingelegt! Du Verräter! Wie konntest du nur so mit mir spielen?"

„Ich wollte dich nicht hintergehen. Aber du hast mir ja keine andere Wahl gelassen. Sie ist deine Mutter. Und heute ist ihr Geburtstag. Wahrscheinlich ihr letzter in diesem Leben." Sein Ton war so bedrückt, dass ich bei seinen Worten eine Gänsehaut bekam. „Sie hat sich nichts weiter gewünscht, außer heute mit dir feiern zu können. Kannst du ihr nicht einmal diese kleine Freude machen? Ich verstehe, dass es dir schwerfällt, ihr zu vergeben. Aber willst du wirklich, dass deine Mutter mit einem gebrochenen Herzen stirbt? *Willst du das?*"

Wollte ich es nicht?

Ich erinnerte mich an ihren hoffnungsvollen Blick, als sie die Kerzen auspustete. Wie fühlte es sich an, wenn einem die Zeit davonlief? Zu wissen, dass der Tod bereits um die Ecke lauerte und man seinen letzten Wunsch nicht mehr erfüllt bekommen würde.

Hör auf, darüber nachzudenken!

„Willst du wissen, was mich an der Sache wirklich stört? Dass von allen Leuten hier ausgerechnet *du* mich belogen hast. Du hättest mir sagen können, dass es um meine Mutter geht. Denn nur für dich wäre ich wahrscheinlich sogar mitgekommen." Ich konnte kaum noch meine Tränen zurückhalten, die mir bereits den Hals zuschnürten. „Und jetzt verrat mir eins, Julian. Waren der

Ausflug zum Strand und der Kuss nur Teil deines Plans, um mich zu dieser gottverdammten Party zu schleifen?“

Julian machte ein ernstes Gesicht. Kleine Fältchen entstanden über seinen Brauen. „Nichts davon war Teil irgendeines bescheuerten Plans.“ Er streckte die Hand nach mir aus, doch ich wich zurück.

„Ich sag dir, was bescheuert ist. Dieses saudumme Kleid. Was hattest du vor? Wolltest du mich einpacken wie ein Geschenk?“ Meine Finger gruben sich in den weichen Stoff. „Wenn ich könnte, würde ich es mir auf der Stelle vom Leib reißen!“

Julian zog seine rechte Augenbraue hoch und forderte mich damit heraus, meine Drohung wahrzumachen. Am liebsten hätte ich ihn für das dämliche Grinsen geohrfeigt. Mit verkrampften Gliedern blieb ich wie angewurzelt stehen, selbst als er näher kam und vorsichtig meine Hände öffnctc, sodass ich mein Kleid losließ.

„Ich wollte dich nicht als Geschenk einpacken“, sagte er so sanft, dass meine Haut dabei kribbelte, als würde jemand mit einer Feder darüber streichen. „Ich habe gesehen, wie du das Kleid im Geschäft bewundert hast. Nur einmal wollte ich, dass du selbst erkennst, wie hübsch du bist. Nicht für deine Mutter oder Marie oder die Gäste. Sondern nur für dich ganz allein.“

Mein Mund war trocken und ich schluckte schwer. „Ich weiß nicht, was du an jenem Tag gesehen hast. Aber ich hab nie gesagt, dass mir das Kleid gefällt. Und ganz sicher dachte ich nicht, dass es mich hübsch macht.“

„Aber das bist du“, flüsterte Julian. Im selben Moment zog er mich an sich. „Das hübscheste Mädchen, das ich kenne. Es tut mir leid, dass ich dich heute hintergangen habe, nur damit du mit mir auf dieses Fest gehst. Aber der Kuss am Strand hatte nichts damit zu tun."

Meine Finger lagen gespreizt auf seiner Brust. Sein warmer Atem war wie ein Streicheln auf meiner Wange. „Warum hast du mich *dann* geküsst?"

Julian ließ sich Zeit mit seiner Antwort. „Weil ich gerade dabei bin, mich in dich zu verlieben."

Kann ich bitte meine Liste wiederhaben?

Leise Musik drang von den Weinbergen zu uns herüber. Meine Füße hatten am Eingang zum Garten Wuzeln geschlagen, als Julians Worte langsam zu mir durchdrangen.

Er hatte mich gern. Mehr sogar. Er war verliebt. In mich ...

Durch den Jubel und das Klatschen in der Ferne zerplatzte meine Gedankenblase. So wie es aussah, hatte ich die gute Laune mit meinem Verlassen der Geburtstagsparty nicht im Geringsten beeinträchtigt.

Julians Augen funkelten im Mondschein. Zweifellos wartete er darauf, dass ich etwas erwiderte. Meine Hände lagen immer noch wie angefroren auf seiner Brust. Er hielt meine Hangelenke fest und streichelte meine Handrücken mit seinen Daumen. Was sollte ich ihm nur sagen? Dass ich aus irgendeinem Grund ständig sein Lächeln vor Augen hatte und ihm sowieso schon seit Wochen verfallen war?

„Ich ..." Meine Stimme war kaum hörbar. Ich konnte den Satz nicht zu Ende sprechen. Nicht, wenn ich wusste, dass ich diese Gefühle für Julian eigentlich gar nicht haben sollte.

Was war nur in mich gefahren? Den größten Teil

meines Lebens hatte ich es geschafft, mich auf niemanden einzulassen. Keine Freunde, keine Vertrauten. Niemand. Es grenzte schon an ein Wunder, dass Quinn Madison so nahe an mich rangekommen war. Wie weit mich das gebracht hatte, hatten wir ja gesehen, als er mich in die Fänge des Drachens übergab, ohne um mich zu kämpfen.

Noch nie zuvor hatte meine Schutzmauer zu bröckeln begonnen. Warum also gerade jetzt? Warum stand ich nun vor Julian und wusste nicht, was ich sagen sollte? Oder wichtiger noch, warum wollte ich ihm Dinge sagen, die ich nicht so meinen durfte?

Ich zog meine Hände langsam unter seinen weg und machte einen kleinen Schritt zurück. Eine Leere schwappte durch mich hindurch. Am liebsten wollte ich mich auf den Boden werfen und im Gras zusammenkauern. Tränen stiegen mir bereits in die Augen. Der Schmerz, verbunden mit einer unbeschreiblichen Sehnsucht, war furchtbar. Ich wollte das nicht fühlen.

Ich musste hier weg. Weg von Julian, damit ich wieder klar denken und die solide Ziegelmauer um mein Herz neu errichten konnte. Dann würde ich nicht mehr leiden müssen.

Ohne ein weiteres Wort drehte ich mich um und rannte, so schnell ich mit Maries Sandalen konnte, zum Haus rüber.

„Jona! Warte!“, hörte ich Julians Ruf hinter mir, doch ich drehte mich nicht mehr um, sondern lief einfach weiter. Tränen rollten bereits meine Wangen hinunter, als ich die Vordertür erreichte und nach oben in meine Zimmer eilte. Ich schlug die Tür hinter mir zu. Ein lauter Donner hallte dabei durchs ganze Haus.

Mit zittrigen Händen wischte ich mir die verräterischen Tränen vom Gesicht. Ich hätte es besser wissen müssen. Julian zu küssen war ein furchtbarer Fehler gewesen. Nun hatte ich den Salat.

Durch die offene Balkontür konnte ich in der Ferne den schwachen Lichtschein der Feier erkennen. Ich stand auf der Schwelle und versuchte genauer hinzusehen. Julian war bestimmt schon wieder auf dem Weg zurück, doch ich konnte ihn in der Menge nicht ausmachen. Alles war zu weit weg.

Der weiße Vorhang wehte hinter mir, als ich mich umdrehte und verärgert in meinem Zimmer im Kreis marschierte. Verflucht seien Julian und meine Schwäche für ihn. Ich vermisste mein Leben, so wie es bis vor Kurzem war. So wie *ich* bis vor Kurzem war. Eiskalt und ohne Gefühle.

Doch wie sollte ich nach dem heutigen Kuss jemals wieder in der Lage sein, zu meinem distanzierten Selbst zurückzukehren? Ein feiner Kokoscreme-Geschmack hing noch immer an meinen Lippen. Ich krallte meine Finger in mein Haar und zog genervt an den Strähnen. Wenn ich doch nur die Erinnerung an Julians samtigen Kuss aus meinem Gedächtnis streichen könnte. Aber so sehr ich es auch versuchte, es funktionierte nicht. Jedes auch noch so kleine Detail seines Gesichts, wie er näher kam, jede auch noch so zarte Berührung seiner Zunge ... All das war für immer in meine Erinnerung gebrannt.

Frustriert bis aufs Blut kehrte ich mit einer einzigen Armbewegung die gesamte Ansammlung von Büchern, Stiften und Papier von meinem Tisch. Alles rasselte zu Boden und kullerte herum. Auch Julians Liste lag unter dem ganzen Zeug. Eine Ecke davon lugte unter *Der Herr der Ringe* hervor. Ich kickte das Buch zur Seite und hob den Zettel auf.

-INJIZIERT GLÜCKSGEFÜHL

-ERWECKT DEN DRACHEN VON DEN TOTEN

-KANN 5 METER HOCH SPRINGEN

-HAT HEUTE ENTE WIEDERBELEBT

Oh komm schon, Dummerchen, in welcher Märchenwelt lebst du eigentlich? Julian hatte mich wohl völlig um den Verstand gebracht. Warum führte ich überhaupt eine Liste über seine seltsamen Fähigkeiten. Es war ja nicht so, als würde mir jemals einer glauben, dass im Zimmer nebenan ein fliegender Wunderheiler lebte.

Ich schnaubte wild durch die Nase und zerknüllte dabei die Liste auf die Größe eines Golfballes. „Verdammter Scheißdreck!" Mit all der Kraft, die ich aufbringen konnte, feuerte ich den kleinen Papierball an die Wand über meinem Tisch.

Nur flog er leider nicht dahin, wo ich wollte.

„Huch!" Der Ball schoss geradewegs durchs Fenster und weit über den Balkon. Ich schlug beide Hände vors Gesicht und stöhnte entsetzt.

Großartig. Jetzt lag der Beweis für meinen Wahnsinn mitten in Maries Garten.

In Panik jemand könnte den Zettel finden und lesen, stürmte ich aus meinem Zimmer und hetzte die Treppe hinunter. Abgesehen von ein paar seidigen Strahlen des Mondlichts, das durch die Bäume schien, war es hier draußen stockdunkel. Das taunasse Gras war lang genug, um den Ball zu verschlucken, und kitzelte mich zwischen den Riemchen der Sandalen, als ich langsam quer über den

Rasen ging und nach dem Papierknäuel Ausschau hielt. „Oh bitte, du verdammtes Mistding. Wo steckst du?“, grummelte ich.

„Suchst du das hier?“

Entsetzt schnappte ich nach Luft. Das Geräusch hallte unheimlich durch die dunkle Nacht. Als ich mich umdrehte, fand ich Julian in einem der Klappstühle sitzen. Es war zu dunkel, um sein Gesicht zu erkennen, doch das weiße Papier in seiner Hand leuchtete unheilvoll im Mondlicht.

Verdammt, was machte er hier? Er sollte doch längst wieder auf der Geburtstagsfeier sein und mich hier nicht zu Tode erschrecken.

Ich hielt mir die Hand vor den Mund und hustete unschuldig. Gott sei Dank konnte er in der Dunkelheit mein flammendes Gesicht genauso wenig erkennen wie ich seins. „Der Zettel ist nicht rein zufällig gerade vom Balkon gefallen?“

„Das ist er in der Tat.“

Oh nein. Und auseinandergefaltet war er auch. Er hatte ihn sicher gelesen. Ich leckte mir über die trockenen Lippen und verlagerte mein Gewicht von einem Bein auf das andere. „Du sollst nicht das Zeug aufheben, das andere weggeworfen haben. So etwas tut man nicht.“

„Er ist mir direkt in den Schoß gefallen. Was verlangt denn die Etikette in diesem Fall?“ In seiner Stimme war keine bestimmte Emotion erkennbar, was mich irgendwie noch mehr beunruhigte, als wenn er mich einfach angeschrien hätte.

„Kann ich den Zettel bitte wiederhaben?“, fragte ich kleinlaut.

Julian schwieg. Er stand von seinem Stuhl auf und kam langsam auf mich zu. Dabei waren nur sein weißes Hemd und das blonde Haar erkennbar. Zwei Schritte vor mir machte er Halt und hielt die Liste mit beiden Händen fest. Seine Lippen krümmten sich dabei auf so süße Weise, dass ich nichts lieber wollte, als ihn noch einmal zu küssen.

„Warum willst du ihn zurück? Ist dir noch ein Detail eingefallen, das du gerne dazuschreiben möchtest?"

Ich schluckte laut.

„Aber ich muss zugeben, du bist echt kreativ", fuhr er fort. Er klang dabei so gleichgültig, als würde ihn meine Liste nicht im Geringsten stören. „*Julians gruselige Fähigkeiten*. Der Titel gefällt mir."

Na endlich. Zumindest ein kleiner Anflug von Sarkasmus. „Hör zu", sagte ich heiser und knetete dabei den Stoff meines Kleides. „Das ist etwas Vertrauliches, und ich hätte die Liste" —mit einem verlegenen Husten verbesserte ich mich selbst schnell— „den *Zettel* jetzt wirklich gerne wieder."

Er sah mich für einen unerträglich langen Moment einfach nur an. Schließlich fragte er leise: „Jona, als du all diese Dinge über mich aufgeschrieben hast, was dachtest du, was ich bin? Irgendeine Art Zauberer?"

Nein. Superman.

„Das weiß ich selbst nicht." Noch nicht. „Aber ganz offensichtlich stimmt mit dir etwas nicht." So nahe bei ihm konnte ich erkennen, wie er eine Augenbraue fragend nach oben zog. „Du tust Dinge ... mit mir und auch mit anderen ... die einfach unmöglich erscheinen."

„Wie zum Beispiel, eine tote Ente wieder zum Leben zu erwecken?" Zur besseren Veranschaulichung drehte er die

Liste in seinen Händen um, sodass ich nun meine eigene Schrift auf dem weißen Papier erkennen konnte.

Ich stand wie angewurzelt da und ertrug stillschweigend den grauenvollen Schauer, der mir gerade den Rücken hinunterlief. „Du musst zugeben, dass all diese Dinge auf der Liste wirklich passiert sind. Du hast ganz offensichtlich irgendwelche Superkräfte. Und ich verstehe nicht, warum du mir nicht die Wahrheit sagst."

Wenn ich nicht gleich meinen Mund hielt, würde ich wohl bald die Möglichkeit bekommen, eine Gummizelle von innen zu sehen.

„Die Wahrheit? Jona, du redest dir hier etwas ein."

„Lügner!", schoss es aus mir heraus. Der Beweis für seine Lügen hallte in jedem einzelnen seiner Worte mit, spiegelte sich in seinem verhärteten Gesichtsausdruck, seinen zusammengebissenen Zähnen und wie er gerade einen kleinen Schritt zurück machte. „Es ist egal, dass du dich kleidest wie ein ganz normaler Junge und versuchst, unauffällig zu wirken. Mich führst du nicht länger an der Nase herum!" Ich riss ihm die Liste aus der Hand. Das Blatt riss dabei ein, doch das war mir egal. „Ich bin nicht so blind wie Lois Lane!"

Julian sah mich verwirrt an. „Lois wer?"

„Ah, vergiss es!" Dann war er eben nicht Superman. Aber irgendwas war an dem Burschen faul. „Wichtig ist nur, ich hab dich durchschaut. Du kannst die Wahrheit also endlich ausspucken."

Leise lachte er, doch da war kein Humor in seiner Stimme. „Hast du heute Abend etwas getrunken?"

„Argh!"

Derselbe Mann, der mir vorhin gerade gesagt hatte,

dass er sich in mich verliebt hatte, vertraute mir offenbar nicht genug, um mich in sein Geheimnis einzuweihen. Seine Lügen und die Ruhe, mit der er versuchte, mich als verrückt hinzustellen, frustrierten mich ohne Ende. Ich biss die Zähne fest aufeinander, um ihn nicht gleich anzuschreien. Denn was hätte das jetzt noch für einen Sinn? Er hatte seine Entscheidung getroffen. Ich war ihm die Wahrheit nicht wert.

„Es ist spät", knurrte ich resignierend. Mir rauchte der Kopf. Ich brauchte eine Pause. „Ich bin müde und du solltest gehen und Charlene Gesellschaft leisten. Wir können morgen weiter darüber reden." Wenn ich wieder klar denken konnte und nicht ständig von seinen sinnlichen Lippen abgelenkt wäre.

„Da ist nichts, worüber wir reden müssen."

Ein langes Seufzen kroch aus meiner Kehle. „Na schön. Wenn du das sagst." Mit hängendem Kopf wanderte ich zurück ins Haus und rauf in mein Zimmer.

Das Chaos auf dem Fußboden musste bis morgen warten. Heute Nacht war ich zu erschöpft, um noch aufzuräumen. Die Schwäche, die in den letzten Minuten über mich gekommen war, fühlte sich merkwürdig und unecht an. Wieder wunderte ich mich, ob Julians Hokuspokus etwas damit zu tun hatte. Ich ließ mich voll bekleidet aufs Bett fallen und verschob das Grübeln auf morgen. Heute Nacht wollte ich nur noch schlafen.

Als ich aufwachte, war der Morgen bereits vorüber und die Mittagssonne schien zum Fenster herein. Ich war in meine Decke eingewickelt und Maries Sandalen standen auf dem Fußboden vor meinem Bett. Die Balkontür stand immer noch offen. Vermutlich war Julian gekommen und hatte mir die Schuhe ausgezogen, während ich geschlafen hatte. Schwer zu sagen, was mich gerade mehr ärgerte. Die Tatsache, dass er hier jederzeit ein- und ausging, wie es ihm passte, oder dass er sich in einem Moment rührend um mich kümmerte und mir im nächsten nicht einmal das kleinste bisschen Vertrauen entgegenbringen konnte.

Nach einer ausgedehnten Dusche zog ich meine bequemen dunklen Klamotten an und hängte das gelbe Kleid in den Schrank, damit es mich nicht mehr an gestern Abend erinnern konnte. Ein Abend, der vielversprechend angefangen, jedoch ein grauenvolles Ende genommen hatte.

Maries Sandalen hingen an den Riemchen von meinen Fingern, als ich nach unten tapste und sie summend im Wohnzimmer vorfand. Sie putzte gerade die riesigen Fensterscheiben. Ich blieb in der Tür stehen und räusperte mich, damit sie sich zu mir umdrehte.

„Danke für die Schuhe“, sagte ich und hielt dabei die Sandalen kurz hoch.

„Gern geschehen. Du kannst sie dir jeder Zeit wieder ausleihen.“ Meine Tante wrang einen rosa Lappen über dem Wassereimer am Fußboden aus. Das Fensterglas quietschte, als sie weiterwischte. „Ich hoffe, es macht dir nichts aus, dass ich sie dir gestern Nacht ausgezogen habe.“

„Du warst in meinem Zimmer?“

„Ich wollte nur nachsehen, ob auch alles in Ordnung war. Ich habe dich nicht sehr lange auf der Feier gesehen.“

„Ich war gestern schon ziemlich müde“, entschuldigte ich mich und senkte dabei meinen Blick, obwohl Marie nicht einmal zu mir rübersah.

„Du hast so tief geschlafen, da wollte ich dich einfach nicht aufwecken. In der Küche steht ein kleiner Imbiss für dich bereit. Wir beide sind heute allein zu Hause. Ich werde also erst am Abend kochen.“

Ich stellte die Sandalen neben ihre vielen anderen Paar Schuhe im Garderobenschrank und ging dann weiter in die Küche. Auf dem Tisch standen ein Teller mit einem Sandwich und ein Glas Orangensaft. Ich biss eine Ecke des Snacks ab und rief dann mit vollem Mund: „Wo sind denn alle?“

„Albert ist draußen in den Weinbergen und Julian musste deine Mutter zum Arzt fahren“, tönte Maries Stimme aus dem Wohnzimmer.

Warum musste Charlene zum Arzt? Hatte sich ihr Zustand etwa verschlechtert? Die erwartete Freude über diese Neuigkeit blieb aus. Stattdessen verspürte ich eine seltsame Beklemmung und erinnerte mich an Julians Worte von letzter Nacht. Doch Charlene musste bestimmt noch nicht sterben.

Oder?

Mit einem großen Schluck Orangensaft ertränkte ich das drückende Gefühl in meiner Brust. „Geht es ihr nicht gut?“, fragte ich laut über meine Schulter, während ich den leeren Teller abspülte. Als ich mich umdrehte, stand Marie hinter mir in der Tür. Ich zuckte vor Schreck zusammen. „Um Gottes willen, Marie! Du solltest dich nicht so anschleichen!“

Meine Tante betrachtete mich mit einem interessierten Lächeln im Gesicht. „Ich glaube nicht, dass es der Krebs ist, der ihr im Moment Probleme bereitet. Sie hat heute Morgen sehr stark gehustet. Es könnte also eine ganz einfache Erkältung sein." Sie neigte ihren Kopf. „Aber ich werd sie wissen lassen, dass du dich um sie sorgst. Es wird sie bestimmt sehr freuen."

Entgeistert verzog ich das Gesicht. „Es wäre mir eigentlich lieber, wenn du nichts zu ihr sagen würdest." Ich machte mir ja auch nicht wirklich Sorgen um sie, ich war nur neugierig gewesen. Ja. Neugierig. Nichts weiter.

Eine ganze Weile sahen wir uns schweigend an. Dann kam sie plötzlich auf mich zu, nahm meine Hand und zog mich raus in die Halle, wo sie ihre Hausschuhe gegen ein Paar Turnschuhe tauschte. „Komm mit, *Chérie*. Ich möchte dir etwas zeigen."

Zögerlich folgte ich ihr hinaus durch die Tür und die Straße hinunter. Hin und wieder fuhr ein Auto an uns vorbei, doch sonst war die Straße menschenleer. „Wohin gehen wir?"

„Das wirst du gleich sehen. Es ist nicht sehr weit." Mehr sagte sie nicht.

Nach fünf Minuten Fußmarsch erreichten wir den örtlichen Friedhof. Was wollte sie denn hier? Ich zwängte mich hinter ihr durch das schwere Eisentor, das nur einen Spalt breit offen stand, dann folgte ich ihr durch den Irrgarten aus Gräbern. Wir passierten unzählige imposante Grabsteine in allen möglichen Formen. Ein Schauer lief mir über den Rücken, als ich im Vorbeigehen ein paar der Namen und Inschriften las. *Isabelle Turmoire* war letztes Jahr gestorben. Sie war nur sieben Jahre alt geworden. Das blonde Mädchen lächelte von einem Foto, das neben ihren Sterbedaten hing.

Am anderen Ende der Reihe blieb Marie vor einem breiten Doppelgrab stehen und zog mich an meinem Ärmel zu sich. Ich warf ihr einen seitlichen Blick zu und las dann die Inschrift auf dem cremeweißen Marmorstein.

Catharine & Joè Montiniere.

Neben dem eingravierten und mit goldener Farbe bemalten Kreuz in der Mitte des Grabsteins stand das Datum ihres Todes. *15. Dezember 2008.* Ich erinnerte mich daran, dass Marie gesagt hatte, sie waren bei einem Autounfall ums Leben gekommen. Da war kein Foto von meinen Großeltern auf dem Marmorstein, doch in einer kleinen Vase stand ein Strauß frischer roter Rosen.

„Hast du die Blumen hier hingestellt?", fragte ich Marie und merkte dabei, dass ich einen ganz trockenen Hals bekommen hatte.

„Die sind von deiner Mutter. Sie kommt jeden Tag hierher. Seit sie zurück nach Frankreich gekommen ist." Marie legte ihren Arm um meine Schultern und rieb mir sanft über den Oberarm. „Erinnerst du dich noch, wie ich dir vor ein paar Tagen erzählt habe, dass Charlene nicht hier war, als deine Großeltern gestorben sind? Sie hatte nie die Möglichkeit, sich mit ihnen auszusöhnen. Das ist furchtbar für deine Mutter. Sie wünscht sich jeden Tag, sie wäre schon viel früher zurückgekommen und hätte noch einmal mit ihnen reden können."

Obwohl uns die Sonne in den Rücken schien, wurde mir plötzlich eisig kalt.

Marie drehte mich zu sich und legte mir beide Hände auf die Wangen. „Mein lieber Schatz. Bald wird das hier der einzige Ort sein, an dem du noch mit deiner Mutter reden kannst. Mach nicht denselben Fehler, den sie gemacht hat. Du wirst diejenige sein, die am Ende mit dem Schmerz weiterleben muss." In ihrer Stimme lag weder ein Vorwurf noch Ärger. Nur tiefes Bedauern.

Ich schloss meine Augen. Für einen kurzen Moment konnte ich bereits den Namen meiner Mutter in den Grabstein gehauen sehen. Und davor kniete ein Mädchen und stellte frische Blumen in die Vase daneben.

Meine Kehle schnürte sich zu. Zum ersten Mal nach so vielen Jahren brach ein längst vergessener Teil in mir auf, der nicht nur nach irgendeiner Mutter verlangte, sondern nach genau dieser wunderbaren Mom, die ich einst gekannt und bedingungslos geliebt hatte. Es war, als stünde ich nun vor dem Eingang zu einer dunklen Höhle, die ich bisher immer mit Sarkasmus und Zorn aufgefüllt hatte. Der Schmerz, den Marie gerade in mir lostrat, drohte mich zu überwältigen.

Ich verkniff mir die heißen Tränen und wich zurück. „Du hättest mich nicht hier herbringen sollen!“

„Oh nein, Liebes“, sagte sie sanft. „Nun wird mir klar, ich hätte dich schon viel früher herbringen sollen.“

Verbrannt

Die letzten Sonnenstrahlen dieses Nachmittags klopften an das Fenster, das ich gerade fertig geputzt hatte. Durch die Arbeit konnte ich mich ein wenig ablenken und musste nicht ständig über die Ereignisse von letzter Nacht und den Gefühlsausbruch auf dem Friedhof nachdenken.

Als Marie und ich vor zwei Stunden zurückgekommen waren, bewaffnete ich mich mit Eimer und Lappen und begab mich auf eine unermüdliche Putz-Tour. Das Küchenfenster über der Spüle stand als letztes auf meiner Liste und war nun wie alle anderen neunzehn Fenster im Haus blitzsauber. Der beißende Geruch von Glasreiniger hing noch in der Luft. Ich rubbelte meine juckende Nase.

Hinter mir erklang das Geräusch von Edelstahltöpfen, die aneinander schlugen. Erst dachte ich, Lou-Lou hätte mit ihrem Schwanz etwas von der Anrichte gefegt, doch als ich mich umdrehte, lag die faule Hundedame reglos unter dem Tisch und beobachtete mich mit großen braunen Kulleraugen.

Offenbar hatte Marie den Lärm verursacht. Sie kniete am Fußboden und holte einen großen Topf und eine Auflaufform aus einem der Küchenschränke. Ich brachte das Putzzeug schnell rüber in die Abstellkammer und half meiner Tante anschließend beim Kochen. Während ich einen kleinen Berg Kartoffeln schälte und diese dann in kochendes Wasser warf, bereitete sie einige Fischfilets zum Braten vor.

„Du bist sehr still heute“, sagte Marie und wischte sich dabei die Hände in ihrer Kochschürze ab. „Ist alles in Ordnung?“

Ich nickte kurz, gab aber nicht mehr von meinen Gedanken preis. Während ich es an diesem Nachmittag geschafft hatte, meine Mutter größtenteils aus meinen Gedanken zu verbannen, war ich bei Julian weniger erfolgreich gewesen. Unsere Unterhaltung von gestern Nacht verfolgte mich noch immer.

Er und meine Mutter waren schon ziemlich lange weg. Fast den ganzen Tag. Welcher Arzt hatte eine so lange Warteschlange in der Praxis? Und noch dazu an einem Sonntag. Mir kam der Verdacht, dass Julian meine Mutter noch woanders hingebracht hatte. Vielleicht um zu reden? Wer weiß, womöglich erzählte er ihr gerade, dass ich dabei war, hinter sein Geheimnis zu kommen. Vielleicht erwähnte er sogar meine Liste.

Genervt davon, dass er Charlene offensichtlich vertraute, aber mir nicht, wusch ich mir die Hände, ließ mich dann in einen Stuhl fallen und starrte auf Marie, die mir den Rücken zugewandt hatte. „Kann ich dich mal was fragen? Über Julian?“

Mit dem Salzstreuer in der Hand drehte sie sich um und strahlte übers ganze Gesicht. „Natürlich. Ich habe gehört, er hat dich gestern Nacht geküsst ...“

Und gestern Nachmittag. Und einmal beinahe auf unserem Balkon. Aber wer zählte da schon mit?

„Tja ... ja, hat er.“ Meine Hände begannen plötzlich zu

schwitzen und meine Ohren zu glühen. Ich wischte meine Handflächen über meine Jeans. „Wie lange kennst du Julian schon?"

Marie lehnte sich mit dem Hintern gegen die Anrichte. „Nicht sehr lange. Er kam mit deiner Mutter hierher."

„Und in dieser Zeit—ist dir da jemals etwas Ungewöhnliches an ihm aufgefallen?"

„Was meinst du?"

Ich stützte mich mit den Ellbogen auf den Tisch. „Na ja, seltsame Dinge eben. So als hätte er besondere Fähigkeiten, die nicht jeder Mensch hat."

„Nein, natürlich nicht." Sie spitzte ihre Lippen und setzte sich zu mir an den Tisch. „Warum fragst du, Liebes?"

Weil er Tote wieder zum Leben erwecken kann. Ich zuckte mit den Schultern. „Er hat sich in letzter Zeit nur etwas merkwürdig verhalten. Ist nicht weiter tragisch. Ich hab mich wohl geirrt."

„Was beschäftigt dich wirklich? Ich sehe doch, dass dich etwas bedrückt."

Ich kaute unsicher auf meiner Unterlippe herum. „Findest du es nicht auch eigenartig, dass Julian meiner Mutter so nahe steht? Ich frage mich, was für eine Art Beziehung die beiden miteinander haben."

„Er ist ihr Pfleger. Soweit ich Julian kenne, nimmt er seine Arbeit sehr ernst." Ihr stets lieblicher Ton brachte mir die Gewissheit, dass sie, was Julian anging, genauso im Dunkeln tappte wie ich. Damit zertrampelte sie jegliche Hoffnung in mir, mehr über diesen Mann herauszufinden.

Ich brauchte unbedingt eine andere Informationsquelle. „Habt ihr vielleicht einen Internetzugang, den ich kurz mal benutzen könnte?"

„Natürlich. In Alberts Studierzimmer steht ein Computer. Du kannst ihn jederzeit verwenden."

„Vielen Dank!" Als die Worte meine Lippen verließen, war ich bereits von meinem Stuhl aufgesprungen und auf dem Weg zu Alberts Büro. Julian und Charlene konnten jeden Moment zurück sein. Ich wollte vorher noch meine Recherchen erledigen.

Auf der Schwelle zu dem kleinen Studierzimmer, das nach alten Büchern und Leder roch, blieb ich stehen und drehte mich um. „Marie?"

Sie steckte ihren Kopf zur Küchentür heraus.

„Weißt du zufällig Julians Nachnamen?"

Nun trat sie ganz in den Flur hinaus, verschränkte die Arme und sah mich nachdenklich an. „Das ist seltsam. Nun wohnt er schon so lange bei uns und ich habe ihn noch nie danach gefragt."

Eigenartig.

Sie kratzte sich am Kopf und verschwand wieder in der Küche. Ich huschte indessen rüber zu dem großen Eichenschreibtisch und setzte mich in den schwarzen Bürostuhl. Das Fenster hinter dem Schreibtisch präsentierte einen wunderschönen Blick auf den Garten. Während der Computer hochfuhr, betrachtete ich die Trauerweide und erinnerte mich wieder an den Tag, an dem ich Julian und meine Mutter im Wohnzimmer beobachtet hatte. Das war jetzt zwei Wochen her und immer noch ergab nichts einen Sinn.

Im Gegensatz zu dem veralteten Computer im Heim, der jedes Mal fast zehn Minuten brauchte, um hochzufahren, war dieser hier bereits nach wenigen Sekunden voll einsatzfähig. Ich öffnete den Browser und tippte ‚*Verein der Helfer*' in die Suchzeile von Google.

Nägelkauend scrollte ich bis zum Ende der Seite mit den Suchergebnissen, doch abgesehen von der Information über Vereinsfeste oder einer Annonce zur Ausbildung zum Tierhelfer fand ich nichts Brauchbares. Ich versuchte es mit ein paar verwandten Begriffen, doch Google war heute nicht mein Freund.

Ich lehnte mich in dem gemütlichen Sessel zurück und zerbrach mir den Kopf, wie ich sonst noch nach Julians Arbeitgeber suchen konnte. Die Ausgangsinformation, die ich hatte, war ja weniger als mickrig. Mein Blick schweifte dabei durch den Raum, über die hohen Bücherregale auf einer Seite und die paar Bilder von Albert zusammen mit Marie und Lou-Lou an der gegenüberliegenden Wand. Zwischen den Bildern hingen auch noch zwei antik aussehende Duellpistolen.

Mit den Händen auf den Sessellehnen stützte ich mich beim Aufstehen ab und ging rüber zu den Pistolen. Langsam ließ ich meinen Zeigefinger über einen der beiden langen Schäfte gleiten.

„Sei vorsichtig. Diese da ist geladen."

Blitzschnell zog ich meine Hand zurück und drehte mich erschrocken zu meinem Onkel um.

„Derjenige, der sie damals gehalten hatte, bekam nie die Gelegenheit abzudrücken." Andeutungsweise hob er beide Augenbrauen. „Er überlebte *le Duel* nicht."

Oh Mann, das war unheimlich.

„Deine Tante hat mir gesagt, du wolltest das Internet benutzen. Kann ich dir irgendwie behilflich sein?"

„Nein danke", winkte ich schnell ab. Mit dem Schock im Nacken eilte ich rüber zum Computer und schloss das

Google-Fenster, bevor Albert sehen konnte, wonach ich gesucht hatte. „Ich hab“ *—gar nichts—* „alles gefunden.“

Die stoppelige untere Hälfte seines Gesichts verzog sich zu einem freundlichen Lächeln. „Ich hab nichts dagegen, dass du den Computer benutzt. Du brauchst also nicht schüchtern zu sein.“

Ich nickte nur schnell und huschte dann an ihm vorbei, zurück in die Küche. Vielleicht brauchte Marie ja meine Hilfe.

Ein Geschirrtuch um den Griff gewickelt, hob meine Tante gerade den Deckel der kochenden Kartoffeln hoch und stocherte mit einer Gabel im Topf herum. Als sie mich sah, fragte sie, ob ich die Kartoffeln in zwei Minuten in das Sieb, das bereits in der Spüle stand, schütten könne.

In diesem Moment hörten wir das Rasseln von Schlüsseln an der Haustür. Julian und meine Mutter kamen endlich nach Hause. Ein kleiner Hauch von Spannung kitzelte mich im Magen. Julian kam als Erster zur Tür herein. Seine Mundwinkel zuckten leicht nach oben, als er mich gegen das Küchenboard lehnen sah. Mein Herz klopfte aufgeregt. Obwohl unsere furchtbare Unterhaltung von letzter Nacht immer noch in meinen Ohren nachhallte, konnte ich mir nicht helfen und musste zurücklächeln.

Den ganzen Tag hatte ich ihn vermisst.

„Wundervolles Timing“, freute sich Marie. „Der Fisch ist jeden Moment fertig.“

Charlene stand hinter Julian und warf mir einen kurzen Blick zu, dann drehte sie sich zu ihrer Schwester und verzog das Gesicht zu einer Miene, die ihr schlechtes Gewissen ausdrückte. „Sei mir bitte nicht böse, aber ich habe keinen Hunger. Ich werde nur schnell eine von denen hier nehmen“ —sie drückte eine blau-weiße Tablette aus der Packung in ihrer Hand und spülte sie mit einem Glas Wasser hinunter— „und mich etwas ausruhen.“

„Ach du meine Güte, Charlene. Du siehst noch schlechter aus als heute Morgen“, erwiderte Marie und rieb ihr sanft über den Oberarm, so wie sie es bei mir oft machte. „Was hat denn der Arzt gesagt?“

Meine Mutter nahm noch einen weiteren Schluck Wasser, darum antwortete Julian für sie. „Es ist nur eine Erkältung. Aber sie hat Fieber. Da ihr Immunsystem ohnehin schon stark angeschlagen ist, hat er ihr viel Flüssigkeit und vierzehn Tage strikte Bettruhe verordnet.“

„Scheiße noch mal, das ist ja eine verdammt lange Zeit, um ans Bett gefesselt zu sein.“

Oh mein Gott, ich wollte das gerade nicht sagen. *Kann ich das zurücknehmen?*

Alle drehten sich überrascht zu mir um. Ich biss mir auf die Zunge. Gut, dann hatte ich eben einen kurzen Anfall von Mitleid für Charlene. Na und? Mir würde jeder leidtun, der so lange nicht aus dem Bett durfte.

Um den Blicken der anderen auszuweichen, griff ich mir zwei Geschirrlappen und machte mich daran, die Kartoffeln abzuseihen. Ich hob den schweren Kessel vom Herd. Dabei rutschte mir leider einer der Henkel aus der Hand. Erschrocken zog ich die andere Seite noch höher, um zu retten, was noch zu retten war. Böser Fehler ...

Das kochend heiße Wasser schwappte über und ergoss sich über meine rechte Hand.

Jeder im Zimmer erstarrte.

Und dann brach die Hölle los. Ich machte dabei den Anfang und schrie vor Schmerzen wie am Spieß. Der Topf glitt mir aus der Hand und polterte auf den Boden. Heißes Wasser spritzte in alle Richtungen und die Kartoffeln rollten quer über den Fliesenboden. Hysterisch wegen meinem Gekreische, begannen nun auch Charlene und Marie zu schreien. Albert war in der Tür aufgetaucht und versuchte entsetzt zu verstehen, was passiert war.

So viele Hände fassten mich an. Tätschelten mich. Ich wurde geschubst, gezogen, gedreht und gehalten. Der Hund bellte wie verrückt und floh aus der Küche, wobei er Marie umrannte. Jemand kickte den Kessel in eine Ecke.

Und dann war Julian bei mir.

Er fasste mich an den Schultern und schüttelte mich einmal energisch, um meine Aufmerksamkeit zu bekommen. Gut, die hatte er. Ich starrte in seine unendlich blauen Augen. Das alleine konnte mein Schreien unterbrechen, obwohl der Schmerz immer noch unerträglich war. Als Nächstes schloss er seine Finger sanft um meine verbrannte Hand.

Und der Schmerz ließ nach.

Mir stand der Mund offen. Ich blickte ihn fasziniert an, doch Julian gab mir nicht einmal eine Sekunde, um mich selbst zu fangen. Er schob mich rasch hinüber zur Spüle und hielt meine Hand unter den kalten Wasserstrahl. Wollte er die Wunde kühlen? Das war nicht mehr nötig. Ich spürte kein Brennen mehr und so, wie er seine Hände um meine Hand gewickelt hatte, kam sowieso kein Wasser dran.

Ich atmete tief durch und hielt ganz still. Mein verwunderter Blick war dabei die ganze Zeit auf sein angespanntes Gesicht gerichtet. Nach einem langen Moment sah er auch endlich zu mir.

„Marie, ruf die Rettung!“, hörte ich meine Mutter hinter mir kreischen.

„Nein“, widersprach ihr Julian in einem befehlenden Ton. Seine Augen wichen dabei nicht von meinen. „Ich fahre sie.“

Ich wischte mir mit der linken Hand über die Nase und die kleine Träne von meiner Wange, während er ein frisches Geschirrtuch um meine verletzte Hand wickelte, die mittlerweile bereits Brandblasen aufweisen sollte. Wahrscheinlich wollte er mit dem Tuch vertuschen, was er gerade gemacht hatte. Meine Haut war makellos wie eh und je. Doch ich wehrte mich nicht und folgte bereitwillig, als er mich zur Tür hinausschob. Auf dem Weg steckte er Maries Autoschlüssel ein, die er zuvor auf die Kommode gelegt hatte. Er hatte seinen Arm um mich gelegt und ließ mich nicht langsamer werden. In der Garage angekommen, machte er mir die Beifahrertür auf, half mir beim Einsteigen und beugte sich dann über mich, um mich anzuschnallen.

Sekunden später fuhren wir durch das weite Garagentor und runter auf die Straße.

In meinem Kopf hörte es endlich auf sich zu drehen. Testend drückte ich meine Hand zu einer Faust um das Geschirrtuch. Nichts. Nicht der geringste Schmerz, kein Brennen, Kribbeln oder Jucken. Wie war das möglich? Was lag in Julians Berührung, dass er eine Verbrennung zweiten Grades in nur einem Wimpernschlag heilen konnte?

Als wäre nichts passiert.

Ich gab ihm zwei Minuten—einhundertzwanzig kleine Schritte des Sekundenzeigers auf meiner Armbanduhr—um von selbst mit einer Erklärung herauszurücken.

Aber Julian sagte nichts.

Schließlich nahm ich das Geschirrtuch ab und warf es ihm in den Schoß. „Du kannst jetzt anhalten. Wir beiden wissen, dass ich nicht in die Notaufnahme muss."

Ich hörte das laute Klopfen meines Herzens, als ich darauf wartete, dass Julian etwas sagte, doch er starrte einfach weiter durch die Windschutzscheibe. Plötzlich quietschten die Reifen auf dem Asphalt und ich wurde in meinen Gurt gepresst. Erschrocken stemmte ich mich mit den Händen gegen das Handschuhfach bis der Wagen still am Straßenrand stand. Als ich wieder genug Luft zum Atmen in den Lungen hatte, drehte ich mich zu Julian und wartete auf seine Reaktion.

Er umklammerte das Lenkrad so fest, dass seine Knöchel weiß wurden. Doch er sagte noch immer nichts.

„Du wirst das Lenkrad zerbrechen", sagte ich leise und griff langsam nach seiner Hand. Da zischte er durch aufeinandergepresste Zähne, als hätte er große Schmerzen, und zuckte zusammen. Erschrocken zog ich meine Hand ebenfalls zurück.

„Julian, was geht hier vor?" Meine Stimme war zittrig und kaum hörbar.

Er seufzte, strich sich mit Daumen und Zeigefinger über die Augenbrauen und massierte dann die Stellen zwischen seinen Augen. Dann stieß er ohne Vorwarnung die Tür auf und stieg schneller aus, als ich hätte rüber greifen und ihn aufhalten können. Meine Ohren läuteten durch den Knall, als er die Tür hinter sich zuschlug.

Ich wartete einen Moment, bis ich wieder Mut gefunden hatte, dann stieg auch ich aus. Julian marschierte am Straßenrand auf und ab, wobei er immer wieder Steine und anderes kleines Zeug mit dem Fuß aus dem Weg trat.

Ich hatte plötzlich Angst, mich ihm zu nähern.

Doch als er sich das nächste Mal umdrehte und wieder auf mich zukam, erkannte ich in seinen gequälten Augen, dass es nicht Zorn war, der ihn so rastlos machte. Es war Frustration.

Ein paar Meter vor dem Geländewagen blieb er schließlich stehen.

„Bitte, Julian, sag mir endlich, was los ist."

„Was willst du denn hören?!", schrie er mich an und kam dabei um die Motorhaube herum.

„Die Wahrheit, in Gottes Namen!", schrie ich zurück. Ich fühlte mich gerade etwas eingesperrt mit dem Rücken gegen die Autotür gepresst und Julians zornigem Gesicht genau vor meinem. „Vielleicht fangen wir erst mit den einfachen Dingen an. Wie lautet dein Nachname? Oder wo genau kommst du her? Ach ja, und dann wäre da noch die Frage: *Wie zum Teufel hast du meine Hand geheilt*?!"

Julian stützte seine Hände links und rechts neben meinem Kopf gegen das Dach des Geländewagens. Für mich gab es gerade kein Entkommen mehr. Er ließ den Kopf hängen. Seidig blonde Strähnen fielen ihm in die Stirn und bettelten förmlich darum, von mir zur Seite gestreift zu werden.

Ich ballte meine Hände hinter dem Rücken zu Fäusten und blieb standhaft. „Warum sagst du es mir nicht?"

„Ich kann nicht."

„Kannst du nicht oder willst du nicht?!"

Julian hob den Kopf. Das vertraute Blau in seinen Augen verschwand plötzlich und wurde zu einem geheimnisvollen Grau. Ebenso geschockt wie fasziniert schnappte ich nach Luft. Er schloss schnell die Augen.

„Was bist du?“, flüsterte ich. Tränen der Anspannung wollten an die Oberfläche, doch ich unterdrückte sie. Egal, wie fremdartig mir Julian auch vorkam, ich würde meinen Zweifeln nicht nachgeben.

Ich würde mich nicht vor Julian fürchten.

Langes Schweigen herrschte zwischen uns. Er hatte die Lippen zusammengepresst und drang mit seinen Blicken tiefer und tiefer durch meine eigenen Augen. Schließlich sagte er gequält: „Bitte, Jona. Mach das nicht mit mir.“ Der sanfte Ton seiner Stimme konnte seine Qual nicht verschleiern. Seine Stirn lag in Falten, seine Augen kniff er zusammen. Seine Brust hob und senkte sich mit seinen schnellen Atemzügen.

So viel Schmerz in seinem Gesicht zu sehen brach mir beinahe das Herz. Ich legte meine Hände auf seine Wangen und zwang ihn dazu, mich anzusehen. Das strahlende Blau, an das ich mich seit meinem ersten Tag mit ihm so sehr gewöhnt hatte, war immer noch nicht in seine Augen zurückgekehrt. „Vertrau mir“, bat ich zärtlich.

„Das tue ich.“

„Aber nicht genug.“ Ich lehnte mich vor und berührte seine Lippen flüchtig mit meinen. „Du hast es so leicht geschafft, zu mir durchzudringen. Jetzt sag mir, was ich tun kann, um *dich* zu verstehen.“ Ich drückte meine Lippen etwas fester auf seinen Mundwinkel und atmete dabei den Duft von warmem, wildem Wind ein. Ich wollte Julian näher sein. Nicht körperlich. Ich wollte nach dem Teil von ihm greifen, den er so sehr versuchte, vor mir verschlossen zu halten.

Seine Anspannung verriet mir, dass er nicht wollte, dass ich mit dem Kuss weitermachte. Doch er wich auch nicht zurück. Ein tiefes Stöhnen kam schließlich aus seiner Kehle, als er nachgab und sich zumindest körperlich mir gegenüber wieder öffnete. Seine Hände rutschten vom Dach des Autos und an der Tür hinter mir runter, bis sie schließlich sachte auf meinen Hüften lagen.

Ich stellte mich auf die Zehenspitzen und legte meine Arme um seinen Hals. Julian drückte mich fest an sich. Seine Zunge glitt sanft über meine Lippen in meinen Mund. Ein liebliches Spiel aus Geben und Nehmen begann. Ein Spiel, bei dem ich weder hörte noch sah, sondern nur noch spürte. Jeder seiner Atemzüge streifte die Haut meiner Wange. Seine Hände waren warm und weich, als er über meinen Rücken streichelte.

Julian unterbrach den Kuss viel zu früh und lehnte sich ein paar Zentimeter zurück. Das tiefe Blau schien wieder in seinen Augen.

„Du hast mir beigebracht, dir zu vertrauen", sagte ich. „Denkst du nicht, es ist an der Zeit, dass du mir dasselbe Vertrauen entgegenbringst?"

Mit einem erschöpften Lächeln schüttelte er den Kopf. „Wir sprechen hier nicht über so einfache Dinge, wie dir dabei zu helfen, auf den Balkon hinauszugehen."

„Wie schlimm ist es dann? So als müsste ich von einem Kliff springen?"

Gefühlvoll drückte er mir einen Kuss auf die Augenbraue. Ein neuer Schwall von Erleichterung und Gelassenheit überkam mich. Für den Bruchteil einer Sekunde wusste ich, es wäre klüger, mich aus seiner Umarmung zu befreien, solange ich noch Zeit dazu hatte. Solange ich noch bei klarem Verstand war und mich gegen seinen Hokuspokus wehren konnte. Denn—

Warum noch mal?

Die Anspannung wich aus meinem Körper und meinen Gedanken. Ich war nicht schnell genug gewesen, und Julian brauchte nur eine Sekunde, um mich zur Aufgabe zu verleiten. Ich sank tiefer in seine Arme. Sein wunderbarer Duft fing mich ein und trug mich auf leisen Flügeln davon.

„In deinem Fall", flüsterte er mir liebevoll ins Ohr, „wäre es wohl so wie ein freier Fall vom Himmel."

Trotz der sonderbaren Schläfrigkeit, die gerade über mich kroch, hörte ich mich selbst antworten: „Mit dir würde ich auch von da oben springen." Und ich meinte jedes Wort so, wie ich es sagte.

Es musste an den Nachwirkungen und dem Schock der Verbrennung liegen, dass ich plötzlich so erschöpft war. Meine Augen fielen zu und ein Gähnen unterbrach meinen Gedankenfaden.

„Und doch vertraust du mir nicht genug, um mich zu lieben." Seine ruhige Stimme kam von weit weg, als alles um mich herum dunkel wurde.

Es fehlte ein Kapitel

Langsam weckte mich das monotone Geräusch des Motors. Ich lehnte mit dem Kopf gegen das kalte Glas der Fensterscheibe. Mir dröhnte der Schädel, als wir über das Kopfsteinpflaster der Auffahrt in die Garage fuhren, und mir entwich ein langes Stöhnen. Ich drehte mich zur Fahrerseite um.

Julian hinter dem Steuer zu finden war etwas verwirrend. Ich dachte angestrengt nach, warum wir um diese Zeit gemeinsam unterwegs waren, doch ich konnte mich nicht erinnern überhaupt das Haus verlassen zu haben. Draußen war es bereits dunkel und nur die Armaturen des Autos spendeten ein klein wenig Licht. Wir waren alleine. Zudem wirkte Julian angespannt.

„Bin ich eingeschlafen?“ Ich rieb mir die Augen und merkte da erst, dass etwas um meine rechte Hand gewickelt war. Ein Verband, der mich daran hinderte, meine Finger zu spreizen. „Was ist denn passiert?“

Julian drehte den Schlüssel in der Zündung und das Brummen des Motors verstummte. Die Armaturenlichter gingen aus. Wir saßen im Dunkeln. „Du warst bewusstlos“, sagte er leise und drehte sich endlich zu mir. Bei seinem unheilvollen Ton verkrallten sich meine Zehen in meinen Stiefeln.

„Ich wurde ohnmächtig? Aber wieso? Und wo waren wir überhaupt?“ In Gedanken durchlief ich schnell die Ereignisse des Tages. Ich hatte den ganzen Nachmittag Fenster geputzt. Albert hatte versucht mich mit einer uralten Duellpistole zu erschießen, weil ich keine brauchbare Information über Julian im Internet gefunden hatte. Und eine riesige Kartoffel hatte mich k.o. geschlagen.

Wow, war bei mir etwa eine Sicherung durchgeschmort?

„Du hast dir die Hand mit kochendem Wasser verbrannt, als du Marie in der Küche geholfen hast. Erinnerst du dich nicht?“

Nein. Und was war das überhaupt für ein unsicherer Ton in seiner Stimme?

Ich schüttelte den Kopf. Der Nebel, der sich darin breitgemacht hatte, ging mir langsam auf die Nerven. Mir kam es vor, als hätte ich ein ganzes Kapitel des heutigen Tages verloren. Einfach so.

„Ich hab dich ins Krankenhaus gefahren, damit sie deine Hand verarzten konnten?“ Da! Schon wieder dieser fragende Unterton. Wollte er mir erzählen, was passiert war, oder mich hier zu etwas überreden?

Ich schüttelte wieder den Kopf. Nichts von allem, was er sagte, kam mir bekannt vor.

„Der Arzt hat dir eine antibakterielle Salbe auf die Haut aufgetragen und deine Hand einbandagiert. Der Verband muss für die nächsten zwei Tage dran bleiben. Danach sollte deine Haut so gut wie neu sein. Es sollten keine Narben zurückbleiben.“

„Aha.“ Wenn ich mir die Hand wirklich so grausam verbrannt hatte, wollte ich sie im Moment wahrscheinlich sowieso lieber nicht sehen. „Und wann genau bin ich weggekippt?“

„Auf dem Nachhauseweg. Nachwirkungen des Schocks ... vermutlich.“ Er zog den Schlüssel aus dem Zündschloss und nahm ein Geschirrtuch, das aus irgendeinem Grund in der Mittelkonsole lag. „Es ist ganz normal, dass du dich an nichts mehr erinnerst, was passiert ist, kurz bevor du das Bewusstsein verloren hast. Die Erinnerung kommt wahrscheinlich niemals zurück.“ Im Gegensatz zu vorhin klang er nun sehr resolut. Als er ausstieg, folgte ich schweigend. Er wartete vor der Eingangstür auf mich. „Der Arzt hat dir auch ein Medikament gespritzt. Du wirst also zumindest keine Schmerzen haben.“

Er hatte recht. Ich spürte rein gar nichts in meiner Hand. Nur der straffe Verband störte mich ein wenig.

Julian schloss die Tür auf, stieß sie nach innen auf und ließ mich vorausgehen. Alle drei Mitglieder meiner Familie—und der Hund—stürmten auf mich zu, als ich den Flur betrat. Sie standen um mich rum und Marie und Albert wechselten sich dabei ab, mich mit Fragen zu bombardieren. „Geht es dir gut? Ist mit deiner Hand alles in Ordnung? Was hat der Doktor gesagt?“

Es war rührend, wie sie sich um mich sorgten. Meine Mutter stand neben ihrer Schwester. Sie wagte es nicht, mich anzufassen, wie Marie es tat, doch ihre angsterfüllten Augen fesselten mich über einen Meter Entfernung.

Eine verschwommene Erinnerung stieg in mir hoch. Sie kam heute Abend mit Julian in die Küche, nachdem sie den ganzen Tag weg gewesen waren. Sie hatte selbst einen Arzt aufsuchen müssen. Es fühlte sich seltsam an, wie ich ihr geradewegs ins Gesicht sehen konnte und ausnahmsweise mal nicht diesen unbändigen Zorn in mir spürte.

Der Friedhof.

Das Bild von ihrem Namen, der in den weißen Marmorstein geschlagen war, tanzte vor meinem inneren Auge und gab mir einen Stich ins Herz. Ich schob diesen unangenehmen Gedanken beiseite und konzentrierte mich stattdessen wieder auf ihre eingesunkenen Augen. Sie sah echt Scheiße aus und sollte gar nicht auf sein. Doch genau wie mein Onkel und meine Tante war auch sie wachgeblieben und hatte auf unsere Rückkehr gewartet. Auf eigenartige Weise war ich ihr dafür dankbar.

„Es geht mir gut", sagte ich, bevor ich mich von ihr wegdrehte. „Aber so wie's aussieht, bin ich wohl ohnmächtig geworden. Wenn es euch nichts ausmacht, würde ich jetzt gerne ins Bett gehen. Julian kann euch die Einzelheiten erzählen."

Alle machten Platz, damit ich ungehindert nach oben gehen konnte. Julians Worte folgten mir die Treppe hinauf. Obwohl ich die Geschehnisse nun schon zum zweiten Mal hörte, fühlte es sich immer noch an, als würde er die Geschichte von jemand ganz anderem erzählen, nur nicht meine.

Ich saß auf der Schwelle meiner offenen Balkontür. Die Decke, die ich um meine Schultern gewickelt hatte, hielt mich dabei warm. Als ich das letzte Mal auf die Uhr gesehen hatte, war es Viertel nach elf. Das Gefühl, dass ich einen, wenn auch noch so kleinen Teil meiner Erinnerung verloren hatte, nagte an mir, und ich wartete angespannt darauf, dass Julian endlich nach oben kam und ich mit ihm reden konnte. Doch außer meinen schweren Atemzügen war hier oben nichts zu hören. Stundenlang saß ich hier schon allein.

Meine Hand begann unter dem Verband zu jucken. Da ich immer noch keinen Schmerz verspürte, spielte ich mit dem Gedanken, die Anweisung des Doktors zu ignorieren und die Mullbinde einfach abzunehmen. Doch ich war noch nie ein großer Fan von Blut oder offenen Wunden gewesen, also benahm ich mich artig und beschloss stattdessen nachzusehen, wo Julian so lange steckte.

Mein Steißbein tat schon weh vom langen Sitzen auf dem harten Fußboden. Ich rieb mir den Hintern und zog mir dann die Decke von den Schultern. Leise schlich ich aus meinem Zimmer, hinaus in den Flur, der nur durch den Mondschein, der durch das Fenster im Dach hereinbrach, ausgeleuchtet wurde. Von unten her hörte man nicht das leiseste Geräusch. Sie waren wohl alle schon zu Bett gegangen. Warum war dann Julian noch nicht nach oben gekommen?

Auf Zehenspitzen tapste ich die Treppe hinunter und fühlte dabei meinen Weg mit einer Hand an der Wand. Erst blickte ich ins Wohnzimmer, doch da drin war es stockdunkel. Die Tür zu Alberts Studierzimmer war verschlossen und durch den Spalt darunter schien auch kein Licht. Ich war also ganz umsonst runter gekommen.

Dann hörte ich plötzlich Julians Stimme. Ich schoss herum, wobei mir mein Herz vor Schreck fast in die Hose rutschte, und stand vor einer verschlossenen Tür. *Natürlich!* Ich schlug mir auf die Stirn. Wo sonst sollte Julian sein, wenn nicht bei meiner Mutter?

Ich schlich leise näher und drückte mich dann mit dem Rücken gegen die Wand. Ich atmete ganz langsam, um alles verstehen zu können, was die beiden sagten. Wenn sie über mein Missgeschick von heute Nachmittag sprachen, war es schließlich mein Recht, ihnen zuzuhören.

Und dann bestand ja auch noch eine klitzekleine Chance, dass Julian mehr über sein Geheimnis verraten würde. Seine gruseligen Fähigkeiten. Ich hatte vielleicht einen Teil des heutigen Tages vergessen, doch unser Gespräch von gestern war mir in allen Details im Gedächtnis geblieben. Er würde nicht so einfach mit einem *‚Da ist nichts, worüber wir reden müssen‘* davonkommen.

„Ich hatte keine Wahl“, hörte ich ihn nun durch die Tür. Er klang irgendwie zornig, aber so, als wäre seine Wut gegen ihn selbst gerichtet.

„Du hast das Richtige getan.“ Das war meine Mutter und ihre Stimme kam von viel weiter weg. Wahrscheinlich stand oder saß sie am anderen Ende des Raums.

„Warum fühlt es sich dann so falsch an, sie jedes Mal wegzustoßen, wenn sie mit dem Thema anfängt?“ Und mit *sie* meinte er wahrscheinlich mich. Tja, da war ich wohl genau im richtigen Moment nach unten gekommen.

„Julian.“ Meine Mutter machte eine kurze Pause. Vielleicht seufzte sie gerade, so wie sie es ständig tat. „Ich weiß, wie gern du Jona hast. Aber von allen musst doch gerade du sehen, dass es für euch keine gemeinsame Zukunft geben kann.“

Moment! Wovon redete sie bitte? Eine gemeinsame Zukunft? Hatte Julian das etwa im Sinn? Mir wurde plötzlich seltsam warm und mein Bauch kribbelte ganz komisch.

„Sie hat schon genug gelitten“, fuhr Charlene fort. „Und jetzt ... oh nein, sieh mich jetzt bloß nicht so an. Ich weiß sehr wohl, dass hauptsächlich ich an ihrem Leid schuld bin. Doch das gibt dir noch lange nicht das Recht, sie ebenfalls zu verletzen. Du weißt, dass du nicht bleiben kannst. Du wirst ihr das Herz brechen.“

Ich hatte nicht den leisesten Schimmer, wo Julian denn hingehen musste, doch nur bei dem Gedanken daran, ihn nicht mehr jeden Tag zu sehen, sackten meine Mundwinkel nach unten. Warum dachte meine Mutter, er könne nicht in Frankreich bleiben?

„Vielleicht kann ich es ja doch.“

„Was meinst du mit *du kannst*?“

„Es gibt eine Möglichkeit. Aber Jona ist noch nicht bereit dafür.“ Julians Stimme wurde leiser und dann wieder lauter, so als ginge er im Zimmer auf und ab. „Ich brauche noch etwas mehr Zeit mit ihr. Um sie zu überzeugen.“

„Zögerst du etwa deswegen, mir zu helfen? Weil du für dich mehr Zeit rausschinden willst?“

Etwas rumpelte von innen gegen die Tür und erschreckte mich fast zu Tode. Julian musste sich frustriert dagegen gelehnt haben. Seine Stimme war auch lauter als zuvor, als er meiner Mutter antwortete: „Ist das so falsch? Was sind schon ein paar Tage mehr? Nur eine weitere Woche, höchstens zwei.“

Was war das denn plötzlich für ein Blödsinn? Wollte er etwa jetzt schon abhauen? Zurück zu—keine Ahnung—seinem Arbeitgeber vielleicht? Ich hatte gedacht, er würde für Charlene bis zu ihrem Tod da sein. Und was genau sollte in den nächsten zwei Wochen überhaupt passieren?

„Sieh mich an, Julian. Meine Zeit ist um. Das ist sie

schon seit einer Weile. Du kannst dieses Spiel nicht ewig treiben. So sehr ich mir auch wünsche, noch bleiben zu können und Jona zu einer jungen Frau heranwachsen zu sehen, so fühle ich doch, dass ich gehen muss."

Sie sprach davon, zu sterben. Ich konnte den endgültigen Ton in ihrer Stimme ausmachen.

Die Hände über Nase und Mund gefaltet, bemühte ich mich langsam weiter zu atmen, doch es ging nicht. Ich bekam plötzlich keine Luft mehr. Mein Hals schnürte sich zu und meine Lungen verkrampften sich. Meine Mutter erwartete den Tod. Wie konnte sie dabei nur so ruhig bleiben? Und warum kümmerte es mich nach all den Jahren, in denen ich sie so abgrundtief verabscheut hatte? Ich sollte keine Mitleid verspüren und auch keine Panik darüber, sie nie wiederzusehen. Was war heute bloß los mit mir?

Und dann war da immer noch Julian. Welche Rolle spielte er bei dem Ganzen? Es hatte sich gerade so angehört, als wäre es allein sein Verdienst, dass meine Mutter immer noch am Leben war. Ein eiskalter Schauer lief mir vom Nacken bis zu den Zehenspitzen.

„Meine Tochter soll endlich wieder glücklich sein", stöhnte Charlene. „Wenn du sie nicht freiwillig in Ruhe lässt, werde ich dafür sorgen, dass du dich von ihr fernhältst. Ich lehne deine Hilfe ab."

„Du hast um Hilfe gebeten, Charlene. Und hier stehe ich. Wage es jetzt nicht, dich in meine Vorgehensweise einzumischen."

„Deine Absichten haben sich geändert. Das hebt meine Abmachung mit deinem Boss auf", fauchte meine Mutter scharf zurück. Dann wurde sie plötzlich still. Bei ihrem nächsten Satz einige Sekunden später klang sie wieder ruhiger, beinahe schon demütig. „Weiß er überhaupt, was du vorhast?“

Julians müdes Lachen wurde leiser, als er wieder von der Tür wegging. „Denkst du allen Ernstes, es gibt auch nur ein Ding auf der Welt, von dem er nichts weiß? Genau genommen hatte ich keine Ahnung, dass tatsächlich eine Möglichkeit besteht, bis er mir vor einer Weile davon erzählt hat.“

„Aber das ist falsch“, sagte Charlene mit Nachdruck. „Du gehörst nicht hierher.“

„Liebe kann niemals falsch sein, Charlene. Und das müsst ihr beide noch lernen.“

Julians eindringliche Worte und der samtige Ton, der dabei in seiner Stimme lag, wärmten mich von innen wie heiße Schokolade an einem kalten Wintermorgen.

„Liebe *kann* falsch sein. Wenn man sie am Ende verliert.“ Ganz offensichtlich versuchte meine Mutter leise zu sprechen, doch der Zorn und die Beklommenheit flackerten unüberhörbar gleich unter der Oberfläche. „Ich wünsche mir das Beste für Jona. Und wenn das bedeutet, dass ich sterben muss, ohne dass sie mir vorher verzeiht, dann werde ich auch diesen Preis bezahlen.“

Ich schluckte schwer und versuchte das Ganze zu verstehen. Meine Mutter hatte eine Abmachung mit Julians Boss. Ich war Gegenstand dieser Abmachung. Und Julian hielt meine Mutter gegen ihren Willen am Leben.

Oh. Mein. Gott. Julian war ein Alien. Mit Kräften, die die der Menschheit weit überstiegen.

Panik packte mich am Genick. Obwohl ich meinen Mund mit beiden Händen zuhielt, schrie ich in meinem

Geiste so laut, dass mir davon schwindlig wurde. Alles begann sich zu drehen. Ich bekam kaum noch Luft und torkelte seitwärts, drehte mich verlassen im Kreis und taumelte rückwärts durch den Flur auf der Suche nach etwas Solidem, woran ich mich festhalten konnte. Der wilde Schrei in meinem Kopf wurde immer lauter und lauter.

„Sieht aus, als bekämest du, was du willst“, hörte ich Julian frustriert in Charlenes Zimmer sagen. „Deine Tochter steht draußen. Vermutlich hat sie die ganze Zeit gelauscht.“

Woher wusste er das? Ich hatte keinen Mucks gemacht. Außer meinem Atem war nichts zu hören und selbst der hatte für die letzten zwanzig Sekunden ausgesetzt. Das seltsame Karussell, auf dem ich mich befand, wollte und wollte nicht aufhören, mit mir wild im Kreis zu fahren.

Dann ging plötzlich dir Tür auf und ich blickte in Julians Augen. Ein dämmriger Lichtstrahl fiel um seine Silhouette herum auf die Steinfliesen am Boden. Hinter Julian, am anderen Ende des Zimmers, saß Charlene auf dem Bett, eingewickelt in einen grünen Morgenmantel. Mein eigener Horror spiegelte sich in ihrem Gesicht.

Julian schloss die Tür hinter sich. Alles war wieder dunkel, nur durch das Dachfenster hoch über der Eingangshalle schien der Mond herab.

Er blickte mich einige Sekunden lang stillschweigend an—vielleicht, um mir die Möglichkeit zur Flucht zu geben. Oh Gott, was sollte ich tun? Ich stand allein in der Halle mit einem Alien.

Seine blauen Augen funkelten sogar in der Dunkelheit, und je länger ich sie ansah, desto weniger konnte ich weglaufen. Um die Wahrheit zu sagen, gab es sogar nur eine einzige Richtung, in die ich mich gerade bewegen konnte. Auf Julian zu.

Es fühlte sich an, als hätte ich einen Angelköder verschluckt und er würde mich nun langsam zu sich heranziehen. Mein Verstand sagte mir: *Kämpfe dagegen an!* Doch mein Körper wollte davon nichts hören. Ich machte einen kleinen Schritt vorwärts.

Und dann kam Julian auf mich zu.

Obwohl sein resoluter Gang mir Angst machte, blieb ich, wo ich war, bis er direkt vor mir stand und meine Hand nahm. Er zog mich ohne Umschweife hinter sich die Treppe hoch. Der Außerirdische hatte keine Probleme, seinen Weg in der Dunkelheit zu finden.

Zu meiner Überraschung führte mich Julian in mein eigenes Zimmer, doch er blieb nicht stehen, als ich die Tür hinter mir zugezogen hatte, sondern marschierte weiter hinaus auf den Balkon.

„Julian, warte! Nicht—" Mein Flehen prallte an seinem Rücken ab.

Er schloss seine Finger fester um meine Hand und zog mich mit sich. Ich konnte nicht das Geringste gegen ihn ausrichten.

Als ich die Schwelle überschritt, wehte mir ein kühler Luftzug ins Gesicht. Eine Million Sterne funkelten am Himmel und ein halbvoller Mond hing in ihrer Mitte. Julian blieb stehen. Er drehte sich zu mir um, legte mir beide Hände auf die Wangen und küsste mich.

Zusammen mit der Zeit blieb auch mein Herz stehen.

Für einen unendlich langen Augenblick verschmolzen Julian und ich miteinander. Seine Lippen waren forsch, seine Zunge fordernd, und doch hatte ich in meinem Leben noch nie etwas Sanfteres erlebt. Es fühlte sich an, als hätte er seine ganze Seele in diesen einen Kuss gelegt.

In diesem Moment öffnete ich mein Herz für ihn. Vollkommen. Er hatte es geschafft, zu mir durchzudringen, und ich wusste, ich wollte nie wieder ohne ihn sein.

Als Julian den Kuss unterbrach und ein paar Zentimeter zurückwich, um mir in die Augen zu sehen, fühlte sich der Trennungsschmerz an wie tausend Lanzen, die durch meinen Körper gebohrt wurden.

„Ich liebe dich, Jona", flüsterte er, sodass nur ich und die Sterne ihn hören konnten.

Tief in mir erkannte ich, dass auch ich ihn liebte, egal, wer oder was er war. Doch noch nie zuvor hatte ich diese Worte zu jemandem gesagt. Und ganz gleich, wie lange Julian auf meine Antwort wartete, ich konnte sie auch jetzt nicht aussprechen. Mein Hals war trocken und eng, meine Brust tat beim Atmen weh. Ich wollte, dass er wusste, was ich für ihn fühlte, doch ich konnte meine Angst in diesem Moment nicht überwinden.

Julian stieß einen langen, schmerzlichen Seufzer aus. Er schloss die Augen und küsste mich noch einmal sanft auf die Lippen. Dann trat er zurück, drehte sich um und ging mit hängenden Schultern über den Balkon in sein Zimmer. Ich wollte ihm nachlaufen, ihn aufhalten und in meine Arme schließen. Doch ich war gefangen in dem Fort, das ich jahrelang um mich selbst errichtet hatte, und so konnte ich nur hilflos zusehen, wie Julian durch die wehenden Vorhänge verschwand.

Sie hat sie alle vom Tisch gefegt

„Sechsundvierzig Flaschen Wein in der Box. Sechsundvierzig Flaschen Wein. Nimm eine raus und tauch sie ins Wasser … Fünfundvierzig Flaschen Wein in der Box“, sang ich vor mich hin und spülte eine leere Flasche nach der anderen—mit nur einer Hand—in dem mittlerweile nur noch lauwarmen Wasser in der Spüle.

Zwei Stunden stand ich schon hier und machte nichts anderes. Wenn die Flaschen sauber waren, stellte ich sie zu den anderen auf den Tisch zum Trocknen. Wegen meiner verletzten Hand, die übrigens immer noch schmerzfrei war, erlaubte mir Marie heute Morgen nicht, mit den anderen in die Weinberge zu gehen. Dreck könne unter den Verband kommen, hatte sie gemeint und mir dann die langweilige Aufgabe übertragen, all die staubigen Flaschen auszuspülen, die Albert aus dem Keller geholt hatte.

Auf manchen der Flaschen hatte sich mehr Staub angesammelt als auf Captain Blackbeards Rumflasche. Ich schwenkte jede einzelne von ihnen so lange hin und her, bis sie blitzblank waren. Bald würden sie mit neuem Wein der diesjährigen Saison gefüllt werden.

Ich hatte erst gut die Hälfte der Flaschen gewaschen, doch meine Blase drückte unangenehm, und so machte ich erst mal eine Pause. Als ich in mein Zimmer lief, ging die

Tür meiner Mutter auf. „Julian, bist du das?“, fragte sie heiser.

„Nein“, brummte ich und lief weiter, ohne mich nach ihr umzudrehen. Oben schlug ich die Tür hinter mir zu und eilte ins Bad.

Wozu brauchte sie ihn denn schon wieder? Wollte sie mit dem Alien wieder über mich diskutieren? Wegen mir streiten? Wenn sie ihm was zu sagen hatte, musste sie schon warten, bis er zurückkam, oder ihn selbst draußen in den Weinbergen suchen. Ich würde ihn ganz bestimmt nicht für sie holen. Nicht nachdem er heute Morgen einfach so, ohne ein Wort zu sagen, an mir vorbei und zur Tür hinaus marschiert war.

Ein paar Minuten später machte ich mich wieder auf in die Küche, doch auf halber Strecke fiel mir ein, dass ich eigentlich auch mein T-Shirt wechseln könnte. Es war von der ganzen Planscherei ziemlich nass geworden und klebte ekelhaft an meiner Haut. Ich machte kehrt und stapfte wieder in mein Zimmer.

Im Erdgeschoß ging wieder eine Tür auf und die panische Stimme meiner Mutter drang zu mir nach oben. „Marie?“

„Oh bitte, du weißt ganz genau, dass sie nicht da ist“, meckerte ich vor mich hin und knöpfte mir ein frisches Hemd zu. Dann ging ich raus in den Flur, lehnte mich über die Brüstung und rief genervt: „Marie ist draußen auf dem Feld! Sie sind alle draußen!“

In diesem Moment schallte das fürchterliche Geräusch von klirrendem Glas durch das ganze Haus. Ich bekam eine Gänsehaut. Wenn Charlene die ganzen Flaschen zerbrochen hatte, die ich heute so mühevoll gewaschen hatte, dann gnade ihr Gott. Den Mist konnte sie selber wegräumen.

Zähneknirschend rannte ich die gewundene Treppe hinunter und durch den Flur. Das erste, das mir ins Auge sprang, als ich in der Tür zur Küche stehen blieb, waren fünfundsiebzigmillionen kleine grüne Glasscherben, die überall auf dem Boden verstreut waren.

„Scheiße! Was hast du getan?!“ Ich machte ein paar vorsichtige Schritte in die Küche. Das Glas knirschte unter meinen Schuhsohlen. Doch auf den ersten Blick konnte ich meine Mutter nirgends sehen. Vielleicht war ja Lou-Lou hier drinnen gewesen und hatte mit ihrem Schwanz—

Nein. Lou-Lou war das nicht.

Vor mir lag jemand auf dem Boden. Reglos. Bedeckt mit Glasscherben und Blut.

Mein Herz blieb stehen. Ich drehte mich im Stand um, blickte zur Tür und dann wieder zu Charlene. Mit eingekrallten Fingern fuhr ich mir durchs Haar und hielt mir die andere Hand vor den Mund. Eine seltsame Stille drückte gegen mein Trommelfell. Was um alles in der Welt sollte ich jetzt tun?

Geh zurück in dein Zimmer.

Schließ die Tür.

Tu so, als wäre nichts passiert.

Ja, das könnte ich machen. Ich könnte Charlene einfach ignorieren, hochgehen und abwarten, bis meine Familie nach Hause kam. Julian würde wissen, was zu tun war. Er würde ihr wieder neue Kraft einhauchen. So wie er es schon die ganze Zeit getan hatte. Sein routinemäßiger Kontrollblick nach ihr war sowieso schon längst überfällig.

Sekunden verstrichen und Panik legte sich wie eine Schlinge um meinen Hals. Wo steckte er nur?

Und was, wenn er gar nicht kommen würde?

Das war's. Sie ist tot. Es ist vorbei. Du kannst wieder atmen.

Mit dem ersten tiefen Atemzug sprangen mir Tränen in die Augen. Der Name meiner Mutter kreiste wie Blaulicht in meinen Gedanken. Ich wollte sie rufen, doch selbst dieses einfache Wort ging auf dem Weg zu meinem Mund verloren. Es kam nur ein leises Krächzen aus meiner Kehle.

Jeder Augenblick, der vorbeizog, kam mir vor wie eine Ewigkeit, als ich auf den leblosen Körper vor mir starrte. Es war, als würde ich bereits hinunter in das offene Grab meiner Mutter blicken. Mir wurde eiskalt.

„Willst du wirklich, dass deine Mutter mit einem gebrochenen Herzen stirbt?"

Wer hatte das gesagt? Ich wirbelte herum. Aber hinter mir war niemand. Dann wurde mir klar, dass es nur Julians Worte waren, die in meinem Gedächtnis nachhallten. Und mit den Worten kam plötzlich die erste Erinnerung in mir hoch, die ich an meine Kindheit hatte. Ich erinnerte mich an glückliche Momente mit meiner Mutter. Sie hielt mich im Arm und streichelte mein Haar, drehte mich in der Küche wie eine kleine Ballerina immer und immer wieder im Kreis. Wir lachten und tanzten gemeinsam, wenn ihr gewalttätiger Freund nicht zu Hause war und es für ein paar Stunden lang nur uns beide gab.

Ich erinnerte mich an Schokoladenkuchen. Ein Schlaflied. Und einen Gutenachtkuss. Sogar das rote Kleid, das sie für meinen ersten Schultag genäht hatte, konnte ich klar vor meinen Augen sehen. Ich musste eine ganze Woche lang betteln, bis sie mir auch endlich diese wunderschönen roten Lackschuhe dazu gekauft hatte.

Die Frau, die dort am Boden lag, war meine Mom.

Sie war diejenige, die mir das Leben geschenkt hatte. Ein großer Teil dieses Lebens war zwar katastrophal gewesen, doch sie hatte versucht, es wieder geradezurücken, indem sie mich hierher nach Frankreich gebracht hatte, zu Menschen, die mich nur aus dem unscheinbaren Grund liebten, weil ich zur Familie gehörte. Und ich liebte diese Familie genauso.

Ich wollte nicht, dass meine Mutter starb. Oder an Krebs litt und so schlimme Schmerzen ertragen musste. Und am allerwenigsten wollte ich weiter böse auf sie sein. Alles, was ich in diesem Moment wollte, war, Frieden zu finden—für mich und für diese Frau, die ich vor so vielen Jahren bedingungslos geliebt hatte.

Ich stolperte durch die Glasscherben an ihre Seite. „Charlene?“ Meine Stimme brach und ich versuchte es noch einmal. „Charlene! Kannst du mich hören? Mom?“

Vorsichtig wischte ich ihr die kleinen Splitter und Stirnfransen vom Gesicht. Da stieg mir ein grauenvoller Geruch in die Nase. Sie hatte Spuren von Erbrochenem um ihren Mund und auch auf ihrem Hemd. Zwei blutrote Striemen flossen aus ihrer Nase über ihre Oberlippe und tropften nach unten auf den Boden. Die Haut in ihrem Gesicht und auf ihren Händen war mit kleinsten Schnittwunden übersät.

Ich legte meine Hand auf ihre Wange. Sie glühte. Aber zumindest hob und senkte sich ihre Brust mit regelmäßigen Atemzügen. „Mom? Bitte, sieh mich an! Wenn du mich hörst, sag etwas.“

Meine Mutter blieb still.

Mit einiger Mühe schaffte ich es, ihren Oberkörper aufzurichten. Am Boden kniend hielt ich sie an meine Brust gedrückt. Endlich öffnete sie ihre Augen. Erleichtert atmete ich aus. „Du hast mich ganz schön erschreckt."

Einige Sekunden lang sah sie mich an. Erstaunt leuchteten dabei ihre Augen. Doch nur kurz. Dann machte sie sie wieder zu und stöhnte müde.

Ich musste sie irgendwie in ihr Zimmer schaffen. Sie brauchte unbedingt Ruhe und eine weiche Unterlage. Und Julian ...

Unter Einsatz all meiner Kräfte schaffte ich es schließlich, sie hochzuziehen. Ihren Arm um meine Schultern gelegt, schleppte ich sie durch das grüne Meer aus Glasscheiben raus in den Flur und rüber in ihr Zimmer. Dort ließ ich sie auf dem Bett nieder und begann, ihr Hemd aufzuknöpfen.

„Nicht—"

Ihr schwacher Protest konnte mich nicht aufhalten. Jetzt war nicht die Zeit für eine Diskussion. Als sie jedoch halbnackt vor mir lag, bekam ich einen Schreck. Unter ihren Kleidern war von Charlene nichts außer Haut und Knochen übrig. Hätte ich sie nicht in den letzten Wochen mit eigenen Augen herumlaufen gesehen, hätte ich geschworen, dass diese Frau bereits tot war.

Auf ihrem Nachttisch stand ein Glas Wasser, das ich ihr nun an die Lippen hielt. Sie machte ein paar zaghafte Schlucke. Zumindest würde sie damit den grauenhaften Geschmack in ihrem Mund loswerden.

Als Nächstes holte ich ein frisches Hemd aus ihrem Schrank und zog es ihr vorsichtig über. Dann öffnete ich das Fenster, um frische Luft in den Raum zu lassen. Es roch hier übel nach Erbrochenem. Der Grund dafür war ein Eimer, der neben ihrem Bett stand. Sie hatte sich wohl vorhin darüber übergeben.

Ich leerte den Eimer in der Toilette und nahm auf dem Rückweg einen nassen Waschlappen mit. Damit wischte ich ihr sanft über ihr zerschnittenes Gesicht. Langsam öffnete sie noch einmal die Augen und sah mich an. Sie streckte mir eine schwache, zittrige Hand entgegen.

Ich war zu erschöpft, um das Seufzen in meinem Hals zu ersticken. Auf ihren Wunsch hin setzte ich mich auf die Bettkante. Ihre Hand war kalt und schweißnass. Das war unsere erste Berührung seit über zwölf Jahren. Nichts war von den weichen, sanften Fingern übrig geblieben, mit denen sie mir damals immer übers Haar gestreichelt hatte.

Charlene öffnete den Mund, aber sie war zu schwach, um auch nur einen Ton hervorzubringen.

„Ist schon gut, Mom", beruhigte ich sie. „Es geht dir bald besser." Wenn Julian endlich nach Hause käme. Ich warf einen sehnlichen Blick zur leeren Türschwelle.

Die Kraft, mit der sie versuchte meine Hand zu drücken, hätte nicht einmal gereicht, um eine Ameise zu zerquetschen. Eine einsame Träne rollte ihre Wange hinunter, als sie sich um ein kleines Lächeln bemühte.

Dabei merkte ich, dass ich die ganze Zeit schon mit meinen eigenen Tränen kämpfte. Ich konnte doch vor ihr nicht weinen. „Versuch ein wenig zu schlafen", sagte ich heißer. „Ich werde inzwischen saubermachen und komm dann wieder her."

Froh um eine Ausrede, das Zimmer verlassen zu können, stand ich auf und ging in die Küche. Mit einem Besen und einer kleinen Schaufel beseitigte ich den

Scherbenhaufen. Ich war dankbar, dass ich mich mit der Arbeit ablenken konnte. Die Alternative wäre gewesen, zurück zu meiner Mutter zu gehen. Doch in meinem Kopf drehte sich gerade alles. Ich musste mich erst beruhigen und die Kontrolle über mich selbst zurückgewinnen.

Vorhin, als ich sie reglos am Boden liegen sah und dachte, ich hätte sie bereits verloren, hatte ich herausgefunden, dass ich ihr trotz allem vergeben konnte. Doch jetzt, wo ich ihr schmerzverzerrtes Gesicht nicht mehr sehen musste, war ich mir nicht ganz sicher, ob ich das auch wirklich wollte. Vollständig. Ohne weitere Vorwürfe.

Schließlich konnte sie die letzten zwölf Jahre meines Lebens nicht einfach ungeschehen machen—niemand konnte das. Doch dies war vermutlich meine letzte Chance, um Antworten auf meine brennenden Fragen zu bekommen. Wenn ich sie jetzt noch einmal wegstoßen würde, ginge diese Gelegenheit verloren. Meine Mutter war bereit zu sterben. Sie würde mir niemals mehr erzählen können, was damals wirklich passiert war. Und ich würde ihr niemals sagen können, wie sehr ich sie in all diesen einsamen Jahren vermisst hatte.

So tief in Gedanken versunken, war mir gar nicht aufgefallen, dass ich aufgehört hatte zu fegen und einfach nur gerade aus auf die Wand starrte. Ich kniff mich in meine Nasenwurzel und seufzte. Irgendwann würde ich so oder so wieder mit meiner Mutter sprechen. Ich konnte es also genauso gut heute tun. Aber erst musste die Sauerei hier weggemacht werden.

Ich kniete gerade auf dem Boden und kehrte einen kleinen Berg Scherben auf die Schaufel, da verfing sich ein loser Faden meines Verbands an einem abstehenden Splitter des Besenstils. Ich bekam ihn nicht los. Stattdessen zog sich der Faden endlos in die Länge. Schließlich beschloss ich, den Verband ganz abzunehmen. Meine Hand tat ja sowieso nicht weh.

Langsam wickelte ich die Mullbinde ab, doch ich wurde immer schneller, als ich feststellte, dass darunter nicht die kleinste Wunde, ja nicht einmal eine Rötung zu sehen war. Ich drehte meine Hand im Licht und betrachtete sie ganz genau. Als ich mit der anderen Hand darüber strich, spürte ich nicht den geringsten Schmerz. Unglaublich. Julian hatte gesagt, ich hätte mir kochendes Wasser darüber geschüttet. Da musste doch irgendetwas zu sehen sein. Aber meine Hand sah aus, als wäre absolut gar nichts passiert.

Denk nach.

Die Geschichte, die mir Julian gestern erzählt hatte, kam mir überhaupt nicht bekannt vor. Nicht ein kleines Detail davon. Was wäre also, wenn die Dinge sich gar nicht so ereignet hatten? Andererseits waren alle furchtbar aufgeregt gewesen, als wir nach Hause gekommen waren, und hatten mich mit Fragen bombardiert. Meine Familie hatte bestimmt gesehen, wie ich mir die Hand verbrannt hatte und wie Julian mit mir losgefahren war.

Und wieder einmal fiel alles zurück auf Julian. Etwas musste passiert sein, von dem er mir nichts erzählen wollte. Oh Mann, würde der Bursche jemals einen Sinn für mich ergeben? Und wann, zum Teufel, hatte er eigentlich vor, endlich heimzukommen? Er hätte bereits vor einer Stunde hier sein sollen. Das machte er doch sonst auch jeden Tag. Wenn er seine unheimlichen Alienkräfte eingesetzt hätte, um meine Mutter zu stärken, wäre sie bestimmt nicht zusammengebrochen.

Wütend stand ich vom Boden auf und schnaubte durch die Nase. Na, wenn der zurückkam—dem würde ich ordentlich die Meinung sagen!

Ich knüllte den Verband zusammen und warf ihn mit den Scherben in den Mülleimer unter der Spüle. Dabei kam mir ein Gedanke. Wenn Julian mir nicht sagen wollte, was hier gespielt wurde, dann würde ich meine Antworten vielleicht von jemand anderem bekommen. Ich lehnte den Besen an die Wand neben der Tür und marschierte entschlossen zurück in das Zimmer meiner Mutter.

Leider schlief sie bereits tief und fest, als ich eintrat. Ihre Brust hob und senkte sich in einem ruhigen Intervall. Mitten im Raum blieb ich stehen und überlegte, was ich nun machen sollte. Entweder würde ich umkehren und mich nicht weiter um sie kümmern oder ich könnte mich an ihr Bett setzen und über ihren Schlaf wachen. Immerhin konnte es ja sein, dass ihr wieder übel werden würde und sie sich übergeben müsste. Dann bräuchte sie doch Hilfe. Nicht wahr?

Langsam und leise setzte ich mich auf die Bettkante. Meine Mutter seufzte, doch sie wachte nicht auf. Ich lehnte mich mit dem Rücken an das Kopfende, streckte ein Bein auf der Matratze aus und ließ das andere von der Kante baumeln. Schwer zu sagen, wie lange ich so dagesessen und ihr beim Schlafen zugesehen hatte. Doch mit einer leisen Melodie auf den Lippen—es war das Lied, das sie mir als Kind vorm Schlafengehen immer vorgesungen und das Julian für mich auf dem Klavier gespielt hatte—kippte mein Kopf schließlich nach vorn und ich nickte ein.

Das Gefühl, von jemandem beobachtet zu werden,

weckte mich nur wenig später. Die Augen meiner Mutter waren immer noch friedlich geschlossen. Ein stechender Schmerz schoss mir ins Genick, als ich den Kopf hob und mich im Zimmer umblickte.

Julian stand in der Tür.

Er hatte seine Daumen durch die Gürtelschlaufen seiner Jeans gehakt und lehnte mit dem Kopf und mit einer Schulter am Türrahmen. Er beobachtete mich wohl schon eine ganze Weile.

Sollte ich froh sein, dass er endlich hier war, oder böse, weil er nicht schon früher aufgetaucht war? Während ich darüber nachdachte, lehnte ich meinen Kopf zurück an die Wand hinter mir und sah ihn durch meine Wimpern hindurch an. Meine Unterlippe hatte ich zwischen meinen Zähnen gefangen und so entwich mir ein kapitulierendes Seufzen. „Wo warst du so lange?"

Die Sehnsucht in seinen Augen war greifbar. Ich wünschte mir, er würde näher kommen, sodass ich meine Arme um seinen Hals legen und mein Gesicht in seiner Schulter vergraben konnte.

„Draußen." Seine sanftmütige Stimme schwebte durch den Raum. „Ich musste euch doch Zeit geben."

Meine Mutter regte sich leicht neben mir. Wahrscheinlich fühlte sie seine Anwesenheit. Wer würde das nicht? Es war, als würden mit jedem Atemzug Wellen seiner Aura in mich eindringen. Dasselbe konnte vermutlich auch meine Mutter spüren. Vielleicht hatte sie nach ihrer Unterhaltung gestern auch Angst vor ihm. Schließlich hatte sie selbst gemeint, dass ihre Zeit um sei.

„Wird sie sterben?", fragte ich ihn leise.

„Nicht heute."

Also lagen Leben und Tod tatsächlich in seiner Hand. Oh Mann. Ich atmete tief durch. Das war alles so unfassbar. Und doch stand er da und versuchte ausnahmsweise mal nicht, mich als verrückt hinzustellen. Würde er jetzt endlich mit der Wahrheit rausrücken? Auf jeden Fall war es Zeit, nach ein paar Antworten zu graben. Doch ich fand weder den Mut noch die richtigen Wort, um anzufangen.

Nach einer langen, stillen Minute richtete sich Julian auf. Er nickte zu meiner Hand. „Du hast den Verband abgenommen."

Ich drehte meine Hand erneut vor meinen Augen und ließ sie dann wieder in meinen Schoß fallen. „Ja. Sieht so aus, als wäre alles verheilt. Du hast nicht zufällig etwas damit zu tun, oder?"

Ein schwaches Lächeln zog an seinen Mundwinkeln und brachte mein Herz zum Flattern. Er streckte mir eine Hand entgegen. „Komm! Gehen wir ein Stück spazieren."

Der Fremdling war also tatsächlich bereit zu reden. Vorsichtig erhob ich mich vom Bett und steuerte auf Julian zu. Ein Gefühl der Wärme breitete sich in mir aus, als er seine Hand um meine schloss. Bevor wir das Zimmer verließen, blickte ich jedoch noch einmal über meine Schulter. „Was ist, wenn sie aufwacht, während wir weg sind?"

„Mach dir keine Sorgen. Sie wird so lange schlafen, bis ich sie zurückhole."

Oh-kaaaay. Wenn er das sagte ...

Die Gelassenheit, die von Julian ausging, schlängelte sich in einer Spirale um mich, bis ich ganz und gar von dieser seltsamen Ruhe eingeschlossen war. Plötzlich kam es mir vor, als wäre ich ein kleines Kind an der Hand eines viel älteren und weiseren Wesens, als ich jemals begreifen konnte. Ein Wesen, dass über Leben und Tod entscheiden konnte, über schlafen und wachen. Jemand, der Wunden in einem Augenblick heilen konnte, mit einer einfachen Berührung Glückseligkeit auslöste und der, wenn mich nicht alles täuschte, sogar im Stande war zu fliegen.

Wenn er nicht diese immens friedvolle Ruhe ausstrahlen würde, würde ich mir wahrscheinlich vor Angst in die Hosen machen. Doch im Moment blickte ich nur mit Bewunderung in Julians Augen.

Er führte mich hinaus und an den Weinbergen vorbei. Dabei winkte er Marie und rief ihr zu, dass wir nur einen kleinen Spaziergang machten und rechtzeitig zum Abendessen zurück seien. Hinter den Weinbergen lag ein kleines Wäldchen. Im Schatten der vielen Fichten und Tannen bekam ich eine Gänsehaut, die mich daran erinnerte, dass ich gerade im Begriff war, die Zivilisation hinter mir zu lassen und mit einem Alien an meiner Seite irgendwohin zu spazieren, wo uns vermutlich niemand hören oder sehen konnte.

Julian warf mir seitlich einen skeptischen Blick zu. „Ist dir kalt?"

„Nur ein bisschen."

Von dort, wo sich unsere Handflächen berührten, breitete sich ein Schwall Wärme aus, der langsam meinen Arm hochkroch und dann mit jedem Herzschlag weiter in meine Glieder gepumpt wurde.

„Wie machst du das?" Zu meiner eigenen Überraschung hörte ich mich gar nicht ängstlich an, sondern nur tief beeindruckt. Es kam mir auch in den Sinn, dass er wieder seinen Hokuspokus benutzte, um mich ruhig zu halten. Weil das Gefühl so angenehm und erleichternd war, hätte es mir aber auch nichts ausgemacht, wenn es so wäre.

Julian gab mir keine Antwort. Doch als wir den Wald hinter uns ließen und auf eine weite Wiese traten, festigte sich sein Griff um meine Hand. „Jona, kann ich dich was fragen?“

Ich zog meine Beine durch das kniehohe Gras und nickte in der Hoffnung, dass ich hinterher auch meine Fragen stellen durfte.

„Als du deine Mutter und mich gestern Nacht belauscht hast und natürlich auch in Anbetracht der Liste, die du ja schon seit einiger Zeit über mich führst ... was dachtest du, was ich bin?“

Vorsicht schlich sich in meinen Tonfall. Ich sah ihn aus meinem Augenwinkel an. „Musst du mich töten, wenn ich mit meiner Vermutung richtig liege? Denn dann würde ich es dir lieber nicht sagen.“

Julian verdrehte die Augen. „Natürlich nicht, Dummerchen. Wie kommst du nur auf solche Ideen?“ Er hob die Hand, mit der er meine hielt, und legte seinen Arm um meine Schultern. Mein eigener Arm hing quer über meiner Brust. So drückte er mich fester an sich und wir spazierten weiter.

„Okay“, sagte ich, immer noch vorsichtig. „Ich dachte—denke—du bist ein Alien. So wie Superman, vom Planeten Krypton. Nur halt mit anderen Superkräften.“

Ohne stehenzubleiben, drehte er seinen Kopf zu mir und zog die Augenbrauen skeptisch zusammen. „Was Besseres fällt dir nicht ein?“

„Heißt das, ich liege falsch?“

„Absolut!“

Leicht beschämt dachte ich an meine ursprüngliche Theorie. „Offenbar kannst du Tote zum Leben erwecken. Bist du so eine Art Voodoo-Zauberer?“

„Nein?“ Nun klang er beinahe beleidigt. „Ich war der Meinung, du hättest es mittlerweile herausgefunden.“

Ich runzelte die Stirn. Jeder normale Mensch würde bei diesem Gespräch längst durchdrehen. Dass ich immer noch so ruhig war, musste bedeuten, dass ich entweder kein normaler Mensch war oder dass Julian immer noch auf magische Weise an meiner Psyche herumschraubte. „Dann hör endlich auf, Spielchen mit mir zu spielen, und sag mir, woher du kommst.“

Julian blieb mitten auf der Wiese stehen und ich mit ihm. Außer einem Baum alle paar hundert Meter erstreckte sich vor uns nichts außer einem Gras- und Blumenmeer. Er hatte seinen Arm von meinen Schultern genommen, doch meine Hand hielt er immer noch fest. Er lächelte, auch wenn seine Lippen versiegelt waren.

Und plötzlich fiel es wie Schuppen von meinen Augen. Seine übernatürlich hübschen Gesichtszüge, die Art und Weise, auf die er Magie anwenden konnte, sein Boss, der einen Pakt mit meiner Mutter hatte ... Alles deutete auf eines hin.

„Ach du lieber Himmel“, sagte ich leise und fühlte dabei, wie ich kreidebleich wurde. „Du arbeitest für den Teufel.“ Das war wohl das Absurdeste, das ich jemals laut ausgesprochen hatte, doch es musste so sein. Es war die einzig logische Erklärung.

Julians Kinn sackte nach unten, dann machte er den Mund wieder zu, ohne etwas zu sagen. Er sah mich einen langen Moment mit völlig neuem Interesse an. Dann fragte er: „Würde es dir Angst machen, wenn die Antwort *Ja* wäre?“

Ich hatte mich in meinem ganzen Leben noch nicht bekreuzigt, doch in diesem Augenblick war ich nahe dran. Allein die Bedenken, ich könnte ihn damit beleidigen, hielten mich davon ab. Also bewegte ich mich keinen Millimeter und starrte ihn nur mit so weit aufgerissenen Augen an, dass es weh tat.

Und doch war die Antwort auf seine Gegenfrage ein definitives: „Nein.“

Dafür hatte er zu viel Gutes getan. Es war mir egal, für wen er arbeitete. Nichts und niemand konnte meine Gefühle für diesen unglaublichen—und sehr seltsamen—Jungen schmälern. Nicht einmal die Tiefen der Hölle.

Aber zumindest war nun klar, warum ich bei Google nichts über seinen Arbeitgeber gefunden hatte.

Julian zog einen Mundwinkel hoch. „Genau genommen arbeite ich für die *andere* Seite.“

„Die andere Seite von was? Von der Hölle?“ Ich verzog misstrauisch das Gesicht. „Das wäre dann ... der Himmel?“ Ich lachte über mich selbst. „Tut mir leid, das war schon wieder Blödsinn. Du bist ja sicher kein Engel.“

Mit seinem breiten Grinsen trat auch ein Funkeln in seine Augen.

Meine Finger glitten kraftlos aus seinen. „Ach du Scheiße. Du meinst das ernst.“

Und dann hielt er die Zeit an

Ein warmer Wind raschelte in den Blättern eines nahen Apfelbaumes und trug den satten Duft dieser Früchte zu uns herüber. Wolken marschierten wie eine Herde Schafe quer über den Himmel. Sie erzeugten ein beruhigendes Spiel aus Sonnenlicht und Schatten auf meinem Gesicht. Ich lag auf dem Rücken im weichen, saftig grünen Gras und genoss, wie Julian mit einem Gänseblümchen über meine Nase, meine Lippen, mein Kinn und meinen Hals strich. Erst runter, dann wieder rauf. Es kitzelte und ich kicherte dabei.

Julian lag neben mir und hatte seinen Kopf in seine Hand gestützt. „Du nimmst die Sache ja ziemlich gelassen."

Ich hatte nichts mehr gesagt, seit er mir sein unglaubliches Geheimnis offenbart hatte. Wenn das seine Auffassung von *die Sache gelassen nehmen* war, dann hatte er wohl recht. Eigentlich sollte ich gerade vor Erstaunen—oder Entsetzen—ausflippen. Tat ich aber nicht. „Hältst du mich wieder ruhig mit deinen Engelskräften?"

Julian zuckte mit einer Schulter und lächelte spitzbübisch. „Vielleicht." Er kitzelte mich mit der Blume unter der Nase. „Würde es dir was ausmachen, wenn es so wäre?"

Ich rieb mir die juckende Nase mit dem Finger.

„Solange du nicht irgendwie in meinen Kopf einsteigst und an meinem Verstand herumbastelst, ist es ganz okay."

„Kein Herumbasteln", sagte er und hob dabei feierlich seine Hand. „Es passiert nur auf emotionaler Ebene. Alles, was ich mache, ist, meine Aura ein wenig zu erweitern. Damit kommst du in den Genuss meiner—" Er unterbrach sich selbst und runzelte nachdenklich die Stirn. Einen Moment später begann er zu grinsen. „Meiner himmlischen Coolness."

Ich musste lachen. Damit konnte ich definitiv leben.

Ich setzte mich auf, verschränkte die Beine im Schneidersitz, stützte meine Hände hinter mir im Gras auf und betrachtete den Himmel. Die Wolken verflogen allmählich und ließen nichts als ein strahlendes Blau zurück. Es war schwer vorstellbar, wie eine Institution wie „der Himmel" da oben reinpasste.

Ich ließ meinen Kopf nach hinten geneigt und rollte nur meine Augen zur Seite, um Julian anzusehen. „Wie sieht er denn aus? Der Himmel. Ist das so etwas wie eine Stadt in den Wolken? Oder ein Palast, wo mehr von deiner Sorte abhängen?"

Julian rollte sich auf den Rücken und stützte sich dann auf die Ellbogen. „Das menschliche Gehirn ist nicht im Stande das wahre Bild des Himmels zu verstehen. Nichts für ungut, aber dazu fehlt es euch einfach an Vorstellungskraft. Und dann gibt es in eurer Sprache auch nicht die richtigen Worte, um den Himmel zu beschreiben."

Natürlich konnte ich ihm seine Ehrlichkeit nicht verübeln, doch ich wünschte mir, es gäbe eine Möglichkeit, um herauszufinden, wie es da oben war. Enttäuscht senkte ich meinen Blick wieder auf die Erde. Da richtete sich Julian auf und drehte meinen Kopf mit sanften Fingern zu sich. „Der Himmel ist nicht *ein* bestimmter Ort, eine Stadt oder ein Haus. Man könnte es wohl am besten beschreiben als—" Er kräuselte die Lippen. „Es ist ein Gefühl. Ganz tief in dir drin und auch rund um dich herum. Etwas Absolutes. Etwas Friedliches. Harmonie. So wie die Liebe eines unschuldigen Kindes."

„Das sind mächtige Worte, die du da benutzt", flüsterte ich tief beeindruckt.

Er zuckte nur belanglos mit den Schultern. „Du hast danach gefragt."

Und doch war es immer noch schwer zu verstehen. Ein Ort in mir, wo nur Liebe existierte, ohne Ärger oder Zweifel? Tja, dann war in mir wohl sehr wenig Himmel vorhanden. Und was war mit Angst? Waren Engel, die im Himmel lebten, überhaupt im Stande, Angst zu spüren? War er es?

„Du siehst aus, als hättest du eine Menge Fragen", meinte er.

„Ach, nur eine Million. Oder zwei."

Lachend streifte er mir eine Strähne hinters Ohr. „Sollen wir versuchen, einige Antworten für dich zu finden?"

„Geht das denn?!" Mir stand die Kinnlade offen. Irgendwie hatte ich gedacht, einem Engel wäre es verboten, die großen Geheimnisse des Universums mit einer *minderentwickelten Lebensform* zu teilen. Aber Julian nickte und somit war ich natürlich gleich Feuer und Flamme. Nur ... wo sollte ich anfangen?

Ich versuchte, mich für die brennendste Frage in mir zu entscheiden, doch eigentlich war ja alles interessant.

„Wie viele Engel gibt es? Sehen sie alle so aus wie du? Kennst du Gott? Persönlich meine ich. Wie alt bist du? Ist Julian dein richtiger Name?"

Sein Grinsen wurde mit jeder Frage, die aus mir heraussprudelte, breiter. „Hey, immer langsam." Er hob beschwichtigend die Hände. „Wir haben mehr als nur zwei Minuten, um über all das zu reden."

Ich holte tief Luft und musste erst meine rasenden Gedanken einbremsen.

„Also gut. Wie viele gibt es von uns?", wiederholte Julian meine erste Frage bedacht langsam. „Erst einmal gibt es einen Ring von zwölf Engeln für jede menschliche Seele. Sie wachen immer über dich und jeder von ihnen hat eine bestimmte Aufgabe, die mit dir zu tun hat. Als Nächstes kommen die Helfer. Sie sind noch keiner speziellen Seele zugeteilt, aber es sind in etwa noch mal genauso viele wie die Seelenengel. Dann gibt es die Heiler, die Begleiter, die persönlichen Schutzengel—"

Mir stand der Mund sperrangelweit offen, als Julian einen nach dem anderen an seinen Fingern abzählte.

„Die Musen, die Hüter, die Berater und die Geistführer. Ich bin sicher, dass ich jemanden vergessen habe, aber zusammengenommen sind wir ... na ja, sagen wir einfach gewaltig viele. Und ich bin verdammt froh, dass sie *nicht* alle so aussehen wie ich."

Fassungslos bewegte ich meine Lippen wie ein Fisch auf dem Trockenen, aber es kam kein Ton dabei heraus. Julian ignorierte mich und erzählte einfach weiter. „Natürlich kenne ich Gott. Wir alle kennen ihn. Und Julian ist mein Name. Oder zumindest ist er es, wenn ich mich auf der Erde herumtreibe. Mein Engelsname ist wohl eher ein

Zungenbrecher für die menschliche Sprache."

Ich zog die Brauen tiefer in dic Augen. „Wie das?"

Er rieb sich nachdenklich den Nacken. Dann kurvten seine Mundwinkel nach oben und seine Augen begannen amüsiert zu leuchten. „Komm her." Doch er gab mir gar keine Gelegenheit, näher zu rutschen, sondern kniete sich aufgeregt vor mich und legte mir seine Hände auf die Schläfen.

Ein unsicheres Lachen entfuhr mir. „Was machst du— " Schlagartig wurde ich still. In meinem Kopf begann ein Chor zu singen. Nur sangen die Stimmen keine Worte. Stattdessen summten sie verschiedene Töne, die alle einen Akkord ergaben, der so schön klang wie festliches Glockenläuten zu Weihnachten.

„Jetzt verstehe ich, was du mit Zungenbrecher meinst", murmelte ich.

„Gut. Dann verstehst du auch, warum es so schwer ist, meinen Namen hier unten auszusprechen. Und was mein Alter angeht ... rate!" Er grinste bis über beide Ohren. Offenbar machte es ihm richtig Freude, mir von sich und seiner Heimat zu erzählen.

„Vor ein paar Tagen hast du gesagt, du wärst einundzwanzig."

„Nein. Das hast du gesagt. Ich habe es weder bestätigt noch verneint. Erinnerst du dich?"

Ich erinnerte mich tatsächlich. Als er gemeint hatte „gut geraten", hatte ich automatisch angenommen, ich würde richtig liegen. Oh, dieser ausgefuchste Teufel! Oder Engel ... Ah, was auch immer.

„Na schön. Alterst du in Menschenjahren?"

„Nicht wirklich. Aber ich kann es für dich umrechnen.

Also, was schätzt du?“

Ein wenig ratlos kratzte ich mich am Kopf. „Du sieht wirklich wie Anfang zwanzig aus.“

Julian verzog den Mund auf eine Seite und grummelte dabei entrüstet. „Du kommst noch nicht mal in die Nähe, Herzchen.“

„Also gut. Dann bist du vielleicht ... dreißig?“ Aber selbst ich konnte sehen, dass er noch viel zu jung dafür war.

Er richtete seinen gelangweilten Blick nach oben. „Um genau zu sein, bin ich fünfundsechzig.“

„Heilige Scheiße, was ist dein Geheimnis? Fünfundsechzig Jahre alt und kein einziges graues Haar an dir!“ In übertriebener Überraschung schlug ich beide Hände auf mein Herz. Doch eigentlich kippte ich beinahe aus den Latschen, so erstaunt war ich wirklich.

Mit Schalk in den Augen lehnte sich Julian nach vorn und flüsterte mir ins Ohr: „Wir reden hier über fünfundsechzig *Jahrtausende*.“

Jetzt blieb mir endgültig die Luft weg. „Du willst mich wohl verscheißern.“

„Kein Scheiß.“ Julian hob seine rechte Hand wie vorhin, als er versprochen hatte, nicht mit meinem Gedanken zu spielen, und machte dabei ein ernsthaftes Gesicht. Im nächsten Moment zerzauste er mein Haar. „Zerbrich dir nicht den Kopf darüber. Im Vergleich zu meiner letztendlichen Existenz, waren die letzten sechzigtausend Jahre wie ein Wimpernschlag. Und du darfst auch nicht vergessen, dass ich nur einen Bruchteil dieser Zeit in einem menschlichen Körper auf der Erde verbracht habe.“

Okay, vergiss, was er gerade gesagt hat. Zu versuchen

das Ganze zu begreifen, würde mir nur Kopfschmerzen bereiten, sonst nichts. Aber jetzt mal ehrlich, fünfundsechzigtausend Jahre? In der Zeit musste er einer ganzen Menge Menschen begegnet sein.

Einer ganzen Menge *Mädchen*. Ich konnte nichts gegen die Welle der Eifersucht tun, die bei diesem Gedanken über mich schwappte. „In dieser ganzen Zeit ... wie viele Freundinnen hattest du da schon?"

Julian sah mich lange an, ohne dass seine Miene verriet, was er gerade dachte. Nach einer halben Minute begann ich mich wirklich unwohl dabei zu fühlen. Doch schließlich sagte er: „Als Engel trägst du die Liebe für jeden Menschen und jedes Ding in dir. Aber es ist anders, als *du* Liebe empfindest. Wir sind gerne in der Gesellschaft unserer eigenen Art und auch in der der Menschen. Wir beobachten euch: wenn ihr geboren werdet, wenn ihr heranwachst, wie ihr euer Leben gestaltet. Und in all dieser Zeit lieben wir euch. Aber ein Engel verspürt normalerweise nie den Drang, mit einem bestimmten Menschen zusammen zu sein. Auch nicht mit einem bestimmten anderen Engel. *Ich* habe so etwas noch nie verspürt ... bis ich dich getroffen habe."

Julian seufzte und streichelte mir dabei mit dem Daumen über die Wange. „Es ist, als würdest du mich mit jedem Wort, das du sagst, oder mit allem, was du tust, weiter und weiter an dich heranziehen. Und ich kann nicht umkehren. Jeder Funken deines Geistes fasziniert mich wie noch nie etwas zuvor. Wenn du in meiner Nähe bist, verliere ich die Kontrolle über meinen eigenen Willen. Ich möchte dich ständig berühren. Dein Haar. Deine Haut." Er lachte leise. „Dein rebellisches Herz."

„Warum?“, flüsterte ich.

„Ich weiß es nicht. Es ist einfach so.“

Das war schwer zu glauben. Immerhin war ich nichts weiter als ein schwieriger Teenager, der wahrscheinlich mehr Zeit auf der Flucht vor der Polizei als in einem Klassenzimmer verbracht hatte.

Mehrere Minuten saß ich nur schweigend da und versuchte zu verstehen, was Julian in mir sah. Und dann überlegte ich mir, was ich in ihm sah. Ich wünschte mir, ich hätte ihm in denselben beschwingten Worten sagen können, was er für mich war und wie viel er mir bedeutete. Im Vergleich zu seinem war mein Leben zwar noch nicht besonders lang, doch ich hatte das Gefühl, dass ich immer schon diesen kleinen, ganz exklusiven Platz in meinem Herzen nur für ihn aufgespart hatte.

Traurigerweise blieben meine Lippen verschlossen. Ich schaffte es einfach nicht, Julian mit derselben Offenheit zu begegnen wie er mir. Mir blieb nur zu hoffen, dass er erahnte, woran ich gerade scheiterte.

Eine weitere Minute verstrich, in der er meinen Arm sanft auf und ab kraulte und dann seine Finger durch mein Haar strich. Als die Gelegenheit, ihm zu sagen, was ich fühlte, schließlich endgültig verstrichen war, griff ich ein anderes Thema auf, um von der seltsamen Beklommenheit zwischen uns abzulenken. „Kannst du eigentlich fliegen? Und wenn du ein richtiger Engel bist, wo sind dann deine Flügel?“

„Ich bin ganz *sicher* ein richtiger Engel. Und natürlich kann ich fliegen.“

„Dann hast du also Flügel? Wo versteckst du sie? Die kann man doch sicher nicht einfach abnehmen und in die

Hosentasche stecken, oder?“

„Tz—“, machte er und verdrehte dabei die Augen. Er sah so süß aus, wenn er die Geduld mit mir verlor. „Wo nimmst du nur immer diese Ideen her? Natürlich kann ich sie nicht einfach abnehmen. Aber ich kann sie verschwinden lassen.“

„Wie?“

„Wie erkläre ich dir das am besten?“ Er kratzte sich am Kinn und spitzte dabei dic Lippen. „Auf gewisse Weise kann ich die Moleküle einer Gestalt beeinflussen. Sie verlangsamen oder auch beschleunigen. Meine Flügel sind zwar immer hier, aber du kannst sie nicht wahrnehmen.“

In Physik war ich immer schon eine Niete. Daher machte auch seine Erklärung wenig Sinn für mich. „Hört sich an, als könntest du die Zeit manipulieren. Irgendwie. Richtig? Kannst du denn auch durch die Zeit reisen?“

Julians linker Mundwinkel schob sich nach oben. „Sagen wir's mal so: Ich kann die Zeit zu meinem Vorteil biegen. Niemand kann in einen früheren Zeitpunkt der Geschichte springen, aber durch enorme Konzentration kann ich die Geschwindigkeit sämtlicher Moleküle um mich herum reduzieren. Auf diese Weise kann ich länger in einem bestimmten Moment verharren.“

Ich machte ungläubige Augen. Das klang schon sehr fantastisch. Aber dann sollte ich wohl auch bedenken, mit wem ich es hier zu tun hatte.

Julian schmunzelte. „Ich zeig's dir.“ Er hielt seine Hand hoch und streckte dabei seinen Zeigefinger aus. Von dem Apfelbaum in unserer Nähe startete im nächsten Moment ein kleiner Spatz und segelte genau auf uns zu. Er war ungefähr noch einen Meter von Julians Hand entfernt, da wurde er plötzlich um ein Vielfaches langsamer. Jeder formvollendete Flügelschlag dauerte nun mehrere Sekunden. Und es kam noch besser.

Seine kleinen Krallen spreizten sich weit, bevor sie sich um Julians Finger wickelten, ganz langsam, so wie eine Blume, die abends ihre Blüten zusammenfaltete. Das Ganze dauerte nun schon über zwei Minuten.

Ich richtete mich auf und kniete mich vor den Vogel, wobei ich ihn von allen Seiten betrachtete. „Ist ja abgefahren."

Ein Lidschlag des Vogels dauerte etwa zwanzig Sekunden. Dann breitete er ebenso langsam seine Flügel wieder aus und hob von Julians Finger ab.

Meine Neugier fraß mich beinahe auf. „Wie langsam kannst du werden?"

Grinsend deutete Julian nur mit seinen Augen zu dem Spatz, der in diesem Moment reglos in der Luft verharrte. Mir kam es vor, als würde die Welt stillstehen und Julian und ich wären die einzigen, die sich darauf bewegten.

„Und wie lange kannst du diesen Zustand aufrechterhalten?"

Er zuckte mit den Schultern. „Keine Ahnung. Bis in alle Ewigkeit?"

„Wow, das ist verdammt lange." Mein Blick schweifte gefesselt zwischen dem Spatz in der Luft und Julians Gesicht hin und her. Dann wurde mir plötzlich etwas klar. „Du machst das immer, wenn du mich küsst!"

Julian strich mit seinem Fingerknöchel an meinem Kiefer entlang. „Ich genieße eben gerne den Moment."

Der Vogel brach aus seiner Starre aus und flatterte aufgeregt davon. Ich sah zu, wie der Spatz auf einem anderen Baum landete und legte dabei meine Wange in Julians Hand. „Dann kann ich also genauso zwischen den Momenten verharren wie du?“

Er nickte. „Wenn du bei mir bist.“

„Das heißt, du kannst mir auch deine Flügel zeigen, nicht wahr?“

Ohne ein weiteres Wort begann Julian sein Hemd aufzuknöpfen. Er zog es aus und ließ es ins Gras fallen. Beim Anblick seiner nackten, starken Brust begann mein Bauch recht seltsam zu kribbeln. Seine Bauchmuskeln zuckten unter der Haut, und seine Brustmuskeln spannten sich an, als er seinen Nacken nach beiden Seiten dehnte. Er schloss seine Augen. In der nächsten Sekunde erschien ein vertikaler Lichtstrahl hinter seinem Rücken, der mehr als einen halben Meter über seinen Kopf ragte.

Nach allem, was ich in den letzten paar Minuten von ihm gesehen hatte, sollte mich das wohl wirklich nicht mehr überraschen. Und doch hielt ich meinen Atem an und presste gerade meine Hände auf meine Wangen.

Die Lichtsäule teilte sich, als Julian seine Augen wieder öffnete. Ein Paar marmorweißer Flügel entfaltete sich daraus, etwa so weit, wie Julian groß war. Sie waren mit tausenden und abertausenden Daunenfedern besetzt.

Julians Flügel reflektieren die Nachmittagssonne und tauchten seine Gestalt in einen leuchtend weißen Schimmer, der mich blendete, es mir aber gleichzeitig schwer machte wegzusehen. Der Anblick war atemberaubend.

„Kann ich sie anfassen?“, fragte ich mit heiserer Stimme.

Julian verzog das Gesicht und saugte dabei Luft zwischen seinen zusammengepressten Zähnen ein. Ach du meine Güte! Zum ersten Mal, seit ich ihn kannte, wirkte er unsicher.

„Noch nie hat jemand meine Flügel berührt", antwortete er zögerlich.

„Ich verspreche, ich werde ganz zärtlich sein", neckte ich ihn und robbte bereits auf den Knien zu ihm. Als ich meine Hand ausstreckte, konnte ich Julians Anspannung praktisch in der Luft spüren. Doch das hielt mich nicht auf. Vorsichtig berührte ich den Bogen seines linken Flügels. Sofort zuckte dieser zurück und aus meiner Reichweite. Ein Schauer von Gänsehaut rieselte über Julians nackten Oberkörper.

„Wir sind wohl etwas empfindlich heute, wie?"

„Du hast ja keine Ahnung", antwortete Julian in einem tiefen, sinnlichen Knurren. Ich schnappte erschrocken nach Luft, als er mich plötzlich an den Hüften packte und mich auf seinen Schoß zog. Er neigte seinen Kopf und schnurrte mir ins Ohr: „Aber wenn du willst, kann ich dir ein oder zwei Stellen an deinem eigenen Körper zeigen, die genauso empfindlich sind." Er knabberte leicht an meinem Ohrläppchen und seine Zunge begann damit zu spielen.

Aus mir brach ein überraschend lautes Stöhnen hervor. Julian setzte seine Liebkosung an der Unterseite meines Kiefers fort und ich gab mich seiner Umarmung hin. Seine Flügel schwangen nach vorn. Sie legten sich sanft um meinen Körper und überkreuzten sich hinter meinem Rücken. Ich war in einer warmen Höhle aus absoluter Geborgenheit eingeschlossen.

Ein geschlängelter Weg aus Knabbern und Küssen meinen Hals hinunter brachte Julians Lippen zu der Vertiefung zwischen meinen Schlüsselbeinen. Ich neigte meinen Kopf zurück, um ihm besseren Zugang zu dieser sensiblen Stelle zu gewähren. Über mir stand ein Schwarm aus Schwalben bewegungslos am Himmel.

„Du hast die Zeit wieder eingefroren?“, fragte ich leise und ließ dabei meine Finger durch sein seidig weiches Haar gleiten.

Julian streichelte mir mit der Nasenspitze über die Wange. Als unsere Augen auf gleicher Höhe waren, flammte darin sein Eigensinn auf und sein typisch schiefes Lächeln kroch in sein Gesicht. „Ich hab dir ja gesagt, ich genieße gerne den Moment.“

Er legte mir beide Hände auf die Wangen und streifte mir mit dem Daumen über die Unterlippe. Dann lehnte er sich vor und führte die gleiche Bewegung mit seiner Zunge aus, wobei er meine Lippe sanft zwischen seinen Zähnen festhielt. Julian wiederholte dieses intensive Spiel ein paar Mal, und erst als ich dachte, ich würde seine erbarmungslose Gelassenheit dabei nicht mehr aushalten und vor Begierde explodieren, drang er weiter vor und begann dieses rhythmisch langsame Streicheln seiner Zunge an meiner fortzusetzen. Erst berührten sich unsere Lippen dabei kaum. Dann drückte er mich fester an sich und ich konnte seinen leidenschaftlichen Hunger dicht unter der Oberfläche brennen spüren.

Ich bebte in seinen Armen.

Seine Hände glitten sanft an meinen Seiten hinunter und dann wieder hoch. Dabei schob er vorsichtig mein Shirt nach oben. Als er den Kuss unterbrach, wusste ich, was er wollte. Ich hob die Arme über den Kopf. Julian zog mir das Hemd aus und warf es neben seines ins Gras. „Du bist wunderhübsch, Jona.“

„Sagte der strahlende Engel ...“, erwiderte ich sanft.

Ich ließ meine Hände auf seine Schultern sinken und fühlte seine warme Haut, als ich sie langsam nach hinten zu seinen Schulterblättern und dem Ursprung seiner Flügel schob. Von dort aus streichelte ich über die Oberkante seiner Schwingen. Sie zitterten unter meiner Berührung, doch dieses Mal ließ mich Julian den Bogen entlang bis zu den Spitzen fühlen. Sie sahen nicht nur wunderschön aus, sondern fühlten sich auch genauso warm und weich an.

Julian lehnte seine Stirn auf meine Schulter, während er meine Erkundung erduldete. Sein Atem legte sich feucht auf meine Haut, als er dabei leise stöhnte. Dann pinselte er mit den Spitzen seiner Flügel über meinen Rücken. Meine Muskeln zuckten unwillkürlich, denn das aufregende Kitzeln und Kribbeln war kaum auszuhalten. Ohne nachzudenken, wand ich mich in seinen Armen und spreizte meine Beine über seinem Schoß, sodass sich meine Knie neben seinen Hüften in die Erde gruben.

Wieder küsste mich Julian, doch dieses Mal übersprang er den sanften Teil und biss mich einmal kurz in die Unterlippe, was ein erschrockenes Stöhnen aus mir herauslockte.

„Oh, ich mag dieses Geräusch“, murmelte er gegen meine Lippen und ich konnte dabei sein Grinsen spüren. Dann küsste er mich fest und leidenschaftlich. Mir wurde heiß von seiner Gier. Er zog mich mit sich nach unten, als er sich zurücklegte. Seine Flügel schwangen dabei auseinander und plätteten das hohe Gras neben uns.

Er zog seine Fingerspitzen sanft über meinen Rücken, über die engen Jeansshorts, die ich trug, und weiter meine angewinkelten Beine entlang. Meine Haut prickelte unter seinen Händen. Das Gefühl wurde mit jeder Sekunde stärker und sank tiefer in meinen Körper. Plötzlich war Julian nur zu küssen nicht mehr genug für mich. Bei Weitem nicht.

Ich hatte mich mit beiden Armen auf der Erde abgestützt, um mein Gewicht nicht auf seine Brust zu lagern, doch am Ende war es mir egal. Ich drückte mich fester an ihn, sodass wir Haut an Haut lagen. Die Wärme seines Oberkörpers drang durch meinen, doch selbst das war mir noch nicht genug. Ich wollte mehr. Mehr von Julian. Ich wollte ihm näher sein, als jemals jemandem zuvor.

Genau in diesem Moment ebbte das intensive Verlangen aus seinem Kuss ab. Mein Haar war über sein Gesicht gefallen. Julian streifte es mir nach hinten und hielt es mit beiden Händen in meinem Nacken fest. So zog er mich wenige Zentimeter nach hinten, doch es reichte, um den Kuss zu unterbrechen.

Ich öffnete die Augen und sah, dass das Feuer in seinen erloschen war. Als hätte er die Fähigkeit, seine Begierde einfach abzuschalten. Er ließ mich unbarmherzig in meiner Lust vergehen. Genau wie beim letzten Mal—am Strand.

„Willst du mich nicht?“, fragte ich leise, unsicher.

„Ich möchte im Moment nichts lieber als nur dich“, antwortete der Engel sanft. „Aber es ist falsch.“

Mein Herz sank verletzt zurück in sein dunkles Versteck. „Warum sagst du das immer wieder?“ Für mich fühlte es sich vollkommen an.

Julian hielt meinem durchdringenden Blick stand. „Es wäre dir gegenüber nicht fair.“

Ich stützte meine Hände auf seine Brust und richtete

mich auf. „Was meinst du damit?"

Julian war zu lange still. Das konnte nichts Gutes bedeuten. Schließlich sagte er, was ihn bedrückte. „Ich kann nicht mit dir zusammen sein, Jona."

„Aber du bist doch gerade mit mir zusammen." Ich warf einen prüfenden Blick nach oben. Die Schwalben standen immer noch in der gleichen Formation über uns. „Du hast mich in diesen Moment hineingezogen. Ich bin hier und die Welt hat aufgehört, sich zu drehen."

„Das ist es ja gerade." Mit seinen Fingerspitzen zog er Schlangenlinien von meinen Schultern zu meinen Handgelenken und nahm dann meine Hände in seine. „Es wäre nur für diesen einen Moment."

Ich sah nach unten auf unsere verschränkten Finger. Ein Augenblick, in dem die Welt stillstand. Tief in mir wusste ich, dass er recht hatte. Ich hatte es die ganze Zeit gewusst. Seit ich gehört hatte, wie meine Mutter ihm vorgeworfen hatte, er könnte unmöglich hierbleiben. Irgendwann würde er verschwinden. Zusammen mit ihr. Und sie würden mich beide hier zurücklassen. Allein.

„Wie konnte ich das nur vergessen?", murmelte ich. Mein Blick kehrte zu seinen traurigen Augen zurück. „Du musst gehen, nicht wahr? Zurück in den Himmel." Sein zögerliches Nicken traf mich tief in meinem Herzen. „Wie lange habe ich dich denn noch?" Bereits in dem Moment, in dem ich die Frage krächzte, wusste ich, dass er mir nicht antworten würde. Und es war auch nicht nötig, denn ich kannte die Antwort bereits. Vergebung war die Grundlage für den Pakt meiner Mutter mit Gott. *Meine* Vergebung.

Heute Morgen hatte ich meiner Vergangenheit den Rücken gekehrt und meine Mutter in mein Herz gelassen.

Sie hatte bekommen, was sie wollte. Der Pakt war erfüllt.

„Du hast gesagt, sie würde heute noch nicht sterben. Aber das wird sie schon sehr bald, nicht wahr?“ Ein kleiner Teil in mir klammerte sich an die wilde Hoffnung, Julian würde seinen Kopf schütteln. Aber er blickte mich einfach weiter an. Und das war seine Antwort.

Ich fuhr mir rastlos mit den Händen durchs Haar, schniefte und blickte ziellos um mich. „Ich habe meine Mutter erst heut wieder zurückbekommen. Und jetzt verliere ich euch beide?“

„Jona—“ Seine Stimme trug den ganzen Schmerz, den ich versuchte, zusammen mit meinen Tränen tief in mir zu vergraben. Julian streckte seine Hand zu mir nach oben und legte sie sacht auf meine Wange.

Ich kniff meine Augen zu und lehnte mich in seine Berührung. „Du bist doch ein Engel. Du kannst sie heilen. Mach, dass es ihr wieder besser geht. Ich weiß, dass du dazu im Stande bist. Ich hab's gesehen.“

Julian zog mich wieder zu sich runter und ich legte meinen Kopf auf seine Brust. Sein Herz pochte langsam, aber laut. „Ich bin kein Heiler, Jona. Von heute an sind meine Kräfte gebunden. Ich kann ihr nicht mehr helfen. Das Einzige, was ich jetzt noch für sie tun kann, ist das Leid für sie erträglicher zu machen, während sie immer schwächer wird.“ Er streichelte mir sanft über mein Haar. „Sie ist eine Abmachung eingegangen. Und nun müssen sich alle an die Regeln halten.“

„Scheiß auf deine dämlichen Regeln!“ Ich umklammerte ihn und drückte mich mit aller Kraft, die ich aufbringen konnte, an ihn. Meine Finger gruben sich dabei tief in sein Fleisch. „Eure Abmachung interessiert mich nicht. Ich will, dass du hierbleibst."

Lange Zeit war Julian still. Als er endlich etwas sagte, war es nicht mehr als ein leises Flüstern in meinem Kopf. „Gestern hast du gesagt, du würdest mit mir von den Wolken springen. Hast du das ernst gemeint?"

Ich verstand nicht ganz, was er damit meinte, also wischte ich mir die Schniefnase mit dem Handrücken ab und hob meinen Kopf, um ihn anzusehen. „Wann hab ich denn das gesagt?"

Julians Augen ließen von meinen ab und er betrachtete stattdessen den Himmel. „Kurz bevor ich deine Erinnerung gelöscht habe."

Was sagte er da? Er ließ mich vergessen? Eine Schlinge aus Stacheldraht zog sich fest um mein Herz. „Du hast an meinen Gedanken herumgeschraubt?"

„Das musste ich tun. Du warst so nahe dran, hinter meine wahre Identität zu kommen." Julian drückte seine Handfläche auf meine Stirn und im nächsten Moment lüftete sich der Schleier, der sich die letzten vierundzwanzig Stunden über meine Erinnerung gelegt hatte. Alle Ereignisse des gestrigen Abends kehrten mit solcher Klarheit zurück, dass mir für einen Moment die Luft wegblieb.

Was hatte er sich nur dabei gedacht?! Entsetzt starrte ich ihm in die Augen. Darin spiegelte sich meine eigene Schwermut. Er litt genauso sehr wie ich. Und deshalb konnte ich ihm auch nicht böse sein.

Außerdem hatte er gestern riskiert, vor meiner ganzen Familie enttarnt zu werden, nur weil er meine Hand geheilt hatte. Sein gepeinigter Blick, als er mich anflehte, ihn nicht zu zwingen, sein Geheimnis preiszugeben, erschien mir wieder glasklar vor Augen. *Mit dir würde ich auch von da oben springen.* Das waren meine eigenen Worte gewesen.

Es brauchte nicht mehr als eine Sekunde, um all diese kleinen Erinnerungen vor mir zu verbergen. Und was war mit heute? Mein Hals wurde eng und schmerzte, als ich schluckte. „Wie geht es weiter? Da ich jetzt weiß, dass du ein Engel bist, wirst du mir meine Erinnerungen wieder nehmen? Werde ich alles vergessen, was heute zwischen uns passiert ist?"

„Letztendlich ... ja."

„Nein! Das darfst du nicht!", wollte ich kreischen, doch es kam kein Ton aus meiner Kehle.

Julian schwieg mich an. Doch er hob mich sanft von sich runter und setzte mich neben sich im Gras ab. Dann richtete er sich auf. Seine Flügel begannen zu vibrieren. Die Frequenz wurde rasch höher, bis sie sich plötzlich in nichts auflösten. Beraubt von seiner wahren Schönheit, strich ich mit meinen Händen über seine Schulterblätter, doch da war nichts mehr zu spüren.

Als er sein Shirt anzog und es zuknöpfte, schlüpfte ich auch in meines. Dann nahm er meine Hand und zog mich mit sich hoch. Ich folgte ihm mit schwerem Herzen, als mir klar wurde, dass wir zurück nach Hause gingen.

Kurz bevor wir den kleinen Wald erreichten, der uns von den Weinbergen abschnitt, blieb Julian noch einmal stehen und drehte sich zu mir. „Jona, an dem Tag, an dem ich die Erde wieder verlassen werde—" Er unterbrach sich selbst und sah mich schwermütig an. „Wenn deine Mutter stirbt, werde ich dir nicht nur die Erinnerung an mein Geheimnis nehmen. Du wirst dich am Ende überhaupt nicht mehr an mich erinnern können. Es wird so sein, als hättest du mich nie gekannt."

Aus der Vergangenheit

Den Blick auf meine Schuhe gerichtet, zog ich meine Füße durch das lange Gras. Julians warme Hand um meine versuchte mir vorzugaukeln, dass die Welt immer noch in Ordnung war. Die Grashalme schaukelten sanft im Wind; er kontrollierte nicht länger die Zeit. Die Augenblicke rasten wieder vorbei wie wilde Stromschnellen.

Das Grauen davor, bald die wichtigste Erinnerung in meinem Leben zu verlieren, ankerte tief in meinen Knochen.

Wir gingen nach Hause. Um diese Tageszeit waren noch alle in den Weinbergen bei der Arbeit. Außer meiner Mutter. Als Julian und ich auf Zehenspitzen eintraten, schlief sie immer noch friedlich in ihrem Bett. Julian streifte mit seinen Fingerspitzen über ihre Stirn. Einen Moment später erwachte sie unter leisem Stöhnen aus diesem unnatürlich tiefen Schlaf.

Es war eine Sache, zu wissen, dass Julian Zauberkräfte hatte, doch es war eine völlig andere, zu sehen, wie er sie tatsächlich einsetzte. Ich wusste nicht, worauf ich mich eher konzentrieren sollte. Julians wunderhübsches Gesicht, wenn er sich auf seine Kräfte einließ, oder auf die glücklichen Augen meiner Mutter, die gerade weit aufgingen, als sie mich in ihrem Zimmer stehen sah.

Willkommen zurück, Mom.

Julian setzte sich auf die Bettkante und nahm ihre knochige Hand in seine. Sogleich trat wieder Farbe in ihre Wangen und ihre glasigen Pupillen reduzierten sich auf normale Größe.

„Ist es schon so weit?", fragte sie mit einem Zittern in der Stimme.

Julian schüttelte den Kopf. „Der Pakt ist erfüllt, aber Er ist kein Unmensch. Ihr beide bekommt auf jeden Fall noch die Chance miteinander zu reden." Er stand auf und streckte ihr seinen Arm entgegen. „Heute ist ein wunderschöner Tag. Möchtest du lieber draußen auf der Terrasse sitzen?"

„Ja, sehr gern." Charlene lächelte schwach, als sie mit seiner Hilfe vom Bett aufstand. „Immerhin ist das vielleicht meine letzte Gelegenheit, den blauen Himmel und die wunderschönen Weinberge noch einmal zu sehen."

Mein Brustkorb schien plötzlich viel zu eng für mein eigenes Herz zu sein. Ich hustete, um den schweren Kloß in meinem Hals loszuwerden.

Julian führte meine Mutter hinaus zu dem hölzernen Tisch und den zwei Bänken auf der Terrasse und ließ uns dann unter dem Vorwand, Tee für uns zu machen, allein. Ich setzte mich Charlene gegenüber und betrachtete ihre schwachen Gesichtszüge. Sie trug bereits den Stempel des Todes auf sich. Wie lange noch bis Gott sie mir wegnehmen würde? Vielleicht einen Tag? Oder zwei?

„Warum hast du diese dumme Abmachung getroffen, Mom?" Ich hatte keine Chance das Beben meiner Stimme zu unterdrücken. „Warum bist du nicht stattdessen zu Ärzten gegangen? Sie hätten dir bestimmt helfen können."

„Also hat er es dir endlich erzählt?“ Meine Mutter schüttelte bedrückt den Kopf, doch dann zuckten ihre Schultern plötzlich mit einem schwachen Lachen. Sie schob ihre Hand über den Tisch und legte sie auf meine. „Niemand hätte mir mehr helfen können, Liebes. Es handelt sich um Bauchspeicheldrüsen-Krebs. Ich habe Monate lang sehr starke Medikamente bekommen. Aber diese Art von Krebs ist nun mal unheilbar.“

Ich hatte bereits gehört, dass ihre Krankheit unheilbar war. Doch ich weigerte mich ganz einfach, das zu glauben. „Es muss einen Weg geben. Was ist mit einer Chemotherapie? Oder einer Operation? Braucht man eine Bauchspeicheldrüse überhaupt? Man könnte sie vielleicht rausschneiden.“

Charlene verzog das Gesicht. Ich erkannte einen Schmerz in ihren Augen, der nichts mit ihrem eigenen Unglück zu tun hatte. Ihr Leid hing wohl mit meinem entsetzten Gesichtsausdruck zusammen und der Tatsache, dass sie nach all den Jahren, in denen wir getrennt waren, keine bessere Nachricht für mich hatte.

Ich seufzte und versuchte zumindest nach außen hin stark zu bleiben. „Na schön. Wie kam dann Gott ins Spiel?“ Oh Mann, wie diese Frage allein schon klang. Und wir beide saßen da und wussten, dass dies kein Scherz oder blödes Gerede war. So etwas passierte sicher nicht alle Tage. „Es ist schon etwas Außergewöhnliches, dass Gott einfach jemanden vom Himmel schickt, um die Wünsche anderer Leute zu erfüllen.“ Zumindest hatte Er in den vergangenen zwölf Jahren nie jemanden auf mein Flehen hin geschickt.

Meine Mutter blickte zum Himmel hoch. Ein dankbares Strahlen setzte sich in ihren Augen fest. „Ja, das ist es ganz sicher. Er hatte an jenem Abend wohl wirklich Mitleid mit mir." Als sie ihren Blick wieder zu mir senkte, zog ich meine Augenbrauen hoch, in der Hoffnung, sie würde mir mehr erzählen. „Es geschah an dem Abend, nachdem ich aus dem Krankenhaus entlassen worden war. Man hatte mir gesagt, es gebe für mich kein Heilmittel mehr und ich solle meine Angelegenheiten regeln."

„Mit anderen Worten, sie sagten dir, deine Zeit sei um."

Meine Mutter nickte. „Sie gaben mir noch ein halbes Jahr, wenn überhaupt. Die ganze Zeit musste ich nur an eines denken. An dich." Ihre Hand schloss sich fester um meine. Die Engelskraft, die ihr Julian vorhin eingeflößt hatte, entfaltete langsam ihre volle Wirkung. „Ich hab in meinem Leben ganz schön Mist gebaut. Und dabei habe ich dich vor allen anderen am meisten verletzt. Ausgerechnet dich, wo du doch das Beste warst, das mir jemals passiert ist. Auf Knien betete ich an jenem Abend um eine Chance, alles wieder gutmachen zu können. Ich hatte keine Angst davor, zu sterben. Ich hatte nur Angst, dich nie mehr wieder in den Armen halten zu können—" Ihre Unterlippe zitterte. Aus ihrer Hosentasche zog sie ein Taschentuch, putzte sich die Nase und wischte sich dann die Tränen aus den Augen.

Mein Herz fühlte sich genauso verkrampft an wie mein Hals. Ich streckte meine Hand über den Tisch und legte sie meiner Mutter auf den Unterarm. „Du kannst mich jetzt halten", sagte ich leise zu ihr.

Ihre Mundwinkel zuckten, als versuchte sie zu lächeln. Doch stattdessen ergossen sich mehr Tränen aus ihren Augen. Da kam Julian durch die Tür und stellte ein Tablett mit drei dampfenden Tassen zwischen uns. Als er meiner Mutter eine Hand auf die Schulter legte, atmete sie tief durch. Ich hatte nicht bemerkt, dass sie kaum noch Luft bekommen hatte. Ihr verzerrtes Gesicht entspannte sich wieder ein wenig.

Mit der Stärke, die ihr Julian gegeben hatte, fuhr sie fort: „In jener Nacht bat ich um einen einzigen friedvollen Moment mit dir. Ich war bereit, dafür den Rest meines Leben einzutauschen."

Mein Kinn sackte nach unten.

„Natürlich hatte ich nicht geglaubt, dass mir da oben wirklich jemand zuhören würde, doch deshalb war ich nicht weniger entschlossen. Und dann erleuchtete plötzlich ein seltsamer Lichtstrahl mein Schlafzimmer. Daraus entstieg ein Engel." Sie lächelte. „Julian stellte sich mir vor. Er sagte, man hätte ihn geschickt, um mir zu helfen. Ich glaubte ihm kein Wort."

Als sich Julian neben mich auf die Bank setzte, wurden ihre Wangen etwas röter, und sie sah ihn schuldbewusst an. „Du hattest es weiß Gott nicht leicht mit mir, nicht wahr?"

Schmunzelnd legte Julian einen Arm um meine Schultern, doch sein Blick ruhte die ganze Zeit auf meiner Mutter. „Dich zu überzeugen war mit Sicherheit eine Herausforderung."

Ich griff nach einer der drei Tassen, pustete kurz und nahm dann einen kleinen Schluck von dem schwarzen Tee, den Julian mitgebracht hatte. Dabei sah ich ihn aus dem Augenwinkel an. „Dein Plan war es also, sie so lange bei Kräften zu halten, bis wir uns eines Tages zufällig über den Weg laufen und ich ihr auf wundersame Weise vergeben würde?"

„Nicht ganz.“ Er drückte mich fester an seine Seite. „Ich traf gewisse Vorbereitungen, war viel unterwegs und fand heraus, was du normalerweise zu welcher Tageszeit gemacht hast.“

Meine Augen wurden so groß wie Autoscheinwerfer. „Du hast mich ausspioniert?“

„Spionieren ist so ein schreckliches Wort. Ich hab viel eher ... Nachforschungen über ein bestimmtes Individuum angestellt. Ich hab dich sozusagen bis ins Kleinste studiert“, sagte er mit einem neckischen Grinsen auf den Lippen. Er lehnte sich zurück und streichelte mir mit den Fingerspitzen leicht über den Nacken. „Gleichzeitig hat deine Mutter dafür gesorgt, dass du hier in den Weinbergen ein Zuhause findest, wenn alles erst einmal ins Rollen gekommen wäre. Und schließlich brauchte ich nur noch den Kurs zu setzen. Es war kein Zufall, dass dich die Polizei am Camden Market geschnappt hat.“

„Nein, das war nur saudummes Pech.“ Oder war es das wirklich? Viele wunderbare Dinge hatten sich seither in meinem Leben ereignet.

„Ich hatte dir praktisch ein paar Steine in den Weg gelegt. Menschen, die dich in die richtige Richtung geschubst haben.“

In Gedanken kehrte ich zu meiner Flucht vor den Bullen zurück. „Der Mann mit der grünen Mütze“, erinnerte ich mich halblaut. „Der kleine Junge. Und dann die Frau, die mir mit ihren Krücken fast eins übergebraten hätte? Das war alles dein Werk?“

Er nickte. Für jemanden, der zwischen den Augenblicken wandeln konnte, war das natürlich ein Kinderspiel.

„Ich kann nicht glauben, dass du mich so manipuliert hast. Das war echt fies von dir!“ Und doch konnte ich ihm nicht böse sein.

„Es war ziemlich einfach, deinen Freund Quinn und den Richter von unseren Plänen, dich zu deiner Familie nach Frankreich zu bringen, zu überzeugen. Tja, und den Rest kennst du ja.“

Bei der Erwähnung von Abe lief mir ein Schauer über den Rücken. Ich kreuzte meine Knöchel unter der Bank. „An diesem Morgen in Abes Büro habe ich dich in einer strahlend weißen Robe gesehen. Warum?“

Julian zerraufte mir das Haar. „Du warst immer schon außerordentlich aufmerksam. Oder vielleicht war ich auch einfach zu unvorsichtig in deiner Nähe, keine Ahnung.“ Er zuckte mit den Schultern. „Ich hatte von Anfang an so meine Probleme, meine wahre Gestalt vor dir zu verbergen.“ Als er dabei schmunzelte, klang es so, als wüsste er genau, was der Grund dafür war, nur wollte er es mir nicht verraten.

Ich versuchte mir einzureden, dass seine starken Gefühle für mich der Grund dafür waren. Schließlich bestand da diese kleine Chance, dass er von Anfang an wollte, dass ich ihn *wirklich* sah. Dass er mir gegenüber aufrichtig sein wollte.

Aufrichtigkeit war mein Stichwort. Ich wandte mich wieder meiner Mutter zu. Julian hatte uns Zeit zum Reden versprochen und ich hatte noch so viele Fragen an sie. „Warum hast du mich damals weggegeben, Mom?“

Ein Moment des Schweigens zog sich unangenehm in die Länge. Meine Mutter wrang ihre Hände auf dem Tisch und zappelte auf ihrem Sitz herum. Da drückte mir Julian plötzlich einen Kuss auf die Augenbraue und flüsterte mir ins Ohr: „Ich werde mal nachsehen, ob Albert meine Hilfe braucht.“ Obwohl ich bei diesem Gespräch gerne seine beruhigende Aura um mich gehabt hätte, war ich auch dankbar für seinen Rückzug. Mom und ich brauchten etwas Zeit allein.

Als er aus dem Garten verschwunden war, nahm ich meine Tasse wieder in die Hand und versuchte daraus etwas Wärme und Ruhe zu ziehen. Ich fühlte den Schmerz der letzten zwölf Jahre in mir aufsteigen und bemühte mich, ihn nicht in meine Stimme kriechen zu lassen. „Warum das Kinderheim und nicht dieser Ort hier? Warum hat man mich damals nicht Marie übergeben?“

Meine Mutter hielt zwar meinem Blick stand, doch die Farbe wich ihr gerade dramatisch aus dem Gesicht. Die Antwort würde mir also sicher nicht gefallen.

Sie atmete einmal tief ein und langsam wieder aus. „Meine Familie hatte keine Ahnung von dir. Ich habe es ihnen damals nicht erzählt, weil ich mich für meine Lage geschämt habe—schwanger von einem Mann, den ich kaum kannte und der mich verlassen hatte, noch ehe du geboren wurdest. Zu diesem Zeitpunkt hatte ich nichts außer einer schäbigen Zweizimmerwohnung, einer Handvoll Pfund in der Tasche und einem Stapel unbezahlter Rechnungen, der immer höher wurde.“

Ein paar lange Sekunden starrte sie in die Ferne. „Als John in unser Leben trat, dachte ich, alles würde sich endlich zum Guten für uns wenden. Ich war verliebt. Und ich dachte, er würde mich auch lieben. Und dich. Doch mit ihm wurde mir eine harte Lektion erteilt. John war drogenabhängig, und alles, was er von mir wollte, war mein

Geld, um sich den nächsten Schuss zu besorgen. Geld, das ich nicht hatte. Und so wurde er zornig und gewalttätig. Er war ein sehr brutaler Mann.“ Sie blinzelte und richtete ihre Aufmerksamkeit wieder auf mich. „Aber ich bin sicher, daran erinnerst du dich selbst noch gut genug.“

Ich nickte kurz, wobei ich meine Lippen verschlossen hielt und meine Zähne dahinter aufeinanderbiss. Als ihr Schweigen länger andauerte, fragte ich mich, ob sie in diesem Moment auch an die vielen Male zurückdachte, an denen mir John weh getan hatte. Oder an die unzähligen Nächte, in denen Sie versucht hatte, mich in den Schlaf zu singen, nachdem mich der Kerl windelweich geprügelt hatte. Denn all diese Dinge spiegelten sich bestimmt gerade in meinen eigenen Augen wider.

Ihre Finger schlangen sich zwischen meinen hindurch und sie legte auch ihre zweite Hand darüber. „Eines Nachts wolltest du einfach nicht aufhören zu schreien, nachdem er dich wieder geschlagen hatte. Ich redete stundenlang auf ihn ein, dass er mich mit dir in ein Krankenhaus fahren lassen sollte. Doch John weigerte sich und ließ uns nicht aus der Wohnung. Er hatte Angst, dass die Ärzte herausfinden würden, was vor sich ging. Trotzdem gab ich nicht auf. Am nächsten Morgen fuhr er uns endlich in die Notaufnahme.“

Ich erinnerte mich an diesen Tag. Mein linker Arm brannte wie Feuer. Ich musste mir etwas gebrochen haben, als John mich wie eine Fliege gegen die Wand geklatscht hatte. Zitternd hatte ich auf dem Rücksitz gesessen und seine mordlustigen Augen während der ganzen Fahrt über den Rückspiegel beobachtet. In diesen endlosen Minuten im Auto hatte er mir eingebläut, was ich später zu der

Krankenschwester sagen sollte.

Ich bin von der Schaukel gefallen, am Spielplatz hinterm Haus. Ich bin von der Schaukel gefallen …

„Und dann kam die Schwester ohne dich aus dem Behandlungszimmer zurück.“ Die Stimme meiner Mutter schnitt durch meine grauenvolle Erinnerung. „In diesem Augenblick dachte ich, ich müsste sterben. Ich wusste, ich hatte dich verloren. Sie würden dich mir niemals zurückgeben. Doch auf der anderen Seite war ich auch glücklich darüber. Erleichtert. Denn John würde dir nie mehr weh tun können.“

Nun, da ich endlich meinen Zorn abgelegt und mich meiner Mutter gegenüber geöffnet hatte, konnte ich sogar ihren Schmerz nachfühlen. Es musste sie innerlich zerrissen haben.

„Was passierte mit dir und John?“, fragte ich weiter.

Meine Mutter senkte den Blick. Sie drehte sogar ihren Kopf weg von mir. Sie legte eine Hand über ihren Mund und kniff die Augen zu. Wahrscheinlich wollte sie die Tränen unterdrücken, die sie gerade plagten. „John ging ins Gefängnis wegen Kindesmisshandlung. Ich wurde ebenfalls zu sechs Jahren verurteilt, weil ich nichts unternommen hatte. Ich durfte dich in der ganzen Zeit nicht ein einziges Mal besuchen. Durfte mich nicht einmal von meinem eigenen Kind verabschieden.“

„Du hast mir so sehr gefehlt. Niemand hat mir gesagt, warum ich in diesem schrecklichen Heim bleiben musste. Am Anfang dachte ich, John hätte dich erschlagen … weil ich ja jetzt nicht mehr da war, um seine Dresche einzustecken. Doch dann erzählten mir andere Kinder, dass du mich wahrscheinlich einfach nicht mehr haben wolltest.“

„Oh nein, mein Schatz, das ist nicht wahr." Sie streckte ihre Hand nach mir aus und streichelte mir sanft über die Wange. „Ich war fest entschlossen, meine Zeit abzusitzen und dich dann wieder zu mir zurückzuholen. Nach Hause. Wo du hingehörst. Ich konnte dich damals einfach nicht in Maries Obhut geben. Ich hatte viel zu große Angst, du würdest nie wieder zu mir zurückwollen, wenn du erst einmal so lange in ihrem Haus gelebt hättest. Das war der Grund, warum ich keine Verwandten angegeben habe, als man eine Unterkunft für dich gesucht hat. Ich war so selbstsüchtig, Jona. Und es tut mir so schrecklich leid."

So sehr diese neue Erkenntnis auch schmerzte, war ich doch froh über die Tatsache, dass meine Mutter mich damals nicht einfach abgeschrieben hatte. „Als du entlassen wurdest, hast du mich im Heim besucht. Ich war bereit, mit dir nach Hause zu gehen. Warum bist du nicht wiedergekommen? Warum hast du dein Versprechen gebrochen, Mom?"

Einen Moment lang fummelte sie an ihrem Taschentuch herum. „Ich habe es geschafft, mein Leben in den Griff zu bekommen, und alles für uns beide vorbereitet. Aber an dem Tag, als ich dich holen wollte, tauchte John vor meiner Tür auf. Er wurde etwa zur gleichen Zeit wie ich entlassen, und er schaffte es so leicht, sich wieder in mein Leben zu drängen. Er versprach mir hoch und heilig, er habe sich im Gefängnis verändert, dass er clean sei und ein neues Leben mit mir beginnen wolle. Doch nur wenige Stunden später hätte er mich beinahe umgebracht. Er war betrunken und wieder auf Drogen. Gar nichts hatte sich verändert. Und ich konnte auf keinen Fall zulassen, dass dieser Mann je wieder in deine Nähe kam."

Sie wischte sich die Nase mit dem Taschentuch ab. „Ich versuchte, vor ihm zu fliehen und mich zu verstecken. Doch wohin ich auch ging, er fand mich immer wieder. Dann, eines Tages, kam er nicht mehr nach Hause. Ich las zwei Wochen später in einer alten Zeitung, dass die Polizei die Leiche von John Malton gefunden hatte. Er wurde offenbar bei einem Drogendeal getötet. Das war nur wenige Tage nachdem ich herausfand, dass ich an Krebs leide.“ Meine Mutter stopfte das Taschentuch zurück in ihre Tasche und ließ den Kopf hängen.

Am Ende hatte ich meine Antworten bekommen. Keiner von uns hatte es leicht gehabt in seinem Leben. Leise erhob ich mich von der Bank und ging um den Tisch herum. Ich setzte mich neben sie, schlang meine Arme vorsichtig um ihren zerbrechlichen Oberkörper und legte meinen Kopf auf ihre Schulter.

Ein underdrücktes Wimmern folgte ihrem Schniefen, als auch sie mich umarmte, und ihre Tränen sickerten in mein Haar. „Ich danke dem lieben Gott für diesen Moment!“

Ich dankte ihm nicht.

Gott hatte keine Ahnung, was es für mich bedeutete, meine Mutter so halten zu können, und gleichzeitig zu erkennen, dass es vielleicht das letzte Mal sein würde. Ich wusste nicht wohin mit dem Schmerz, doch eines war sicher: Ich würde ihn nicht herauslassen. Meine Mutter sollte sich keine Sorgen um mich machen müssen.

Doch ich hatte sie, im Gegensatz zu ihr selbst, noch lange nicht abgeschrieben. Keinesfalls würde ich Gott erlauben, sie mir einfach so wieder wegzunehmen—und mit ihr jemand, den ich genauso sehr liebte wie sie. Es musste einen anderen Weg geben. Und ich würde ihn finden.

Eine Wolke aus Wärme und Gelassenheit legte sich plötzlich um mich und nahm mir einen großen Teil des Schmerzes, der in meiner Brust ankerte. Meine Mutter schien es ebenfalls zu spüren, denn sie hob ihren Kopf mit einem erleichterten Seufzen und lächelte.

Der Engel war zurück.

Ich ließ meine Mutter los und warf einen Blick über meine Schulter. Julian lehnte wie immer lässig an der Hauswand, mit beiden Händen in den Hosentaschen. Sein friedvoller Ausdruck konnte jedoch die Traurigkeit in seinen Augen nicht verschleiern.

„Hast du kurz einen *Moment* für mich?“, fragte ich ihn.

„Jederzeit, Jona.“ Mit einem versteckten Lächeln kam er zu uns rüber. „Lass uns aber erst deine Mutter wieder ins Bett bringen. Sie sieht müde aus.“

Mom hakte sich dankend bei ihm unter und ich folgte den beiden in ihr Zimmer. Als sie sich hingelegt hatte, deckte ich sie zu, als wäre ich die Mutter und sie das kranke Kind, und versprach, in ein paar Minuten wiederzukommen. Doch erst musste ich einen Weg finden, um sie bei mir behalten zu können.

Noch bevor Julian und ich aus dem Zimmer schlichen, war sie bereits wieder in diesen unheimlichen Tiefschlaf gefallen. Es machte mir Angst.

Julian schloss leise die Tür hinter sich. „Wohin möchtest du gehen?“

Ich zuckte mit den Schultern. Es war mir ganz egal, solange wir nur zusammen waren. Doch dann wusste ich plötzlich ganz genau, wohin ich wollte. Ich nahm seine

Hand und zog ihn hinter mir die Treppe rauf in mein Zimmer und raus auf den Balkon. Julian zog mich vor der offenen Balkontür zurück. „Bist du sicher, dass du da raus willst? Wir können auch hier drinnen bleiben."

Meine Höhenangst war bereits im Vormarsch, doch ich hatte nicht vor zu kneifen. „Mach du nur, was du sonst auch immer mit mir tust und lass mich nicht los. Dann wird's schon gehen."

Julian nickte und ich fühlte mich wohl. Er folgte mir nach draußen. Dabei war seine Hand ständig fest um meine geschlossen. Ich zog ihn mit mir runter auf den Boden, wo wir uns hinsetzten und gegen die Hausmauer lehnten. Ich legte meinen Kopf auf seine Schulter. Die Wolken, die im leichten Sommerwind über den Himmel segelten, wurden langsamer und langsamer. Schließlich standen sie still.

Julian zog meine Hand in seinen Schoß und begann, mit meinen Fingern zu spielen. „Hier ist dein Moment. Was ist los, Jona?"

Ich atmete tief durch und versuchte entschlossen zu klingen, als ich ihn fragte: „Was kostet es zu tauschen? Mein Leben gegen das meiner Mutter."

Seine Hände wurden starr und kalt, als er erschrocken zu mir aufsah. „Das ist unmöglich! Und du solltest nicht einmal darüber nachdenken!" Bei seinem scharfen Ton zuckte ich zusammen. „Leben ist das größte Geschenk auf Erden. Damit macht man keine Spielchen."

„Es ist mein Leben, und ich kann damit machen, was ich will." Es war schwer, diese Worte auszusprechen und ihm dabei in die Augen zu sehen. „Ich habe keinen Grund, weiterzuleben, wenn du und meine Mutter erst einmal weg seid. Was ist das denn für eine Gerechtigkeit? Da bekomme ich sie nach all den Jahren endlich wieder und dann wird sie mir einfach aus den Armen gerissen." Ich wurde stiller. „Und du ebenso."

„Sei doch einfach dankbar für das, was sie für dich getan hat. Von hier aus kannst du dein Leben neu ordnen. Außerdem wären Marie und Albert überglücklich, wenn du bei ihnen bleiben würdest." Er ließ meine Hand los und streifte mir eine Haarsträhne hinters Ohr. „Was mich angeht ... Ich hätte von Anfang an auf Charlene hören sollen. Sie hat mich davor gewarnt, dass ich dir am Ende nur weh tun würde, und sie hatte recht. Ich war zu selbstsüchtig, um die Konsequenzen abzuschätzen. Und jetzt ... sieh nur, welchen Schmerz du meinetwegen ertragen musst. Wir beide."

Der Schmerz, von dem er sprach, war greifbar. Die Angst davor, den anderen zu verlieren, die Sehnsucht, alles spiegelte sich in seinen Augen wider. Ich konnte mir gar nicht vorstellen, auch nur einen Tag ohne ihn weiterzuleben. Oder ohne meine Mutter.

„Kannst du denn nicht einen dieser Heiler herbeirufen, von denen du vorhin gesprochen hast? Irgendjemand muss doch meiner Mutter helfen können? Damit ich mehr Zeit mit ihr habe. Nur ein bisschen. Und wenn sie hierbleibt, dann kannst du auch bleiben. Nicht wahr?"

Julian schüttelte müde den Kopf. „Kein Heiler kann jetzt noch etwas für sie tun. Sie hat sich damit abgefunden. Und du solltest das auch."

Ich zog meine Beine in den Schneidersitz, stützte meine Ellbogen auf die Knie und legte meinen dröhnenden Kopf in meine Hände. „Du weißt, dass ich euch gestern Nacht belauscht habe. Und da sagtest du zu meiner Mutter, dass es eine Möglichkeit gibt." Vor zwei Minuten noch hatte ich gedacht, die einzige Chance, meine Mutter zu retten und bei Julian zu bleiben, wäre, mit ihr zu tauschen. Doch nun flammte eine neue Hoffnung in mir auf. „Erzähl mir von dieser Möglichkeit."

Julian gab weder zu noch stritt er ab, dass es wirklich einen anderen Weg gab. Er sagte nur: „Ich kann nicht."

„Was muss ich dann tun, um dahinterzukommen?", schrie ich verzweifelt und er zuckte zurück. „Soll ich raten? Gehört eine Mutprobe dazu? Du hast etwas von einem Sprung aus den Wolken gesagt. Ist es das?" Ich sprang auf und stellte mich tapfer in die Mitte des Balkons, wobei ich meine Fäuste gegen die Hüften stemmte. „Komm schon. Hol deine Flügel raus und lass uns fliegen. Ich werde dir beweisen, dass ich bereit bin, um mit dir zu springen."

Nun stand auch Julian auf, kam zu mir und schob seine Arme durch meine gebeugten hindurch. Dann zog er mich fest an sich. Seine Lippen berührten mein Haar, als er leise sagte: „Du bist ein tapferes Mädchen, Jona." Dann küsste er mich sanft auf die Stirn. „Das ist einer der vielen Gründe, warum ich dich liebe."

Das war das dritte Mal, dass er diese besonderen Worte zu mir gesagt hatte, und ich wollte mich ihnen hingeben. Aber gleichzeitig stieg auch ein glühender Schwall von Ärger in mir hoch und ich befreite mich aus seiner Umarmung. „Wie kannst du von Liebe reden, wenn du nicht das Geringste unternehmen willst, um bei mir bleiben zu können? Wenn das wirklich dein Ernst wäre, würdest du nicht einfach nur dasitzen und zusehen, wie meine Mutter verfällt!"

Ich gab ihm keine Chance, mich noch einmal an sich

zu ziehen. Mit knirschenden Zähnen stapfte ich an ihm vorbei und lief durch mein Zimmer in den Flur und die Treppe hinunter. Ich wollte meine Mutter sehen. Wer konnte schon sagen, wie lange ich noch die Gelegenheit dazu hatte.

Als ich außer Atem in ihrem Zimmer ankam, versperrte ich die Tür hinter mir, obwohl ich mir nicht ganz sicher war, ob ein einfaches Schloss einen Engel davon abhalten würde, in ein Zimmer zu gelangen, wenn er das wollte.

Meine Mutter wachte von meinem Lärm nicht auf, also setzte ich mich neben sie aufs Bett und streichelte ihr über die glühenden Wangen. Stundenlang, wie es schien, wachte ich über ihren Schlaf. Und in dieser Zeit schmiedete ich einen Plan.

Wenn Gott vorhatte, sie beide zu sich zu holen, dann musste er sich wohl oder übel mit einer weiteren Person auseinandersetzen.

Meine Mutter wachte zur selben Zeit auf, als mein Onkel und meine Tante aus den Weinbergen zurückkehrten. Als sie mich neben sich auf dem Bett entdeckte, gingen ihre Augen vor Freude weit auf. „Dann war es also doch kein Traum“, seufzte sie glücklich und zog mich in ihre Arme.

Es fühlte sich immer noch seltsam an, von ihr gedrückt zu werden, aber gleichzeitig auch unsagbar schön. Ich sog den Kirschblütenduft ihres Parfüms durch meine Nase ein und erinnerte mich daran, wie gern ich diesen Duft immer gerochen hatte, als sie mich damals jede Nacht ins Bett gebracht und mir etwas vorgelesen hatte. Ich wusste plötzlich wieder genau, wie es sich anfühlte, sie zu lieben.

Langsam half ich ihr aufzustehen und gemeinsam gingen wir in die Küche. Julian saß am Tisch und hatte sein Kinn in seine Hand gestützt. Ich schenkte ihm ein Lächeln, womit ich ihn wissen lassen wollte, dass ich nicht länger böse auf ihn war.

Marie und Albert sahen meine Mutter und mich verdutzt an, als wir Arm in Arm hereinspazierten. Der Mund meiner Tante stand so weit offen, dass sie locker einen Tennisball hätte darin verschwinden lassen können. Ich grinste ein wenig verlegen und bemerkte dann die Kiste mit den immer noch staubigen Flaschen auf dem Fußboden.

„Tut mir leid. Ich hatte noch keine Zeit, sie fertig auszuspülen“, murmelte ich und verzog dabei das Gesicht.

„Aber nicht doch, Liebes!“ Tante Marie kam an meine Seite. Eine Hand legte sie auf meinen Unterarm, die andere auf die Schulter meiner Mutter. „Ich bin so froh, dass ihr euch endlich ausgesprochen habt. Es wurde wirklich Zeit.“

Ich sah kurz zu Julian, der darüber genauso traurig zu sein schien wie ich. Und auch aus genau demselben Grund. Wir würden einander schon sehr bald verlieren.

„Oh, was ist das?“, unterbrach Marie meine trübsinnigen Gedanken. „Du hast ja den Verband abgenommen. Ist deine Hand wieder in Ordnung?“

In dem ganzen Tumult hatte ich total vergessen, Julians zauberhafte Heilkünste zu verschleiern. Ich schob meine Hand schnell in meine Hosentasche. „Na ja, sie juckt noch ein wenig, aber zumindest sind die Schmerzen weg.“

„Das sind ja gute Nachrichten. Trotzdem möchte ich, dass du diese Woche noch mit der Arbeit aussetzt. Wir wollen kein Risiko eingehen, mit dem ganzen Schmutz und der Erde."

Ich nickte und versuchte dabei nicht an meine Zukunft zu denken. Ich hatte einen Plan und war fest entschlossen, diesen in die Tat umzusetzen. Noch heute Nacht.

An diesem Abend blieben Julian und ich noch lange bei meiner Mutter im Zimmer. Ich wollte jede einzelne Minute mit den beiden voll und ganz genießen. Wer konnte schon mit Sicherheit sagen, ob mein Plan später auch wirklich funktionieren würde? Julian saß hinter mir auf dem breiten Ohrensessel und hatte seine Arme um meinen Bauch geschlungen. Seine Berührung erfüllte mich mit Ruhe. Nur so konnte ich den kommenden Ereignissen ins Auge blicken, ohne bereits jetzt vor Angst durchzudrehen.

Kurz vor Mitternacht flüsterte er mir leise ins Ohr: „Es ist spät. Du solltest nach oben gehen und dich ausruhen."

Die letzten eineinhalb Stunden waren mir schon ständig die Augen zugefallen, doch ich kämpfte darum, wach zu bleiben. Anstatt Julian zu antworten, schüttelte ich nur meinen Kopf. So konnte ich die Zähne aufeinanderbeißen und mir ein Gähnen verkneifen.

Mit sanften Fingern streifte er mir die viel zu langen Ponyfransen aus der Stirn. „Charlene wird morgen wieder aufwachen. Ich verspreche es."

Mein Kopf tat vor Müdigkeit bereits weh, also ließ ich mich schließlich doch überreden. Ich drückte meiner Mutter einen letzten, zärtlichen Kuss auf die Wange und streichelte ihre Hand. Dann folgte ich Julian nach oben.

Vor meiner Zimmertür drehte ich mich um und blickte Julian noch einmal lange in die Augen. Sie waren so wunderschön. Ich hoffte von ganzem Herzen, dass ich sie schon bald wiedersehen würde.

So wie er gerade seinen Kopf neigte, fragte ich mich, ob er ahnte, dass ich über etwas brütete. Doch ich gab ihm keine Zeit für Fragen. Stattdessen nahm ich sein Gesicht in beide Hände, stellte mich auf die Zehenspitzen und küsste ihn ein letztes Mal.

Julian öffnete seinen Mund für mich und begann langsam meine Zunge mit seiner zu umspielen, während seine Arme sich fest um mich legten. Ich zerbrach beinahe an dem Schmerz in meiner Brust, als ich den Kuss beendete, mich von Julian löste und in mein Zimmer eilte.

Das Klicken, als ich den Schlüssel im Schloss umdrehte, war wie ein Startsignal für mein Vorhaben. Ich kauerte mich auf meinem Bett in die Ecke und wartete. Fünfzehn Minuten. Dabei schwelgte ich in den wunderbaren Erinnerungen der letzten beiden Wochen. Dann war es so weit. Ich schlich mich leise aus meinem Zimmer und im Dunkeln die Treppe hinunter.

Um meinen Plan ausführen zu können, brauchte ich eine Waffe. Und ich wusste genau, wo ich eine finden würde.

Engelstränen

Alberts Studierzimmer war dunkel und still. Ich wagte es nicht, das Licht anzuknipsen, doch ich zog die Vorhänge zurück, die Marie jeden Abend zumachte. Trauriges Mondlicht fiel durch das Fenster.

Von der Wand nahm ich eine der beiden Duellpistolen. Die rechte. Die, von der mir Albert versichert hatte, dass sie geladen war. Ich hatte keine Ahnung, womit die Männer früher ihre Waffen luden—eine Kugel, Schrot, was auch immer. Doch es sollte genügen, um mich mit einem Schuss in den Kopf zu töten.

Langsam wanderte ich um den Tisch und stellte mich wieder vor das Fenster. Kurz kam mir der Gedanke, noch schnell einen Abschiedsbrief für Marie und Albert, die mir mittlerweile fast so nahe wie richtige Eltern standen, zu schreiben. Und vielleicht auch einen für meine Mutter, in dem ich ihr erklären würde, dass ich versucht hätte, den Platz mit ihr zu tauschen, doch dass mir das nicht erlaubt worden war. Ein Brief an Julian wäre wohl kaum notwendig. Er würde wissen, warum ich mein Leben gleich beendete. Und er könnte mich später dafür schimpfen, so viel er wollte—wenn wir uns im Himmel wiedersahen.

Ich holte tief Luft und nahm dabei all meinen Mut zusammen. Dann hob ich den Lauf der Pistole an meine rechte Schläfe, mit dem Finger am Abzug.

„Jona! Tu das nicht!"

Der Schock in Julians Stimme hinter mir fuhr mir durch Mark und Gebein. Beinahe drückte ich aus Schreck vorzeitig ab. Seine Präsenz presste von allen Seiten gegen meinen angespannten Körper.

Ich drehte mich langsam um. „Lass mich allein."

Julian bewegte sich keinen Millimeter.

Ich hielt die Waffe immer noch gegen meinen Kopf gerichtet und spannte den Hahn. Im Prinzip war es mir egal, ob er mir dabei zusah. Ich würde mein Vorhaben so oder so durchziehen.

Seine Arme hingen nach unten und seine Hände waren zu Fäusten geballt. So stand er reglos in der Tür. Wahrscheinlich hatte er Angst, er würde mich zu einer überstürzten Reaktion drängen, wenn er näher käme.

„Was willst du damit erreichen?", fragte er mich leise, aber doch eindringlich.

„Wenn ich schon nicht den Platz meiner Mutter einnehmen kann, dann will ich wenigstens mit euch beiden gehen." Mein Tonfall hatte etwas von Ruhe und Unerschütterlichkeit. Das überraschte mich in Anbetracht dessen, dass ich mir gleich das Gehirn aus meinem Schädel blasen wollte.

„Bitte! Leg die Waffe weg." Er machte dabei sachte Abwärtsbewegungen mit seinen Händen.

„Oh nein! Du kannst mich hier nicht allein zurücklassen. Du glaubst doch nicht wirklich, dass du heute Nacht oder irgendwann morgen Früh mir nichts dir nichts aus meinem Leben spazieren kannst und ich das einfach so hinnehme?" Ein verzweifeltes Lachen platzte aus mir heraus. „Das geht nicht! Ich werde das nicht zulassen. Ich will mit euch kommen! Und wenn das hier die einzige Möglichkeit ist, die mir bleibt, dann soll es eben so sein." Der Lauf der Pistole war während meiner immer zittriger werdenden Worte etwas nach unten gerutscht, doch ich richtete ihn wieder entschlossen auf meine Schläfe. „Ich lasse dich nicht alleine gehen."

„Jona, leg jetzt verdammt noch mal diese Waffe weg! Selbstmord steht dir nicht zur Wahl."

Julian hatte kein Wort verstanden. Für mich war das hier kein Selbstmord. Hätte ich einem traurigen Leben entfliehen wollen, hätte ich mich schon vor Jahren vor den Bus geworfen. Doch ich hatte niemals vor aufzugeben. In diesem Moment weniger denn je. Alles kam nur auf ihn zurück. Ich brauchte einen Weg, um bei ihm bleiben zu können. Im Leben danach.

Ich liebe dich, rief ich so laut in meinen Gedanken, dass ich hoffte, er könnte es trotz allem hören und mich verstehen.

Doch Julian wurde plötzlich kalt und distanziert. „Wenn du dich jetzt umbringst, bleibt dir der Himmel verschlossen. Du wirst an einen anderen Ort gelangen, viel dunkler, trauriger und einsamer, als du es dir jemals vorstellen kannst." Die Angst, die ganz plötzlich anstatt der Kälte in seine Augen trat, wirkte echt. „Es ist ein Ort, an den ich dir nicht folgen kann, Jona. Und alleine findest du nie wieder zurück." Seine nächsten Worte presste er durch zusammengebissene Zähne hervor. „Also leg jetzt *bitte* um Himmels willen diese Pistole weg!"

Ich zögerte.

Was wäre, wenn er recht hatte? So wie er es darstellte,

lag ich völlig falsch. Was, wenn wir uns auf der anderen Seite gar nicht wiedersehen würden? Und dann kam mir noch ein viel schlimmerer Gedanke.

Was, wenn er mich auf der anderen Seite gar nicht haben wollte?

Manchmal schien es so, als machte es ihm gar nichts aus, dass er bald gehen würde und ich zurückbleiben musste. Er kämpfte nicht darum, hierbleiben zu können. Er kämpfte nicht um mich. Als Engel musste er doch die Fähigkeiten haben, Dinge zu verändern. Was hinderte ihn also daran? War ich ihm eine Last, die er nur allzu gerne vergessen wollte? Wie einen alten, abgetragenen Pullover würde er mich zurücklassen und an diesen wundervollen, friedlichen Ort zurückkehren. Aber nicht alleine. Er würde mir auch meine Mutter stehlen und sie mitnehmen.

Ich kniff die Augen zu und wollte von der ganzen Welt—hicr unten oder auch über uns—einfach nichts mehr wissen. Meine Hand sackte nach unten und hing schlaff an meiner Seite. Verzweifelt schüttelte ich den Kopf.

Julian dachte in diesem Moment wohl, er wäre zu mir durchgedrungen und hätte mich mit seinem falschen Spiel überzeugt. Er machte einen Schritt auf mich zu. Da legte ich beide Hände fest um die Pistole und zielte geradewegs auf sein Herz. In Gedanken feuerte ich bereits all meinen Zorn und meine Frustration auf ihn ab.

„Na schön“, sagte ich leise in der Dunkelheit. „Wenn du mich nicht mitnehmen willst, dann wirst du auch deine verdammten Hände von meiner Mutter lassen. Fahr zur Hölle, Julian!“

Für den Bruchteil einer Sekunde schienen ihn meine Worte mehr zu verletzen, als es eine Pistolenkugel jemals könnte. Doch sein Blick ernüchterte schnell. „Ich komme von oben, nicht von unten. Schon vergessen?" Als hätte ich ihn zum ersten Mal seit wir uns kannten wirklich beleidigt, verschränkte er seine Arme vor der Brust. „Du kannst auf mich schießen, so oft du willst. Es wird dir nichts nützen. Denn nach dem heutigen Tag solltest selbst du wissen, dass eine Kugel niemals schnell genug sein wird, um mich zu treffen."

Seine Arme lösten sich wieder voneinander, und er machte einen weiteren Schritt nach vorn, doch diesmal etwas unsicher, wie es schien.

„Bleib wo du bist!" Der Lauf der Pistole und mein vernichtender Blick waren immer noch direkt auf ihn gerichtet. Mein Finger zitterte am Abzug. Doch ich konnte nicht abdrücken, als er den nächsten Schritt auf mich zu machte und dann noch einen.

Julian kam langsam um den Tisch herum. Ich verfolgte jede seiner bedachten Bewegungen mit dem Pistolenlauf. Doch der laute Knall, der alles beenden würde, blieb aus.

Schließlich standen wir uns Auge in Auge gegenüber. Ein langer Moment verstrich. Dann griff Julian vorsichtig nach der Waffe. „Gib sie mir."

Mir blieb keine andere Möglichkeit mehr. Ich musste einsehen, dass ich weder ihn noch mich selbst erschießen konnte. Es gab nur noch einen Weg, um dorthin zu gelangen, wo ich sein wollte, und der führte mich in seine Arme.

Meine verkrampften Finger lösten sich vom Griff und Julian legte die Pistole auf den Tisch. Dabei wandte er seine Augen niemals von meinen ab. Schließlich nahm er meine beiden Hände und zog mich an seine Brust. Ich konnte den

Seufzer der Erleichterung, der gerade aus seiner Lunge wich, förmlich spüren.

Mit meinen Armen um seinen Hals vergrub ich mein Gesicht an seiner Schulter und klammerte mich fest an ihn. Die Sehnsucht nach dem anderen trug uns beide davon, doch ich wusste, mein Traum, für immer so in seinen Armen bleiben zu können, war kurz davor, zu zerplatzen.

Julian legte sein Kinn auf meinen Kopf und drückte mich fester. „Ich liebe dich", hörte ich sein Flüstern, obwohl ich mir nicht ganz sicher war, ob es nicht nur in meinen Gedanken widerhallte.

Ich wünschte mir, ich hätte ihm dasselbe sagen können. Nur einmal, damit er es auch wirklich wusste, bevor er mich verlassen würde. Doch schweres Schluchzen schnitt mir die Stimme ab. Noch nie zuvor hatte ich mich so hilflos gefühlt.

In mir war ein Loch, genauso dunkel, wie es gerade in Julians Zimmer war. Ich lag in seinem Bett mit meinem Kopf auf seiner Brust. Der tränennasse Stoff seines Sweaters blieb an meiner Wange kleben. Die Nachwirkungen von dem, was vor ein paar Minuten in Alberts Studierzimmer passiert war, rasten in Schockwellen durch meinen Körper. Doch die Wärme, die von meinem Engel ausging und mich umfing, bewahrte mich davor, an meinem Kummer und der Angst vor dem, was mir noch bevorstand, zu zerbrechen.

Seine Arme schlangen sich fester um mich. Ich schloss die Augen und versuchte, etwas Ruhe zu finden, bevor ich schon bald wieder zu meiner Mutter hinuntergehen würde. Vielleicht zum letzten Mal.

Bei der kleinsten Bewegung von Julian schreckte ich hoch und war hellwach. „Mom?“ Ich sah mich verwundert im Zimmer um. Warmes Tageslicht, das durch die beiden Fenster fiel, hatte die Dunkelheit bereits vertrieben.

Julian streichelte mir sanft mit den Fingerspitzen über die Wange. Dann küsste er mich auf die Stirn. Seine ruhigen und wunderschönen Augen zu sehen reichte aus, um mich zu besänftigen.

„Es ist alles in Ordnung“, versicherte er mir. „Deine Tante macht sich nur langsam Sorgen, weil Charlene noch nicht aufgewacht ist. Ich kann ihre Anspannung bis hier oben spüren. Am besten gehe ich zu ihr und wecke deine Mutter auf.“

Der Kloß in meinem Hals löste sich mit einem Schlucken. „Ist gut. Ich muss nur noch mal schnell ins Bad, dann komme ich mit.“

Julian presste die Lippen aufeinander. Seine Stirn lag in Falten. Er wollte jetzt hoffentlich keine weitere Diskussion mit mir anfangen.

„Du wirst mich hier nicht alleine zurücklassen, hörst du!“, schimpfte ich, noch bevor er irgendetwas sagen konnte, und funkelte ihn dabei mit schmalen Augen an.

„Ich sollte dich sowieso lieber im Augen behalten“, entschärfte er unsere Blicke und grinste dabei schief zu mir rüber. „Wer weiß, auf was für Gedanken du noch kommst, wenn ich dich zu lange alleine lasse.“

Schnell lief ich ins Badezimmer und spritzte mir kaltes Wasser in das verquollene Gesicht. Hand in Hand schritten wir danach die Treppe hinunter. Maries ängstliches Flüstern drang dabei zu uns hoch. Sie stand mit Albert im Flur und hatte eine Hand nachdenklich an ihren Mund und die andere auf die Hüfte gelegt. Sie wirkte verloren. Ein kalter Schauer kroch mir über den Rücken.

„Stimmt etwas nicht?“, fragte Julian, als wir sie erreichten. Sein glaubwürdig unschuldiger Tonfall gruselte mich noch mehr.

„Es geht um Charlene. Sie ist heute noch nicht aufgewacht“, erklärte meine Tante. „Normalerweise ist sie um diese Zeit schon lange auf. Selbst als ich vorhin zu ihr rein sah und sie leicht rüttelte, hat sie keinen Ton von sich gegeben. Sie sieht zwar aus, als würde sie nur schlafen, aber ich mache mir Sorgen, dass sie ins Koma gefallen ist.“ Maries Stimme war nahe daran, zu brechen. In ihren Augen lag eine fürchterliche Angst, die ich nur zu gut nachvollziehen konnte. „Ich habe gerade zu Albert gesagt, dass ich es für besser halte, einen Arzt zu rufen.“

Julian trat vor sie und legte ihr seine Hand auf den Arm. Ich wusste genau, was sich in diesem Moment für ein Gefühlsaustausch zwischen den beiden abspielte. Es war faszinierend, wie die Angst binnen weniger Sekunden aus ihrer ganzen Körperspannung wich.

„Jona und ich haben Charlene gestern lange wach gehalten“, sagte er zu ihr. „Sie ist wahrscheinlich nur erschöpft. Lass sie noch ein paar Minuten schlafen. Ich bin sicher, es geht ihr bald wieder gut.“

Ich war bereits auf dem Weg in das Zimmer meiner Mutter, doch selbst mit dem Rücken zu Julian konnte ich die Lüge in seinen Worten spüren. Meiner Mutter würde es nicht besser gehen. Nie mehr. Zumindest nicht auf dieser Welt. Heute konnte ebenso gut ihr letzter Tag sein. Vielleicht sollte jemand mit Marie reden und sie darauf vorbereiten. Sie würde sich bestimmt auch gerne von ihrer

Schwester verabschieden.

Aber wie rückte man in so einem Fall am besten mit der Wahrheit raus? *Tut mir leid, Marie, aber das mit Charlene ... das wird nichts mehr. Julian—der Engel—hat sich die vergangenen Monate um sie gekümmert. Aber damit ist jetzt Schluss, denn ich habe ihr ihre Fehler vergeben und nun will Gott ihre Seele als Preis.* Nicht gerade ein guter Aufhänger für eine nette Unterhaltung am Morgen.

Meine Mutter lag zur Seite gedreht in ihrem Bett. Ihre Augen waren zwar geschlossen, doch ihr tiefes, regelmäßiges Atmen versicherte mir, dass sie entspannt schlief ... und noch nicht tot war.

Ein Anflug von Unsicherheit hielt mich zurück. Ich stand lange mitten im Zimmer und blicke sie einfach nur an. Da legten sich sanfte Hände auf meine Schultern. „Du kannst sie jetzt wecken. Sie wird dich hören“, flüsterte mir Julian von hinten ins Ohr.

Ich atmete tief ein, kniete mich vor Charlene und berührte vorsichtig ihren Arm. Mit einem tiefen Stöhnen wachte sie auf und öffnete langsam ihre Augen. „Guten Morgen, Sonnenschein“, sagte sie mit federweicher Stimme und lächelte mich an.

Ich schlug die Hände über meinen Mund. Brennend heiße Tränen kämpften sich gerade an die Oberfläche. Meine Mutter würde bald sterben—was konnte an diesem Morgen schon Gutes sein? Ohne etwas zu erwidern, kippte ich nach vorn und fiel ihr um den Hals. Der Schmerz brach mit lautem Schluchzen aus mir heraus.

Mom rutschte weiter nach oben, um sich am Kopfende anzulehnen, und zog mich dabei mit sich. Dann schloss sie mich so fest in ihre Arme, dass ich mich wunderte, wo sie diese neue Kraft hernahm. „Wein' doch nicht, mein Baby. Es wird schon alles gut—du wirst sehen." Sie klang fröhlich und besonnen. Es lag keine Angst in ihrer Stimme. „Versprich mir bitte eins. Bleib bei Marie und Albert. Die beiden lieben dich von ganzem Herzen. Sie werden gut auf dich aufpassen und dir alles geben, was du dir wünscht."

„Ich wünsche mir gar nichts", krächzte ich in einer Pause meines von der Tränenflut ausgelösten Schluckaufs. „Nur, dass du bei mir bleibst. Wie soll alles gut werden, wenn Er dich mir schon wieder wegnimmt?! *Das ist nicht fair!*" Die Worte brachen aus meiner klammen Brust und schmerzten in meinem Hals, als würden sie ihn in Fetzen reißen. Nicht einmal Julians liebevolle Berührung in meinem Nacken konnte mich jetzt noch beruhigen.

In diesem Augenblick stürmte Marie aufgeregt ins Zimmer. „*Mon Dieu!* Was ist denn passiert?" Ich blickte hoch und konnte an ihrem Ausdruck klar erkennen, dass sie bereits mit dem Schlimmsten gerechnet hatte. Doch als sie ihre Schwester aufrecht sitzend auf dem Bett sah, entspannten sich ihre Gesichtszüge zu einem erleichterten Lächeln, und sie drückte ihre Hand auf ihr Herz. „Dem Himmel sei Dank! Du bist endlich wach. Ich habe mir heute Morgen schon solche Sorgen um dich gemacht."

Marie setzte sich neben mich auf die Bettkante und streichelte mir sanft durchs Haar. „Aber warum weinst du denn, *Chérie*?"

Ich brachte keine Antwort heraus. Da legte Julian meiner Tante eine Hand auf die Schulter, und als sie zu ihm hochsah, nickte er fast unmerklich zur Tür. „Kann ich dich kurz sprechen?", sagte er zu ihr.

„Aber natürlich." Zögerlich stand sie auf, gerade so, als ahnte sie bereits, was für schlechte Nachrichten Julian für sie hatte.

Als die Türe leise ins Schloss klickte, sank ich wieder tiefer in die Arme meiner Mutter. Es dauerte nicht lange, da kam Julian mit einer schluchzenden Marie hinter sich zurück. Ein Blick zwischen den Schwestern war genug, um Marie zu bestätigen, was Julian ihr gerade erzählt haben musste. Meine Tante fiel neben mir auf die Knie und nahm eine Hand meiner Mutter. Sie gab ihr einen Kuss auf die Handinnenfläche und drückte sie dann fest. „Du hättest es mir früher sagen sollen!"

Ich merkte, wie der fragende Blick meiner Mutter zu Julian wanderte. Er räusperte sich kurz und erklärte: „Ich habe ihr erzählt, was der Doktor am Samstag gesagt hat. Dass du dich von deiner Erkältung wahrscheinlich nicht mehr erholen wirst."

Nicht ganz sicher, ob der Arzt das wirklich gesagt hatte oder ob dies Julians Versuch war, die Tatsachen zu verschleiern, stand ich auf und ging zögerlich zu ihm. Er zog mich an sich und küsste mich auf die Stirn, wobei er flüsterte: „Sie muss nicht alles wissen, nur so viel."

Ich nickte und ließ mich von seinem vertrauten Duft trösten.

Während Marie und auch Albert, der gerade ins Zimmer gekommen war, versuchten meiner Mutter gut zuzureden und sie davon zu überzeugen, dass der Doktor sich geirrt haben musste, schob mich Julian sanft aus dem Zimmer und brachte mich in die Küche. „Du musst etwas essen", sagte er und begann, mir ein kleines Frühstück zuzubereiten. Aber außer ein paar kleinen Schlucken Tee brachte ich an diesem Morgen nichts runter.

Mit den heißen Tassen in unseren Händen sahen wir uns über den Tisch hinweg an. Keiner von uns sagte etwas. Ständig kämpfte ich mit neuen Tränen, doch ich konnte sie größtenteils unterdrücken. Ich wollte an meinem letzten Tag mit Julian nicht die ganze Zeit heulen. Dafür hatte ich später noch genug Zeit.

Julians Augen waren warm und stark, doch sein schweres Seufzen schnitt durch die Stille. Er rieb sich mit den Händen übers Gesicht, dann streckte er sie nach meiner Hand aus und führte sie an seine Lippen. Sein warmer Atem liebkoste meine Finger.

„Wirst *du* dich wenigstens an *mich* erinnern?", fragte ich in einem kaum hörbaren Flüstern.

Julians Augen wanderten zu meinen, doch anstatt zu antworten, runzelte er verwirrt die Stirn.

Ich nahm einen Schluck Tee, um meine Stimme wiederzufinden. „Du hast gesagt, du nimmst mir alle Erinnerungen an dich. Jetzt frage ich mich, ob du dich noch an mich erinnern wirst, wenn du erst einmal zurück im Himmel bist."

Julian räusperte sich leise. Ich war also nicht die Einzige, der das Sprechen in diesem Moment schwerfiel. „Natürlich werde ich mich an dich erinnern. Ich werde die Momente mit dir wie einen Schatz in meinem Herzen tragen. Ewig."

Und was ewig bedeutete, hatte ich gestern auf der Wiese von ihm gelernt.

Jeder Atemzug füllte meine Brust mit schwereren Steinen. Es tat so furchtbar weh. Ein Teil von mir sehnte den Moment herbei, an dem ich alles vergessen und diesen

Schmerz nicht mehr spüren würde. Aber dieser Teil war verschwindend klein und wurde unter den Steinen in meiner Brust begraben.

Ein paar Minuten später kam Marie in die Küche. Ihre Augen glänzten und ihre Nase war rot. „Henri hat gerade angerufen. Eine Wasserleitung der Sprinkleranlage ist geplatzt und überschwemmt gerade die Reben. Albert und ich müssen raus, aber ich werde nicht lange weg sein."

Julian und ich nickten nur. Den Blick traurig auf den Boden gesenkt, ging Marie aus der Tür, drehte sich aber vorher noch einmal kurz um. „Wenn etwas passiert—wenn es Charlene schlechter geht—holt mich sofort herein."

Wir versicherten Marie, dass einer von uns rauskommen und ihr Bescheid geben würde, sobald sich der Zustand meiner Mutter veränderte. Dann gingen wir zurück in Charlenes Zimmer.

„Kann ich dir irgendetwas bringen?", fragte ich meine Mutter und setzte mich zu ihr ans Bett. Auf ihrem Nachttisch lag ein nasser Lappen. Damit betupfte ich ihre glühende Stirn und Wangen.

„Nein, mein Schatz. Bleib einfach nur bei mir. Ich möchte mich gerne einen Moment ausruhen." Ihre Augen waren bereits zugefallen, also war ich still und streichelte nur sanft ihr Haar.

Julian kniete sich vor mich auf den Boden und legte seine gefalteten Arme und seinen Kopf auf meinen Schoß. Ich wusste nicht, was schlimmer weh tat. Ihn zu verlieren, oder meine Mutter. Aber der Schmerz von beidem zusammen war einfach zu viel. Ich wünschte mir, ich könnte meine Augen schließen, so wie meine Mutter, und der Traurigkeit einfach entfliehen.

Nach einer halben Stunde, in der meine Beine eingeschlafen waren und mein Rücken begonnen hatte, steif zu werden, stand Julian auf und nahm mich mit zu dem Ohrensessel vor dem Fenster. Er setzte sich zuerst und zog mich dann auf seinen Schoß. Ich ließ die Beine über die Armlehne baumeln und kuschelte mich an seine Brust.

„Weißt du", sagte er leise in mein Ohr. „Als Engel habe ich schon tausende wunderschöne Dinge gesehen und auch einige Wunder erlebt. Aber das Beste, das mir in meinem ganzen Leben passiert ist, bist du."

Seine Offenheit ergriff mich tief, denn ich wusste, er sprach hier von fünfundsechzigtausend Jahren Existenz. „Du bist ganz bestimmt auch das Wundervollste, das mir je passiert ist", flüsterte ich zurück.

Da hielt er plötzlich den Atem an und unter mir verspannte sich sein Körper, so als würde gleich etwas sehr Wichtiges passieren.

„Was ist?", fragte ich nach ein paar Sekunden.

Julian entspannte sich wieder. Aber nur oberflächlich. Seine Augen waren leer und sein Griff fest um meine Hand. Er wirkte bitterlich enttäuscht und vergrub sein Gesicht in meinem Haar. „Nichts, Jona. Es ist nichts."

Ich wusste, das war eine Lüge. Doch ich hatte keinen blassen Schimmer, was gerade geschehen war. Und Julian würde es mir nicht sagen, so viel war sicher.

Die Minuten verstrichen. Julians rhythmisches Kraulen in meinem Nacken hypnotisierte mich und ich fiel in einen Halbschlaf. Ich hatte mich auf seinem Schoß zu einem Knäuel zusammengerollt. Sein warmer Duft von wildem Wind war alles, was ich wahrnahm, während seine Brust sich unter meiner Wange stetig hob und senkte. Ein wunderschönes Gefühl. Ich wollte für immer darin versinken.

Doch im nächsten Moment schreckte ich hoch, als meine Mutter ein fürchterliches, gurgelndes Husten von sich gab. Bevor ich wusste, wie mir geschah, war ich bereits aufgesprungen und zu ihr ans Bett gerannt. „Mom! Ich bin hier!“ Die Besorgnis, die ich lieber vor ihr versteckt gehalten hätte, klang deutlich in meiner Stimme.

Meine Mutter griff nach meiner Hand. Der Druck ihrer Finger war kräftig, was mir etwas mehr Zuversicht gab. „Ich brauche nur einen Schluck zu trinken. Kannst du mir bitte ein Glas Wasser holen?“ Ihre Lippen waren trocken wie Sandpapier, und es brachte auch nichts, dass sie sich mit einer ebenso trockenen Zunge darüber leckte.

Ich schaffte es in zehn Sekunden vom Bett meiner Mutter in die Küche und mit einem Glas Wasser wieder zurück. Allerdings hatte ich auf dem Weg wohl eine Wasserspur hinterlassen. Ich stützte meine Mutter am Hinterkopf ab und half ihr, in kleinen Schlucken zu trinken. Als sie genug hatte und ich das Glas wegstellte, breitete sie ihre Arme für mich aus, und ich war froh, darin versinken zu können.

„Ich danke dir, mein Kind.“

Angst hielt mich plötzlich im Schwitzkasten, als mir klar wurde, dass sie damit nicht nur das Glas Wasser meinte. Als sie mich dann auch noch bat, Marie hereinzuholen, wurde aus meiner Angst Panik. Ich zuckte zusammen. „Warum? Was ist los? Geht es dir schlechter?“

„Nein, mein Schatz.“ Sie bedachte mich mit einem starken, strahlenden Lächeln. „Ich habe nur vergessen, mit ihr über meine Ersparnisse zu reden. Damit sollte eine gute

Ausbildung für dich gesichert sein. Ich möchte das gerne jetzt noch mit Marie besprechen ... so lange es mir noch gut geht."

Fühlte sie sich wirklich so gut oder war das alles nur Julian zu verdanken? Und wen interessierte in diesem Moment schon meine Ausbildung? Es gab wirklich Wichtigeres. Doch als ich merkte, wie wieder Farbe in ihre Wangen trat und sie im Ganzen viel gesünder aussah als noch vor zwei Stunden, kam es mir nicht in den Sinn, mit ihr zu streiten.

„Ich würde ja Julian nach Marie schicken, aber ich fürchte, ich brauche ihn hier", erklärte sie mir. „Holst du sie bitte?"

Ich warf einen fragenden Blick über meine Schulter zu Julian. Er antwortete mit einem zuversichtlichen Nicken und kam zu mir. Zaghaft stand ich vom Boden auf. Sollte ich wirklich gehen und meine Mutter alleine lassen?

Meine Haarsträhnen flossen weich durch Julians Finger, bevor er mir seine Hand auf die Wange legte und mich sanft an sich drückte. Er küsste mich zärtlich auf die Stirn. „Alles ist gut", versprach er mir.

Also schlüpfte ich in meine Stiefel und machte mich auf den Weg. Als ich die Weinberge erreichte, sah ich, wie sich Marie und Albert in ein paar hundert Metern Entfernung über eine kleine Eisenstange beugten, die aus dem Boden ragte. Sie waren zu weit weg und hätten mein Rufen wohl kaum gehört, also lief ich den Pfad zwischen den Weinreben entlang und war mit meinen Gedanken die ganze Zeit bei meiner Mutter und Julian.

Worüber sprachen sie wohl gerade, jetzt, wo sie alleine waren? Meine Mutter wirkte heute überhaupt nicht ängstlich, obwohl wir beide fühlen konnten, dass es bald vorbei sein würde. Viellcicht fragte sie Julian gerade über das Leben auf der anderen Seite aus. Vielleicht bereitete sie sich auch schon darauf vor ...

Mit stockte der Atem und ich blieb wie angewurzelt stehen. Die Welt begann sich wie ein Karussell um mich zu drehen. Unheimliche Geräusche, als ob ich unter Wasser gedrückt würde, pressten von innen gegen mein Trommelfell.

Wie konnte ich es nur übersehen?!

Meine Mutter wollte mich aus dem Zimmer haben, damit ich nicht mit ansehen musste, wie sie starb. Sie hätte Julian ohne Weiteres schicken können, um Marie zu holen, doch sie brauchte ihn bei sich. Denn er würde sie auf die andere Seite begleiten.

Um Himmels willen, nein!

Marie blickte in meine Richtung. Den Mund und die Augen weit aufgerissen, sah ich wohl aus, als hätte mich gerade ein Bus überfahren. Und genauso fühlte ich mich.

„Jona, geht es Charlene nicht gut?", rief Marie zu mir herüber.

Ich hatte keine Zeit, um ihr zu antworten. Meine Schuhsohlen rutschten auf dem Kies, als ich kehrt machte. Ich musste schleunigst zurück! Doch wie von unsichtbaren Fesseln gehalten, bewegte ich mich kaum von der Stelle. Für die ersten paar Schritte brauchte ich eine Ewigkeit.

„Julian, warte! Tu's nicht!", schrie ich verzweifelt, obwohl ich nicht mit Sicherheit sagen konnte, ob überhaupt ein Ton aus meiner Kehle kam. Doch in meinem Kopf rief ich seinen Namen immer und immer wieder. Er konnte mich sicher hören. *Bitte!* Er musste einfach. Gott durfte mir meine Mutter heute noch nicht nehmen. Nicht gerade jetzt, wo ich nicht bei ihr war ... und ihr nicht auf Wiedersehen sagen konnte.

„Jona! Was ist denn passiert?“, hörte ich Marie hinter mir, doch ich ignorierte ihr entsetztes Rufen.

Das Haus schien meilenweit entfernt zu sein. Ich würde Stunden brauchen, um zurückzugelangen. Mit aller Kraft zwang ich meine Beine, sich schneller zu bewegen. Und dann rannte ich plötzlich los. Meine losen Stiefel schlugen bei jedem Schritt hart auf den Boden. Der Kies knirschte und schoss in alle Richtungen. Maries Rufe wurden leiser.

Als ich endlich die Haustür erreicht hatte, pochte mein Herz laut zwischen meinen Ohren. Der Weg durch die Halle zum Zimmer meiner Mutter kam mir unendlich weit vor. Die Tür stand einen Spalt offen. Ich warf mich dagegen und stolperte in den Raum.

„Nicht! Bitte! *Nicht!*“ In meinem Kopf drehte sich alles. Ich schnappte wild nach Luft und stürzte.

Zwei starke Hände fingen mich auf. Ich sah hoch zu Julian. Bei seinem Anblick wusste ich, es war zu spät. Das einzige Detail, das ich jetzt noch an ihm wiedererkannte, waren seine wunderschönen blauen Augen. Der Rest von ihm war in strahlend weißes Licht getaucht. Anstatt seiner üblichen Kleider trug er nun wieder diese lange weiße Robe. Aus seinen Schulterblättern entfaltete sich ein Paar Flügel, die nur einen halben Meter über dem Fußboden schwebten. Als er sie ausbreitete, berührten die Spitzen beinahe zwei gegenüberliegende Wände des Raums.

Der Engel nahm mich in seine Arme und legte seine Stirn gegen meine. Mit seinen Flügeln schloss er uns in eine

Kugel aus warmem weißen Licht ein.

Ich begann zu schniefen. Der erste Schwall Tränen brannte wie Höllenfeuer in meinen Augen. Salzige Striemen flossen über meine Lippen. „Bitte warte noch!“, flehte ich heiser und packte dabei den Kragen seiner Robe mit verkrampften Fingern. Ich musste ihn davon abhalten, meine Mutter mit sich zu nehmen; das war alles, was jetzt noch zählte. „Lass sie hier! Lass sie am Leben! Ich will euch nicht beide verlieren. Gib uns noch ein paar Stunden. Ein paar Tage mehr. Lass mich nicht allein, Julian!“

Ein Nebelschweif aus glitzerndem Silber folgte seiner Bewegung, als er mir zärtlich das Haar aus der Stirn streifte. „Das kann ich nicht.“ Sein Ton war liebevoll, doch er ließ keinen Zweifel übrig. „Sieh sie dir an. Deine Mutter ist bereit zu gehen. Es wird Zeit.“

Seine Flügel senkten sich ein wenig, sodass ich darüber hinweg einen Blick zu meiner Mutter aufs Bett werfen konnte. Sie hatte die Augen weit geöffnet. Und sie sah glücklich aus. Obwohl sie in unsere Richtung blickte, schien es, als würde sie nur noch Julian erkennen. Den Engel in strahlendem Glanz.

Ein Teil splitterte von meinem Herzen ab und blieb bei Julian zurück, als ich mich aus seiner Umarmung losriss und zögernd auf meine Mutter zuging. Erst als ich bereits neben ihr kniete, wandte sich ihr Blick von Julian ab und mir zu. Überrascht lächelte sie. „Jona ... du bist zurück?“ Ihre Stimme klang leicht, schwebend, so als wäre sie im Geiste schon gar nicht mehr hier.

„Ja, Mom. Ich bin gekommen, um dich aufzuhalten.“

Die Wärme ihrer Hand sank durch meine Haut in meine Wange. „Um mich aufzuhalten? Aber wovor denn?“

„Davor, wegzugehen“, schluchzte ich und wischte mir mit dem Handrücken über die Nase.

„Warum würdest du das tun wollen?“ Ihr kindlicher Ton passte sich ihrem verwirrten Blick an. „Siehst du denn nicht diesen wunderschönen Ort dort vorne? Und hör nur: Sie rufen mich bereits. Es klingt so wunderschön ...“

„Sie blickt bereits in den Himmel“, sagte Julian leise hinter mir. Eine schauderhafte Gänsehaut zog sich dabei über meinen ganzen Körper. „Du musst sie jetzt gehen lassen.“

Aber ich war noch nicht bereit dazu. Unfähig, auch nur noch ein Wort aus meiner Kehle zu quetschen, schlang ich meine Arme um meine widerstandslose Mutter und drückte sie fest an meine Brust. Meine Lungen waren luftleer und ich kämpfte vor Angst zitternd um jeden Atemzug.

Der verklärte, in die Ferne gerichtete Blick meiner Mutter wurde nüchterner. „Lass mich gehen, Kind.“

„Nein. *Nein!* Niemals!“ Aus dem Augenwinkel sah ich, wie Julian nun langsam auf uns zuschritt. Ich drehte meinen Kopf zu ihm, ließ aber meine Mutter nicht los. „Du wirst sie nirgendwo hinbringen, hörst du?!“

Eine vereinzelte Silberträne blitzte in seinem Auge und leuchtete mit der Kraft eines Sterns. Er blinzelte. Dann war sie verschwunden. „Ich wünschte, ich müsste das nicht tun, Jona. Aber ich habe keine andere Wahl.“

Der halbe Raum strahlte mit seiner Präsenz, als er vor mir auf den Boden sank. Er legte mir seine rechte Hand über die Stirn. Diese einfache Berührung saugte eine ganze Flut von Erinnerungen aus meinem Kopf. Jede einzelne von ihnen blitzte kurz vor meinem inneren Auge auf—wunderschön wie eine gläserne Weihnachtskugel—bevor sie für immer verschwand.

Ich versuchte mich gegen den Sog zu wehren, stemmte mich mit aller Kraft dagegen. Es half alles nichts. Der gestrige Tag verschwand aus meiner Erinnerung. Dann unsere Unterhaltungen auf dem Balkon. Das Herumtollen am Strand.

Ich schüttelte meinen Kopf wild hin und her und schrie dabei: „*Bitte,* Julian! Mach das nicht! Nimm sie mir nicht weg. Nicht meine Erinnerungen! Was bleibt mir denn dann noch ...?“

Ich durchlebte noch einmal unseren ersten Kuss, dann war auch diese Erinnerung verschwunden. Die Nacht in seinem Zimmer ... Die Arbeit mit ihm in den Weinbergen ... Und schließlich unsere erste Begegnung. Alles war weg.

Was mir blieb, war meine tote Mutter, die ich im Arm hielt und leise weinend hin und her wiegte.

Wahnvorstellungen

Die Vögel zwitscherten ein unnatürlich fröhliches Lied in der weit ausladenden Krone des Apfelbaumes, der bestimmt schon seit über fünfzig Jahren gleich hier neben der Terrasse stand. Zwischen den neuen, saftig grünen Blättern blinzelte die Sonne hin und wieder durch. Sie zauberte ein Spiel aus Licht und Schatten auf mein Gesicht. Ein frischer Pfirsichduft stieg von der Sitzauflage der schweren Holzliege auf. Dass Albert die Gartenmöbel aus der Hütte geholt und Marie die Auflagen gewaschen hatte, gab weiteres Zeugnis, dass der Frühling die kalten Wintermonate besiegt hatte.

Ich winkelte die Beine an und zog den Saum meines Kleides darüber, umschlang sie mit meinen Armen und legte meine Wange auf die Knie. *Gelb.* Marie hatte heute Morgen gelächelt, als sie mich in dem Kleid die Treppe runterkommen sah, und gesagt, die Farbe wäre gut gegen meine Depression.

Aber ich konnte mir nicht vorstellen, wie eine Farbe allein etwas verändern sollte. Genauso gut hätte ich auch meine üblichen schwarzen Sachen tragen können. Die harmonisierten wenigstens mit meinem Seelenzustand.

Nach dem Tod meiner Mutter hatte sich die Welt für mich verändert. Sie war nicht mehr derselbe lebendige Ort.

Wie ein Strudel hatte mich die Traurigkeit nach unten gezogen, und so wie es aussah, wollte sie mich nicht so schnell wieder nach oben lassen. Das Begräbnis hatte ein besonderes Kapitel in meinem Leben geschlossen. Ein sehr schmerzliches, mit vielen Wendungen und einem überraschenden Ausgang.

Ich fand einfach nicht die Kraft, ein neues Kapitel anzufangen.

Quinn war vor acht Monaten zu der traurigen Zeremonie erschienen. Er war extra meinetwegen aus London hierher geflogen. Schließlich musste er dann auch noch eine Passage aus der Bibel für mich fertig lesen, als ich in der Kirche in Tränen ausgebrochen war und einfach nicht mehr weiterlesen konnte. Er war ein wirklich guter Freund. Dass er in den ersten harten Wochen nach der Beerdigung für mich da war, rechnete ich ihm hoch an.

Nach einer Unterhaltung, die die halbe Nacht gedauert hatte, bot mir Quinn an, mich mit ihm zurück nach England zu nehmen. Albert hatte sogar versprochen für eine Wohnung und ein Studium an einer Londoner Universität aufzukommen, falls ich mich dazu entschließen sollte.

Aber ich hatte ihr großzügiges Angebot abgelehnt.

Unter Tränen hatte ich Marie angefleht, dass sie mich in ihrem Haus bleiben lassen sollte. Wie hätte ich sonst meiner Mutter jeden Tag frische Blumen ans Grab bringen können?

Eine Diskussion war nicht nötig gewesen und auch kein weiteres Flehen. Marie hatte mich liebevoll in ihre Arme geschlossen und mich als das Familienmitglied aufgenommen, das ich in ihren Augen vom Tag meiner Ankunft an gewesen war.

Also blieb ich in Frankreich.

Durch das Fenster in meinem Zimmer hatte ich zugesehen, wie der Sommer verschwunden und in einen farbenprächtigen Herbst übergegangen war. Schließlich versteckte der Winter die Weinberge unter einer schweren Schneedecke. Ständig rot vom vielen Weinen, schmerzte meine Nase schon, wenn ich sie nur anfasste. Und als die letzten Tränen versiegt waren, hatte ich auch nach außen hin völlig zugemacht.

Einmal hatte Marie versucht, mich zu einer Psychotherapie zu überreden. *Du läufst nur noch durchs Haus wie ein Zombie.* Aber ich wollte nicht zum Seelenklempner. Nicht wegen der Traurigkeit, die mich fest im Würgegriff hatte. Und auch nicht, als die Wahnvorstellungen eingesetzt hatten.

Sie hatten mit harmlosen Träumen begonnen. In ihnen sah ich immer wieder ein verschwommenes Gesicht. Nacht für Nacht verfolgten mich dieselben strahlend blauen Augen, und jeden Morgen, wenn ich aufwachte, sehnte ich mich danach, sie irgendwo wiederzuerkennen. Oft begleitete ich Marie auf den Marktplatz und suchte die Menge verzweifelt nach diesem Paar Augen ab. Vergebens. Ich sah sie nur in meinen Träumen.

Über die nächsten drei Monate bildeten sich die feinen Züge eines männlichen Gesichts um diese Augen herum klarer heraus. Ich erinnerte mich nicht, dieses Gesicht jemals irgendwo gesehen zu haben. Warum träumte ich also jede Nacht von einem jungen Mann, den ich nicht kannte?

Leider besaß ich keinerlei künstlerisches Talent, sonst hätte ich ihn in einem Bild festgehalten. Um ehrlich zu sein, hatte ich es sogar einmal versucht, doch das Ergebnis glich mehr einem krakeligen Garfield-Kopf, als dem eines hübschen Mannes. Marie und Albert konnten ihn anhand meiner Zeichnung leider auch nicht identifizieren. Bei der Erinnerung an ihre verdutzten Gesichter, als sie zweifellos meinen Verstand in Frage gestellt hatten, stöhnte ich leise und duckte mich tiefer in den Liegesessel.

Meine Tante kam zu mir rüber und stellte ein Glas Zitronenlimonade auf das kleine Tischchen neben mir. „Hier, Chérie“, sagte sie auf Französisch. „Wenn du schon kein Frühstück essen willst, dann trink wenigstens etwas Limonade.“

„Merci“, antwortete ich und nahm einen Schluck.

Im vergangenen halben Jahre hatte ich große Fortschritte in der Landessprache gemacht. Man ließ mir hier auch keine andere Wahl. Mein Onkel war irgendwann auf die glorreiche Idee gekommen, dass sie nicht mehr in meiner Muttersprache mit mir reden würden. Nur wenn ich täglich mit Französisch konfrontiert wäre, würde ich auch lernen zu verstehen. Zusätzlich hatten mich die beiden in einen Französischkurs für Anfänger gesteckt. Mittlerweile beherrschte ich diese Sprache fließend.

Marie setzte sich seitlich auf das untere Ende der Holzliege und streifte den Saum meines dreilagigen Rockes glatt. „Dieses Kleid steht dir so gut. Du solltest es wirklich öfter tragen.“

Ich verzog das Gesicht. „Ich fühle mich darin nicht wirklich wohl. Du hättest es mir vorhin nicht raussuchen sollen.“

Dass sie heute Morgen in mein Zimmer geschlichen war, bevor ich aufwachte, und das Kleid aus meinem Schrank geholt hatte, war eine ziemliche Überraschung gewesen.

Marie studierte mich einen Moment aus dem Augenwinkel. „Was redest du denn da? Ich hab dir doch noch nie deine Kleider für den Tag rausgesucht."

„Aber du hast es heute Morgen doch mit dem Kleiderbügel vor den Spiegel gehängt", erwiderte ich und war mir plötzlich gar nicht mehr so sicher. „Wie wäre es denn sonst dorthin gekommen?"

Ja, wie nur?

„Vielleicht hast du es hingehängt, bevor du gestern Nacht ins Bett gegangen bist?"

„Marie, du kennst mich besser als jeder andere. Wann habe ich jemals freiwillig so eine schrille Farbe getragen?" Ich zog eine Augenbraue hoch und flatterte demonstrativ mit der obersten Rockschicht. „Ich weiß ja nicht einmal, wieso das Kleid überhaupt noch in meinem Schrank war. Ich dachte, ich hätte dir all die bunten Sachen schon vor Ewigkeiten zurückgegeben."

Marie nahm mein Kinn in ihre weiche Hand und sah mir eindringlich in die Augen. In ihren spiegelte sich tiefes Mitgefühl. Für einen Sekundenbruchteil waren ihre Gedanken sogar so transparent, dass ich genau wusste, was sie als Nächstes sagen würde. Und ich wurde nicht enttäuscht.

„Ist das wieder so ein Fall wie damals, als das Klavier mitten in der Nacht von alleine gespielt hat?"

Ja. „Nein." Und nur weil damals außer mir niemand die Musik gehört hatte, hieß das noch lange nicht, dass niemand auf dem verdammten Flügel gespielt hatte. Mein Lied. *Hallelujah.* Die Melodie, die seit meiner Kindheit schon in meinem Kopf verankert war.

Nachdem ich in jener Nacht das Wohnzimmer leer vorgefunden und mir vor Angst fast die Seele aus dem Leib geschrien hatte, war Marie gekommen, hatte mich zurück in mein Bett gebracht und mir warme Milch mit Honig hergerichtet. „Du hast gerade erst deine Mutter verloren", hatte sie dann leise gesagt, als sie sich zu mir ans Bett gesetzt hatte. „Da ist es ganz natürlich, dass dir dein Kopf manchmal Streich spielt. Du vermisst sie einfach und wünschst dir, sie wäre noch hier. Aber in ein paar Wochen wird alles besser, du wirst sehen."

Wenn das doch nur gestimmt hätte.

Die Musik spielte weiter in meinem Kopf. Und ich wusste hundertprozentig, dass sie nur *da* stattfinden konnte—in meinem Kopf—denn ich hatte mir angewöhnt, den Klavierdeckel herunterzuklappen und zu verschließen, bevor ich zu Bett ging. Den kleinen Messingschlüssel nahm ich jede Nacht mit nach oben. Er glühte jedes Mal in meiner Hand, wenn ich hellwach in meinem Bett lag und mich voller Angst fragte, ob mit mir ernsthaft etwas nicht stimmte, während aus dem Wohnzimmer unter mir die lieblichste Klaviermusik an mein Ohr drang.

Doch wie an so vieles im Leben, gewöhnte ich mich über die Zeit auch daran.

Ich senkte meinen Blick und wich damit Maries durchbohrenden Augen aus, schmiegte meine Wange aber tiefer in ihre Hand. In all der Zeit, die ich schon hier verbracht hatte, waren sie und Onkel Albert mir ans Herz gewachsen wie richtige Eltern. Manchmal fiel es mir schwer, ihre Liebe zu erwidern, wenn die Traurigkeit an mir nagte wie Mäuse an altem Speck. Doch ich war dankbar, auch ohne Worte.

Ich drückte ihr einen Kuss auf die Handfläche und räusperte mich dann. „Ich werd noch mal runter zum Friedhof gehen und Mom besuchen. Soll ich auf dem Rückweg etwas von der Bäckerei mitbringen?"

„Das ist lieb, Schatz, aber ich war heute Morgen schon einkaufen." Sie erhob sich von der Liege, ging rüber zu ihrem Blumenbeet und pflückte eine junge Rose von einem der Sträucher. „Aber vielleicht möchtest du deiner Mutter ja die hier mitnehmen?"

„Natürlich."

Der Spaziergang zum Friedhof dauerte nur wenige Minuten. Mittlerweile hätte ich den Weg schon mit verbundenen Augen gefunden. Ich konnte die genaue Anzahl der Schritte nennen, die von unserem Haus zur Kirche führten. Ich kannte jede kleine Unebenheit des Weges und wusste genau, wo sich bei Regenwetter Pfützen bildeten.

Wie immer war das große, schwere Gittertor geschlossen, als ich den Friedhof erreichte. Ich drückte es auf und es quietschte unheimlich. Der Kies auf dem Weg quer über das Gräberfeld sank unter meinen flachen Sandalen ein und knirschte. Ein kleiner, spitzer Stein fand irgendwie zwischen den Riemchen meines linken Schuhs hindurch. Er piekte mich in die Ferse. Erst schüttelte ich meinen Fuß, doch als das nichts half, stützte ich mich mit einer Hand gegen den Grabstein meiner Mutter und holte den Kieselstein mit dem Finger heraus.

Dann steckte ich die kleine Rose zu den weißen Lilien, die bereits in der Messingvase standen, und setzte mich seitlich auf die Marmorumrandung des Grabes. Mit zwei Fingern fuhr ich abwesend den eingravierten Schriftzug unter dem Namen meiner Mutter nach.

Mögen dich die Engel in den Himmel tragen.

Bis heute verstand ich nicht, warum, aber als der Steinmetz meine Tante gefragt hatte, was er in den Stein meißeln sollte, hatte ich ihn gebeten, diese Worte aufzuschreiben. Marie fand, dies sei eine wunderschöne Art Auf Wiedersehen zu sagen. Aber für mich hatte diese Zeile eine viel tiefere Bedeutung. Ich konnte nur nicht sagen, warum ...

Es war wohl einfach nur ein weiteres der vielen Rätsel, die in den vergangenen Monaten mein Leben ausgemacht hatten. Schniefend blickte ich auf den Marmorstein, doch eigentlich sah ich viel weiter. Ins Nichts. Heute war es schlimmer als die meisten Tage. Und alles nur, weil ich dieses dumme gelbe Kleid anziehen musste, mit dem Erinnerungen verbunden waren, die ich einfach nicht zu fassen bekam. Als läge ein Schleier über meinen Gedanken.

Es war zum Kotzen.

„Hilfe ... Mom ... ich werd doch nicht verrückt, oder?" Ich schnitt eine fürchterliche Grimasse. Schon allein die Tatsache, dass ich mich auf dem Friedhof mit meiner verstorbenen Mutter unterhielt, sollte mir Antwort genug sein. Auch wenn die Gespräche meist ziemlich einseitig ausfielen.

Im Augenwinkel sah ich, wie sich mir von links jemand näherte. Ich fuhr erschrocken hoch und erwartete dabei, gleich in das schrumpelige Gesicht der alten Dame mit dem Haarknoten zu blicken, die regelmäßig hierher kam und sich um das Grab ihres kürzlich verstorbenen Sohnes kümmerte. Der alte Giftzwerg sah mich jedes Mal an, als wäre ich eine Fliege in ihrer Suppe, wenn sie mich dabei ertappte, wie ich hier Selbstgespräche führte.

Aber da war niemand. Ich rieb mir die Augen und stöhnte laut. „Was passiert hier bloß mit mir?“ Zwischen leicht gespreizten Fingern hindurch schielte ich mit einem mulmigen Gefühl im Bauch durch die Gegend. „Mom …? Du hängst doch hier nicht immer noch rum, oder?“

Ich sollte besser aufhören, mit mir selbst zu reden oder solchen Quatsch überhaupt nur zu denken, sonst würde mich Marie früher oder später doch noch zum Psychiater schleifen.

Aber irgendetwas Seltsames ging hier vor sich. Etwas, das außer mir niemand zu bemerken schien. Und warum träumte ich immer noch jede Nacht von einem atemberaubend hübschen jungen Mann, der mir den ganzen Tag nicht aus dem Kopf gehen wollte?

Weil du einfach einen an der Waffel hast, deshalb!

Ja, so war es wahrscheinlich. Ich rückte die Blumen in der Vase zurecht, streichelte noch einmal über die gebogene Kante des Grabsteins und sagte leise: „Bis morgen.“

Es war Sonntag, und ich hatte an diesem Tag nichts Großartiges vor, also verschanzte ich mich wieder einmal die meiste Zeit in meinem Zimmer und kam nur zu den Mahlzeiten kurz runter. Nach dem Abendessen, bei dem ich die Hühnchenbrust hauptsächlich missmutig angestarrt und mit der Gabel gepiekt, jedoch nicht viel davon gegessen hatte, lockte mich ein seltsamer Impuls hinaus auf den Balkon.

Vor einiger Zeit war ich es leid geworden, wegen meiner Höhenangst die Weinberge abends immer nur von meinem Fenster aus sehen zu können. Daher hatte ich begonnen, mich zu zwingen, diese verdammte Panik zu überwinden. Tag für Tag machte ich einen weiteren kleinen Schritt hinaus. Funktionierte ganz gut. Die ersten beiden Wochen hatten meine Knie zwar geschlottert wie die eines alten Mannes, doch nun konnte ich mich über das Geländer lehnen, ohne dass mir dabei schlecht wurde. Wer hätte das gedacht?

Neben meinem Zimmer im ersten Stock gab es ein Gästezimmer. Eine Tür führte von dort ebenfalls hinaus auf meinen Balkon. An warmen Tagen stand diese Tür immer offen. Marie machte sie wohl jeden Morgen auf, um frische Luft in den voll möblierten Raum zu lassen—gerade so, als würde jeden Tag jemand einziehen wollen. Aber ich war die Einzige, die hier oben lebte.

Mir gefiel die dunkelblaue Bettwäsche, die sie gestern ausgesucht und über die Decke und das Kissen gezogen hatte. An manchen Tagen saß ich stundenlang auf diesem Bett, das viel größer war als mein eigenes, zog die Knie an meine Brust und wippte wie in Trance vor und zurück.

Als ich an diesem Abend durch die tanzenden Vorhänge in das Zimmer blickte, erfüllte mich eine Hoffnung, die ich nicht beschreiben konnte. Eigentlich war es keine wirkliche Hoffnung, sondern eher eine Erwartung ... oder eine Sehnsucht.

Vielleicht fehlte mir hier oben einfach ein wenig Gesellschaft, wer wusste das schon? Seit meine Mutter gestorben war, fühlte ich mich viel zu oft allein. So wie an den Tagen im Jugendheim. Und dann gab es Tage, da fühlte ich mich sogar *noch* einsamer ...

Ich schloss die Augen. In meinen Gedanken sah ich diese sanften blauen Augen, die aus dem Zimmer zu mir heraus blickten. „Wer bist du?“, flüsterte ich, als die letzten

Sonnenstrahlen des Tages meine Wange streichelten.

Wenn ich doch nur meinen Kopf an einen Drucker anschließen könnte. Dann würde ich ein Bild von diesem wunderhübschen jungen Mann ausdrucken und könnte es die ganze Zeit ansehen.

Müde von einem weiteren langen Tag voller Rätsel stieg ich aus dem gelben Kleid und hängte es zurück in den Schrank. Mein weiches Kissen wartete schon auf mich und binnen Minuten kippte ich ins Land der Träume.

Besser gesagt, in diesen einen besonderen Traum.

Wieder einmal sah ich zuerst nichts außer diesen unendlich tiefen blauen Augen. Langsam formte sich dann auch das bekannte Gesicht drumherum. Ich wusste, es hatte keinen Sinn, doch ich konnte nicht widerstehen und hob meine Hand, um seine Wange zu berühren. Wie erwartet wich er zurück—gerade so weit, dass ich in nicht erreichen konnte. Auf seltsame, traumartige Weise wusste ich genau, dass ich den Rest der Nacht wieder hinter diesen hübschen Augen herjagen würde, solange, bis ich am nächsten Morgen mit einem Seufzen auf den Lippen aufwachen würde.

Doch dieses Mal war etwas anders.

Obwohl ich ihn nie erwischte, spürte ich, wie jemand sanft meine Wange streichelte. Finger schlossen sich um meine Hand. Sie waren warm und weich. Zärtlich. Die Empfindung fühlte sich so echt an, dass ich mit aller Kraft versuchte, aus meinem Traum aufzuwachen. Ich musste sehen, wer bei mir war.

Es war ein unerbittlicher Kampf gegen die Losgelöstheit meines Geistes. Irgendwann schaffte ich es schließlich, meine Augen einen kleinen Spalt zu öffnen.

Wie ein Meer aus grauem Dunst füllte der Morgen mein Zimmer. Nichts wirkte anders als sonst. Doch eine sanfte Berührung meiner Hand zog meinen Blick nach unten, wo mein Arm auf meinem Bauch lag.

Neben mir kniete ein junger Mann auf dem Boden. Seine wunderhübschen Augen stahlen mir den Atem, genau wie jede Nacht in meinen Träumen. Es musste ein Schatten aus meinem Traum sein, den ich immer noch halb schlafend vor mir sah.

Er lehnte mit dem Oberkörper auf meinem Bett und hatte sein Kinn auf seinen angewinkelten Arm gelegt. Unbeirrt sah er mich an. Seine langen honigblonden Strähnen fielen ihm über die Stirn in die Augen und zuckten mit jedem Wimpernschlag.

Er war in eine lange weiße Robe gekleidet und aus seinen Schulterblättern entsprang ein gigantisches Flügelpaar. Es war über und über mit daunenweichen Federn besetzt. Wie eine Decke lagen die Flügel über den Fußboden ausgebreitet. Liebliche Wärme drang aus seinen Händen in meine.

„Ich kenne dich“, flüsterte ich überraschend ruhig. „Du warst da ... in meinem Traum.“

Der Engel nickte.

„Sterbe ich jetzt?“ Wahrscheinlich sollte ich Angst haben. Doch der Anblick des Engels strahlte eine Zufriedenheit aus, die ansteckend war.

Ein Lächeln trat auf seine Lippen. „Nein.“

„Dann träume ich?“ Oder meine Wahnvorstellungen waren einfach einen Schritt weitergegangen. Tiefer. Jetzt war alles zu spät.

Er hob sein Kinn von seinem Arm und schüttelte leicht

den Kopf. „Nicht mehr ganz", hauchte er so zart wie der Flügelschlag eines Schmetterlings. „Und ich kann auch nur so lange bleiben, bis du vollständig aus deinem Schlaf erwacht bist."

„Aber du siehst aus wie ein Engel. Was machst du in meinem Zimmer? Auf dem Fußboden?"

„Ich bin gekommen, weil ich dir etwas zurückgeben möchte. Etwas, das ich dir vor einer Weile gestohlen habe." Er führte meine Hand sanft an seinen Mund und küsste meine geschlossene Faust.

Ich blinzelte ein paar Mal und versuchte dabei endlich zu vollem Verstand zu gelangen, um zu begreifen, was sich hier gerade abspielte. Doch ich hätte besser seine Warnung ernst nehmen sollen. Einen Herzschlag später begann der Engel, der mit einem Nebel aus Licht ummantelt war, vor meinen Augen zu schwanken und löste sich langsam in nichts auf.

„Bitte geh nicht! Bleib hier! Wie ist dein Name?"

Als ich nach dem verschwindenden Engel griff, in der wirren Hoffnung, ihn zurückhalten zu können, fiel ein kleiner Papierball aus meiner Hand und rollte auf den Boden.

Der Engel kehrt zurück

Als die Sonne langsam hinter den Bäumen aufging, tanzten die Strahlen an den cremefarbenen Wänden in meinem Zimmer. Die Decke um meinen Bauch gewickelt, setzte ich mich in einem Ruck auf und suchte den Raum vergeblich nach einem Lebenszeichen des Engels ab. Die Begegnung war mir so real vorgekommen. Hatte ich wirklich noch geschlafen?

Ich legte meinen Daumen und Zeigefinger auf meinen Nasenrücken und massierte die Stelle. *Herrgott*, was hatte Marie gestern nur ins Abendessen getan? Magic Mushrooms? Wenn diese Halluzinationen zukünftig noch schlimmer wurden, würde ich mir das mit dem Psychiater noch mal überlegen.

Aber halt mal. War da nicht gerade etwas aus meiner Hand gefallen? Der kleine Ball musste doch noch irgendwo hier sein. Ich lehnte mich kopfüber aus dem Bett und blickte darunter. Nichts. Doch—*Oh mein Gott*—da lag ein Stück zusammengeknülltes Papier unter meinem Nachttisch. Der Engel hatte mir tatsächlich ein Souvenir dagelassen.

Mein Herz legte gerade einen Sprint ein, als ich das Knäuel aufhob und auseinanderfaltete. Darauf erkannte ich zwar meine eigene Handschrift, doch der Brief oder besser gesagt die Liste an sich rief keine Erinnerungen wach.

Die Überschrift lautete: *Julians gruselige Fähigkeiten.* Was für ein seltsamer Titel. Aber den Namen fand ich schön. Julian. Hieß so etwa der Engel von vorhin? Der Mann aus meinen Träumen?

„Injiziert Glücksgefühl …“, las ich die erste Zeile halblaut. Plötzlich begann es in mir zu kribbeln und zu kitzeln, bis sich mein Bauch zu einem aufgeregten Knoten gewunden hatte. Das Gefühl schoss blitzschnell durch meinen ganzen Körper, bis hin zu meinen Ohren und den Zehen in der anderen Richtung.

„Erweckt den Drachen von den Toten. Kann fünf Meter hoch springen. Hat heute Ente wiederbelebt.“ Mit jedem weiteren Wort, das ich laut las, wurde ich wie auf einer rasenden Achterbahn in die Vergangenheit gesaugt. Ich erinnerte mich auf einmal an Dinge, die in den letzten Monaten wie unter einer dicken Baumwolldecke versteckt gewesen waren.

An dem Tag, an dem ich mit meiner Mutter nach Frankreich gekommen war, waren wir gar nicht nur zu zweit. Es war noch eine dritte Person im Bunde gewesen. Ein junger Mann. Er hatte im Flugzeug zwischen mir und Charlene gesessen. Seine Hand hatte meine berührt und dabei war ein unglaublich tolles Gefühl in mir entstanden. Als wäre ein mit den tollsten Süßigkeiten gefüllter Luftballon in mir geplatzt.

Dasselbe Gefühl stieg auch jetzt in mir hoch.

Julian.

Die Erinnerung war wieder da. Er war nach der Anhörung aus Abes Zimmer gekommen und hatte mich von den elenden Handschellen befreit. Einfach nur so.

Später war er dann in mein Zimmer im Heim gekommen und hatte mich abgeholt. Oh Mann, hatte er da gut gerochen! Und er war es auch, der mich zum ersten Mal mit hinaus auf den Balkon genommen hatte. Nirgendwo anders hatte ich mich jemals so sicher gefühlt wie in seinen Armen.

Vor Aufregung rang ich gerade genauso nach Luft wie Lou-Lou, wenn sie mir in den Weinbergen nachjagte. Ich las die Zeilen wieder und wieder und jedes Mal kam ein neuer Schwall Erinnerungen damit hoch. Am Ende wusste ich wieder genau, was in jenen drei Wochen passiert war. Es war die beste Zeit meines Lebens gewesen. Denn ich hatte sie mit Julian verbracht.

Dem Engel.

„Oh Mann, wie konnte ich ihn nur vergessen?“, fragte ich mich selbst entsetzt. Doch auch das war nicht länger ein Geheimnis. An dem Tag, an dem meine Mutter gestorben war, hatte Julian mir mit einer einzigen Berührung alles genommen, was mir wichtig war. Er ließ mich ausgehöhlt und unwissend zurück. So lange war in mir nur Leere gewesen.

„Was hast du mir angetan?“ Meine Lippen zitterten. Acht Monate lang war ich einer Depression verfallen, die mich ganz und gar verschlungen hatte. Ich hatte an meinem Verstand gezweifelt, obwohl es tatsächlich Julian gewesen sein musste, der nachts unten auf dem Klavier für mich gespielt hatte. Immer und immer wieder. Und wahrscheinlich hatte er auch gestern Morgen irgendwie das Kleid aus meinem Schrank genommen und vor den Spiegel gehängt. Verdammt, nun erinnerte ich mich auch wieder, warum ich es überhaupt hatte. Es war ein Geschenk von ihm gewesen ... für einen einzigen Tanz.

Ich schlug meine Hände vor meinen Mund und erstickte ein Schluchzen vor Freude und Entsetzen. Da fiel mein Blick auf das Ende der Liste, die vor mir auf der Decke lag. Ganz unten hatte jemand eine Zeile in einer schwungvollen Handschrift hinzugefügt.

Liebt dich mehr, als er jemals verstehen wird.

Mein Herz purzelte vor Freude wild herum. Das erste glückliche Lächeln seit einer halben Ewigkeit zog meine Mundwinkel weit nach oben. Julian hatte mich nie wirklich verlassen. Mit diesen unscheinbaren Handlungen über die Monate hinweg, wollte er wahrscheinlich einfach nur sicherstellen, dass auch ich ihn nicht ganz vergessen würde. Selbst wenn mir nichts geblieben war, mal abgesehen von seinem Schatten in meinen Träumen.

Ich schlug die Decke zur Seite, sprang aus dem Bett, schlüpfte in meine Jeans und zog mir schnell ein T-Shirt über. Barfuß sauste ich dann über den Flur in sein damaliges Zimmer. Auf der Türschwelle blieb ich stehen und hatte seinen Namen auf den Lippen. Doch er war nicht hier. Das Zimmer stand leer, wie immer.

Mein Herz zog sich in seine tiefe Höhle zurück.

Mit zaghaften Schritten ging ich durch die Tür und ließ dabei meinen Blick über die Einrichtung schweifen, die so lange Zeit unbenutzt geblieben war. Doch Julian hatte viele Wochen in diesem Zimmer gewohnt. Seine Aura musste einen Abdruck hinterlassen haben, der mich nun von allen Seiten einschloss.

Vor seinem Bett blieb ich wie angewurzelt stehen, denn erst jetzt sah ich, dass etwas auf seiner Decke lag, das ich damals gemeinsam mit ihm vergessen hatte. Ein grauer

Kapuzensweater.

Ich setzte mich auf die Bettkante und zog den Sweater langsam auf meinen Schoß. Ich wollte so gerne daran riechen, doch ich hatte Angst davor, welche Sehnsucht sein Duft mit sich bringen würde. Nachdem Julian offensichtlich nicht wirklich hier war, sondern nur den Schleier von meinem Erinnerungsvermögen genommen hatte, war ich unsicher, ob ich den Schmerz, der damit verbunden war, auch ertragen konnte.

Eine ganze Weile starrte ich die Jacke einfach nur an. Schließlich hob ich sie langsam an mein Gesicht und rieb meine Wange sanft an dem Stoff. Als mir der erste Schwall von Julians wunderbarem Geruch in die Nase stieg, platzte eine Seifenblase in mir, die—wie es sich anfühlte—mit purer Glückseligkeit gefüllt war. Ich kannte dieses Gefühl. Und, oh, wie ich es vermisst hatte!

Ich vergrub mein Gesicht tiefer in dem Sweater. *Ozean. Sonne. Warmer, wilder Wind. Ein Kuss.* Ich versank in einer wunderbaren Flut aus immer neuen Erinnerungen. Eingehüllt von seinen Flügeln hatte die Welt aufgehört sich zu drehen. Er hatte mich an einen Ort zwischen den Augenblicken gebracht, um in einem ganz besonderen Moment zu verweilen.

„Du fehlst mir so“, hauchte ich in den Sweater. Jedes einzelne Wort schmerzte in meinem Hals. Nun wurde mir auch endlich klar, warum ich selbst nach so langer Zeit nicht über den Tod meiner Mutter hinweggekommen war. Zusammen mit ihr hatte ich auch die Liebe meines Lebens verloren.

Tränen gruben sich nach oben, doch ich presste meine Lippen aufeinander und blieb stark. Stattdessen schob ich meine Arme durch die Ärmel des viel zu großen Sweaters und nahm noch einmal einen tiefen Atemzug.

Alles hätte ich in diesem Moment gegeben, nur um ihn noch einmal spüren zu können, um seine Stimme noch einmal zu hören oder sein schiefes Grinsen noch einmal zu sehen.

„Ich liebe dich", sagte ich leise und kniff die Augen zu. „Das habe ich immer getan. Vom ersten Tag an, als du mich alleine im Korridor hast sitzen lassen. Und du kannst mir meine Erinnerungen nehmen, so oft du willst ... es wird sich nie etwas daran ändern."

„Wurde auch langsam Zeit, dass du das endlich einsiehst."

Ich schnappte nach Luft und sprang von Julians Bett auf. Meine Wirbel knackten in meinem Nacken, weil ich meinen Kopf überhastet zur Balkontür drehte, von wo seine Stimme gekommen war.

Julian saß draußen auf dem Geländer. Seine Füße baumelten in der Luft, genau wie in alten Zeiten.

Doch das war ganz unmöglich!

Na bravo. Jetzt schnappte ich offenbar völlig über.

Julian hielt mich mit seinem durchdringenden Blick gefangen. Dann zog er herausfordernd eine Augenbraue hoch. „Was ist? Willst du nicht zu mir rauskommen?"

Zögernd schüttelte ich den Kopf. „Das bilde ich mir nur ein. Das bilde ich mir nur ein ..."

Julians Stirn legte sich in missmutige Falten und seine Mundwinkel kippten nach unten. „Komm schon, Jona. Du hast mich jetzt nicht ernsthaft so lange warten lassen, nur damit du mich am Ende als Hirngespinst abtust."

Seine Stimme klang so echt. Und auch sein Körper

wirkte nicht mehr durchsichtig wie vorhin an meinem Bett. Er hatte Jeans und ein weißes Hemd an. Welcher Geist würde schon so etwas tragen?

Aber, Kreuzdonnerwetter ... was, wenn ich gerade meiner eigenen Halluzination zum Opfer fiel?

Dann sollte es verdammt noch mal eine saugute sein!

Ich hörte das laute Geräusch, als ich meinen Bammel hinunterschluckte, und bewegte mich langsam auf ihn zu. Ein Fuß vor den anderen. In der Balkontür blieb ich stehen und hielt mich am Türrahmen fest, um nicht aus den Latschen zu kippen, falls Julian wirklich *wirklich* war.

„Was hat dich zurückgebracht?" Meine Stimme hatte Reißaus genommen. Falls er also nicht von den Lippen lesen konnte, hatte er mich wohl kaum verstanden.

„Du. Als du deine Gefühle endlich akzeptiert hast." Er lächelte wieder sanft. „Am Ende hast du ja doch gelernt zu vertrauen. Und als du die Worte laut ausgesprochen hast, öffnete sich damit ein Portal, durch das ich zu dir zurückkommen konnte."

Zurückkommen.

Zurückkommen?

„Ganz ... zurückkommen?" Mein Mund war staubtrocken und meine Zunge klebte an meinem Gaumen. Ich kam nur stammelnd voran. „Ich—ich meine ... bist du jetzt als der Engel hier, der dann wieder verschwindet ... oder ... du weißt schon ... so richtig? Als Mann ... und so."

Es gab einen dumpfen Aufschlag, als Julian runter auf den Bretterboden hüpfte. Die Blumenkästen außen am Balkon bebten sanft und Tautropfen lösten sich von den rosa und violetten Petunien. Die Daumen in die Hosentaschen gehakt, lehnte er sich entspannt gegen das

Geländer. „Richtig“, teilte er mir durch ein schiefes Grinsen mit. „Als Mann … und so.“

Das gibt's nicht! So lange musste ich es ohne ihn aushalten und nun stand er tatsächlich vor mir. Die Versuchung war groß, einfach auf meinen Verstand zu pfeifen und ihm um den Hals zu fallen. Doch die Angst davor, dass er sich genau dann wieder in Luft auflösen würde, fesselte mich an Ort und Stelle. Wie viel Wahnsinn konnte ein einzelnes Gehirn eigentlich erzeugen?

„Bonjour, Jona!“, rief meine Tante in ihrem üblichen gutgelaunten Ton. Und dann: „Hi, Julian! Bleibst du zum Frühstück?“

Mir gefror das Blut in den Adern. Ich neigte meinen Oberkörper leicht auf eine Seite und spähte an Julian vorbei über die Brüstung. Marie trug gerade eine Kanne dampfenden Kaffee zu dem Tisch unterm Apfelbaum.

„Ja, ich denke, das werde ich“, antwortete Julian lässig. Sein Blick wich dabei keinen Millimeter von meinem Gesicht.

„Sie hat dich gerade eingeladen, mit uns zu essen.“ So als wäre es das Natürlichste auf der Welt, mit einem Engel am Frühstückstisch zu sitzen. „Wie kann es sein, dass sie weiß, wer du bist?“

„Wie ich schon sagte, du hast dieses Tor geöffnet.“ Julian zuckte mit den Schultern. „Und jeder, der mich früher kannte, wird sich auch jetzt wieder an mich erinnern.“

In meinem Kopf drehte sich alles rasend schnell. Skeptisch sah ich ihn aus dem Augenwinkel an. „Und sie wird sich nicht wundern, wo du all die Monate gesteckt hast?“

„Sie kennt mich als den Pfleger ihrer Schwester. Soweit sie sich erinnert, habe ich Frankreich kurz nach der Beerdigung verlassen, weil ich zu einem anderen Fall gerufen wurde. *Sie* zweifelt ganz sicher nicht daran, dass ich real bin.“ In einem verführerisch langsamen Tempo steuerte er auf mich zu. Sein Kinn war gesenkt und in seinen Augen brannte ein gefährliches Feuer. „Warum also zweifelst *du* noch daran?“

Ich streckte zögernd meine Hand nach ihm aus und erwartete dabei fast, dass er zurückweichen würde, so wie all die Male in meinen Träumen. Doch Julian kam näher und ließ mich die zarte Haut auf seinen Wangen fühlen. Ich strich mit meinen Fingerspitzen über seine Lippen, unter sein Kinn und seinen Hals entlang bis zu seinem linken Schlüsselbein.

„Immer noch nicht überzeugt?“, hauchte er.

„Du fühlst dich so echt an. So lebendig. Ich habe monatelang von dir geträumt. Immer wollte ich dich anfassen und dir so viele Fragen stellen.“ Meine Stimme klang beinahe verzweifelt und ich schüttelte dabei den Kopf. „Und jetzt wo du wirklich hier bist, wage ich es kaum meinen Augen trauen.“

„Das solltest du aber lieber, Prinzessin. Denn erst dann fühlt sich das hier so richtig gut an.“ Im nächsten Moment legte mir Julian beide Hände auf die Wangen und neigte meinen Kopf leicht zurück, sodass er seine Lippen mit feuriger Leidenschaft auf meine pressen konnte.

Meine Hände lagen flach an der Wand hinter mir. Ich schloss die Augen und ergab mich Julians Kuss. Er streichelte erst meine Lippen mit seinen, leckte dann zart darüber, als wollte er mich von Anfang bis Ende auskosten, und wartete geduldig, bis ich seinen Rhythmus aufnahm und meinen Mund langsam für ihn öffnete.

Es dauerte eine Ewigkeit, bis sich unsere Zungenspitzen endlich trafen. Die ersten Berührungen waren federleicht, beinahe schüchtern, und weiteten sich dann immer mehr in ein sinnliches Streicheln aus. Meine Knie wurden weich, doch mit der Wand in meinem Rücken und Julians Körper, der sich sanft an meinen schmiegte, war ich in seiner Leidenschaft gefangen.

Als ich meine Hände zaghaft an seine Brust hob, stützte sich Julian mit seinen Händen links und rechts von meinem Kopf an der Wand ab. Er begann eine Schlangenlinie von meinem Mundwinkel bis zu meinem Ohr zu küssen und sagte dann mit zurückhaltend rauer Stimme: „Bis die Sonne heute Abend untergeht, bleibe ich ein Engel. So lange hast du Zeit, dich zu entscheiden, was du willst. Ob ich bleiben ... oder lieber in den Himmel zurückkehren soll."

Oh Mann! Treib bitte keine Scherze mit mir, Engel! „Kann ich die Entscheidung auch gleich treffen?! Ich will, dass du bleibst!"

Sein linker Mundwinkel wanderte nach oben, und es erschien das schiefe Lächeln, das ich an ihm am liebsten hatte. „Ich hatte gehofft, du würdest das sagen."

Gehofft? War ich jetzt hier der Zweifler oder er?

„Nach Sonnenuntergang werde ich alle Engelskräfte verlieren und nur noch Julian *Stinknormal* sein."

Ich imitierte sein Lächeln. „Also für mich klingt *stinknormal* fantastisch."

„Na schön." Er neigte seinen Kopf etwas nach unten, sodass er seine Stirn an meine legen und mit seiner

Nasenspitze meine liebkosen konnte. „Aber bevor das passiert, gibt es noch etwas, das ich schon seit einer Ewigkeit mit dir tun wollte.“ Er fasste sich an den Hemdkragen und öffnete den obersten Knopf. Dann den darunter.

„Was meinst du?“, wisperte ich mit zitternden Lippen und ich fühlte, wie sich ein sanftes Kribbeln in meinem ganzen Körper ausbreitete. „Willst du jetzt ...“ –mit mir schlafen? Mein Gott, ich konnte es nicht einmal aussprechen, so heiß wurde mir bei dem Gedanken, und ich drückte mich fester gegen die Wand hinter mir.

Julian hatte bereits sein halbes Hemd aufgeknöpft und präsentierte meinen begierigen Augen seine nackte, starke Brust. „Oh ja, das auch“, antwortete er mit erotisch tiefer Stimme. Ein freches Grinsen huschte dabei über seine Lippen. „Aber das muss leider noch für einen Moment warten.“

Hatte er gerade *Moment* gesagt? Aufgeregt stellte ich mich nun auf die Zehenspitzen und linste über seine Schulter nach unten in den Garten. Marie schüttete gerade Kaffee aus der Kanne in eine Tasse. Nur dass dabei der dunkle Strahl nicht aufhören wollte zu fließen. Marie schien samt ihrem Kaffee zu Eis erstarrt zu sein. Und so auch Albert, der gerade über den Rasen zu ihr gehen wollte. Mein erwartungsvoller Blick schweifte zurück zu Julian, der gerade sein Hemd auf den Boden fallen ließ. Hinter ihm begann die Luft zu zittern und zu flimmern, bis endlich ein gleißend weißer Lichtstrahl erschien. Er teilte sich in ein Paar der schönsten Flügel, die die Welt je gesehen hatte, und sie schwebten sanft einen Fuß breit über dem Balkonboden.

Ihr Anblick raubte mir die Luft aus den Lungen.

Julian beugte sich vor und legte mir einen Arm in die Kniekehlen. Mit dem anderen umfasste er meinen Oberkörper und hob mich schwungvoll hoch. Seine Augen funkelten freudig wie die eines kleinen Jungen. „Bist du bereit für einen Sprung aus den Wolken?“

Ich warf meinen Kopf in den Nacken und lachte beherzt. „Worauf wartest du noch, Engel?“

PLAYLIST

OneRepublic – Secrets

(Auf der Flucht)

Jervy Hou – A Short Beautiful Piano Piece - Improv

(Abschied von Quinn)

Lord of the Rings – The Fellowship of the ring

(Die Weinberge)

OneRepublic – Good Life

(Teamwork mit Julian)

British Anthem; God Save the Queen

(Ein seltsamer Traum)

Owl City - Fireflies

(Balkone, Vögel, die Stadt, Eiscreme. Er ist unmöglich. Und dann ist das noch dieses unglaubliche Kleid…)

Guillaume Robbe – Hallelujah (Piano Cover)
(Ein besonderes Lied für Jona)

Wall.E Soundtrack – Define Dancing
(Der unendliche Flügelschlag eines Vogels)

Jervy Hou – A Breathtaking Piano Piece
(Wahrheit, Lügen, Geständnisse, Verlust)

Lindsey Stirling – Elements
(Lauf! Er wird dich verlassen.)

Miley Cyrus – When I look at you
(Keine Erinnerung an den Engel, doch er ist noch da)

The Piano Guys – Over the rainbow
(Der Engel kehrt zurück)

Alexandra Burke – Hallelujah
(Eine wunderschöne Performance von Jona & Julians Lied)

Wer will schon Peter Pan, wenn man stattdessen auch James Hook haben kann?

HERZKLOPFEN IN NIMMERLAND

Seltsame Dinge passieren in Nimmerland ...

Obwohl Angelina McFarland Märchen über alles liebt, hätte sie sich nie träumen lassen, selbst einmal mitten in eins hineinzufallen. Wortwörtlich! Aber wer ist dieser fliegende Junge namens Peter, der sie aufgefangen hat? Und warum will er nicht erwachsen werden?

Auf der verzweifelten Suche nach einem Weg von dieser verwunschenen Insel herunter, läuft Angelina geradewegs in die Arme eines skrupellosen Piraten. Hook entführt sie auf sein Schiff, die Jolly Roger, wo er sie als Druckmittel gegen Peter Pan gefangen hält.

Doch ist Hook wirklich so herzlos, wie alle sagen? Je mehr Zeit Angelina mit dem Captain verbringt, umso mehr beginnt sie daran zu zweifeln. Die Gefühle, die sie für ihn entwickelt, sind ebenso intensiv wie schockierend, und bald schon kann sie an nichts anderes mehr denken, als an ihren verstohlenen Kuss unter den Sternen.

Als die Tage vergehen, ist eine Fahrkarte nach London das Einzige, was sie noch an ihr altes Zuhause und daran erinnert, warum sie die Suche nach einem Weg zurück keinesfalls aufgeben darf.

Oder ist es am Ende vielleicht doch die bessere Entscheidung, für immer in Nimmerland zu bleiben?

Ein riesengroßes Dankeschön an:

Meine allerbeste Freundin, Silvia ... weil du mir bei unseren wöchentlichen Kaffeerunden immer geduldig und mit Freude zugehört hast, wenn ich stundenlang nur von meiner Schreiberei erzählt hab.

Meinen großen Bruder, Daniel ... weil du mich von Anfang an angefeuert und an meine Projekte geglaubt hast.

Und zu guter Letzt geht meine Liebe und Dankbarkeit an meinen wunderbaren Ehemann und unseren großartigen Sohn ... Ich weiß, ihr beide musstet mich schon viel zu lange mit meinen imaginären Freunden teilen, und leider kann ich euch auch nicht versprechen, dass es jemals besser wird. Doch ohne eure Geduld und Unterstützung wäre mein größter Traum niemals wahr geworden.

Ich bin jeden Tag dankbar, dass ihr beide Teil meines Lebens seid.

Über die Autorin

ANNA KATMORE mag blau lieber als grün, den Frühling lieber als den Winter und Schreiben lieber als alles andere auf der Welt. Es hilft ihr, so sagt sie, einer langweiligen Realität zu entfliehen und einzutauchen in ein Reich voll Abenteuer und Romantik. Selbst wenn sie mal nicht an einem neuen Roman arbeitet, findet man sie meist in einer ruhigen Ecke mit der Nase in einem Buch.

Mit 17 ist sie von Wien in das ruhige Oberösterreich gezogen und plant nun von dort aus ihre vielen Reisen rund um die Welt. Zwei ihrer liebsten Plätze sind Disneyland und die weiten Ebenen ihrer Fantasie.

Besuchen Sie Anna auf www.annakatmore.com

14127246R00288

Printed in Poland
by Amazon Fulfillment
Poland Sp. z o.o., Wrocław